붉은밤

붉은 밤(赤夜)

초판 1쇄 찍은 날 § 2007년 8월 30일
초판 1쇄 펴낸 날 § 2007년 9월 10일

지은이 § 이수림
펴낸이 § 서경석

편집장 § 문혜영
편집책임 § 이종민
편집 § 한지윤

펴낸곳 § 도서출판 청어람
등록번호 § 제1081-1-89호
등록일자 § 1999. 5. 31
어람번호 § 제5-0160호

주소 § 경기도 부천시 원미구 심곡1동 350-1 남성B/D 3F (우) 420-011
전화 § 032-656-4452 팩스 § 032-656-4453
http://www.chungeoram.com
E-mail § eoram99@chollian.net

ⓒ 이수림, 2007

ISBN 978-89-251-0887-2 03810

붉은 밤

이수림 지음

도서출판
청어람

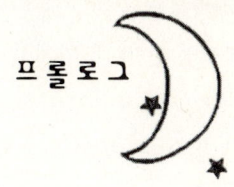

프롤로그

붉은 밤.

강남의 다른 클럽이 밤 여덟 시 정도부터 사람들이 들어차기 시작하는 것과는 다르게 '붉은 밤' 클럽은 해가 떨어진 그 순간부터 아주 많은 사람들을 빨아들였다. 덕분에 자정에 가까운 시각이 되자 클럽은 눈이 부실 만큼 현란한 색으로 번쩍거리는 조명 아래에서 미친 듯이 꿈틀대는 사람들로 가득했다.

"사장님, 어서 오십시오."

기도들은 대경에게 허리를 깊이 숙여 인사했다. 입구 몇 걸음 앞에 서 있던 대경은 고개를 살짝 끄덕인 뒤 '붉은 밤' 안으로 발을 디뎠다. 그는 귀를 찢을 만큼 커다란 음악 속에서 하룻밤의 쾌락을 꿈꾸며 노출된 살을 맞대는 사람들을 무심한 눈으로 바라보았다. 무대 위에서 몸을 뒤틀며 육감적인 곡선을 드러내던 여자들의 시선이 불을 발견한 나방처럼 그에게 날아들었다.

대경은 여자들의 노골적인 눈짓을 냉랭하게 무시하며 나아갔다. 오른편 벽에 붙어 있는 작은 바(bar) 앞으로 간 그는 바텐더의 깍듯한 인사를 받았다.

"오랜만입니다, 사장님."

대경은 고개를 끄덕이며 차가운 눈으로 다시 클럽 내부를 살펴보았다. 강렬한 빛깔로 끊임없이 돌아가는 현란한 조명, 재치 있게 분위기를 띄우는 디제이의 손짓 아래 펼쳐지는 격렬한 음악, 날렵한 솜씨로 눈치 빠르게 이용객들을 접대하는 직원들, 그리고 그 중간에서 몸을 격하게 흔들어대며 욕망을 좇는 사람들.

같았다. 두 달 전, 그리고…… 칠 년 전과 같았다. 그녀를 처음 만났을 때.

갑자기, 목이 탔다. 대경은 몸을 돌려 바 위를 바라보았다. 호세 꾸에르보. 잠시 목을 축이러 무대에서 내려온 사람들이 남겨놓은 많은 술병 가운데 금색 라벨의 데킬라 병도 있었다.

"그건 잠깐 화장실에 간 단골 분 거예요."

대경의 시선이 술병에 머물러 있는 걸 본 바텐더가 씩 웃으며 말했다. 때마침 음악이 조용한 것으로 바뀌었기에 소리 지르지 않고도 대화를 나눌 수 있었다.

"술 드릴까요?"

"운전해야 해."

그리고 장부도 확인해야 했다. 때문에 대경은 술 대신 물을 부탁했고, 곧 바텐더가 건네준 유리잔을 받아 들어 천천히 한 모금 마셨다. 차가운 얼음물은 몸속이 얼어붙을 만큼 냉랭했고 더한 갈증을 일으켰지만 그는 끝까지 다 마셨다.

"목이 타는가 보네?"

대경은 눈동자를 왼쪽으로 움직였다. 무대 위에서 막 내려온 듯, 새빨간 입술의 여자는 상기된 얼굴이었다. 얇은 옷감 사이로 터질 듯 드러난 젖가슴 사이에 땀이 송골송골 맺혀 있었다.

"다른 건 안 타?"

"같이 땀을 흘릴 상대를 찾는 거라면."

대경은 여자에게서 시선을 거두었다.

"번지수를 잘못 찾았어."

그러나 여자는 대경의 싸늘한 답에도 아랑곳하지 않았다. 되레 유리컵을 내려놓는 대경의 손등에 뱀같이 축축한 손을 올려놓았다.

"튕기면 재미없는데."

대경은 대답 없이 손을 차갑게 뿌리쳤다. 여자는 눈초리를 위로 치켜올리고 씩씩거렸지만 대경이 시선 하나 주지 않자 결국 사라질 수밖에 없었다. 그러나 여자가 그대로 튕겨 나갔음에도 대경에게 고정된 다른 여자들의 시선은 여전히 열렬했다.

"역시 대단하세요. 사장님 덕택에 여자 손님들이 더 많아진 거 아세요?"

바텐더는 감탄하는 표정으로 휘파람을 불었다.

"몇 달에 한 번씩만 오시는데도 사장님이 잘생겼다고 소문 쫙 났다니까요. 경호원 그만두고 매일 여기서 계시면 손님 더 늘어날……."

"사장실에서 일하고 있을 테니 무슨 생기면 불러."

대경은 바텐더의 말을 중간에 자르고 계단 쪽으로 걸어갔다. 몇몇 여자들이 그에게 노골적으로 몸을 비비며 부딪쳐 오자 그는 벽 쪽에 붙어 걸어갔다. 그때, 누군가가 다시 그의 어깨에 툭 부딪혔다.

"미안합니다."

여자는 고개를 숙인 채로 웅얼거리듯 사과하며 스쳐 지나갔다. 대경은 짜증을 느끼기 전, 목소리를 먼저 알아들었다.

박승리.

일주일 만에 보는 그녀는 여전히 작았다. 족히 10㎝쯤 되는 힐을 신었지만 170㎝를 넘지 못하는 키. 그러나 승리의 존재감은 결코 작지 않았다. 허벅지 중간까지 올라오는 딱 달라붙는 스커트 밑으로 드러난 다리는 길고 늘씬했으며, 둥근 엉덩이와 잘록한 허리는 뭇 사내들의 시선을 끌어 모으기에 충분했다.

대경은 승리의 몸을 훑어보던 사내들 중 둘이 게걸스러운 표정으로 침을 흘리며 그녀를 뒤따라가는 것을 목격했다. 그는 얼굴을 보이지 않게 찌푸리며 승리를 지켜보았다. 그녀는 위태로워 보일 정도로 비틀거리며 걸어갔고, 바텐더는 맡아놓은 술병의 주인이 오자 고개를 끄덕여 환영했다. 승리는 바 앞에 빈 의자가 생기자 털썩 주저앉으며 곧바로 호세 꾸에르보 병을 집어 유리잔이 넘치도록 따랐다.

잔 안에 들어 있는 투명한 액체를 삼키기 위해 승리는 고개를 뒤로 젖혔다. 순간, 어깨까지 닿는 곱실거리는 흑갈색의 머리칼이 일렁였다. 사슴처럼 가늘고 긴 목이 눈부시게 드러났고, 깊게 파인 브이넥의 니트는 아찔한 가슴 계곡을 노출하는 것으로 승리를 훔쳐보는 사내들의 눈에 욕망의 불을 질렀다.

"술 좀 마신 거 같은데 잘 꼬시면 하룻밤 떡칠 수 있을 것 같지 않냐?"

대경의 바로 옆에 서서 승리를 탐색하던 사내가 동료 하나에게 낄낄거렸다.

"저 오른쪽에 있는 놈이 아까 바텐더가 안 볼 때 술병에다가 약 넣던데? 저놈 다음에 하자."

대경의 날카로운 눈이 승리의 오른쪽에 앉아 있는 키 작은 사내에게 꽂혔다. 그는 승리의 풍만한 가슴에 시선을 고정한 남자가 오른손을 주머니에 넣기 전에 무언가를 쥐고 있었음을 포착했다.

투명한 작은 약병.

"빌어먹을 자식."

대경은 욕설을 내뱉으며 걸음을 재촉했고, 곧 바 앞에 도착했다.

"박승리 씨."

그의 싸늘한 목소리가 후끈한 열기로 가득한 공기를 찢으며 채찍처럼 날아들었지만 승리는 돌아보지 않았다. 대신 옆에 앉아 있던 남자가 흠칫 놀라며 대경을 쳐다보았다.

대경은 얼어붙을 만큼 차가운 눈으로 남자를 강하게 쏘아보며 다시 그녀의 이름을 불렀다. 승리는 그제야 뒤를 돌아보았다. 그녀는 반쯤 감은 눈으로 알아듣기 힘들 만큼 웅얼거리며 물었다.

"응? 누구세요?"

"이대경입니다."

승리는 멍하니 눈만 깜빡거렸다. 한참 눈을 비빈 뒤 다시 대경을 보았다. 그제야 알아본 듯, 그녀는 한순간 눈을 동그랗게 떴다.

"오옹, 이대경 씨? 안녕하세요?"

대경은 반 걸음 앞으로 나와 다시 승리를 바라보았다. 승리의 새하얀 얼굴은 약간 상기되어 있었고, 큰 눈은 묘한 기운으로 흐릿했다. 분명 술 때문만은 아니었다.

대경은 자신을 지켜보고 있는 기도들에게 손을 들어 신호했다. 기도들은 소리 없이 포위망을 좁히듯 다가오기 시작했고, 승리의 오른편에 앉아 있던 비리비리한 남자는 대경의 강력한 눈빛에 깔려 입만 헤 벌릴 뿐 아무것도 하지 못했다.

"잠시만 기다리세요."

대경은 무표정한 얼굴로 승리에게 말한 뒤 남자의 어깨를 오른손으로 잡았다. 대경의 다섯 손가락이 갈퀴처럼 파고들고 기도들이 다가와 압박하자 남자는 제대로 된 반항 한 번 하지 못했다. 대경은 달려온 매니저에게 여전히 멍한 표정을 짓고 있는 승리를 지켜보고 있으라고 눈짓으로 말한 뒤 남자를 뒷문 밖으로 질질 끌고 갔다.

"뭘 넣은 거지?"

"뭐, 뭐라고?"

대경은 손을 메다꽂듯이 거칠게 앞으로 쭉 뻗어 남자의 목에 충격을 준 뒤, 셔츠의 목깃을 잡고 위로 번쩍 일으켜 세웠다.

"뭘 넣은 거냐고 물어봤다."

작고 마른 남자는 순식간에 얼굴이 허옇게 변하더니 대경의 손끝에 대롱대롱 매달려 캑캑거리기 시작했다.

"다시 묻지."

대경이 손을 놓자 남자는 비명을 지르며 바닥으로 나동그라졌다. 대경은 남자의 오른손을 잡아채 뒤로 꺾었다.

"으악!"

"뭘 넣은 거지?"

남자는 덜덜 떨며 간신히 내뱉었다.

"G, GHB."

개 같은 자식.

대경은 쓰레기를 버리듯이 남자를 내던져 풀어준 뒤, 엄지손가락을 남자의 명치끝에 댔다.

"분명히 경고하는데."

그는 진심을 말했다.

"다시 한 번 이런 쓰레기 같은 짓 하면 죽는다."

거대한 살기에 짓눌린 남자는 고개를 위아래로 허겁지겁 흔들었다. 대경은 손가락에 적당히 힘을 넣어 최대한 고통을 주면서 남자를 기절시켰다.

"신원 확인하고, 알아서 뒤처리해. 직원 더 고용해서 앞으로 이런 일 다시는 안 생기도록 철저하게 감시하고."

대경은 아까 승리를 대상으로 헛소리를 한 두 사내의 인상착의를 말한 뒤 그들도 끌어내라고 지시했다. 곧 그는 다시 클럽 안으로 돌아갔다. 매니저는 승리를 이층에 있는 대경의 사무실에 옮겼다고 보고하곤 그녀의 핸드백을 건네주었다.

"다른 일행은 없는 듯합니다."

대경은 고개를 끄덕인 뒤 사무실로 올라갔다. 승리는 아까보다 더 흐리멍덩한 눈으로 긴 소파에 쓰러지듯 널브러져 있었다.

"박승리 씨."

승리는 몸을 일으키지 않은 채 눈만 데굴데굴 굴려 대경을 향해 배시시 웃어주었다. 대경은 한숨을 내뱉을 수밖에 없었다. GHB는 데이트 강간 약으로 친밀감을 느끼게 해 쉽게 성교로 유도시킨다고 해서 '이지 레이(Easy Lay)'란 별명을 갖고 있는 마약이었다. 물 같은 히로뽕이라 '물뽕'이라고도 불리는 이 마약은 무색무취라 남자들이 상대 여자가 자리를 비운 틈을 노려 술에 타서 사용하곤 했다.

"대체 왜 혼자 클럽에 온 거고, 왜 자리를 비워서 술에 약을 타게끔 기회를 준 겁니까?"

"어라, 이대경이네?"

승리는 방글방글 웃기 시작했다.

"손."

"네?"

승리는 알코올로 반짝이는 입술을 모아 약간 어눌한 발음으로 말했다.

"이대경아, 손."

이대경아?

대경이 꿈쩍도 하지 않자 승리는 툴툴거리며 몸을 번쩍 일으켰다. 그녀는 비틀거리면서도 대경에게 쪼르르 다가와 그의 오른손을 덥석 잡았다.

"크다. 두툼하다. 따뜻하다."

승리는 대경이 눈만 껌뻑이는 동안 손을 자신의 얼굴로 가져와 손바닥 중앙에 키스했다.

"이대경아."

승리의 혀끝이 대경의 손바닥을 쓸었다. 대경은 온몸으로 열기가 확 퍼져 나가는 것을 똑똑하게 느꼈다.

"나 너무 더워."

그녀는 대경의 손바닥의 굳은살을 살짝 깨물었다. 대경은 이를 악문 뒤, 차갑게 말했다.

"GHB를 마셔서 그런 겁니다. 그래서 지금 그렇게 상태가 평소와 다른……."

"나 너무 덥다니까."

승리는 대경의 손을 툭 떨어뜨리고는 흐느적거리는 손짓으로 입고 있던 얇은 니트를 훌렁 벗어 젖혔다. 대경은 눈을 뗄 수가 없었다. 승리가 입고 있는 브래지어는 어깨 끈이 없는 스트랍레스형으로 밑 선이 아주 낮았다. 아슬아슬하게 유두는 보이지 않았지만, 승리가 몸을 많이 비틀면 튀어나올 게 분명했다. 아니, 조금만 더 움직였다간 분명히 그렇게 될 것이다. 몸은 작았지만 승리의 가슴은 상당히 컸고, 모양도 아주 예뻤다.

대경은 숨을 훅 몰아쉰 뒤 자리에서 벌떡 일어나 등을 돌렸다.

"약 때문에 그런 겁니다. 내일은 기억도 못하겠지만…… 젠장."

대경은 뒤돌아보았다. 승리가 몸을 뒤틀기 전, 그는 빠르게 손을 뻗었다.

"일단, 사과하지요."

대경은 정확하게 경동맥을 찾아냈고, 조심스럽게 압박했다.

승리는 얼굴을 찡그리더니, 곧바로 눈을 감았다.

빌어먹을.

대경은 짧게 한숨을 내쉰 뒤 바닥에 떨어져 있는 니트를 들어 축 늘어진 승리에게 입혀준 뒤 들쳐 메다시피 안았다. 생각보다 가벼웠다. 그리고…… 입혀주는 동안 닿은 살결도 아주 부드러웠다. 아주.

대경은 더 이상 생각하지 않으려고 애쓰며 품 안의 승리를 그의 집으로 데려갔다.

꿈인데, 이건 꿈인데…… 왜 저 남자가 보이지?

백지장같이 새하얗기만 한 세상 속에서, 승리는 몽롱했다. 하지만 꿈을 꾸고 있다는 건 알았다. 그리고 얼핏 보이는 누군가가 아는 남자라는 것도. 저 남자는…….

"드디어 일어났군요."

꿈인데 말소리까지 들리네. 승리는 멍하니 생각했다.

"부작용은 없을 거라고 보지만, 혹시 어디 아프거나 불편한 곳이 있습니까?"

다소 멀게 들렸던 남자의 목소리가 점차 가까워졌다. 지친 듯한 목소리는 아주 낮았고, 아주 짙었으며 아주…… 섹시했다. 그녀가 알기로 이런 목소리를 가진 남자는 이 세상에 딱 한 명뿐이었다.

"이대경……?"

이 남자가 이젠 꿈에까지 등장하네.

승리는 멍하니 기억을 더듬었다. 약 일 년 전, 대경은 승리와 '우리동물병원'을 함께 운영하는 동업자이자 친구인 이지원의 경호팀장으로서 등장했다. 지원이 화성그룹의 소유자인 은현건 전무이사와 혼인신고를 해서 법적으로 부부가 됐기에 경호가 필요했기 때문이다.

직접적인 경호 대상인 지원에겐 다를지 몰라도, 승리에겐 대경을 포함한 경호팀들은 별다를 게 없었다. 동물병원 밖에서 지켜보는 것뿐이었기에. 뭐, 그래도 신경이 많이 쓰이긴 했다. 경호팀들은 다들 상당히 잘생겼는데 그중에서도 대경은 말로 다 표현할 수 없을 만큼 최고였기 때문이다.

여전히 몽롱하면서도 정신이 반쯤은 맑아진 상황에서, 승리는 일 년 전 대경이 자신의 눈동자 속으로 침입하듯 처음 들어왔을 때를 기억했다.

그때, 그의 머리칼은 언제나 그렇듯이 반듯하게 정리되어 있었고 칠흑 같은 새까만 색이었다. 윤기가 흐르는 그 검은색의 머리칼은 하얀 얼굴과 뚜렷한 대조를 이루며 남자의 것이라고는 믿어지지 않을 만큼 맑고 깨끗한 피부를 강조했다. 그러나 결코 여성적인 건 아니었다. 반듯한 이마 밑으로는 남자다움을 강조하는 짙은 눈썹이 자리했으며 머리칼만큼이나 어둡고 까만 두 눈은 분명 수컷의 것이었으니까.

광대뼈는 강했으며 콧날은 단단했다. 입술은 지나치게 섹시했지만, 꾹 다물려져 있었기에 차가운 눈과 함께 냉랭한 분위기를 자아냈다. 하지만 그 점이 대경의 외모에 마이너스가 되는 건 아니었다. 타인과 거리를 두는 듯한 그 굳은 표정은 묘하게 더 많은 시선을 불러 모았으니까. 더군다나, 대경은 몸 또한 근사했다.

다리는 길었고 허벅지 또한 굵었다. 좁은 허리 위로 이어지는 상체는 뚜렷한 역삼각형으로 강력한 근육을 고스란히 내보였다. 그러나 큰 키와 강한 근육의 소유자였지만 대경의 완벽한 육체는 거대하기보다 늘씬하고 날렵했다.

모든 것이 끝내주는 존재.

그러나 대경은 처음부터 끝까지 차가웠다. 표정은 언제나 딱딱했고, 그녀와 마주치더라도 말도 안 하고 고개만 살짝 끄덕이는 등 거의 없는 사람 취급했다. 경호 대상인 지원에게도 그렇게 싸늘하게 대하는 남자.

그래서 승리는 그와 친하게 지낼 계획을 포기한 채 몰래 몰래 훔쳐보기만 했다. 감탄에 감탄을 거듭하면서.

물론 눈요기 이상으로 관심이 조금 가긴 했지만, 그렇다고 남자 친구 후보로 생각해 본 건 아니었다. 대경을 처음 만났던 일 년 전만 해도, 아니, 육 개월 전까지만 해도 그녀는 남자 친구가 있었으니까. 그 바퀴벌레 같은 우혁을 사귀었었다.

나쁜 놈.

우혁을 떠올린 승리가 속으로 몇 가지 욕을 내뱉을 때, 대경은 소리 없이 그녀 앞으로 다가왔다.

"아직 약 기운이 완전히 빠진 게 아닌 건가……."

승리가 흐릿한 눈으로 그를 쳐다보고만 있자, 대경은 나직하게 한숨을 내뱉으며 중얼거렸다. 문득 그녀는 뭔가 다르다는 사실을 깨달았다.

지난 일 년간 경호에 임하던 대경은 언제나 깔끔 그 자체로, 항상 반듯하게 머리칼을 뒤로 넘긴 채 몸에 딱 맞춘 듯한 고급 슈트를 걸치고 날렵하게 행동했었다. 그러나 현재, 그는 달랐다. 머리칼은 옆으로 툭툭 삐져 나와 있었고, 어떤 일이 있어도 변화가 없던 단정한 얼굴에는 지친 기색이 역력했다. 당당했던 어깨 또한 평소와는 다르게 돌이라도 매단 듯 아래로 축 처져 있었다.

왜 저런 모습으로 내 꿈에 등장한 거지?

승리가 몽롱한 와중에 그렇게 생각할 때, 대경은 한참을 망설이다 손을 뻗었다. 그의 큰 손이 천천히 다가와 승리의 이마를 아주 살짝 덮었다. 투박할 줄 알았는데, 예상외로 따뜻했고 부드러웠다.

잠깐, 꿈인데 감촉이 느껴지다니?

그러고 보니, 대경의 손만 느껴지는 게 아니었다. 승리는 자신이 목까지 덮고 있는 따스한 이불 밑으로 상체에는 브래지어만 하고 있다는 것을 깨달았다. 동시에 어떤 천이 팔을 못 쓰게끔 상체를 둘러싸듯 붙들고 있고 또 다른 천이 스커트 아래로 두 다리를 압착하듯 꽉 매고 있다는 것도 알아차렸다.

숨이 막혔다. 그리고 기가 막혔다.

"무슨 짓을 한 거야!"

승리는 꽥 비명이 내질렀다.

"나, 날 납치한 거야?"

"누가 납치했다는 겁니까!"

기가 막힌 대경은 순간 평정을 잃고 커다란 방 안이 울릴 만큼 버럭 소리쳤다. 그의 무서운 기세에 승리는 순간 움찔거렸다. 대경은 비꼬듯 내뱉었다.

"그래, GHB를 마셨으니 당연히 어젯밤 일을 기억 못하겠죠."

"어젯밤 일?"

승리는 떠오른 것을 말했다.

"설마, 설마 어젯밤에……."

대경이 뭐라 답할지 잠시 고민할 때, 승리는 바동거리다가 빽 소리를 질렀다.

"이 짐승! 그냥 한 것도 아니고, 사람을 묶어놓고 해? 짐승 같은 자식아! 이, 이 똥 닦은 휴지만도 못한 놈!"

대경은 할 말을 잃었고, 승리는 고래고래 계속 찬란한 어휘를 선보였다.

"그래……."

한참 뒤, 목이 아픈 승리가 씩씩거리며 말을 멈추자 대경은 싸늘한 얼굴로 말했다.

"말 다 했습니까?"

"다 못했어! 우리 오빠들이 누군지 알아? 절대 가만두지 않 겠……."

대경은 휙 뒤돌아 잠시 승리의 시야에서 사라지더니, 손에 무 언가를 가져왔다. 토마토였다.

"대체 그걸 가지고 또 뭘 하려고…… 읍!"

"토마토는 숙취에도 좋으니 먹어요. 바텐더한테 물어보니 그 찌질한 자식을 만나기 전까지 혼자서 줄곧 테킬라만 반 병 가까 이 마셔댔다던데, 아무리 술을 잘 마셔도 숙취를 해소할 필요가 있는 것 같군요."

승리는 뻐근한 고개를 저으며 읍읍 소리를 냈지만 입 안에 가 득한 토마토를 어떻게 할 수가 없었다.

"내 눈을 낮게 보는 모양인데, 난 눈이 좀 높습니다. 난 박승 리 씨한테 눈곱만큼도 관심이 없어요. 그러니 우리 사이에 무슨 일이 있었을 리가 없지요."

목소리가 지나치게 낮게 나왔다. 대경은 잠시 말을 멈추었다.

"어제 아무 일도 없었습니다. 흥분을 가라앉히고 몸이 어떤지 생각해 봐요. 그럼 알 수 있을 겁니다."

승리는 그의 말을 듣고 몸이 어떤지 생각해 봤는지, 읍읍거리 던 것을 멈추었다. 하지만 말간 얼굴에는 의심이 가득했다.

"한 번만 말할 테니 잘 들어요. 어제 '붉은 밤'이라는 클럽에 갔었죠? 옆 자리에 앉은 남자가 박승리 씨의 술병에 약을 타는 걸 봤습니다. 그놈을 족치니, GHB라는 이름의 일종의 마약을 탔더군요. 농도에 따라 다르지만 어쨌든 마신 사람은 성적인 자극에 약해지고 좀 맛이 가죠. 박승리 씨처럼."

대경은 힘껏 그녀를 노려보았다. 승리는 눈만 껌뻑였다.

"약을 먹은 여자들은 자기도 모르는 사이에 강간당합니다. 그 것만이 아니에요. 의식을 잃고 강간당하는 모습을 동영상으로 찍어서 인터넷에 올리거나 사진으로 찍어서 협박하는 놈들도 있지요. 뭐, 간혹 재수없으면 살해당할 수도 있고요."

그는 일부러 최악의 경우를 늘어놓았다. 이렇게 말해둬야 조심할 테니까.

"그리고 GHB를 마시면 다음날 기억을 하나도 못해요. 어제 무슨 일이 있었는지 기억 안 나죠?"

승리는 멍하니 대경이 하는 말을 들었다.

"집에 데려다 주는 건 박승리 씨 상태가 워낙 엉망이라 무리더군요. 그래서 가까운 내 집으로 데려온 겁니다."

사실 간밤 내내 대경은 후회하고 또 후회했다. 좀 멀더라도 승리의 집에 데려다 줄 걸. 어젯밤만큼 괴로운 적은 손에 꼽을 정도였다.

"혹시 모르니까 병원에 가봐요. 나중에."

대경은 승리가 눈을 또르르 굴리는 것을 본 뒤 한숨을 쉬며 손을 뻗었다. 토마토를 뽁 빼주자, 승리는 뺙 소리를 지르며 질문했다.

"어, 어떻게 그렇게 그 약에 대해 잘 아는 거죠? 그리고 왜 묶은 거예옷?"

"첫번째 질문에 대한 답은, 이겁니다. 모르는 남자가 준 술을 홀랑홀랑 잘도 마시는 멍청한 여자들을 많이 봤으니까. 술병을 놔두고 자리를 비우는 바보 같은 여자도 봤었지요."

대경은 다시 그녀를 쏘아보았다.

"더군다나 난 '붉은 밤'의 주인입니다. 클럽 주인인데 그런 걸 모를 리가 없지요."

"클럽 주인이라고요? 경호원이잖아요."

"경호원이기도 하고 클럽 주인이기도 하지요. 아무튼, 두 번째 질문에 대한 답은……."

대경은 짜증을 팍팍 내며 말했다.

"어제 박승리 씨가 아주 날뛰었기 때문입니다. 정말이지……."

어젯밤을 되새긴 대경은 꽉 쥔 주먹을 부르르 떨었다. 승리는 눈을 깜빡인 뒤 대경을 다시 자세히 바라보았다. 그제야 아까 보지 못한 것이 보였다. 대경이 걸치고 있는 구겨진 셔츠는 아주 헝클어진 상태였는데, 누군가가 잡아 뽑은 듯 단추도 몇 개 뜯겨져 있었다. 그리고 목 옆 부분에는 잇자국으로 보이는 어떤 자국이 뚜렷하게 박혀 있었고, 벌어진 셔츠 아래로 보이는 가슴 근육 중앙에는 빨간 손톱 자국이 남아 있었다.

"내가, 내가 그런 건가요?"

승리의 얼굴색을 본 대경은 대답하지 않았다. 그는 승리가 이불 밖으로 손을 내밀자 말없이 손목을 묶고 있던 셔츠를 풀어주었다. 승리가 스스로 발목을 푸는 사이, 그는 방 밖으로 나갔다가 거실에 떨어져 있던 니트를 문틈을 통해 넣어주었다.

"집에 데려다 줄까요?"

옷을 다 입은 승리가 쭈뼛거리며 거실로 나오자, 핸드백을 내밀며 대경은 제안했다. 퍼뜩 정신을 차린 승리는 고개를 마구 옆으로 휘저었고, 핸드백이 손에 들어오자마자 쌩하니 밖으로 도망치고 말았다.

대경은 그녀가 사라진 뒤, 그제야 긴장을 풀고 소파에 앉았다. 길게 한숨을 내쉬는 것으로 새벽까지 그를 유혹하던 승리를 머릿속에서 지운 뒤, 언제나처럼 하루 일과를 시작했다.

미치겠네.

승리는 활활 타오르는 얼굴을 들어 벽에 걸려 있는 시계를 보았다. 8시 28분. 함께 이 '우리동물병원'을 운영하는 지원은 언제나 그렇듯이 딱 이 분 뒤에 올 것이다. 경호팀장인 대경과 함께.

얼굴을 어떻게 보지?

어젯밤, 발톱에 낀 때만도 못한 그 빌어먹을 우혁이 자신 몰래 이 년 동안 만나왔던 그 여우 같은 여자와 결혼했다는 소식을 듣고는 그를 잊기 위해 술 마시러 그리고 춤추러 클럽에 간 것까지는 좋았다. 몇 잔 걸친 뒤 신나게 추다가 잠깐 쉬러 바에 앉은 건 기억났지만, 그 뒤는 필름이 끊겨 새까맣기만 했다.

무슨 약 때문에 그런 거라니.

예전에 오빠들에게 음료에 약 타는 놈들이 있으니 조심하라는 경고를 듣긴 했지만 그런 놈이 진짜 있을 줄은 몰랐다. 그나마 최악의 일을 안 당해서 정말 다행이었다.

그건 다 이대경 덕분이었다.

그런데 아무리 당황했다고는 하지만 고맙단 말 한마디 안 하고 버럭버럭 욕하다가 도망쳐 나오다니. 더군다나…… 아무리 약 때문이라지만, 목에 잇자국까지 남기고 말았다니.

승리는 지구 중심까지 땅을 파서 숨고 싶었다.

"승리야, 왜 그래?"

지원은 동물병원 안으로 들어오다가 친구가 머리칼을 쥐어뜯고 있는 것을 발견했다. 승리는 화들짝 놀라 고개를 들었다.

"무슨 일 있어?"

"응? 아니야."

승리는 재빨리 지원 뒤에 서 있는 남자를 보았다. 지원의 경호팀원 중 한 명인 구준호로, 팀장인 대경이 외근을 나갔을 때 대신 아침마다 동물병원을 살펴보는 일을 하곤 했다.

"안녕하세요, 준호 씨."

"안녕하세요, 승리 씨. 오늘도 여전히 예쁘시네요."

승리의 인사에 준호는 활짝 웃으며 답했다. 뭔가 말을 더 하고 싶은 눈치였지만 그는 지원을 의식한 듯 동물병원을 한번 살펴본 뒤 밖으로 나갔다.

"준호 씨가 너한테 관심있는 것 같아."

승리는 지원의 말에 고개를 살짝 끄덕였다. 알고 있었으니까.

"준호 씨 괜찮은 것 같은데 한번 만나보는 것 어때?"

"안 내켜."

반년 전, 우혁이 양다리를 걸쳤다는 걸 알게 된 뒤 완전히 끝을 냈다. 그 뒤로 육 개월 동안 우혁을 잊으려고 노력하면서 승리는 영어 공부나 라틴 춤, 수의학 공부 등등에만 열중했을 뿐 남자는 한 번도 만나지 않았다.

무서웠으니까.

그녀의 집안은 사회적으로 성공한 오빠들 덕분에 굉장히 부유했는데 우혁은 툭하면 그녀의 돈을 빌려다 썼고, 신용카드까지 자기 멋대로 긁었었다. 게다가 우혁은 고시를 준비 중이었는데, 그녀의 둘째 오빠 부부는 검사로 위쪽으로 연줄도 있었다. 결국, 처음에 사귀었을 때는 진심이었을지 몰라도 우혁은 그녀를 이용한 것뿐이었다.

또다시 그런 식으로 이용당하면 어쩌지? 승리는 무서웠다.

그래도, 시간이 흘러갈수록 연애가 하고 싶긴 했다. 불안한 때가 없잖아 있었고, 참 많이 싸우긴 했지만 그녀의 남자 친구 자리는 무려 팔 년이나 견고하게 채워져 있었으니까. 지난 육 개월 동안 미친 듯이 다른 일에 열중하긴 했으나 간간이 혼자라는 걸 느낄 때면 뼈에 사무치도록 외로웠다.

이제 다시는 우혁에게처럼 남자들에게 이용당하지 않으리라. 사람을 이용하는 쓰레기가 아니라 정말 좋은 남자를 만나서 진심으로 사랑받고, 마음 편하게 연애하고, 축복받으며 결혼하고 싶었다.

하지만 구준호는 좀 아닌 것 같은데. 이대경이라면 몰라도.

승리는 눈을 굴리다가 슬쩍 지나가는 것처럼 물었다.

"근데 오늘 준호 씨가 왜 온 거야? 이대경 씨 출장 갔다가 오늘 온다면서."

"부장으로 승진했대. 그래서 이제 나 경호 안 하게 됐대."

"이제 얼굴 볼 일 없어진 거네."

다행스러운 일이었지만, 아쉽기도 했다. 그 멋진 얼굴을 다시 못 본다니!

승리가 한숨을 흘리자, 지원은 그제야 알아차리고 풋 웃었다.

"이대경 씨가 보고 싶어?"

"아, 아니야."

"그럼 준호 씨가 안 내키면 이대경 씨는 어때?"

승리는 얼굴이 확 붉어지는 기분이었다.

"무슨 말을 하는 거야?"

"그냥, 잘됐으면 싶어서. 현건 씨 고등학교 동창이라던데, 남자로서 정말 괜찮대. 성격도 좋고 일도 참 잘하고 멋지고. 현건 씨가 참 칭찬 많이 하더라."

지원은 남편인 현건의 말을 빌렸다.

"됐어. 그 남잔 내 취향 아니야."

그리고 나도 그 남자 취향이 아니지.

승리는 그가 어제 아침에 한 말을 똑똑히 기억했다.

눈이 높다고? 내 참, 누군 눈 안 높은 줄 알아? 아니, 내 눈이 낮긴 하네.

그 바퀴벌레 더듬이만도 못한 우혁을 팔 년이나 사귀었다는 사실이 기억났기에, 승리는 자신의 눈이 높다고 생각할 수가 없었다.

"그동안 잘생겼다고 노래를 불렀잖아."

지원은 승리가 한 말을 끄집어냈다. 대경이 팀장으로서 경호하는 동안 승리는 대경이 잘생겼다고 항상 말해왔었다.

승리는 눈을 세모로 뜨고 친구를 노려봤다.

"내가 언제? 난 그런 남자 싫어."

"그래, 그래."

지원은 그렇게 답했지만, 승리가 안 보는 틈을 타 눈을 반짝거렸다.

다음날, 퇴근하기 전에 지원은 어제처럼 내내 얼굴을 구기고 있는 승리에게 말했다.

"저녁 식사 같이하자. 현건 씨가 맛있는 걸로 사겠대. 너 북경오리 좋아하잖아. 진짜 맛있는 집이야."

왠지 내키지 않았지만, 승리는 결국 지원의 손에 질질 끌려가 다시피 아주 맛있다는 중국요리집으로 향했다. 그곳에는 현건과 대경이 있었다.

허걱!

승리가 경악하며 눈을 보름달마냥 동그랗게 뜨는 것을 본 대경은 간신히 웃음을 삼켰다.

"요즘 대경이 이 친구가 너무 수고해서 식사 같이하자고 했어요. 승진도 축하할 겸. 괜찮죠?"

아내인 지원을 바라보느라 승리의 표정을 보지 못한 현건이 웃으며 말했다.

괜찮기는 뭐가 괜찮아? 으아, 어떻게 하지? 약속이 있다고 해야 되나? 아니면 배탈 났다고 둘러대?

승리가 눈을 또록또록 굴리며 굳어버린 머리를 가동하려 할 때, 지원은 친구의 팔을 잡아끌어 안으로 들어오게 했다.

"물론 괜찮죠. 승리야, 들어가자."

"아, 그게……."

승리가 바닥만 바라보며 입을 열자, 지원은 친구의 반항 아닌 반항은 들은 척도 않고 대경에게 상냥하게 웃으며 인사했다.

"안녕하세요, 이대경 씨. 내 친구 승리예요. 그동안 많이 봤지만 이렇게 식사하는 자리에서 정식으로 인사하는 건 처음이죠?"

"그러고 보니 그렇군요. 안녕하세요, 이승리 씨."

승리는 자신도 모르게 고개를 번쩍 들었다. 동시에 이를 악물면서 말했다.

"박승리예요."

"실례했군요."

대경은 입술 끝을 들어 올려 살짝 웃음을 지었다. 마냥 굳어 있기만 한 얼굴이 부드럽게 펴지며 보기 좋은 웃음을 그려냈다. 안 그래도 잘생긴 얼굴이 작은 움직임에 태양 같은 빛을 발하자 승리는 한순간 말을 잃었다.

엄마야.

"자, 식사하죠."

현건은 가만히 대경과 승리의 인사를 지켜본 뒤 메뉴판을 가리켰다. 적당히 주문을 한 뒤 승리는 메뉴판에서 고개를 들었다. 대경이 바로 앞에 앉아 있었다. 그는 승리에게 시선을 주더니 쿡, 하고 웃었다.

뭐야, 이 남자? 왜 웃는 거지?

승리는 그의 시선을 피해 눈 둘 곳을 찾다가 고개를 움직여 룸을 둘러보았다. 예쁜 꽃이 그려진 천장 벽지 아래에 걸려 있는 주홍빛의 노란 등은 은은한 분위기로 방을 메우고 있었고, 부드러운 곡선의 원목 탁자와 의자는 유려한 손을 가진 장인이 만든 것이었다. 몇 명이 들어오지 못하는 VIP 전용 룸인데도 아주 넓었고 전망도 화려했다. 또한 음식 배열을 해주는 사람은 아주 깍듯했다.

"좋은 곳이네요."

음식도 아주 훌륭하고, 맛도 좋은 것 같았다. 엊그제께 사건이 생각나 음식이 눈에 들어오지 않고 맛도 잘 느낄 수 없었지만, 승리는 후식으로 나온 과일을 깨작거리며 평했다.

"그렇죠? 이 친구 소유입니다."

현건은 찻잔으로 대경을 가리켰다. 승리는 눈을 동그랗게 떴다.

"여기도요?"

대경은 고개를 끄덕였고, 현건은 고개를 갸웃하며 물었다.

"다른 곳도 소유하고 있다는 걸 승리 씨도 알고 있나 보군요."

"음, 어쩌다 보니 알게 됐어요. '붉은 밥'이라는 클럽의 주인이더라고요."

"붉은 밤입니다."

아까 승리가 그런 것만큼은 아니지만, 이번에 이를 악물고 말한 건 대경이었다. 승리는 속눈썹을 깜빡거린 뒤 상냥한 목소리로 사과했다. 대경의 옆 자리에 앉아 있던 현건이 대경의 목에 희미하게 남아 있는 잇자국을 발견한 게 바로 그때였다.

"다쳤나? 목에 자국이 있군. 물린 자국 같은데?"

"토끼한테 물렸어."

수의사 모드가 작동된 지원이 되물었다.

"토끼요?"

"네. 몰랐는데 잘 물더라고요."

"음, 좀 민감한 때라 그랬을지도 몰라요."

지원은 '발정기'라는 말을 돌려 말했다. 승리는 쥐구멍에라도 숨고 싶었다.

"근데, 토끼 키우세요?"

"어쩌다 하룻밤 맡게 된 토끼입니다."

대경은 승리에게 시선 한번 주지 않았다. 승리는 벌게진 얼굴을 감추기 위해 차가운 물만 계속 마셨고, 대화가 끝날 때까지 입을 꼭 다물고 있었다.

친구라는 게 이럴 줄이야.

승리가 째려보고 있다는 것도 모른 채, 지원은 주차장으로 갈 때 방긋 웃더니 뒤에 나오는 대경에게 말했다.

"대경 씨, 승리 좀 집까지 데려다 주실래요?"

대경은 무심한 표정으로 지원의 청을 수락했다. 지원은 만족스럽게 웃은 뒤 남편과 함께 운전기사가 운전해 주는 차를 타고 사라졌다.

'저 배신녀!'

승리는 속으로 그렇게 내뱉은 뒤, 대경에게 말했다.

"저기, 안 데려다 주셔도 돼요."

"타세요."

"진짜 괜찮아요."

대경은 대답 없이 운전석에 탄 뒤, 조수석 문을 열었다. 왠지 모를 압박감에 승리는 탈 수밖에 없었다.

"왜, 왜요?"

대경은 살짝 인상을 쓰더니 몸을 슥 앞으로 내밀었다. 승리가 깜짝 놀라 몸을 뒤로 뉘어 좌석에 바싹 붙였을 때, 대경은 손을 뻗어 안전벨트를 둘러주었다.

"혼자서 클럽에 가서 술 마시는 것도 그렇고, 안전벨트도 안 하고. 내 참."

"무, 무슨 상관이에요!"

"그래요, 상관없지요."

대경은 싸늘하게 말한 뒤 차를 출발시켰다. 운전은 부드러웠고 조용했다. 차가 좋은 덕분도 있겠지만, 그의 운전 솜씨는 아주 훌륭했다.

"저기요."

한참 뒤, 처음과는 달리 좀 더 편안하게 좌석에 몸을 기댈 수 있게 된 승리는 목을 가다듬고 조용히 말했다.

"엊그저께, 고마웠어요."

아무리 낯 뜨겁더라도, 할 말은 해야 했다.

"뭐가요?"

대경은 앞만 바라보며 싸늘하게 물었다.

"구해준 거요. 그리고 돌봐준 것도."

"흐음."

"그리고 미안해요. 그, 그 상처 낸 거. 오해해서 나쁜 말 한 것도요."

"흐음."

승리는 계속 콧소리만 낼 거냐고 핀잔을 주고 싶었지만, 지은 죄가 있었기에 그럴 수 없었다. 대신 다른 것을 물어보았다.

"혹시 내가 이상한 소리 하던가요?"

"아침에 했던 말 말고?"

승리는 대경을 슬쩍 째려보았다.

"지금 노려보는 겁니까?"

이 남자는 눈이 옆에도 달렸나?

승리는 재빨리 방긋 웃으며 고개를 저었다. 그리고 다시 물었다.

"음, 다른 말은 안 했죠?"

혹시 우혁에 대해서 떠든 게 아닐까?

항상 커플링을 끼고 다니다가 육 개월 전부터 안 끼고 다녔기에, 경호원들 모두 그녀가 이제 솔로라는 건 다 알고 있을 것이다. 하지만 그 사실을 알고 있는 것과 왜 헤어졌는지 등등을 알게 되는 건 다른 일인지라 승리는 걱정이 됐다.

"글쎄요. 자, 다 왔습니다."

대경은 별다른 말은 하지 않고 아파트 건물 바로 앞에 주차했다. 승리는 주저했지만, 차에서 내렸다. 그녀는 대경이 따라 내리는 걸 보고 조금 놀랐다. 그 모습에 대경이 짧게 말했다.

"집 앞까지."

"난 경호 대상이 아닌데요."

"경호 대상이면 집 안까지 탐색하지요. 아니니까 집 앞까지입니다."

대경은 살짝 멍한 표정으로 서 있는 승리를 뒤돌아보았다.

"안 갑니까?"

"네? 아뇨, 가요."

승리는 쪼르르 대경의 등 뒤를 따라갔다. 그러고 보니, 대경은 그녀의 집주소를 알고 있었다.

"우리 집 어떻게 알았어요?"

"이지원 씨를 경호했었으니까요. 기분 나쁘겠지만, 주변 사람들에 대해 알아두는 건 기본입니다."

"내 뒷조사를 했단 말이에요?"

"이지원 씨와 관련된 것만, 아주 기본적인 것만 알아봤습니다. 불쾌했다면 사과드리죠."

승리가 대경을 째려볼 때, 엘리베이터 문이 열렸다. 막 탔을 때 아이들이 우르르 몰려들었다. 초등학생으로 보였지만 다들 운동이라도 하는지 한몸집을 자랑했는데, 때문에 대경과 승리는 구석으로 몰리게 되었다.

승리는 가능하면 대경과 가까이 서 있고 싶지 않았다. 하지만 씨름 선수라고 해도 믿을 만큼 육중한 아이 하나가 그녀를 떠밀자 어쩔 수 없이 대경의 가슴에 폭하고 안길 수밖에 없었다.

그는 단단했다. 경호원이라 그런 걸까. 늘씬한 라인을 살려주는 까만 슈트 뒤의 근육은 강철 같았다. 승리는 얼굴이 새빨갛게 변하는 것을 느꼈다.

아이들이 십팔층에서 내리자 승리는 후다닥 뒤로 물러났다. 대경은 보이지 않게 얼굴을 살짝 굳힌 뒤, 꼭대기인 이십층에 도착하자 휙 몸을 돌려 승리의 집 문이 있는 곳으로 통하는 간이 문을 열었다. 즉각 그의 몸이 굳어지며 경계 태세에 돌입했다.

"이대경 씨? 왜 그래요?"

"아는 분입니까?"

"그건 내가 하고 싶은 말인데."

승리의 아파트 문 앞에 서 있던 남자가 앞으로 걸어나오며 말했다. 대경은 반사적으로 승리의 앞을 가로막았다.

"오빠!"

대경을 뚫고 바로 튀어나간 승리는 폴짝 뛰더니 남자에게 한번에 안겼다. 남자는 188cm인 대경보다 3cm는 더 컸는데, 아주 우람한 곰 한 마리가 저절로 연상될 만큼 굉장히 몸집이 컸다. 대경처럼 조각같이 잘생긴 얼굴은 아니었지만, 다소 긴 머리칼과 턱을 덮고 있는 수염을 단정하게 정리한다면 깔끔한 미남으로 비춰질 듯했다.

대경은 승리의 뒷조사 내용을 기억했다. 승리는 여섯 오빠를 뒀고, 그들 모두 막내인 승리를 아주 아낀다고 했다.

"오빠, 어쩐 일이야?"

"우리 귀염둥이가 보고 싶어서 말이야."

승열은 눈에 넣어도 안 아플 만큼 사랑하는 막내에게 씩 웃어주었다. 그러나 대경을 쳐다보는 그의 눈빛은 시퍼렇게 불타오르고 있었다.

"이대경입니다."

대경은 손을 내밀었다.

"박승열이야. 승리 둘째 오빠지."

승열은 손을 잡고 힘을 주었다. 대경 또한 힘을 주었다. 두 건장한 남자의 힘이 우지끈 충돌했지만, 둘 다 표정에는 전혀 변화가 없었다.

"승리 새 남자 친군가?"

속으로 감탄했지만, 승열은 대경을 노려보며 내뱉었다.

"오빠!"

"아닙니다."

"그럼 후보?"

대경은 아주 잠깐 망설였다.

"아닙니다."

"흠."

승열은 흘긋 동생을 보았다. 승리의 얼굴에는 아무 표정도 떠올라 있지 않았다.

"뭐, 내가 좀 무례하다고 생각할지 몰라도 미안하진 않구만."

"이해합니다. 저도 여동생이 있으니까요."

승열은 대경의 대답이 마음에 드는 듯 어깨를 쾅쾅 쳐댔다. 승리가 보기엔 한 방 맞으면 뒤로 날아갈 정도의 세기였으나 대경은 여전히 전혀 움직임이 없었고 표정도 변화가 없었다.

"이대경 씨, 데려다 줘서 고마워요. 그럼 잘 가요."

승리는 애써 평소와 같은 어조로 말했다. 대경은 고개를 살짝 끄덕이고는 뒤돌아 엘리베이터를 탔다. 승리는 대경이 사라지자마자 오빠를 타박했다.

"왜 그런 엉뚱한 말을 하는 거야?"

"엉뚱하다니. 뭐, 후보가 아니라니 신경 쓸 필요가 없긴 하네. 근데 누구야?"

승열의 질문은 은근했지만 목소리는 날카로웠다.

"지원이 경호하던 사람이야. 오늘 우연히 지원이네랑 저 사람이랑 식사하게 됐거든. 내가 차 없으니 데려다 준 거고."

"화성그룹 경호원이구나."

승리는 고개를 끄덕였다. 단순히 경호원이 아니었지만 더 자세하게 말해줄 필요는 없었다.

"괜찮은 놈 같은데 아깝다."

"괜찮긴 뭐가 괜찮아?"

발끈한 승리는 팩 소리쳤다.

"그 바퀴벌레보단 나은 것 같은데."

승리는 대답하지 않았다. 승열은 슬며시 물어보았다.

"반년 넘었지? 그렇게나 지났는데도 설마 너 아직 소우혁을 못 잊은 거야? 오빠들이 말했잖아, 그놈 너 이용해 먹은 거라고. 너한테 받아먹은 돈으로 다른 여자 만났다면서. 이제 결혼도 한 놈이잖아."

"그건 내가 오빠들보다 더 잘 알아!"

승리는 눈물이 솟는 것을 느끼며 소리쳤다. 승열은 막냇동생의 큰 눈에 그렁그렁 눈물이 맺힌 것을 보고 그제야 실수했다는 것을 알았다.

"음, 오빠가 잘못 말했어. 그냥, 그 바퀴벌레보다는 방금 그 친구가 더 괜찮아 보여서. 저 친구가 네 남친 되면 잘해줄 것 같아."

"후보도 아닌데 뭐. 그냥 바래다준 것뿐이라니까."

승리는 오빠가 땀을 삐질삐질 흘리는 것을 보곤 눈물을 닦았다. 정말이지, 짜증이 났다. 그 빌어먹을 우혁이 자신을 이용했다는 걸 무려 팔 년이나 사귄 뒤에나 알았다는 게, 헤어진 지 반 년이나 지났는데도 아직까지 그놈을 완전히 기억에서 지우지 못했다는 게 정말 짜증났다.

아무래도 어서 빨리 새로 연애를 시작해야 할 듯싶었다. 그래야 조금이라도 더 빨리 잊지.

"근데 연락도 없이 갑자기 웬일이야?"

"집에 혼자 있으려니 갑자기 우리 막내가 잘 있나 궁금해서 말이야."

승열의 아내인 찬희는 현재 임신 팔 개월째에 접어들어 친정에 가 있었다.

"그래서 오늘 밤은 우리 막내랑 맛있는 거 먹으려고 왔지."

승리는 깨달았다. 착하고 다정한 둘째 오빠는 동생을 위로하려고 온 거였다. 승리는 팩 성질을 낸 자신이 부끄러워졌다.

"전화하지 그랬어. 그럼 일찍 들어왔을 텐데."

"휴대폰 배터리가 다 됐더라. 자, 우리 뭐 먹으러 갈까? 사실 이 오빠가 저녁을 아직 못 먹어서 배고파. 참, 넌 저녁 먹었댔지?"

아까 중국 식당에서는 대경 때문에 거의 못 먹었다.

"이대경 씨가 있는 게 불편해서 거의 안 먹었어. 요 밑의 포장마차에 우동 먹으러 가자. 오빠, 그거 좋아하지?"

승열은 씩 웃으며 승리의 손을 꼭 잡았다. 둘째 오빠의 큰 손은 아주 따뜻했다.

승리는 오빠와 종알종알 대화를 나누며 맛있게 우동을 먹었다. 우동 국물도 따스했고, 막내를 챙겨주는 오빠의 마음도 따스했다. 그러나 오빠가 돌아간 뒤, 승리는 어느새 마음이 싸늘하게 식은 것을 느꼈다.

소우혁. 그리고 이대경.

앞의 남자는 어서 완전히 잊어야 할 쓰레기였다. 그리고 뒤의 남자는…… 그가 한 말이 기억이 났다. 자신은 눈이 높아서 그녀에게 관심이 없다고.

"이대경은 정말 내가 싫나?"

승리가 중얼거리며 침대에 풀썩 누운 그 시각, 대경은 샤워를 하기 위해 옷을 벗고 있었다. 그는 화장실의 거울을 보며 셔츠의 단추를 끌렀다. 흉근 사이, 바로 심장 부분에 승리가 남겨놓은 손톱자국이 보였다. 동시에 그는 엘리베이터 안에서 그의 품 안에 밀착되어 있던 그녀의 온기도 분명히 되새길 수 있었다.

대경은 깊게 숨을 내쉰 뒤, 생각했다.

곧 사라지겠지.

그가 그렇게 결론지으며 흔적을 지우려고 노력하는 날, 지나간 흔적이 새롭게 시작되고 있었다.

철컹.

감옥의 거대한 철문이 열리는 순간, 사내는 지난 오 년간 온몸을 옥죄었던 것이 탁 풀리는 것을 느꼈다.

사내는 튀어나오는 욕을 간신히 내리눌렀다. 그리고 그동안 꼭꼭 감춰둔 거대한 살기도.

모범수로 보이기 위해 얼마나 노력했던가. 출감하는 길이긴 했으나 섣불리 본모습을 보일 필요는 없었다. 그는 언제까지나 선량한 사람이고, 앞으로도 그렇게 보여야 했다.

문 앞으로 걸어나온 사내는 뒤를 돌아 감옥의 정문 앞을 지키고 있는 교도관들에게 꾸벅 인사를 했다. 한 교도관은 피식 비웃는 듯했지만 그가 얼마나 모범적으로 생활해 왔는지 알고 있는 다른 교도관은 고개를 짧게 숙여 인사를 받아주었다. 그러면서도 손을 살짝 저어 보였다. 다시 오지 말라는 의미이리라.

그래, 이 빌어먹을 감옥에 다신 오지 않을 것이다. 계획대로 제대로만 복수한다면 올 일이 없으리라.

아무리 그가 선량하다지만, 죄도 짓지 않은 그를 감옥에 보낸 놈에게 복수는 해야지. 그게 세상의 이치 아닌가?

사내는 천천히 감옥 앞을 걸어나와 오른쪽 모퉁이를 돌았다. 어두웠지만 감옥과는 달리 넓은 그 길에는 그의 심복들이 대기하고 있었다.

"오랜만입니다, 형님."

"그래."

사내는 교도관들 앞에서는 굽혔던 몸을 쭉 폈다. 비굴하게 휘어졌던 허리는 지나치게 꼿꼿해졌고, 약하게 보이기 위해 움츠렸던 어깨는 누군가를 찌르기라도 할 듯 떡 벌어졌다. 사내는 밑으로 숙였던 얼굴도 번쩍 치켜들었다. 날카로운 턱은 하늘 높은 줄 모르고 솟았으며, 번뜩거리는 비수 같은 눈은 내리깔아 심복들을 훑어보았다.

"다시 만나서 반갑구나."

"저희도 반갑습니다!"

심복들은 허리를 90도로 숙여 인사했다. 사내는 만족스러운 웃음을 흘리며 대기하고 있던 거대하고 새까만 고급 차에 탔다. 느긋한 태도로 뒷좌석의 가죽 시트에 몸을 묻은 사내에게 운전수가 공손하게 휴대폰을 내밀었다.

[드디어 나왔군요.]

휴대폰을 통해 나긋나긋한 목소리가 들려왔다.

"준비됐나?"

[네. 근데 정확한 타깃이 아직도 안 생겼어요. 말씀하신 대로 주시하고 있지만요.]

"흠……. 생길 때까지 기다려 보지. 시간은 넉넉하니. 나도 당분간은 좀 조용히 지내야 할 테고."

[그럼 기다리는 동안에 뭘 할까요?]

간드러지게 유혹하는 소리. 사내의 아랫도리가 후끈 달아올랐다.

"거기 어디야?"

[어딘지 아시면서. 어서 오세요. 전 샤워 좀 하면서 기다리고 있을게요.]

사내가 고개를 끄덕이는 것을 본 운전사는 곧 출발했다.

그래. 감옥에 처박혀 있던 시간 동안 못했던 걸 하면서 기다리는 것도 좋겠지. 복수란 무르익을 때 하는 게 가장 달콤한 법이었으니까.

"반드시……."

사내의 입술에서 맹세의 말이 흘러나왔다.

"반드시 찢어발기겠어, 이대경……."

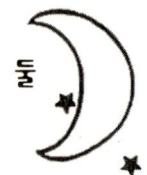

둘

발톱에서 반짝이는 매니큐어는 붉은색이었다. 노골적으로 그를 유혹하는 뜨거운 빛깔.

몸이 멋대로 움직였다. 대경은 손을 펼쳐 그 앙증맞은 발가락을 훑었다. 잠시 가는 발목을 손끝으로 문지른 뒤, 늘씬한 종아리를 뜨겁게 매만졌다.

부족하다. 매만지는 것만으로는 부족하다.

대경은 고개를 숙여 여자의 허벅지 안쪽을 살짝 깨물었다. 황홀한 살결을 맛보며 올라간 그의 혀는 평평한 복부에 이어 봉긋하게 솟은 두 가슴을 발견했다. 그러나 그는 미치도록 유혹하는 가슴이 아니라 그 사이를 선택했다.

대경은 쇄골을 깨문 뒤, 여자의 사슴처럼 긴 목에 축축한 키스를 퍼부었다. 턱을 맛본 뒤, 마침내 매니큐어와 같은 색의 립스틱이 칠해진 입술에 도달했다. 여자의 입 안은 지옥처럼 뜨거웠다. 천국처럼 황홀했다.

"하아……."

여자의 신음이 터질 것 같은 욕망으로 부글부글 들끓고 있는 대경의 귓가를 관통했다.

가질 것이다. 이 여자를 가질 것이다.

여자의 안으로 들어가기 위해 그는 상체를 들었다. 그리고 여자가 누구인지 보았다.

"승……."

대경은 눈을 떴다. 희뿌옇던 시야가 선명하게 바뀌면서 천장의 벽지가 잡혔다.

꿈이었나?

"빌어먹을……."

아쉬움인지, 아니면 다른 것인지 알 수 없는 감정을 느끼며 대경은 옅게 비속어를 흘려보냈다. 짧게 한숨을 내쉬며 눈을 감자, 꿈속에서 본 여자가 뇌리 속에 또렷하게 나타났다.

승리를 꿈꾼 건 처음이 아니었다. 그녀는 갈수록 더 자주 그의 꿈에 출연했다. 더 짙고 강한 농도로.

미치겠군.

대경이 머릿속을 비우려고 노력할 때, 머리맡의 테이블에 있는 전화가 울리기 시작했다. 대경은 손목시계를 흘긋 확인했다. 새벽 4시 30분. 이 시간에 누가?

벨소리가 온 방 안을 가득 채우는 가운데, 대경은 낚아채듯 수화기를 들었다.

"이대경입니다."

[뚜—]

장난 전화인가? 대경은 차가운 얼굴을 찌푸렸지만, 다른 생각 없이 수화기를 내려놓았다. 승리에 대한 생각만으로도 머릿속이 복잡했으니까.

어떻게 해야 할까?

잠시 생각에 잠긴 뒤, 그는 침대에서 일어섰다. 평소보다 많이 일렀지만 출근 준비를 서둘렀다. 그 시각, 승리는 친구를 위해 기상하고 있었다.

지원이 현건과 혼인신고를 한 건 작년 1월 말이었지만 그때 결혼식은 올리지 않았었다. 일 년 사 개월 만에 결혼식을 올리는 지원을 위해 승리는 새벽부터 일어나 친구와 함께 미용실로 갔다가 식장으로 향했다.

화성 호텔은 매우 혼잡했다. 아무리 주인공인 새 신랑과 새 신부가 본인들의 뜻대로 되도록 소박하게 결혼식을 치른다고 해도 내로라하는 재벌의 결혼식이었다. 그런 만큼 축하 화환은 식장인 호텔의 정문 밖까지 끝없이 이어져 있었고, 텔레비전에서만 보던 정재계(政財界)의 유명인들로 이루어진 하객은 셀 수 없을 만큼 많았다.

웨딩플래너가 두 명이나 붙어 있었지만 신부의 가장 친한 친구인 승리는 따라다니는 것만 하는데도 눈이 돌아갈 지경이었다. 식이 시작된 뒤에는 조금 여유가 생기지 않나 싶었는데, 그 뒤는 더 틈이 없었다.

가까운 사람의 결혼식을 볼 때면 눈물이 난다고 하는데, 승리는 오빠들의 결혼식만이 아니라 친구의 결혼식에서도 그럴 줄은 몰랐다. 그녀는 가장 친한 친구가 결혼하는 걸 보자 눈물을 참을 수가 없었다. 특히 결혼식 중간에 지원이 눈물 흘리는 걸 보자 그녀의 눈물도 펑펑 나왔다.

"다시는……."

두 번째 줄에 앉아 있었지만 승리는 현건의 다음 말을 듣지 못했다. 반지를 교환한 뒤 현건은 무언가를 이어 말했고, 소리 없이 눈물만 흘리던 지원은 고개를 살짝 끄덕였다. 현건은 아주 작은 미소를 짓더니 고개를 숙여 지원의 이마에 맹세하듯 경건하게 입을 맞추었다.

승리는 그 모습을 보자 울음을 더욱 그칠 수가 없었다. 그녀는 화장이 엉망이 되었다는 것을 깨닫고 자리에서 일어나 빠져나왔다.

사람들이 워낙 많았기에 움직이기 어려웠다. 승리는 간신히 화장실을 찾아 화장을 고친 뒤 나왔다. 예식이 거의 끝날 때라 그런지 화장실에 들어갈 때보다 사람들은 더 많았다. 승리는 사람들 사이에서 비틀거리다가 어떤 남자의 등에 머리를 콩 박고 말았다.

"아얏, 죄송합니다."

"아닙니다."

어머나!

고개를 든 승리는 눈을 휘둥그레 떴다. 이제까지 그녀는 대경을 가장 잘생기고 목소리가 멋진 남자라고 생각했었다. 하지만 눈앞의 남자는 대경을 능가했다!

승리는 재빠르게 남자를 훑어보았다. 문득, 그녀는 남자의 반듯한 이목구비가 낯익다는 사실을 알아차렸다.

대경과 비슷했다. 그것도 아주 많이. 하지만 남자는 냉기가 묻어나는 대경과는 달리 따듯해 보였다.

"괜찮으세요?"

승리가 그를 멍하니 바라보고만 있자, 남자는 걱정스러운 기색으로 물었다. 승리는 재빨리 눈을 내려서 남자의 손을 확인했다. 왼손 네 번째 손가락에는 결혼반지가 굳건하게 자리를 지키고 있었다.

에이, 나이 좀 많이 보이긴 하지만 진짜 아깝네.

"아……?"

승리의 얼굴을 살펴본 남자는 눈을 크게 떴다.

"혹시……."

"형?"

대경의 목소리. 한 번에 누구의 것인지 알아들은 승리는 소리가 들려온 방향으로 고개를 돌렸다. 단정하게 뒤로 빗어 넘긴 머리칼, 딱딱하지만 움직이기 편해 보이는 고급 슈트, 그리고 냉철한 얼굴. 중국요리집에서 함께 식사한 뒤 한 달 만에 보는 대경은 딱 경호원 차림이었다.

"혼자 온 거야? 형수랑 한희는?"

"한희가 배고프다고 해서 네 형수와 먼저 식사하러 내려갔어. 아는 분이니?"

대경은 승리의 얼굴을 보았다. 형의 잘생긴 얼굴을 바라보고 있는 승리의 눈동자는 반짝거리고 있었다. 대경은 마음속의 무언가가 뒤틀리는 것을 느끼며 형의 질문에 대답했다.

"이지원 씨의 친구 분이야. 박승리 씨, 제 형입니다."

역시 형제였군. 그나저나 이 형제들은 대체 뭘 먹고 자랐기에 저렇게 잘생겼지?

승리는 초롱초롱한 눈으로 가경과 대경의 외모를 비교해 보았다.

확실히, 대경보다 가경이 더 잘생겼다. 하지만…… 이상하게도 시선은 대경에게 더 쏠렸다.

"이가경입니다."

미소 지은 가경이 악수를 청하기 위해 손을 내밀려고 할 때, 대경은 승리에게 차갑게 내뱉었다.

"신부 친구의 사진을 찍을 때가 됐습니다. 가세요."

"네? 네."

승리는 대경의 쫓아보내는 듯한 태도에 깜짝 놀랐지만, 서둘러 가경에게 고갯짓으로 인사한 뒤 등을 돌렸다. 대경은 승리가 가는 것을 보는 형에게 싸늘하게 말했다.

"형, 유부남이면 유부남답게 행동해."

당황한 가경은 잠시 동생을 바라보기만 했다. 조금 뒤에야 알아들었고, 화가 나기보다 재미있었다. 그는 쿡쿡 웃으며 말했다.

"나한테까지 질투할 필요는 없어."

이번에 당황한 건 대경이었다.

"저 여자 분과 사귀는 거니? 이야, 드디어 솔로 탈출한 거야? 어머니가 너 혼자라고 얼마나 걱정 많이 하시는지 알지?"

"어머니께 아무 말도 하지 마. 그런 사이 아니야."

"뭐야, 그럼 네가 짝사랑을 하고 있다는 거야?"

가경은 더 크게 웃었다. 대경은 큰 형을 노려보았다. 웃음을 그친 가경은 잠시 망설였지만, 말했다.

"근데 대경아, 저 여자 분…… 좀 닮았어."

"누구를?"

"이안이."

대경은 아까보다 더 당황했다.

"대경아, 어머니는 네가 평생 혼자 살아가는 게 아닌가 걱정하고 계셔. 나도 그렇고. 이안이와 닮은 게 걸려도, 저 아가씨가 마음에 들면 만나봐."

"닮았다고 생각한 적 없어. 그리고 난 박승리 씨에게 아무 감정 없어."

대경은 선언하듯 말했다. 가경은 동생을 잠시 뜯어본 뒤, 고개를 끄덕이고는 아내와 딸이 기다리는 곳으로 내려갔다.

혼자 남겨진 대경은 차가운 얼굴을 더욱 딱딱하게 굳힌 뒤, 주변의 경호가 잘되고 있는지 확인하며 천천히 식장 안으로 들어갔다.

"어서 가서 사진 찍어."

사진을 찍을 때가 되자, 화성그룹 경호팀의 총책임자 김종운 실장은 신랑인 현건의 동창이자 친구인 대경을 밀었다. 뒤쪽 대열에 서면서 대경은 앞의 사진사만 바라보기 위해 노력했다. 그러나 본능적으로, 그의 눈동자는 한 여자를 찾아 나섰다.

신부 지원의 바로 뒤에 서 있는 승리는 옆 자리에 있는 어떤 남자와 이야기를 나누고 있었다. 옆모습이 반쯤밖에 보이지 않았지만 핑크빛 원피스는 승리의 굴곡 있는 몸매를 눈부실 만큼 잘 살려주고 있었고 평소보다 섬세하게 화장한 얼굴은 남자들로 하여금 그녀만을 바라보게 만들었다. 아주 뜨거운 눈길로.

다시 마음속의 무언가가 뒤틀렸다. 그러나 대경은 가슴속에 피어난 감정을 인정하지 않았다. 그러고 싶지 않았으니까.

오 년 전에 이안이 그렇게 떠난 뒤, 그 길다면 길고 짧다면 짧은 시간 동안 그는 어떤 여자에게도 시선을 주지 않았다. 원한 적도 없었다. 하지만…….

한 달 전, 승리는 약에 취해 그의 몸에 흔적을 남겼다. 이안이 그렇게 떠난 뒤 접촉한 여자는 그녀가 처음이었다. 그래서 밤마다 꿈을 꾸고, 지금 이렇게 바라볼 수밖에 없게 된 걸까? 오 년 만에 접촉한 여자라서?

그 이유도 있었다. 그러나 근원적인 이유가 더 컸다. 사실, 그는 일 년도 전에 처음 본 순간부터 박승리라는 여자를 의식했다. 귀여운 얼굴과 늘씬한 몸매를 가진 그녀는 어떤 남자라도 시선을 줄 수밖에 없을 만큼 매력적인 여자였으니까.

일 년이 넘게 지원을 경호하면서 함께 관찰하게 된 뒤부터는 얼굴만 예쁜 게 아니라 마음도 밝고 착한 여자라는 걸 알게 되었고, 그래서 더 시선을 주게 되었다. 조금 엉뚱한 면도 있고, 말을 좀 특이하게 하는 여자라는 것도 알게 되었고.

하지만…… 아니다. 가경 형의 말처럼 승리를 특별하게 생각하는 건 아니었다. 밤마다 꿈을 꾸긴 했지만…… 그건 아무것도 아니다. 아닐 것이다.

대경은 그렇게 생각하려 애썼지만, 그녀의 옆에 서 있는 남자에게까지 치미는 이 분노의 이름이 무엇인지 알고 있었다.

인정해야 하는 걸까?

"거기 남자 분, 여기를 보셔야죠?"

시선이 엉뚱한 곳에 머물러 있는 것을 본 사진사는 대경을 지적하며 말했다. 몇몇 사람들이 사진사의 손이 가리키는 방향을 따라 보았다.

"어머, 진짜 잘생겼다."

"그지? 신랑 친구인가 봐. 전화번호 알아낼 수 있을까?"

지원의 고등학교 동창이라는 여자 두 명이 대경의 얼굴을 훔쳐보며 속닥거렸다. 승리는 슬며시 짜증이 일어서는 것을 느꼈지만, 활짝 웃으며 촬영을 마쳤다. 하지만 촬영 뒤, 그 여자 중한 명이 대경에게 걸어가 말을 거는 것을 보자 더 이상 미소를지을 수가 없었다.

아니, 내가 왜 짜증을 내는 거야? 내 남친도 아닌데.

승리는 대경을 째려보았다. 그는 말을 건 여자에게 딱 한 마디만 하고는 등을 휙 돌려서 빠른 걸음으로 예식장 밖으로 빠져나갔다. 무슨 말을 건넸는지 정확히 알 수 없었지만, 남겨진 여자가 눈초리 끝을 올린 것을 보니 안 좋은 말을 했다는 건 알 수 있었다.

음, 왜 갑자기 마음이 놓이지?

사진 촬영이 다 끝나서 지원을 따라가야 했기에 승리는 더 깊게 생각하지 못했다. 그녀는 지원이 결혼식에 참석한 사람들에게 감사의 인사를 하고, 신혼여행을 가기 위해 공항으로 떠나기전까지 계속 친구의 곁을 지켰다. 신혼부부가 탄 차가 출발하는것을 지켜본 그 순간, 그제야 눈 돌아가게 바빴던 하루를 보낸결과가 나타났다.

12㎝짜리 힐은 평소엔 아무것도 아니었지만 무리해서 그런지발바닥이 너무 아팠다. 다시 위로 올라온 뒤, 남은 사람들끼리호텔 스카이라운지에서 한잔하자는 말이 나왔지만 승리는 어서

집으로 가서 쉬고 싶었다. 그녀는 아는 몇몇 경호원들에게 인사한 뒤 아무도 없는 엘리베이터를 탔다.

멀리서 승리가 탄 엘리베이터가 내려가는 것을 본 대경은 밑의 경호를 확인해야 한다는 생각을 떠올렸다.

내려가는 김에 승리를 택시에 태워줘야 하지 않을까?

잠시 망설였지만, 대경은 그렇게 하기로 결정했다. 태워주면서 그녀를 한 번만 더 보자.

"젠장……."

스스로에게 욕설을 내뱉으면서도 대경은 다른 엘리베이터에 탔다. 그때, 승리가 탄 엘리베이터는 내려가다가 몇 층 아래에서 잠시 멈추었다. 값비싼 슈트를 걸친 남자 한 명이 탔다.

"미인이시네요."

승리를 흘끔 훑어보던 남자는 빙긋 웃으며 말을 건넸다. 능글거리는 게 마음에 들지 않았지만 일단 칭찬이었기에 승리는 살짝 웃는 것으로 대답을 대신했다.

"일은 다 끝난 건가요?"

일? 무슨 일을 말하는 거지?

무슨 말을 하는 건지 몰라 고개를 갸웃거릴 때, 남자는 승리에게 한 걸음 더 가까이 다가와 느끼하게 속삭였다.

"다 끝났다면, 나랑 한잔하지 않겠어요?"

"좀 피곤해서요. 그럼, 안녕히 가세요."

엘리베이터가 일층에 서자 승리는 그렇게 말하며 등을 돌렸다. 남자는 그녀의 등 뒤에서 말을 던졌다.

"얼마면 되겠어?"

"……뭐?"

승리는 뒤돌았다.

"얼마면 되겠냐고. 그렇게 차려입은 걸 보니 고급인 것 같은데, 내가 잘 쳐줄게. 응?"

승리는 그제야 남자가 자신을 고급 콜걸로 본다는 것을 깨달았다. 이 남자 미친 거 아니야? 아니, 취한 건가?

바로 앞에 달라붙은 남자는 옷차림은 멀쩡했지만 입에서 은근히 술 냄새가 풍겼고, 눈도 약간 충혈되어 있었다.

"내가 오늘 돈 좀 있어. 혀 잘 써?"

남자는 승리의 어깨에 손을 올렸다. 바퀴벌레가 기어가는 듯 온몸에 소름이 쫙 끼쳤다. 승리는 참을 생각이 없었다.

"잘 쓰면 두 배로 줄 수 있……."

"우리 일단 다른 곳으로 가죠."

승리는 빙긋 웃으며 남자의 넥타이 끝을 살짝 잡아끌었다. 그녀는 막 옆 엘리베이터로 내려온 대경이 남자와 자신을 발견했다는 것을 모른 채, 남자를 끌고 화장실이 있는 복도로 향했다. 운 좋게도, 비상구를 열고 들어가자 아무도 없었다.

"지금 여기서 하자는 건, 킥!"

남자는 승리의 주먹이 턱에 작열하자 말을 끝맺지 못했다. 승리는 남자가 휘청거리자 무릎을 올려 중심 부분을 찼다.

"이 똥 같은 놈아, 누굴 뭘로 아는 거야?"

승리는 팔짱을 낀 채 남자를 노려보았다. 쓰러진 남자는 중심 부분을 부여잡은 채 식은땀만 줄줄 흘렸다.

몇 대 더 차줄까, 아니면 그냥 갈까? 승리가 고민하고 있을 그때, 쾅 하는 소리와 함께 비상구 문이 벌컥 열렸다.

"박승리 씨, 무슨 일입니까?"

승리는 설명할 생각도 못한 채 갑자기 나타난 대경을 보고 눈을 동그랗게 떴다. 그녀는 아무 말도 하지 않았지만, 대경의 눈은 날카로웠다. 대경은 남자가 어느 부위를 얻어맞았는지 바로 포착했다. 그는 손을 뻗어 끙끙대는 남자의 멱살을 쥐고 한 번에 들어 올렸다. 남자는 캑캑거리기 시작했지만 대경은 아랑곳하지 않았다. 승리는 화가 난 상태긴 했지만 남자의 얼굴이 새하얗게 질린 것을 보자 살짝 걱정이 되었다.

"저기, 더 응징 안 해도 될 것 같아요."

"내 추측이 맞다면 더 해야 할 것 같은데요. 너……."

대경은 살기를 담아 남자를 쏘아보았다.

"무슨 짓을 저지른 건지 모르겠지만 한 번만 더 이 여자한테 그따위 짓 하면……."

그는 진심을 담아 맹세했다.

"죽여 버린다."

한순간 승리가 숨을 흑 멈춘 가운데, 대경은 얼굴이 벌게진 채로 입만 뻐끔거리는 남자를 끌어 쓰레기 버리듯 비상구 밖으로 내던지고 그대로 문을 닫아버렸다. 남자가 시야에서 사라지자 대경은 더없이 만족스러웠다. 그러나 그때부턴 다른 종류의 분노가 치달아왔다.

"박승리 씨."

"네, 네?"

"도대체, 제정신인 겁니까? 왜 그렇게 안전 불감증인 겁니까!"

화를 참을 수가 없었다. 대경은 버럭 소리 지르고 말았다.

"저놈이 추행을 하면 다른 사람들에게 도움을 청하는 게 정상적인 겁니다! 그런데 되레 인적이 드문 비상구로 같이 들어오다니, 미친 겁니까?"

"미치긴 누가 미쳐요? 이대경 씨, 말 함부로 하지 말아요! 난 유도 2단, 태권도 4단, 검도 3단이에요. 저런 찌질한 놈 정도는 나 혼자서도 충분히 처리할 수 있어요!"

오빠들은 어린 막내이자 집안의 유일한 여자인 승리에게 온갖 호신술을 다 익히게 했었다. 자기 몸 하나는 지킬 줄 알아야 한다고. 어렸을 때는 용돈을 올려준다는 오빠들의 말에 혹해서 열심히 배웠지만, 나이가 들어서는 승리 스스로 필요성을 느껴서 바쁜 와중에도 틈틈이 배웠다. 그리고 그 효과는 치근대는 찌질이들을 퇴치할 때 빛을 발했다. 많이 까먹어서 제대로 안 되긴 했지만.

"유도 2단은 손가락 하나로도 따는 겁니다."

사실 쉬운 건 아니었지만, 대경은 그렇게 내뱉었다.

"옆에 죽도도 없는데 검도 유단자인 건 소용없습니다. 그리고 태권도 4단? 박승리 씨보다 힘이 세고 덩치도 큰 남자가 갑자기 덮치는데 그런 게 소용있을 것 같습니까?"

대경은 생각만 해도 소름이 끼쳤다.

이안처럼 승리도 다친다면?

"난 괜찮아요, 이대경 씨. 웬만한 치한 정도는 내가 알아서 할 수 있어요. 방금 처리한 것처럼요."

"정말 그럴까요?"

대경은 행동했다. 그는 앞으로 걸어나가는 동시에 왼손으로 승리의 두 손목을 강하게 잡아챘다. 그러고는 오른손으로는 승리의 왼쪽 어깨를 강하게 쥐고 끌어당겼다.

"한순간에 이렇게 손이 봉인될 수 있습니다. 아무리 유단자라고 해도, 절대 여자 혼자서 치한을 격퇴하진 못합니다. 그러니……."

대경은 시선을 내렸고, 승리의 눈이 커진 것을 보았다. 동그랗고 큰 눈동자는 언제나 그렇듯이 촉촉하게 젖어 있었다. 입술이 그런 것처럼.

승리의 입술. 키스해 달라고 외치는 듯한 유혹적인 입술.

대경은 고개를 숙였고, 승리는 숨결을 느꼈다. 대경의 뜨거운 숨결.

승리는 눈을 깜빡였다. 다시 보아도 그녀에게 다가오는 대경의 얼굴은 더욱 또렷해지고 있었다.

이 남자는 어떻게 이렇게 속눈썹이 긴 걸까?

입술에 닿기 직전 승리가 멍하니 생각한 건 대경의 속눈썹 길이였다. 그리고 그의 입술이 닿은 그 순간, 생각만이 아니라 세상 전체가 멈추었다.

대경은 강한 남자였다. 그 냉정한 시선만으로도 모든 사람을 짓누를 수 있을 만큼 강력한 존재. 그러나 예상과는 달리 그의 입술은 깃털처럼 부드러웠다. 그리고 따스하고, 다정하기도 했다.

거칠고 난폭했다면 곧바로 뿌리쳤을 것이다. 그러나 전혀 그렇지 않았고, 그래서 승리는 숨을 멈춘 채 그의 입술이 주는 온기를 고스란히 받아들일 수밖에 없었다.

승리가 느낀 건 따스함이었지만, 대경이 열망한 건 열기였다. 그는 입술을 맞대는 것만으로 만족할 수 없었다. 그는 입을 벌려 승리의 아랫입술에 혀를 대보았다. 승리의 입술이 움찔거리더니 살짝 벌어졌다. 대경은 그 유혹에 더 이상 아무 생각도 하지 못했다. 그는 본능대로 행동했고, 더 이상 참지 않았다.

단단하고 뜨거운 혀가 승리의 입술을 가르고 단번에 안으로 들어갔고, 승리의 촉촉하고 작은 혀와 강하게 접촉했다. 그 격렬한 촉감에 승리가 몸을 떠는 사이, 그는 감고 빨며 안을 가득 채웠다. 그녀가 호흡 곤란을 느낄 때까지.

"하아……."

대경이 한참 뒤에나 물러서자, 그제야 승리는 가쁜 숨을 내쉴 수 있었다. 대경은 그녀가 속눈썹을 파르르 떨며 두 뺨을 발갛게 물들이는 것을 보았다.

갖고 싶다. 진심으로 이 여자가 갖고 싶다. 이 특별한 여자를.

"인정할 수밖에……."

"네?"

그의 중얼거림에 승리는 되물었다.

"빌어먹을……."

대경은 대답 없이 휙 뒤돌아 그대로 비상구에서 나가 버렸다.

사내가 여자의 몸 중에서 가장 좋아하는 부분은 두 가슴이었다. 탐스러운 그것의 정점에 자리한 것은 가장 맛이 좋기도 했다. 그래서 사내는 있는 힘껏 빨았다.

"아흑……."

여자의 신음이 사내의 귓가로 파고들어 왔다. 사내는 풍만한 여체에 잇자국도 박았다. 여자는 더욱 큰 교성을 내지르며 사내의 머리를 더 가깝게 잡아당겼다. 사내는 만족스러운 미소를 지으며 하체를 움직였다.

들어가고 나가고, 이 단순하면서도 복잡한 행위를 반복하자 피가 점차 더 끓어올랐다. 달아오른 공기 또한 지글거렸고, 마침내 사내는 끝을 보았다.

역시, 여자는 이런 맛이 있어야 했다. 가슴도 빵빵하고, 그의 커다란 분신을 능숙하게 조일 줄 아는 여자. 지금 사내의 품 안에 있는 이런 여자가 최고였다.

그런데 대체 오 년 전에 난 왜 그런 비리비리한 여자가 갖고
싶었던 걸까?

바싹 마르기만 한 그 여자에게 눈길을 준 건 확실히 실수였
다. 덕분에 감옥까지 다녀왔고…….

사내는 손을 뻗어 담배를 입에 물었다. 찰칵 하고 여자가 라
이터를 켜서 내밀었다. 역시 마음에 드는 여자였다. 지나치게
눈치가 빠르긴 했지만.

"타깃은 정해졌나?"

사내는 연기를 내뿜으며 물었다. 한 손으로 여자의 한쪽 가슴
을 난폭하게 주무르며.

"아직이에요."

사내의 손길 때문에 아팠지만, 여자는 얼굴에 통증을 드러내
지 않으며 대답했다.

"주변에 여자가 한 명 보이기는 했는데, 사귀거나 그런 건 아
닌 것 같아요."

"이대경 그놈, 수도승도 아니고 대단하네. 오 년이 넘었는데."

"타깃을 바꾸는 건 어떨까요? 누나도 있고, 나이 어린 여동생
도 있던데."

사내는 잠시 고민했지만 곧 고개를 저었다.

"안 돼. 그놈 가족은 건드리면 안 된다고. 워낙 엄청난 집이거
든."

그래서 사내는 죄도 짓지 않았는데 감옥에 갈 수밖에 없었다.

생각대로라면 그 가족들을 모두 쳐죽이고 싶었지만, 그렇게 할 수는 없었다. 조금이라도 실수하면 그가 다시 감옥에 갇히리라.

"난 말이야, 그놈에게 똑같은 고통을 안겨다 주고 싶어. 아니, 같은 종류지만 더 큰 고통을 안겨줄 거야. 반드시 그럴 거야. 그러려면, 같은 도구를 사용해야겠지."

사랑하는 여자.

사내는 사랑하는 여자가 다쳤을 때 이대경이 얼마나 고통스러워했는지 아주 잘 기억했다. 그렇게 잘난 척을 하던 놈이 자기 여자가 다치자 무력함을 깨닫고 몸서리쳤었다. 한동안 폐인이 되어서 그 멋들어지던 직장까지도 그만두지 않았던가. 뭐, 얼마 뒤에 제정신 차리고 화성그룹 경호원이 됐긴 하지만.

경호원이 된 건, 자기 여자를 지키지 못했던 것에 대한 속죄일 것이다. 그런데 이번에도 지키지 못한다면…….

사내는 상상만 해도 즐거웠다. 반드시, 상상으로 그치지 않고 현실에서 이루어지게 할 것이다.

얌전하게 있어야 된다는 걸 잘 알았지만, 며칠 전 사내는 참지 못하고 새벽에 이대경에게 전화를 걸었었다. 사내는 감옥에 가 있는 동안 목소리가 변했었다. 고생한 만큼 조금 더 짙고 거칠게. 그런데, 이대경의 목소리는 여전했다.

이대경, 너도 변하게 해주지. 복수할 것이다. 반드시, 반드시!

다시 한 번 맹세한 뒤 사내는 담배를 껐다. 문득 떠오르는 게 있었다.

"참, 김복구 그 새끼 어디 숨어 있는지 파악했어?"

"네, 이구혁 패거리 쪽에 있던데. 찾아냈어요."

"쥐새끼 같은 배신자."

분명 사내를 감옥에 보낸 건 이대경이었다. 하지만 그 쥐새끼 같은 김복구가 실수로 이대경에게 조세포탈을 흘리지 않았다면 사내는 꼬투리를 밟히지 않았을 것이다.

더군다나 그 빌어먹을 놈은 사내에게 용서를 구하기는커녕 사내와 사내의 동생을 반대하는 이구혁 패거리 쪽에 붙었다.

"어떻게 할까요? 전 용서 못하겠어요. 보스를 감옥에 보낸 원인이잖아요."

여자는 조심스럽게, 그러나 나긋하게 말했다.

"나도 용서 못하겠어. 그래, 처리해."

사내는 결정했다. 사실 자신의 두 손으로 직접 목을 졸라주고 싶었지만, 증거가 남아서는 안 되었다. 그 멍청한 김복구는 자신과 상관없어 보여야 했다.

일단 그 배신자 김복구를 처리한 뒤, 기다리자. 이대경이 스스로 무덤을 파기까지.

만족스럽게 웃은 사내는 담배를 끈 뒤, 다시 여자에게 손을 뻗었다. 목적을 달성한 여자는 적극적으로 달려들었다. 사내와는 다른 생각을 하며.

셋

일주일 뒤.

퇴근할 시각에서 삼십여 분이 지났을 때, 경호 대상인 지원이 신혼여행을 떠나 있는 열흘간 본사에서 근무하게 된 준호는 천장만 바라보며 멍하니 생각에 잠겨 있었다. 그러다가 갑자기 뭔가 생각난 듯 후다닥 펜을 놀려 편지지 같은 흰 종이에 글씨를 갈기기 시작했다.

"쟤 지금 뭐 하는 거지?"

대경과 함께 잠깐 일반 사무실로 내려온 김종운 실장이 물었다.

"글쎄요."

"구준호, 너 뭐 하는 거야?"

실장이 큰 소리로 질문했다.

"아, 아무것도 아니에요."

그제야 사무실에 다른 직원들도 있다는 걸 깨달았는지, 준호는 얼굴을 확 붉히며 종이를 뒤로 감췄다.

얼굴을 붉혀?

대경과 실장이 의아한 눈으로 바라볼 때, 뒤에 있던 다른 경호원이 준호가 쥐고 있던 편지지를 빼앗았다.

"이리 내놔요!"

"뭐야, 연애편지네? 사랑하는 승리 씨?"

순간, 대경은 호흡을 멈췄다.

"내놔요! 왜 남의 편지를 훔쳐봐요?"

준호는 편지를 도로 빼앗아 들면서 버럭 화를 내더니 사무실을 나가 버렸다. 쿵 소리가 나며 문이 거칠게 닫히자, 편지를 빼앗았던 경호원은 머리를 긁적이며 말했다.

"박승리 씨가 자기한테 관심없다고 풀 죽어 있던데, 편지로 고백하려고 했나 봐요."

"편지 쓴다고 없던 관심이 생기겠어?"

실장은 혀를 차며 대경과 함께 경호팀 사무실에서 나왔다. 대경은 퇴근 인사를 한 뒤 주차장으로 걸어갔다. 옆 자리에 주차되어 있던 준호의 차가 보이지 않았다.

승리에게 고백하러 간 걸까?

속이 부글부글 끓어오르고 있었다. 운전을 시작한 대경은 자신이 '우리동물병원'으로 향하고 있음을 알아차렸다.

젠장.

대경은 속으로 욕설을 내뱉었지만, 핸들을 다른 곳으로 돌릴 수 없었다.

망할 자식.

승리는 동물병원 밖의 도로에서 가져온 어느 나무의 잎을 하나씩 쥐어뜯었다. 대경을 욕하며.

일주일 전에 있었던 지원과 현건의 결혼식 날, 그는 그렇게나 뜨거운 키스를 한 뒤 나가 버렸다. 욕만 남긴 채.

대체 뭐야? 키스는 왜 했어? 또, 욕은 왜 한 거야?

일주일 동안 머리칼을 뜯으면서 고민한 결과, 승리는 대경이 자신을 좋아해서 키스한 건 아니라는 나름대로의 결론을 도출했다. 좋아한다면 그렇게 박차고 나가지 않았을 것이고, 최소한 그 뒤에 전화라도 했을 테니까. 그런데 일주일이나 지났건만 전혀 연락이 없었다.

하지만 좋아하지도 않는 여자에게 그렇게 따스하면서도 강렬한, 어떤 마음이 느껴지는 키스를 할 수는 없는 법이었다. 그래서 승리는 정확하게 결론을 내릴 수가 없었다. 내가 싫은데, 그냥 갑자기 충동이 일어나서 한 건가?

"대체 왜 키스를 한 걸까?"

그녀는 약을 먹고 그에게 험한 꼴을 보였었다. 자신을 싫어할 가능성이 더 컸지만, 너무 답답했기에 승리는 왜 키스했는지 확실하게 알고 싶었다.

물론, 싫어하는데 욕구 때문에 키스한 게 사실이라면 많이 화날 것이다. 그리고 마음도 아프겠지.

"으……"

승리는 다 쥐어뜯은 나뭇잎을 고이 모아 쓰레기통에 버린 뒤, 책상 위에 철퍼덕 한쪽 뺨을 댔다.

"이대경, 이대경, 이대경……."

승리는 그의 이름을 중얼거리며 생각했다.

정말 내가 싫은 건가?

"불렀습니까?"

"헉!"

승리는 발딱 일어나 고개를 돌렸다. 대경이 그녀에게 다가오고 있었다.

귀신도 아니면서 이 남자는 소리 없이 다니네.

"어, 언제 왔어요?"

"방금."

대경은 눈으로 그녀를 훑었다. 커다란 하얀 가운을 걸치고 있었지만 짧은 청치마는 그녀의 길고 늘씬한 다리를, 딱 달라붙는 니트는 봉긋한 가슴을 고스란히 내보이고 있었다. 어깨까지 내려오는 머리칼을 뒤로 올린 덕분에 하얀 목덜미가 그대로 드러

났고, 귀여운 얼굴 속의 커다란 눈동자는 언제나 그렇듯이 촉촉
하게 젖어 있었다.

그를 매혹시킨 눈동자.

"……구준호가 왔었습니까?"

열기가 온몸을 휩쓸자, 대경은 평소보다 더 낮은 목소리로 입
을 열었다.

"준호 씨요? 아니요."

"언제 봤다고 이름으로 부릅니까?"

"네?"

"구준호가 아니라 준호라고 부르는군요."

승리는 대경이 무슨 말을 하는 건지 알 수가 없었다.

"안 왔으니 됐습니다."

대경은 휙 뒤돌았다. 승리는 한 걸음 걸어가 그의 팔을 잡았
다.

"이대경 씨, 준호 씨 찾으러 온 거예요?"

대경은 대답하지 않았다. 그는 자신의 팔을 잡고 있는 승리의
손을 보았다. 작았지만 손가락은 길고 우아했으며 곱게 손질된
손톱은 투명한 매니큐어로 반짝이고 있었다. 한 달 반 전, 약에
취한 그녀는 저 손톱으로 그의 가슴에, 심장이 있는 바로 그 부
분에 자국을 남겨놓았었다.

흔적은 사라진 지 오래였다. 그러나 대경은 그 촉감을 분명하
게 기억하고 있었다. 그 뜨거운……

"……이대경 씨, 사람을 앞에 두고 대체 무슨 생각을 하고 있는 거예요?"

대경이 얼굴만 굳힌 채로 아무 말도 않자 승리가 톡 내쏘았다.

"대답 좀 해봐요. 준호 씨 찾으러 온 거예요?"

"글쎄요."

맞기도 하고, 아니기도 했기에 대경은 애매모호하게 대답했다.

"대답도 제대로 안 하고…… 근데 말이죠, 난 대답 들어야겠어요. 그럴 권리 있어요."

"준호에 대해서 권리가 있다는 말인가요?"

설마, 준호랑 사귀는 건가?

대경은 주먹을 꽉 틀어쥐었다.

"대체 무슨 말을 하는 거예요?"

일주일 전의 키스를 물어보기 위해 그렇게 말을 꺼낸 승리는 대경이 무슨 말을 하는지 알아들을 수가 없었다.

"준호와 사귀는 겁니까?"

승리는 눈을 동그랗게 떴다.

"뭐라고요?"

"내 말 들었을 텐데요."

물론 듣기는 들었다. 하지만, 승리는 너무 당황스러워서 대답을 할 수가 없었다.

이 남자가 왜 이래? 그리고 갑자기 구준호 이야기는 왜 나오는 거지?

승리는 눈을 깜빡인 뒤 대경을 다시 올려다보았다. 그의 얼굴은 평소보다 더 딱딱했고 까만 눈동자에서는 격한 불꽃이 튀고 있었다. 화가 난 건가? 왜?

문득, 번개처럼 떠오르는 생각이 하나 있었다.

내가 구준호와 사귄다고 생각하고선 화내는 건가?

"이대경 씨."

승리는 떠오른 생각을 그대로 물었다.

"지금 질투하는 거예요?"

대경의 얼굴은 콘크리트마냥 굳어버렸다. 그리고 남자치고 하얀 얼굴이 순간 확 붉어졌다.

이대경이 얼굴을 붉혀?

승리가 입을 살짝 벌리고 쳐다보자, 대경은 휙 뒤돌아 동물병원 문을 박차고 나가 버렸다. 어안이 벙벙해진 승리는 잠시 멈칫했지만 곧 발을 놀렸다.

"이대경 씨! 갑자기 어딜 가는 거예요?"

이 남자 진짜, 정곡 찔렸다고 도망가는 거야? 저번에도 도망가더니, 습관인가?

승리는 거침없이 횡단보도를 건너기 시작한 대경의 등 뒤로 쫓아갔다. 막 따라잡았을 때, 그녀는 거칠게 파열하는 바퀴 소리를 들었다.

대경의 오른쪽으로 트럭이 달려들고 있었다. 승리는 달려나가던 힘 그대로 대경을 앞으로 떠밀었다.

끼긱—!

트럭은 거친 마찰음을 내며 지나갔고, 승리와 함께 앞으로 밀려난 대경은 아무 말도 할 수가 없었다. 아무 말도.

"괜찮아요?"

말을 한 건 승리였다. 그녀는 멍하니 주저앉아 있는 대경의 뺨에 손을 올린 뒤 희미하게 떨리는 그의 깊은 두 눈을 똑바로 바라보았다.

"이대경 씨, 괜찮아요?"

"……쳤……."

"네?"

대경은 승리의 손을 뿌리치며 벌떡 일어났다.

"박승리! 미쳤어?"

그는 자신을 떠미느라 같이 넘어진 그녀를 내려다보며 고함쳤다.

"차가 오는데 바로 피하기는커녕 다른 사람을 챙겨? 완전히 미쳤어!"

고맙다는 말을 바라고 행동한 건 아니었다. 하지만 구해줬는데 반응이 뭐 이래? 엎어지더니 머리까지 다쳤나?

승리는 일어나 대경에게 얼굴을 바짝 들이밀었다. 그녀의 핑크빛 입술이 다가오자 대경은 흠칫 놀라 뒤로 한 걸음 물러났지만, 승리는 다시 따라갔다.

"머리 다친 거 아니에요? 어지럽죠?"

"박승리 씨야말로, 머리 다친 거 아닙니까? 차가 오면 피해야죠. 대체 왜 그렇게 조심성이 없는 겁니까?"

"내 참, 구해준 게 불만이에요? 왜……."

승리는 깨달았다. 대경의 얼굴은 유령이라도 본 듯 새하얗고, 두 손은 미세하게 떨리고 있었다. 그녀는 대경의 손목을 꼭 쥔 뒤 그를 끌고 이번에는 차가 오는지 오른쪽과 왼쪽을 다 살펴보고는 파란불일 때 횡단보도를 건넜다.

그러고 보니, 아까 파란불일 때 건넜는데 왜 차가 그렇게 막 달려온 거지?

승리는 고개를 갸웃거리며 대경을 동물병원으로 데려가 의자에 앉혔다. 그녀는 포트에 끓여놓은 물이 아직 따뜻한 것을 확인하고는 차를 한 잔 타서 대경의 손에 쥐어주었다.

"마셔요. 진정될 거예요."

"내가 지금 진정하게 됐어요?"

대경은 잔을 탁하고 테이블 위에 올려놓았다. 그는 이제야 진동이 가라앉은 두 손으로 승리의 어깨를 꼭 쥐고는 그녀와 눈을 똑바로 맞춘 뒤 한 글자 한 글자 내씹듯이 내뱉었다.

"약속해요."

"뭘요?"

"앞으로는 박승리 씨 본인만 생각하겠다고. 다치면 어쩌려고 그런 짓을 한 겁니까!"

"아."

승리는 그제야 깨달았다. 얼굴이 확 불타올랐다.

빌어먹을.

대경은 속으로 끝없이 욕설을 중얼거렸다. 손의 떨림은 가라앉았지만 심장은 아직 떨렸다.

잃을 뻔했다. 박승리를, 이안처럼 잃을 뻔했다!

그대로 피하기는커녕 그를 위해 달려들어 오는 차 앞으로 몸을 던지다니. 정신 나간 여자인 게 틀림없다. 하지만…… 하지만…….

대경은 그녀를 끌어당겼다. 승리의 작은 몸은 그의 품에 쏙 들어왔다.

"이대경 씨?"

"다시는."

대경은 엷게 떨리는 목소리로 이어 속삭였다.

"그러지 말아요. 다시는."

귓가로 뜨거운 입김이 들어와 온몸으로 퍼져 나갔다. 승리는 몸을 떨었고, 대경은 그녀를 더욱 꼭 안아주었다.

잃지 않을 것이다. 지킬 것이다. 그리고…… 가질 것이다.

일주일 전에 그랬듯이, 또다시 인정할 수밖에 없었다. 더 이상 도망칠 수가 없었다.

"젠장."

그래서 대경은 다시 욕설을 내뱉을 수밖에 없었다. 승리는 고개를 번쩍 들어 그를 살짝 흘겨보았다.

"왜 자꾸 욕하고 그래요? 저번에도 그렇고."

"원하니까."

그는 애써 막아놓았던 마음을 털어놓았다.

"박승리를 원하니까."

승리의 얼굴이 불이라도 붙은 듯 새빨갛게 변했다. 기쁘기도 했고, 부끄럽기도 했지만…… 이해할 수 없었다. 날 원하게 된 게 마음에 들지 않는다는 건가?

승리의 생각은 그가 그녀의 귓가에 부드럽게 입술을 대자 휙 사라지고야 말았다.

부드러웠다. 그리고 따뜻했다.

하지만 대경은 승리의 입술로 향하고픈 충동을 억눌렀다. 확인이 필요했으니까.

"구준호와 사귀는 게 아니지?"

"사귀는 거 아니에요."

대경의 뜨거운 숨결이 뺨을 훑는 것에 전율하며, 승리는 간신히 대답했다. 대경은 미소 지으며 혀끝으로 승리의 턱 선을 훑었다.

"……돼?"

승리는 한 번에 알아듣지 못했다.

"네?"

대경은 입을 더 크게 열어 그녀의 턱을 살짝 물며 다시 물었다.

"키스해도 돼?"

그냥 하면 되지, 이 남자는 대체 왜 이런 걸 물어보는 거야?

숨도 내쉴 수 없었지만 승리의 머리는 팽팽 돌아갔다.

된다고 말해야 되는데. 된다고 말해야 되는데. 그런데 말이 안 나왔다. 입술 주변을 포위하듯 맴돌고 있는 그의 입술 감촉이 너무 좋아서, 승리는 말조차 할 수가 없었다.

"흐음."

대경은 그녀의 귓불을 자근자근 씹었다.

"싫은 건가?"

"조, 좋아요!"

승리는 그제야 비명 지르듯 말했다.

"정말?"

"물론 정말……."

승리가 말을 끝맺기 전, 대경의 입술이 다가왔다.

부드러운 키스가 아니었다. 대경의 강한 입술은 승리의 입술을 압착하듯 집어삼켰다. 단단하고 뜨거운 혀가 입술을 가르고 단번에 들어왔으나 승리는 저항하지 않았다. 그녀는 살짝 고개를 옆으로 틀어 그가 더 깊숙하게 들어올 수 있게 도와주었다. 대경은 엷게 미소 지으며 더욱 파고들었다.

승리는 깨달았다. 이건 호감있는 상대에게 하는 그저 그런 키

스가 아니었다. 남자가 여자를 삼켜 버리고 싶을 때 하는 키스
였다.

더 원했다. 모든 걸 바랐다. 하지만 대경은 그러지 않았다. 한
참의 노력 끝에, 그녀에게서 떨어질 수 있었다.

대경이 그녀를 다소 거칠게 밀고 등을 돌리자, 승리는 살짝
부은 입술을 깨물었다. 바보 같았지만, 엉엉 울고픈 충동이 일
었다. 갑자기 왜 민 거지?

"이렇게 떨어진 건."

대경을 숨을 고른 뒤, 다시 뒤돌아 승리를 바라보았다. 그녀
의 뺨은 여전히 붉었고, 그만큼 달콤하게 보였다.

"자제할 수 없을 것 같기 때문이야."

승리의 얼굴은 더 붉게 물들어갔다. 대경은 미칠 것 같았다.
그는 완전히 뒤로 물러나 등을 문에 붙인 뒤 단단하게 팔짱을
꼈다.

"그래서 이런 거니까, 다른 생각 하지 마."

"왜."

승리는 톡 말했다.

"근데 왜 갑자기 반말이에요? 아까부터."

"여자 친구에겐 반말을 쓰는 게 거리감이 없다고 생각하니
까."

승리는 입만 헤 벌렸다.

"정리하고 나와. 저녁 식사하러 가자."

"누가, 누가 이대경 씨랑 사귄대요?"

"경호 처음 시작했을 때부터 나한테 관심 많았다는 것 알고 있어. 그리고 나한테 정말 마음이 없었다면 일주일 전에 키스하게 놔두지 않았겠지. 아니야?"

승리의 얼굴이 완전히 익어 토마토처럼 되는 것을 보며, 대경은 쿡 웃었다. 그는 느긋하게 이어 말했다.

"싫으면 말든지."

승리는 대답을 할 수가 없었다.

으으, 이렇게 얄미운 놈이었을 줄이야.

"정리하고 나와."

대경은 얼른 밖으로 나왔다. 그가 끓어오른 흥분을 식히며 차 안에서 십여 분쯤 기다렸을 때, 아직도 볼이 붉은 승리가 어기적어기적 나왔다. 그녀는 쾅하고 조수석 문을 닫으며 말했다.

"이대경아, 가자."

이번에 말을 못한 건 대경이었다.

"가자니까, 이대경아."

"박승리, 나 너보다 네 살이나 더 많아."

"남자 친구에겐 반말을 쓰는 게 거리감이 없다고 생각하니까."

승리는 느긋하게 이어 내뱉었다.

"싫으면 말든지."

이번엔 대경이 승리를 살짝 노려보았다. 쑥스러운지 두 뺨을 복숭앗빛으로 물들이고 있는 그녀는 여전히 한입에 삼켜 버리고 싶을 만큼 귀여웠다. 대경이 다시금 치미는 충동을 내리누를 때, 승리는 심장이 튀어나올 듯 쿵쾅거리고 있는 것을 느끼며 말했다.

"출발 안 해?"

대경이 앞만 바라보며 운전을 시작할 때, 승리의 휴대폰이 울렸다. 둘째 오빠인 승열이었다.

"뭐? 알았어. 바로 갈게."

바로 간다고?

대경은 흘끔 승리를 쳐다보았다. 승리는 흥분한 듯 눈을 반짝이고 있었고 두 뺨을 발갛게 물들이고 있었다.

"미안한데, 식사 같이 못하겠어. 병원에 가봐야겠어. 둘째 언니가 진통 들어갔대. 승열 오빠랑 같이 있어줘야 해."

어쩔 수 없는 일이었으나 대경은 약간 서운했다. 하지만 그는 곧바로 승리가 말한 병원 정문 앞까지 차를 몰았다.

승열이 피가 다 빠져나간 듯 새하얗게 질린 얼굴로 정문 앞에 멍하니 서 있었다. 승리는 오빠에게 달려갔다.

"오빠, 왜 그러고 있어?"

"아, 진짜. 비명만 지르잖아. 도저히 못 보겠어."

승열은 발까지 동동 구르며 대답했다. 그러다가 그는 승리를 따라 차에서 내린 대경을 발견했다.

"자네……?"

"안녕하세요. 이대경입니다."

"그건 나도 알아. 여기 웬일이지?"

진통 때문에 비명 질러대는 아내 때문에 머릿속이 뒤죽박죽이었지만, 승열은 막냇동생과 함께 있는 남자에게 눈을 부라렸다.

"왜 승리랑 있는 거야?"

"저번에 후보가 아니라고 말씀드렸었지요."

"그런데?"

"후보가 아닌 건 맞습니다. 이젠, 정식 남자 친구니까요."

승열은 입을 떡 벌렸다. 승리가 새빨갛게 변한 얼굴로 대경을 바라볼 때, 간호사가 나와서 승열을 찾았다.

"우찬희 환자 보호자 분, 우찬희 씨가 찾으세요."

"네, 가겠습니다. 승리야, 너도 들어가자."

"응."

승리는 대답은 그렇게 했지만, 태양을 바라보는 해바라기라도 된 듯 대경만 쳐다보고 있었다. 승열은 짜증이 난 나머지 동생의 손목을 잡아끌었다.

"내일……."

승리는 오빠를 따라 병원 안으로 들어가며 대경에게 말했다.

"꽃 사가지고 와."

"뭐?"

"안 사가지고 오면 여자 친구 안 해."

승리는 그대로 등을 돌려 사라졌다. 대경은 잘생긴 얼굴을 살짝 찌그러뜨리며 차에 도로 탔다. 시동을 켜기 전, 그는 잠시 눈을 감고 심호흡을 했다.

박승리와 사귄다…….

인정하지 않으려 그렇게 애썼지만, 결국 이렇게 되고 말았다.

대경은 여러 가지 감정이 솟는 것을 느꼈다. 그는 그 감정들의 이름을 다 알지 못했다. 하지만 한 가지는 알았다.

기쁨.

대경은 보이지 않게 미소 지으며 다시 운전을 시작했다. 운전에 열중한 그는 동물병원에서부터 따라온 차가 저 한구석에 자신을 지켜보고 있다는 것을 알지 못했다.

넷

"**박**승리 씨?"

꽃배달 회사 직원은 빙긋 웃으며 꽃바구니를 내밀었다.

"배달 왔습니다."

"어머, 어머."

승리가 진찰하고 있던 시베리안 허스키 '루키'의 주인아주머니는 감탄에 감탄을 거듭했다.

"너무 예쁘네. 박 선생님 연애해요?"

승리는 아무 말도 할 수가 없었다. 그녀는 확확 달아오른 얼굴로 직원이 내민 확인증에 사인을 해준 뒤 꽃을 보았다.

연둣빛 리본이 달린 하얀색의 바구니에 담긴 노란 장미는 갓 피어난 듯 싱싱했다. 선명한 녹색의 싱그러운 줄기와 잎은 푸른 하늘 한가운데에 걸린 태양 아래에서 장미를 황금색으로 빛냈고, 그윽한 향기를 동물병원 전체에 퍼뜨렸다.

〈지방 출장. 내일 아침에 올라올 예정. -이대경.〉

직원이 이어 건네준 작은 카드에 써 있는 대경의 필체는 다소 딱딱했다. 하지만 강인했고, 그가 보낸 장미꽃의 빛깔만큼 아주 선명했다. 승리는 얼굴이 폭삭 익은 채로 허스키의 치료를 끝냈다. 그러고는 한참을 고민한 뒤에야 문자를 토닥토닥 쳐서 보냈다.

우웅—

"문자 온 것 같은데요?"

함께 출장 온 준호가 대경의 어깨를 톡 치며 말했다. 대경은 휴대폰을 꺼내 확인했다.

〈꽃바구니 잘 받았음〉

"혹시 승리 씨예요?"

준호가 슬쩍 물었다. 출장을 오기 전, 대경은 준호를 따로 불러 짧게 이야기를 해주었다. 그러는 게 예의라고 생각했기에. 예상과는 달리 준호는 그다지 충격을 받지 않았다. 승리가 처음부터 대경에게 시선을 고정했다는 걸 알고 있었다면서. 대신 대경에게 언제 한번 거하게 술을 얻어먹기로 했다.

"그래."

"일이 빨리 끝났지만 피곤해서 못 올라가겠어요. 전 내일 아침에 올라갈 건데, 부장님은 어떻게 하실래요?"

대경이 막 대답하려고 할 때, 다시 휴대폰이 울렸다.

〈꽃은예뻤지만이대경을못봐서서운했음〉

띄어쓰기를 아주 깨끗하게 무시하는군.

딱 박승리답다고 생각하며, 대경은 준호에게 말했다.

"난 지금 올라가야겠어."

"두 시간은 걸릴걸요."

대경은 손목시계를 확인했다.

"서두르면 자정 전에는 도착하겠지."

그는 핸들을 잡기 전, 답문자를 넣었다.

〈지금 올라감.〉

바로 답이 왔다.

〈몇시도착?〉

대경은 자정쯤이라고 답을 보냈다.

〈내일휴일이라오늘늦게잘예정〉

운전하는 중간에 문자를 확인하던 대경의 입가에 저절로 미소가 떠올랐다. 그가 막 답장을 보내려 할 때, 다시 문자가 왔다.

〈우리집앞포장마차우동아주맛남〉

대경은 답 문자를 보냈다.

〈자정에 아파트 밑으로 내려오길.〉

그는 잠시 뒤 문자 하나를 더 보냈다.

〈봄이라고 해도 밤에는 좀 쌀쌀하니까 겉옷 꼭 챙겨 입고
나와.〉

승리가 카디건을 걸치고 딱 시간에 맞춰서 내려왔을 때, 대경
은 차 앞에 서 있었다. 승리는 달려가 꼭 안기고 싶은 충동을 참
고 천천히 다가갔다.

가까워질수록 승리의 동그란 눈동자의 반짝거림이 더욱 커졌
다. 대경은 그녀의 앙증맞은 코에서 시선을 멈추었다. 그 핑크
빛 입술을 본다면 손을 뻗을지도 몰랐으니까.

"저기야."

승리는 고갯짓으로 저편에 있는 포장마차를 가리켰다. 대경
은 그녀와 함께 포장마차로 갔다. 공식적인 첫 데이트라는 것
때문에 너무 긴장한 나머지 승리는 우동 면발이 코로 들어가는
지 입으로 들어가는지 알 수가 없을 정도였다.

승리는 미칠 듯이 두근거리는 심장을 진정시키려고 노력하며
그의 얼굴을 흘끔흘끔 훔쳐보았다. 그러다가 대경과 딱 시선이
마주치고 말았다.

"그렇게 훔쳐보지 말고, 그냥 봐."

승리는 토마토마냥 얼굴을 확 붉혔다.

"아, 안 훔쳐봤어."

"흐음."

"진짜야."

"흐음."

거짓말이 통하지 않자, 붉은 얼굴의 승리는 입술을 삐죽 내밀었다. 대경은 쿡 웃고 말았다. 차갑게 느껴지는 그의 딱딱한 표정이 부드럽게 풀어지자 승리의 심장은 더욱 쿵쾅거리기 시작했다.

아, 왜 이렇게 너무 좋지?

대경을 제외하고 이제까지 딱 한 명만 사귀어봤지만, 승리는 연애의 생리를 모르지 않았다. '호감이 있거나 좋아서' 사귀기 시작하는 것이기 때문에 연애 초반에는 눈에 콩깍지를 쓰고 다니게 되는 법이었다. 즉, 상대방의 모든 면이 다 좋아 보이는 건 당연했다. 하지만 아무리 첫 데이트라고 해도 이렇게까지, 말로 다 할 수 없을 정도까지 좋을 줄이야.

승리는 두 눈이 하트가 된 채 대경을 열심히 훔쳐보았다. 우동을 먹은 뒤, 근처의 편의점에서 커피를 한 캔씩 마시며 간단한 이야기를 주고받고 그들은 밖으로 나갔다. 한 걸음 뒤에서 따라가던 승리는 그의 늘씬한 등선을 감탄하며 바라보다가 눈을 밑으로 떨어뜨렸다. 크고 강한 손이 보였다.

잡고 싶었다.

발자국 소리가 들리지 않자, 대경은 뒤돌아 승리를 바라보았다. 곧 그는 그녀가 자신의 어느 부분을 뚫어져라 보고 있는지 알아차렸다.

"잡고 싶어?"

"아니."

승리의 대답은 너무 빨랐다.

"흐음."

"진짜, 진짜 아니야."

"누가 뭐래?"

마냥 뻣뻣한 줄 알았는데, 그러고 보니 이 남자 의외로 사람 잘 놀리네.

이전에는 그녀가 인사해도 거의 무시하던 사람이 사실은 이런 성격의 사람이었다는 게 놀랍기도 했지만, 얄미운 게 우선이었다. 승리는 입술을 툭 내밀었다. 대경은 그 모습을 보고 쿡 웃은 뒤 손을 내려 그녀의 손을 잡았다. 승리의 작은 손은 그의 길고 강한 손가락 속에 완벽하게 들어맞았다. 승리가 끊임없이 화끈거리는 얼굴을 감추려 노력할 때, 대경은 그녀의 온기를 음미하며 손을 꼭 잡고 걸어갔다.

아파트 앞으로 돌아올 때까지 둘 다 아무 말도 하지 않았다. 그들은 이어진 두 손을 통해 전해지는 상대방의 체온만을 조용히 즐기며 엘리베이터에 탔다.

새벽 두 시에 가까운 시간이었지만 다음날이 휴일이라 그런지 밖에는 사람들이 드문드문 있었다. 하지만 엘리베이터 안에는 아무도 없었다.

키스할까? 하겠지?

승리는 심장이 터질 것 같았다. 그녀는 일부러 천천히 움직였다. 하지만 대경은 승리가 현관문을 여는 것을 보곤 잘 자라는 말 한 마디만 한 채 다시 엘리베이터를 타고 휙 가버렸다. 승리는 실망하면서도 생각했다.

뭐, 내일은 키스하겠지.

하지만 대경은 키스하지 않았다. 그 다음날도, 일주일이 지나도, 그리고 한 달이 지나도록 키스하지 않았다.

"아이구, 누구 딸내미인데 이렇게 예쁘지?"

잠깐의 휴식 시간, 서울지검 강력부의 검사 승열은 입이 찢어져라 웃으며 휴대폰을 바라보았다. 한 달 전에 태어난 딸 미우의 사진으로, 매일 아침 출근하기 전에 찍어서 배경화면으로 설정해 놓고 있었다.

"내 딸이라서 하는 말은 아니지만, 너무 예쁘지 않아요?"

승열은 다가오는 마수영 참여 계장에게 휴대폰을 보여주며 물었다. 귀에 딱지가 앉을 정도로 많이 들었지만 마 계장은 예의상 씩 웃으며 고개를 끄덕여 주었다.

"저번에 부탁했던 그 뒷조사 자료예요. 많이 늦었죠?"

미우가 태어난 뒤, 승열은 정신이 들자 마 계장에게 '승리의 남자 친구'에 대해서 뒷조사를 부탁했다.

사실 좀 심한 행동이 아닌가 생각이 들었지만, 겉보기에는 멀쩡해 보여도 혹시 연쇄살인범일지도 모르는 것 아닌가? 더군다나 승리는 그 바퀴벌레 같은 소우혁 때문에 상처를 많이 받았

89

다. 이대경이 소우혁처럼 승리를 안 좋게 이용하려고 들러붙은 놈이라면 사이가 더 깊어지기 전에 차단해야 옳았다.

승열은 휴대폰을 내려놓고 기대 반 걱정 반 하며 파일을 받아 들었다.

"아니에요. 고마워요. 개인적인 일인데."

"더 파고들기 힘들어서 일단 간단하게 했어요. 쉽지 않은 친구라 간단하게만 훑었는데도 오래 걸렸어요."

뒷조사의 귀재 마 계장이 감탄하는 사람은 거의 없었다. 승열은 한쪽 눈썹을 치켜뜨면서 파일을 열었다. 계장의 말대로 조사하기 힘들었는지 양이 적었지만 바로 보이는 한 줄이 승열의 시선을 사로잡았다.

〈S대 법학과에 입학. 1학기 수료 후 자퇴.〉

"흠. 내 후배였네. 근데 웬 자퇴죠? 사고라도 쳤나요?"

"당시 학적 조회해 봤는데 그런 건 아닌 것 같아요. 학점도 좋고 교수들이나 동기들한테도 평이 좋았더라고요. 학교 그만두고 바로 군대 간 걸 보니 실연이라도 당했나 싶었는데, 그것도 아닌 것 같고요. 기록하는 걸 좋아하는 교수 한 명이 이대경을 자세하게 살폈었는데, 면담 내용을 정리해 놔서 확인해 보니 원래 학교에 뜻이 없었다고 하더라고요. 이대경이 뭘 하고 싶어 했는지 그 부분은 누락이 되어 있었고, 부모님이 한 학기만이라

도 다녀보고 결정하라고 해서 다녔던 거라는 기록은 남아 있었
어요."

그렇다고 졸업도 안 하고 한 학기 만에 자퇴하다니, 한번 마
음먹으면 한다는 건가?

승열은 이대경의 이런 점이 마음에 들었다. 부모님이 원해서
한 학기라도 학교를 다녔다는 건, 주변 사람들을 어느 정도 배
려해 주는 성격이라는 걸 의미했으니까. 결국에는 자기 생각대
로 했긴 하지만 말이다.

〈자퇴 후 특수 전투 사령부 707 특수임무부대원으로 입대.〉

707 특수임무대대는 특수 전투 사령부, 즉 특전사 가운데 가
장 빠르고 강한 대원들로만 구성되어 있는 최고의 부대였다. 어
떤 활약을 펼쳤는지는 정확하게 알 수 없었지만, 사 년 육 개월
간의 복무 기간 동안 이대경은 다섯 개의 훈장을 받은 것으로
기록되어 있었다.

승열은 휘파람을 불며 파일을 읽어나갔다.

〈전역 후 외무고시 패스.〉

"전역하고 바로 외무고시를 패스했다고요? 우와, 이거 사람
이 아니네."

승열은 입이 저절로 떡 벌어졌다.

"이 친구 진짜 장난 아니에요. 내 사촌여동생 중에 외무부 직원 애가 있는데, 혹시 알고 있나 해서 엊그저께 전화해 보니 알더라고요. 잘생겨서 기억한다나? 이대경이 시험을 봤던 해에 같이 봤었대요. 그리고 합격 뒤에 기본교육을 같이 받았다고 하더라고요."

마 계장이 작은 목소리로 설명하는 말은 보고서에는 기록되어 있지 않았다. 공식적인 기록은 아니라는 뜻. 승열은 조용히 귀담아 들었다.

"보통 외무고시 합격자들은 일 년 정도 수습 기간을 가진 뒤에 이 년 정도 실무를 익히거든요. 그 다음에도 이삼 년 정도 해외연수를 받아야 되고요. 사촌여동생 말로는 이대경은 실무를 익히기도 전에 주일 한국대사관 5급 사무관으로 발령이 났대요. 이대경은 처음부터 상당히 특출해서 나중에 한자리 할 거라는 게 분명했지만 지나친 인사라 좀 말이 있었나 봐요. 근데 이 친구, 그거 아랑곳 않고 일을 잘해서 그 소리는 금방 가라앉았대요."

"이거 엄청난 놈이네. 그래도 좀 이상하지만……."

승열은 말을 흐렸다.

아무리 뛰어나도 그렇지, 중간의 수습 단계를 다 제치다니? 승열이 알기로 이제까지 그런 사람이 몇 명 있었긴 했다.

설마.

"저도 좀 이상해서 주변 뒤져 봤는데요, 이대경의 특전사 선배이자 외가 쪽에서 어떤 사람을 하나 발견했지요."

마 계장은 씩 웃으며 말했다.

"주명우 국정원 제1차장."

승열은 그제야 상황을 이해했다.

"국정원 요원이었군요."

정보기관 요원은 때때로 외교관 신분으로 위장하곤 했다. 이것을 '공식 위장'이라고 하는데, '스파이'들의 이런 위장은 모든 나라마다 다 하는 일로 상대국은 알면서도 모르는 척하는 일이기도 했다.

"대충 짐작이 가죠? 방금 그 교수가 이대경과 면담 내용을 정리해 둔 게 누락됐다고 말씀드렸잖아요. 아마 국정원 요원이 되고 싶다고 말한 부분을 국정원 측에서 손을 써서 삭제한 것 같아요."

"외무고시 패스는 위장이겠군요. 수습 기간 없이 주일 한국대사관으로 들어갔다면 그전부터 국정원 요원으로서 활동했을 테고……. 전역하고 바로 들어간 건가? 주명우의 친척인데다가 그렇게 빠르게 진급한 걸 보니 주명우가 이대경을 후계자 급으로 생각했다는 이야기네요."

국가정보원은 맨 위에 원장, 그 밑에 해외 분야를 담당하는 제1차장, 국내 분야를 담당하는 제2차장, 북한 분야를 담당하는 제3차장으로 조직이 나뉘었다. 그 밑에 기조실장 및 지원 분야로도 나뉘어져 있는데 팔 년 전에 제1차장이 된 주명우는 707 특수임무대대 출신으로 다음 대의 국장이 확실한, 아주 유능한 사람이었다.

"진짜 끝내주는 놈이네."

승열은 보고서의 중간 부분을 읽으며 혀를 내둘렀다.

이대경은 그야말로 엘리트 중에 엘리트였다. 태권도, 유도, 검도, 합기도, 주짓수(Jui-Jitsu: 격투 무술 중 하나) 등 거의 모든 무술을 습득했고 영어와 일어, 중국어에도 능통했으며 가지고 있는 자격증도 아주 많았다.

그것만이 아니었다. 배경도 말 그대로 아주 '짱짱' 했다.

이대경은 아직도 쟁쟁한 야당의 실세 중에 하나인 이우한 국회의원의 손자이기도 했고, 아버지 이부언은 (주)국한생명의 회장이었으며, 국정원 제1차장인 주명우는 대경의 어머니 황수지의 사촌으로, 그런 집안에서 2남 2녀 중 셋째로 태어난 이대경에게는 딸려 있는 재산도 굉장했다. 개인 자산관리사(PB: Private Banker)인 누나가 관리해 주는 모양인데, 강남 최고라는 '붉은밤'이라는 클럽이나 최고급 레스토랑 등 상당한 부동산을 소유하고 있기도 했다.

소우혁처럼 승리의 돈이나 배경 때문에 붙어 있는 건 절대 아니군. 진짜 대단한 자식이었다.

승열은 조금, 아주 조금 뿌듯했다. 배경이나 외모가 중요한 건 아니었지만, 이 정도 스펙이 되는 녀석이라면 우리 귀여운 승리에게 조금은 어울리니까.

하지만 승열은 외적인 것보다는 이대경의 눈빛이 마음에 들었다. 아주 강한 의지를 발하는 그 눈빛은 자기 여자를 확실하게 지킬 강한 남자의 것이었으니까.

승열은 흡족한 마음으로 보고서를 좀 더 자세히 훑어보았다. 끝자락에는 오 년 정도 전에 외교관을 그만두고 그 한 달 뒤부터 화성그룹 경호원으로 일하기 시작했다고 되어 있었다.

"그런데 이상하네요. 이 정도로 유능한데 왜 국정원을 때려치우고 경호원이 됐을까요? 국정원 요원이 되려고 학교도 그만둔데다가 주명우가 후계자로 밀었다면, 가만히 있기만 했어도 탄탄대로였을 텐데. 그리고 말이죠, 화성그룹 경호팀에는 왜 들어갔을까요? 갑자기 경호가 하고 싶었다고 해도 이 정도라면 청와대도 충분히 들어갈 수 있었을 텐데."

승열이 알기로 청와대 경호원들 가운데 특전사와 국정원 출신이 몇 명 있었다. 마 계장은 보고서의 한 부분을 짚어주며 말했다.

"보니까 화성그룹 전무이사 은현건이랑 고등학교 동창이기도 하고, 친한 사이더라고요. 그래서 거기로 간 것 같아요. 그리고 청와대만큼은 아니지만 사설 경호 쪽에서는 화성그룹 경호팀이 최고예요. 이대경은 얼마 전에 부장으로 승진했던데, 이 나이에 이 정도면 진짜 엄청난 거죠. 외모도 그렇고 배경도 그렇고 능력도 그렇고, 어딜 가든 이런 괴물 같은 자식은 하나씩 있다니까요."

마 계장은 툴툴거렸고, 어디까지나 막냇동생의 남편 후보감을 보는 입장에서 승열은 조금 기분이 좋았다. 하지만 뭔가가 걸렸다. 지나칠 만큼 너무 괜찮은 녀석이라 그런가. 그런 데다가, 아무리 생각해도 도저히 알 수가 없었다. 왜 국정원을 그만둔 거지? 무슨 사고라도 저지른 건가?

승열은 얼굴을 잔뜩 찌푸렸지만, 그런다고 답이 나오는 건 아니었다. 그는 잠시 고민하다가 결론을 내렸다.

좀 더 지켜보자. 적어도 지금 알고 있는 범위 안에서는 아주 흡족한 상대였다. 괜찮지 않을까?

"검사님, 그놈 위치 확인됐대요."

수화기를 쥔 다른 직원이 부르자, 승열은 조만간에 승리를 불러 자초지종을 캐내야겠다고 다짐하며 일단 동생에 대한 생각은 끝냈다.

"어느 놈이요?"

승열의 검사실에서는 용의자를 보통 '놈'이라고 부르곤 했다. 현재 맡고 있는 사건이 한둘이 아니었기에 승열은 그렇게 되물었다.

"그 있잖아요, 김복구 살인사건."

김복구는 서울 강북 지역에서 몇 년 전까지만 해도 세력이 꽤 강했던 고한파의 조직원으로, 일주일 전에 살해당한 채 발견되었다. 고한파 자체가 최근 들어 보스인 박해우를 지지하는 패거리와 그 밑의 중간보스인 이구혁을 지지하는 패거리로 나뉘어져 크게 싸우고 있었는데, 장부 담당자인 김복구는 박해우를 지지했다가 배신을 때리고 이구혁에게 붙었기에 승열은 박해우를 제1용의자로 생각하고 있었다.

"박해우 그놈 어디에 있는지 찾은 거예요?"

"네. 자기 별장에 콕 박혀 있더라고요. 가서 잡아오라고 할까요?"

승열은 고개를 끄덕였다. 조직폭력배들과 연관이 된 만큼 상황이 어떻게 될지 몰라 전담팀을 운영하고 있었는데, 그 전담팀원 중에 한 명이 승리의 쌍둥이 오빠이자 여섯째인 승원이었다.

승원이 녀석 고생 좀 하겠군. 아니, 몸 푼다고 좋아하려나?

승열은 마 계장이 이번 사건의 전담팀원들에게 전화하는 것을 들으며 옆에 두었던 박해우에 대한 보고서를 손에 들었다. 몇십 번이 넘게 본지라 외운 지 오래였지만, 다시 보고서를 훑는 그의 눈에 새로운 무언가가 보였다.

〈가족으로는 형 박태운이 있음. 성실한 변호사로 알려져 있으나 5년 4개월 전 조세포탈로 8년형 선고받음. 5년 2개월의 형기를 치른 후, 2개월 전 모범수로 가석방.〉

조세포탈로 무려 팔 년이나 선고받은 건 특이한 경우이긴 했다. 팔 년의 형기 중에 약 삼 년이나 깎여서 5년 2개월 만에 모범수로 나온 것도 이상했다. 하지만 박태운의 경우 동생과는 달리 조직폭력배들과는 전혀 상관이 없는 삶을 보내왔기에 전담팀들 사이에서 이번 김복구 살인사건과는 관련이 없는 것으로 결론지은 상태였다.

근데 갑자기 이게 왜 눈에 보이지?

승열은 얼굴을 찌푸렸지만, 일단 미뤄놓았다. 일단은 제1용의자인 박해우의 체포와 심문이 우선이었다. 그는 다른 일을 시작하며 전담팀의 전화를 기다렸다.

어떻게 하지?

승리는 요리조리 머리를 굴려보았지만, 딱히 생각나는 게 없었다. 이대로 있으면 평소처럼 대경은 그녀가 집 안으로 들어가는 것만 보고 가버릴 것이다. 키스도 없이.

망할 자식. 왜 키스도 안 하는 거야?

사귀기 시작한 지 벌써 삼십 일째였다. 그동안 거의 매일 만났는데도 대경은 지금처럼 항상 그녀의 손만 잡고 다녔다.

어떻게 키스하게 하지?

데이트 내내 고민했지만, 떠오르는 게 없었다. 승리는 대경이 문 앞에 데려다 줄 때까지 눈만 데굴데굴 굴렸다. 데려다 줘서 고맙다고 말하려는 찰나, 그녀는 그의 넥타이가 아주 살짝 삐뚤어진 것을 발견했다.

승리는 무의식적으로 두 손을 뻗어 그의 넥타이를 정돈해 주었다. 물론 그러면서 손끝으로 그의 쇄골 주변을 살짝 만지는 것을 잊지 않았다.

음, 역시 단단하단 말이야. 다른 부위도 근육이 좋겠지? 얼마나 좋을까?

"승리야……."

넥타이를 바라보고 있던 승리는 그의 낮은 목소리에 고개를 들었다. 욕망으로 끓어오르는 대경의 까만 눈동자가 한순간 그녀를 꿰뚫었다. 승리는 숨이 막혔다.

대경의 손은 강했지만 그녀의 뺨을 아주 부드럽게 매만졌다. 그리고 그의 얼굴 또한 손끝을 통해 전해지는 격렬한 열기와는 달리 천천히 내려오기 시작했다.

드디어!

승리가 발꿈치를 들면서 눈을 감고 입술을 내밀 때였다.

"어머나!"

문이 벌컥 열리는 소리가 나더니, 옆집 아주머니가 화들짝 놀라며 말했다.

"방해했네. 미안해라."

아줌마, 전혀 미안해하는 것 같지 않거든요?

여전히 자신과 대경을 구경하고 있는 아주머니를 노려본 뒤, 승리는 얼굴을 붉히며 대경을 살짝 쳐다보았다. 아까 그의 눈동자를 태우던 욕망은 씻은 듯이 사라져 있었다.

"들어가."

목소리가 아직도 낮았다. 대경은 그 사실에 희미하게 얼굴을 찌푸린 뒤, 승리가 집 안으로 들어가는 모습을 보고 엘리베이터로 걸음을 옮겼다. 옆집 아주머니의 호기심 어린 눈은 무시한 채.

집으로 돌아가는 그의 마음은 복잡했다.

키스할 뻔했다. 하고 싶었다. 물론 그가 원하는 건 그것만이 아니었다. 박승리라는 여자 자체가 갖고 싶었다. 아주 격렬하게.

하지만…… 두려웠다. 완전히 가져서, 사랑하게 됐는데 이안처럼 승리도 떠나간다면 남겨진 난 또 얼마나 상처를 받게 될 것인가…….

대경은 조용히 내뱉었다.

"겁쟁이 자식."

열흘 뒤.

사십 일.

사귀기 시작한 지 이제 사십 일이 되었다. 정확하게 말하자면, 사십 일밖에 되지 않았다. 열흘쯤 전에 키스할 뻔해서 기대했지만 그는 여전히 그녀의 손만 잡고 다녔다. 덕분에 승리는 자신이 욕구불만이 되어가고 있다는 것을 분명하게 느꼈다.

키스하고 싶었다. 고급 슈트 속의 단단해 보이는 그 근육이 상상만큼 강할지 직접 보고 싶었고, 두 손으로 확인하고도 싶었다. 이대경이라는 그 끝내주는 남자 자체를 갖고 싶었다.

"으……."

"왜 그래?"

지원은 이마를 책상에 박고 있는 친구를 걱정하며 물었다. 승리는 입술을 빼죽 내밀며 공자 왈 맹자 왈 하듯 읊었다.

"매일 불타는 밤을 보내는 유부녀는 내 마음을 이해하지 못할 것이다."

지원의 하얀 얼굴이 살짝 붉게 물들었다.

"얼굴은 왜 붉혀? 어제도 뜨거운 밤을 보냈나 보지?"

"현건 씨 출장 갔어."

아무리 그전에 함께 살았다고 해도 결혼식을 올린 지 사십여 일밖에 안 됐는데 현건은 오 일이나 출장을 갔다. 가기 전에 앞으로는 출장을 줄이기로 약속했지만, 지원은 내심 이번 출장을 약간 속상하게 생각하고 있던 참이었다.

지원이 승리를 향해 톡 내뱉었다.

"부러우면 너도 결혼하든지. 이대경 씨랑."

이번에 얼굴이 달아오른 건 승리였다.

"사귄 지 얼마 안 됐는데 무, 무슨 결혼을 한다고."

"기간이 무슨 상관이야. 감정의 깊이가 중요하지."

"저기, 지원아?"

"응?"

"너 혹시, 네 남편한테 대경 씨가 이전에 사귄 여자들에 대해 들은 거 있니?"

승리는 이게 궁금했다. 대경은 말이 없는 편이었는데—통화와 문자를 주고받는 걸 좋아한다고 은근슬쩍 말을 흘리는 방법 등등으로 교묘하게 교육을 시켜서 조금씩 말이 늘긴 했다—특히 이전 이야기는 더 안 했다. 가족관계나 이전 직장에 대한 이야기는 물어봤지만, 이전 애인들에 대한 건 차마 물어보지 못했다.

"들은 적 있는데 기억이 잘 안 나. 현건 씨한테 다시 물어봐 줄까?"

"아니야, 됐어."

승리는 고개를 저었다.

"알아봤자 뭐 하겠어. 속상하기만 하지."

승리는 다시 이마를 책상 위에 박았다. 지원은 시간을 본 뒤 먼저 퇴근하겠다는 말을 남기고 사라졌다. 그런 친구의 뒷모습을 보며 승리는 후회했다.

그냥 다시 물어봐 달라고 할 걸 그랬나?

너무…… 승리는 대경이 너무 좋았다.

너무 잘난 그 외모도, 딱딱하지만 은근히 자상한 그 성격도, 모두모두 좋았다. 첫 데이트를 한 순간에도 너무 좋았는데, 시간이 지날수록 그 마음은 공기가 들어차 풍선이 커지듯 팽팽 커지고 있었다. 물론, 어느 정도 시간이 흐르면 터지거나 줄어드는 게 풍선의 운명이라지만, 아직까지는 전혀 그런 불안감이 들지 않았다.

그냥, 그냥 좋았다. 단적으로 말하자면…… 이대경이라는 남자가 존재한다는 사실 하나만으로 이 세상이 너무 찬란하게 생각된다고 할까? 더군다나 그는 너무나 강력한 존재였다. 함께 있으면 다른 생각은 전혀 나지 않았다. 심지어 우혁에 대한 잡념도 전혀 들지 않고 있었다.

사실, 대경과 사귀기 전에는 우혁 때문에 반년이 넘게 꽤 괴로웠다. 하지만 대경이 그녀의 남자 친구가 된 순간부터는 그다지 아프지 않았다. 아니, 우혁에 대한 생각 자체가 거의 떠오르지도 않았다. 그냥, 아주 먼 옛날 일인 듯싶었다.

어떤 사람들은 안 좋게 끝난 과거의 연애와 새롭게 시작한 현재의 연애는 다 그런 식으로 느껴지는 거라고 말할지 몰라도, 승리가 생각하기엔 이건 그 정도를 넘는 일이었다.

그녀를 위해 이 남자가 존재하는 것 같았다. 우혁과 사귈 때는 전혀 깨닫지 못했던 감정. 하지만 대경과는 느껴졌다. 자신만을 위한 남자라는 생각이 무럭무럭 자라났다.

그래서 그런지 승리는 이런저런 상상을 마구마구 하고 있었다. 삼 일 전, 대경이 어떤 아이가 떨어뜨린 장난감을 주워서 돌려주면서 부드럽게 미소 짓는 것을 본 뒤에 승리는 결혼해서 대경과 똑 닮은 아이 두 명을 낳고 사는 공상을 하는 자신을 발견하기도 했다.

사귄 지 사십 일밖에 안 됐는데 나 정말 미친 거 아냐?

근데, 생각해 보면 완전히 미친 생각은 아니긴 했다. 며칠 전에 대경은 지나가는 말로 그녀가 괜찮을 때 부모님을 뵈러 가자고 말했었다. 직접적인 청혼은 아니었지만, 그 말을 듣는 순간 승리는 심장이 터지는 줄 알았다.

언젠가 정말로 대경과 똑같이 생긴 아이 두 명을 낳아서 알콩달콩 살지도 모르지.

승리의 얼굴이 다시 폭삭 익어버렸다.

으으, 중증이야, 정말.

문제라면 문제인 게, 그렇게 좋은 만큼 승리는 질투도 너무 많이 났다. 이전에 우혁과 연애했을 때는 여자들이 우혁을 훔쳐보는 게 나쁘지 않았다. 내 남자 친구가 그만큼 잘났다는 뜻이니까. 하지만 대경의 경우는 반대였다. 여자들이 그에게 보내는 뜨거운 시선이 너무너무 싫었다. 이 남자는 내 거니까 쳐다보지 말라고 외치고 싶은 충동도 느껴졌고.

물론 외치지 않아도 되긴 했다. 그녀가 보지 않는다고 생각할 때면 다른 여자들을 열심히 훔쳐보았던 우혁과는 달리, 대경은 항상 다른 여자들의 시선에 무감각했고 그녀가 이 세상에 존재하는 유일한 여자인 양 다른 곳으로 절대 시선을 돌리지 않았다.

대경은 날 바라보듯 이전 애인들에게도 그런 뜨거운 시선을 보냈을까? 얼마나 많은 여자들과 사귄 걸까? 어디까지 간 사이였을까? 얼마나…… 그 여자들을 얼마나 사랑했을까?

물론 우혁이 그녀의 과거인 것처럼, 그건 대경의 과거였다. 하지만 대경이 다른 여자들과 사랑을 나누는 걸 상상하면 너무 괴로웠다.

역시 지원에게 물어봐 달라고 부탁할 걸 그랬나?

물론 그런 이야기는 안 듣는 게 더 나았고, 만약 듣게 된다 해도 대경에게 직접 듣는 게 맞는 경우라는 걸 승리는 잘 알고 있었다. 하지만 그래도 미련이 남았다.

대경에게 물어보면 답해줄까?

"후……."

승리는 길게 한숨만 내쉬었다.

이러니저러니해도, 현재는 다른 게 문제가 아니었다. 이대경을 너무너무 갖고 싶다는 게 문제였다.

완전히 내 남자로 만들고 싶다. 대경의 과거가 어쨌든 간에 앞으로 그의 유일한 여자가 되고 싶었다.

사랑받고 싶었다. 사랑하고 싶었다.

그리고 결혼을 전제로 사귀는 게 사실이니, 결혼 전에 시운전 한번 해보는 게 정상 아닌가?

그러나 그녀의 그런 생각과는 달리, 대경은 아직까지 손만 잡고 있었다. 물론 승리는 대경이 왜 그러는지 알고 있었다. 사귀기로 한 날에 말한 것처럼, 자제할 수 없을 테니까 그런 거겠지. 그녀의 생각으로, 다른 이유는 없는 것 같았다.

자제 안 해도 되는데.

사실 '쫌' 부끄럽기도 하고, 밝히는 걸로 보일까 봐—물론 밝히고 있는 게 사실이긴 했다—승리는 그렇게 말을 할 수가 없었다. 그리고 먼저 나설 생각도 전혀 없었다. 승리의 생각으로는, 여자가 남자를 먼저 덮치는 건 품위가 손상되는 일이었다.

더군다나 전혀 몰랐는데, 딱딱한 성격이면서도 대경은 은근히 그녀를 많이 놀려먹고 있었다. 더 당할 수 없었다. 자고로 연애의 즐거움이란 이렇게 밀고 당기는 것이긴 했지만, 승자가 되는 게 더 재미난 법이었으니까.

먼저 나설 수는 없다. 그렇다면, 먼저 나서게 만드는 수밖에 없다.

한참 머리를 굴리던 승리는 눈을 빛내며 토닥토닥 문자를 보냈다.

〈오늘클럽에가고싶어〉

일하고 있었는지, 한참 뒤에나 답 문자가 왔다.

〈위험해.〉

〈이대경이있는한절대위험하지않다이대경이안오면혼자라도
간다〉

답 문자는 몇 분 뒤에 왔다.

〈10시쯤에 붉은 밤으로 와. 룸 예약해 뒀어.〉

토요일이라 '붉은 밤' 처럼 아주 잘나가는 클럽에서 룸을 잡는 건 하늘에서 별을 따는 것과 같았다.

클럽 사장을 애인으로 둔 게 이럴 때는 좋군. 이제 다음 차례로는…… 완벽한 계획을 위해서라면 완벽한 소품이 필요한 법이었다.

승리가 고양이마냥 히죽 웃으며 쇼핑을 하러 간 그 시각, 집에 도착한 지원은 그제야 잊고 있었던 것을 기억해 냈다. 몇 개월 전 대경에게 애인이 있는지 궁금해서 질문했을 때 현건은 없다고 대답했었다. 오 년 전 이후로 대경은 누구도 사귀지 않고 있다고.

그때, 약혼이 깨진 이후로.

약혼녀가 있었다는 걸 알려줘야 할까?

지원은 휴대폰을 들었지만, 이내 내려놓았다. 그런 이야기를 일부러 해서 승리를 괴롭게 만들 필요가 없다는 생각이 들었다. 만약 승리에게 이야기를 한다면 대경이 직접 하는 게 맞는 경우이기도 했다. 더군다나 오 년이나 지난 일 아닌가. 상관없겠지.

막 그렇게 생각했을 때 현건이 오 일 동안의 출장을 끝내고 귀가했다. 그는 장미꽃 한 송이를 들고 있었다. 여전히 자신들의 과거 때문에 마음속이 아릿했지만, 그녀는 미소 지은 뒤 남편을 포근하게 끌어안았다.

"타깃을 확정해도 될 것 같아요."

여자는 사내에게 말했다. 오랜 기다림 끝에 들어온 소식이었지만, 사내는 기쁨보다 놀라움을 먼저 느꼈다.

"오호. 드디어?"

"네. 이것 보세요."

여자는 사진을 내밀었다. 초점이 제대로 맞지 않아 흐릿했지만 사진 속의 두 남녀가 어떤 사이인지는 확연히 드러났다. 딱딱한 얼굴은 다소 무표정했지만 남자는 여자의 손을 꼭 잡고 있었고, 여자는 남은 한 손으로 남자의 가슴을 짚은 채 열렬한 눈빛으로 올려다보고 있었다.

"이대경을 구한 여자가 이 여자예요."

"그래?"

기다리다 지친 사내는 얼마 전, 트럭 사고를 일으키라는 지시를 내리고 말았다. 그런데 어떤 여자 때문에 그 시도는 실패로 돌아갔다는 보고를 받았다. 그때는 실패에 불같이 화를 내서 심복 하나의 팔을 부러뜨리고야 말았지만, 돌이켜 생각해 보면 다행이었다. 이대경을 그렇게 쉽게 보낼 순 없으니까.

"만난 지 한 달이 넘었지?"

"네. 거의 매일 만나고 있어요. 본격적인 사이 같아요."

"확실하군. 하지만 그 느긋한 이대경의 성격상…… 결혼까지 가려면 시간이 좀 걸리겠지."

"좀 더 기다릴까요?"

사내는 고민에 잠겼다.

이십여 일 전, 사내의 심복 중 하나가 김복구를 처리했다. 보아하니 경찰은 살해 용의자로 사내를 전혀 생각하지 않는 모양이었다. 그건 다행이었지만, 그의 동생이 용의자가 된 건 문제였다. 더군다나 현재 조직이 두 패거리로 양분되어 서로 크게 싸우고 있는 판국이었으니.

사내는 잠깐 갈등했으나, 결론을 내렸다.

일단은, 이대경에게 신경을 집중하자. 조직의 일도 중요했지만 이대경의 일은 더 중요했다. 조직은 나중에 또 재건해도 되니까.

"더 기다리고 싶지 않군."

사내는 눈을 감았다. 그래서 그를 바라보는 여자의 얼굴에 뚜렷하게 떠오른 격렬하고 뿌리 깊은 증오와 분노를 보지 못했다.

"조금만 장난을 쳐볼까?"

사내가 눈을 떴을 때, 여자의 얼굴에 실려 있던 무서운 살기는 씻은 듯이 사라진 뒤였다.

"심하게 할 필요는 없겠지. 아주 약간만, 맛을 보여주자고. 단, 조심해야 해."

"네."

여자는 한쪽 입술을 들어 올리는 싸늘한 미소를 지으며 생각했다. 이대경의 여자에 대한 일만이 아니라, 다른 일도……

"조심하지요."

다섯

"**어**서 오십시오, 사장님."

문 앞에 서 있던 기도들이 허리를 바짝 숙이며 인사했다. 대경은 기도들의 인사 때문에 여자들의 시선이 쓸데없이 더 강해졌다는 것에 짜증을 느끼며 안으로 들어갔다.

평소에도 사람이 많았지만, 주말의 '붉은 밤'은 그야말로 발을 디딜 자그마한 공간조차 없었다. 따스한 초여름이라 그런지 여자들의 패션은 아주 과감했는데, 특히 대경에게 몸을 비벼대는 여자들은 노출이 굉장히 심했다.

"어머, 미안해라."

비키니를 입었다고 해도 될 만큼 거의 벗은 여자가 속눈썹을 팔락거리며 대경에게 탱탱한 가슴을 들이밀었다.

"미안하면 비키시지?"

대경은 차갑게 쏘아붙였다. 하지만 여자는 움직이지 않았다. 대경은 지긋지긋한 여자를 떨치고 겨우 옆으로 빠져나왔다.

대체 왜 토요일에 여길 오자고 한 건지.

조금 짜증이 나긴 했지만, 대경은 그렇다고 승리에게 뭐라고 할 생각은 없었다. 대신 그는 승리만 남겨두고 다른 손님들을 전부 밖으로 내몰고 싶었다. 사장으로서 할 생각은 아니었지만.

"누구 찾는 분 계세요?"

눈치 빠른 매니저가 다가와 물었다. 승리를 어떻게 설명할까 생각할 때, 대경은 무대 위에 서 있는 여자를 발견했다.

붉은 조명은 화려했다. 그리고 그 조명을 온몸으로 받으며 무대 위에서 춤을 추고 있는 승리는 더 화려했다.

족히 12㎝는 될 듯한 까마득히 높은 힐의 까만 샌들을 신고 있는 승리의 긴 다리는 평소보다 더 길어 보였다. 매끈한 종아리와 둥근 무릎 위로 하얀 허벅지가 늘씬하게 펼쳐져 있었고, 달라붙어 동그란 엉덩이 곡선을 그대로 드러내는 새빨간 미니스커트는 허벅지 중간까지 내려와 있었다. 그렇게 짧은 건 아니었지만 무대 1m 아래의 바닥에서 보기에는 아슬아슬하게 팬티가 보이지 않을 정도였다.

그것만이 아니었다. 승리는 상체에 브래지어와 코르셋을 연결한 듯한 옷을 입고 있었는데 대경으로서는 거의 본 적이 없는 종류였다. 문제는, 생긴 것도 속옷같이 생겼는데 미니스커트보다 더 몸에 찰싹 달라붙어 있다는 점이었다. 더군다나 저 옷은 밑이 짧아서 승리의 앙증맞은 배꼽이 보일락 말락 했고, 두 가슴이 얼마나 풍만한지도 여실히 뽐내고 있었다.

설마 브래지어를 안 한 건 아니겠지.

대경은 튀어나올 것 같은 눈을 애써 진정시키며 다시 탐색했다. 브래지어처럼 생긴 가슴의 컵 모양은 유두를 겨우 가리는 선에서 끝날 만큼 아주 낮았으며, 어깨 끈은 아예 없었다. 덕분에 어깨의 뽀얀 살결과 가슴 윗부분도 훤히 노출되어 있었다. 더군다나, 그가 우려한 것처럼 승리는 브래지어를 안 한 게 틀림없었다. 그리고 가까운 거리는 아니었지만, 2.0 시력의 그는 팬티 선을 볼 수 없었다. 아무리 그래도 팬티를 안 입은 건 아닐 테니, 설마 T팬티인 건가?

"……미쳤어."

단순히 옷차림만 미친 게, 아니, 이상한 게 아니었다. 몸짓도 이상했다. 승리는 무대 중앙에서 한 남자와 아주 가깝게 붙어서 춤을 추고 있었다.

남자는 상당한 근육의 소유자였지만 대경이 보기에는 머리가 텅텅 빈 팔푼이였다. 눈은 승리의 가슴 쪽에 고정한 채로 승리의 등 뒤에 딱 달라붙어 있었다.

음악은 격렬했고, 그만큼 노골적이었다. 팔푼이는 승리의 허리에 손을 올렸다. 그러나 승리가 살짝 몸을 뒤틀며 한 걸음 앞으로 가자 손을 뗄 수밖에 없었다. 승리는 불꽃 빛깔의 립스틱이 칠해진 입술의 한쪽 끝을 들어 올리는 미소를 지으며 물러났다. 그리곤 다시 춤을 시작했다.

짤랑거리는 금색의 팔찌를 끼고 있는 두 손이 머리 위로 올라갔다. 빠르게 물결치는 손은 짧게 흔들리는 승리 자신의 단발을 쓰다듬은 뒤 긴 목으로 내려갔다. 가느다랗고 길며 그래서 더 도발적인 그녀의 손가락이 두 가슴을 아슬아슬하게 스치듯이 쥐자 주변의 남자들은 신음을 흘렸다. 승리는 곧이어 가는 허리와 둥근 엉덩이도 욕망 어린 리듬 속에 실었다.

승리에게 손을 뻗으려고 시도한 건 팔푼이만이 아니었다. 승리가 춤을 출 수 있도록 몇 발자국 뒤로 물러나 둥글게 원을 만들어주었던 다른 남자들 또한 침을 흘리며 본격적으로 손을 내밀었다. 음악이 멈춘 짧은 한순간, 승리가 다음 파트너로 자신을 지명해 주길 기다리며.

DJ는 눈치가 빠른 사람이었다. 짧은 비트음만을 넣은 채, 승리가 두 입술을 모으고 주변의 남자들을 하나하나 재듯이 바라보는 것을 기다렸다.

승리가 막 무대 위로 올라온 대경을 발견한 건 '붉은 밤'의 단골이자 춤을 잘 추기로 유명한 전직 댄서를 지명할 찰나였다.

역시 딱 시간 맞춰 왔네.

"이봐, 설마 내가 아니라 저 꽉 막혀 보이는 넥타이맨을 찍을 건 아니겠지?"

승리의 시선이 꽂히는 곳을 본 전직 댄서는 애써 비웃으며 말했다. 승리는 듣지 않았다. 그녀는 한 걸음 한 걸음 대경에게 다가섰다.

대경은 붉은 매니큐어로 반짝이는 앙증맞은 발톱에서부터 격렬한 춤 때문에 도발적으로 헝클어진 머리칼까지 그녀를 위아래로 다시 한 번 훑어보았다. 그의 시선은 승리가 자신을 지명하기 위해 내뻗은 오른손 두 번째 손가락에서 멈추었다.

휘파람이 일었고, 야유도 터져 나왔다. 승리는 미소를 지었다. 하지만 대경은 굳은 표정 그대로 움직였다. 그는 성큼 걸어가 승리의 허리를 붙잡아 어깨 위로 한 번에 들쳐 멨다.

"이대경!"

승리는 비명을 질렀다. 주변의 여자들은 하트가 된 눈으로 감탄의 신음을 내뱉었고, 승리를 노리고 있던 남자들은 경악했다. 몇 명은 앞으로 나섰으나 대경의 뒤를 가로막은 기도들의 눈빛에 제압당했다.

"이대경! 안 내려놔?"

승리는 대경의 엉덩이를 바라보며 다시 외쳤다.

바로 코앞에서 보니, 이전에 몰래 훔쳐봤을 때보다 엉덩이가 더 작았다. 다 근육이라서 그런가?

대경은 눈을 휘둥그렇게 뜬 직원들을 지나쳐 예약해 둔 VIP룸으로 들어갔다. 그는 문을 쾅하고 닫은 뒤 승리를 침대만큼 푹신하고 큰 소파 위에 던지듯, 하지만 최대한 부드럽게 내려놓았다.

"박승리!"

"왜?"

대경의 으르렁거림에 되묻는 승리의 표정은 너무도 평온했다. 하지만 의상에 맞춰 평소보다 짙고 요염하게 화장한 얼굴은 그동안 꽁꽁 감춰둔 대경의 욕망을 향해 강펀치를 날리고 있었다.

"다른 남자와 춤을 추다니!"

정통으로 어퍼컷을 맞은 대경은 버럭 소리쳤다.

"더군다나 그, 그렇게 입고!"

기어이 그는 말을 더듬고야 말았다. 승리는 샌들을 벗고 다리를 소파에 올렸다. 완벽한 다리가 대경의 시야에 확 들어왔다. 승리는 천천히 손끝으로 허벅지 중간까지 오는 미니스커트를 조금 더 올린 뒤 평평한 복부를 쓸었다. 그러고는 컵 사이로 노출된 가슴 계곡에 손을 올렸다.

"이 뷔스티에가 뭐?"

"뷔스티에?"

대경이 짙은 목소리로 되묻자, 승리는 이상하다는 생각을 할 수밖에 없었다. 이 남자, 여자들 속옷 많이 벗겨본 거 아니었나? 물론 정확한 명칭은 모를 수도 있었지만 저 말투는 완전히 문외한의 것이었다.

혹시 여자들을 사귄 적이 별로 없나?

예감일 뿐이었지만, 절반쯤은 확신이기도 했다. 정확히 몇 명이나 사귄 건지 아직도 궁금했다. 하지만 예상보다 적은 숫자라는 건 확실해 보였다.

피어나는 미소를 감춘 승리는 나중에 꼭 물어봐야겠다고 다짐하며 천천히 대답했다.

지금은 이 남자를 갖는 게 우선이었으니까.

"뷔스티에는 란제리룩이야. 겉옷이라고."

"그게 겉옷이라고? 그럼 그 옷을 입고 바깥을 나돌아다닐 생각이었단 말이야?"

"카디건 따로 가져왔어. 이건 춤출 때만 입는 거야."

"춤출 때만이라고 해도 그런 옷을 입는다는 게 말이 돼?"

승리는 순진한 척 되물었다.

"봐봐, 나한테 잘 어울리지 않아?"

대경은, 그제야 깨달았다.

"그래. 일부러 그렇게 입은 거고, 일부러 그렇게 행동한 거로군."

"왜 그렇게 생각해?"

모르겠다는 표정으로 승리는 눈을 깜빡거렸다. 대경은 소파 끝에 앉았다. 승리는 고개를 옆으로 틀어 그와 시선을 마주했다. 대경은 그녀의 입술을 바라보며 말했다.

"그냥, 한 마디만 하지 그랬어."

"무슨 말을?"

대경은 한쪽 입술 끝을 들어 올리며 답했다.

"자제하지 않아도 된다고."

이제껏 평정을 유지했던 승리의 얼굴이 펑 폭발했다. 대경은 고개를 앞으로 기울였다. 입술이 닿을락 말락 할 때, 그는 말했다.

"다시는 그러지 마."

"그래."

승리는 눈을 내려 그의 입술을 바라보며 속삭였다.

"이대경이 질투하는 걸 보려고 이렇게 입은 건 맞아."

대경은 손을 올렸다. 그는 엄지손가락으로 그녀의 도톰한 아랫입술을 쓸었다.

"하지만 그 이상은 아니야."

"아니라고?"

대경은 손을 내렸다. 그는 그녀의 날씬한 발목을 휘감았다. 강하고 뜨거운 손길로 달아오른 살결을 매만지며, 위로 올라왔다. 종아리를 훑었고, 무릎을 만졌으며, 드러난 허벅지를 쓰다듬었다. 그러고는 미니스커트가 가리고 있는 안으로 들어갔다.

"말해봐. 이걸 원한 게 아니라고?"

대경은 허벅지 안쪽을 손톱 끝으로 살짝 긁었다. 단정하게 정리된 손톱은 짧았지만 분명한 흔적을 남겼다. 허벅지 사이가 빠르게 젖어들어 가자, 승리는 몸을 떨었다.

"그동안 자제하고 있었어."

허벅지 안쪽의 보드라운 살결을 교묘하게 자극하던 대경의 손가락은 팬티 선에서 멈추었다.

"최대한 자제하고 있었어. 그럴…… 수밖에 없었으니까."

사귄 뒤부터 대경은 승리의 꿈을 더 많이 꾸고 있었다. 매일 아침에 일어나 꿈이었다는 것을 깨달을 때마다 온몸이 저릴 만큼의 공허감을 느끼곤 했다. 그러나 그는 승리에게 손을 뻗을 수가 없었다. 그 보드라운 입술에 입을 맞추고 나긋나긋한 몸을 안게 되면, 헤어나지 못할지도 모른다는 걸 알고 있었으니까.

육체 관계를 아무것도 아니라고 생각하는 사람도 있었다. 그러나 그는 아니었다. 깊은 의미를 뜻하는 것으로, 사랑으로 향하는 길이라고 생각했다.

두려웠다. 만약 사랑하게 됐는데 또다시 잃을지도 모른다는 게…… 너무 두려웠다. 사실, 그 문제에 대한 해답은 있었다. 만나지 않고 외면해 버리면 된다.

그렇게 하면 고통을 느끼지 않으리라. 설사 잃는다고 해도 상처도 받지 않으리라. 비겁하고 나약한 방법이긴 하지만, 스스로를 지키기 위한 가장 안전한 방법이었다.

사귀기 전까지 사실 대경은 그 방법을 썼다. 원하는 마음을 내리누르고, 인정하지 않았으며, 아예 마음을 들여다보질 보지 않았었다. 그러나 승리가 그의 몸에 흔적을 남긴 뒤로 도저히 이기지 못할 만큼 바라게 되고, 트럭 사고로 잃을 뻔하자 그 방법을 다시 쓸 생각은 하지 못했다. 잃을 수 없는 존재라는 걸 깨달았으니까. 어떻게 이 여자를 외면한단 말인가?

그래서 사귀기 시작했다. 하지만 손만 잡을 뿐, 더 이상으로 그녀를 가지지 않았다. 사랑하게 될까 봐 두려웠으니까.

오 년 전 이안을 떠나보낸 뒤, 대경은 자신이 사랑하는 여자 때문에 얼마나 나약해질 수 있는지 알게 되었다. 그 무력감은…… 다시 느끼고 싶지 않았다.

이안 때문에 그렇게 괴로웠는데, 박승리를 사랑했는데 잃게 된다면 어떻게 될까?

솔직하게 말하자면, 잘 모르는 어렸을 때 만나 사귀고, 결혼 하기로 한 이안보다 나이를 먹을 대로 먹은 현재 만나고 있는 승리가 더 매력적이었다. 지나칠 정도로.

물론 승리가 특별한 여자라는 건 처음 본 그 순간부터 알고 있는 사실이긴 했다. 하지만 사귄 뒤부터 그 사실은 호흡하는 데 공기가 필요하다는 진실만큼이나 너무도 명확해졌다. 항상 그는 공은 공이고, 사는 사라고 생각해 왔다. 그런데 이안과 약 혼했을 때와는 달리, 승리는 근무 시간 중에도 때때로 떠올라 일을 방해했다. 그만큼, 너무도 지나치게 매력적이라는 뜻.

이안의 경우, 그녀를 최우선으로 여기고 그녀만을 진정으로 사랑하는 다른 남자와 결혼한 건 좋은 일이었다. 이안에게는. 하지만 이안을 사랑했었던 자신에겐 결코 좋은 일이 아니었다. 그녀를 안전하게 지키지 못했던 것, 실수로 곁에 있어주지 못하고 다른 남자에게 보내게 된 것 모두 고통스러운 일이었다.

그 사건 이후, 다시 사랑하지 않겠다고 결심한 건 아니었다.
하지만 다짐하지 않았다고 해서 그의 인생에 아무 영향을 끼치
지 않은 것도 아니었다. 그가 의식하는 사이, 그리고 의식하지
않은 사이 아주 많은 영향을 끼쳤다.

그래서 승리를 멀리했다. 최대한 그녀 주변에서만 맴돌았다.

하지만 승리가 눈앞에서 그를 이렇게 유혹하고 있는 지금, 대
경은 더 이상 자신을 억누를 수가 없었다. 더 이상 생각을 할 수
가 없었다.

모르겠다. 사랑이 어쩌느니, 그녀를 잃게 되면 어떨지, 얼마
나 또 괴로울지 모르겠다. 그냥 단순히, 지금 이 순간 그냥 이
여자를 가지고 싶을 뿐이었다. 아니, 가져야 했다!

"대경…… 흡!"

승리가 그의 얼굴이 딱딱하게 굳어지는 것을 보고 입을 열었
을 때, 그는 그녀의 입술 안으로 파고들어 갔다. 혀를 빨아서 삼
켰으며 입 안을 가득 채웠다. 공기의 존재조차 인정할 수 없었
기에, 그는 그녀가 소파에 파묻힐 때까지 파고들고, 파고들었
다.

"하아─ 하아─ 아!"

질퍽한 타액이 오간 뒤, 승리의 신음은 다시 시작되었다. 그
의 손가락이 움직였기 때문에. 대경은 팬티 속으로 들어가진 않
았다. 얇은 팬티 위에서 엄지손가락을 강하게 문질렀다.

"네가 말해봐, 박승리."

대경은 요구했다.

"이제 자제하지 않아도 되는 거야?"

승리는 말로 대답하는 대신 그의 넥타이를 끌어당겨 강하게 키스했다. 대경이 미소 짓는 것이 느껴졌다. 동시에 그의 엄지손가락은 더 강하게 움직였다. 팬티가 젖을 때까지, 그 사실이 손가락 끝에 분명하게 느껴질 때까지 그는 그녀를 자극했다.

"확실히 젖었군."

"에로 이대경."

대경은 눈을 한 번 깜빡인 뒤, 그 다음엔 큰 소리로 웃었다. 이전부터 느꼈지만, 승리의 어휘력은 참 재미있었다.

"뭐야, 왜 웃는 거야?"

"재밌어서."

대경은 하얀 이를 드러내며 환하게 웃었다. 그동안에도 그녀가 닦달해서 자주 웃곤 했지만, 입술만 살짝 들어 올리는 웃음일 뿐이었다. 승리는 이렇게까지 크게 웃는 대경은 처음 보았다.

"좀 자주 웃어. 보기 좋아."

"그래."

대경은 웃음 지은 입술을 승리의 뺨으로 미끄러뜨렸다. 뽀뽀하듯 부드럽게 입술을 누르며 내려갔다. 목을 살짝 깨물었고, 쇄골을 핥았다. 그러고는 드러난 가슴 윗부분에도 키스를 퍼부은 뒤, 얇은 뷔스티에 위에 또렷하게 드러난 유두를 입으로 덮었다.

"응……."

대경은 입 안에서 굴리고 있는 귀여운 유두의 달콤함만큼이나 승리가 내지르는 작은 신음 소리 때문에 미칠 것 같았다. 그는 멀어지는 이성의 끈을 바로잡으려 노력하며 뷔스티에가 축축해질 때까지 빨았다.

대경은 직접적으로 그녀의 피부에 손을 대고 있진 않았다. 하지만 얇은 천 하나로 전해지는 그의 입과 손가락의 불꽃은 승리를 달궈놓기에 충분했다.

승리는 다시 신음을 흘렸고, 대경은 이번엔 참지 못했다. 그는 작아서 더욱 매력적인 팬티를 내린 뒤 손가락 두 개를 그녀 안으로 밀어 넣었다.

촉촉했고, 뜨거웠다.

갑작스러운 침입에 승리는 비명 같은 신음을 내지르며 허리를 뒤로 젖혔다. 대경은 흠뻑 젖은 손가락을 빼서 가장 예민한 부분을 문질렀다.

"대…… 경……."

승리는 말을 잇지 못했다. 그녀는 그의 목에 매달렸다. 대경은 승리가 자신의 목을 깨무는 것을 즐겁게 받아들이며 점점 더 빠르고 강하게 움직였다. 승리는 눈을 꼭 감았다. 까만 세상이어야 했지만, 그렇지 않았다. 정신을 잃을 만큼 하얗고 뜨거운 세상. 불꽃이 파도치듯 온몸으로 퍼져 나갔고, 마침내 완전히 그녀를 태워 버렸다.

"박승리."

대경은 쾌락의 여운으로 흐릿해진 승리의 눈동자가 선명해지기를 기다렸다. 힘들었지만, 기다렸다.

"이제 시작이야."

소파에 파묻히다시피 누워 있던 승리는 눈을 깜빡이며 그가 슈트 재킷을 벗는 걸 보았다. 대경은 재킷을 옆에 아무렇게나 던져 버린 뒤, 넥타이를 끌렀다. 셔츠의 윗 단추 몇 개를 풀고는 다시 승리에게 손을 내밀었다.

"이리 와."

승리는 자신이 움직일 힘이 없다고 생각했다. 하지만 그의 손을 잡을 만한 힘은 남아 있었다. 대경은 승리가 내민 손을 뒤집어 그녀의 손등 위에 천천히, 그리고 부드럽게 도장을 찍듯 키스했다. 기사가 그의 레이디에게 영원한 사랑을 맹세하듯이.

승리는 아까와는 다른 전율이 자신의 온몸을 뒤흔들고 있음을 깨달았다. 대경은 그녀의 손등에서 위로 키스를 해나갔다. 그의 입술은 노골적이 되었다. 어깨에 도달했을 때 대경은 그녀를 집어삼킬 듯 깨물고 있었다.

"다시는."

대경은 승리의 두 눈동자를 내려다보며 말했다.

"다른 남자들 앞에서 그렇게 춤추지 마."

그는 승리의 등 뒤로 손을 가져갔다. 리본으로 묶인 끈을 풀자, 뷔스티에가 헐거워졌다. 대경은 재빠르게 뷔스티에를 승리의 머리 위로 완전히 벗겨냈다. 아까의 물결 때문에 발갛게 달아오르고 축축한 타액으로 젖은 승리의 봉긋한 가슴이 대경의 노골적인 시선 속에 드러났다.

대경은 뜨거운 입으로 가슴을 덮었다. 그녀는 다시 몸이 붕 떠오르는 기분이었다. 아까는 얇은 천을 사이에 두고 그의 애무를 받았지만, 지금은 달랐다. 가슴 전체를 먹듯이 핥는 그의 혀는 몸을 태울 듯 뜨거웠고, 뾰족하게 일어선 유두를 깨물고 굴리는 그의 치아는 강철처럼 단단했다.

"대경……."

"왜?"

그는 평소와 같은 톤으로 되물었다. 그녀의 가슴을 삼키면서.

"난 이렇게…… 미치겠는데."

승리는 신음 중간중간 내뱉었다.

"어떻게 그렇게…… 아흑…… 멀쩡해?"

"내가 멀쩡해 보여?"

대경은 고개를 들었다. 그제야 승리는 보았다. 목소리는 평소처럼 평온했지만, 그의 새까만 눈동자는 결코 그렇지 않았다. 이글이글 타오르는 욕망으로 터지기 직전이었다.

그녀가 한 손가락만 대도 그는 무너지리라.

하지만 승리는 나서지 않았다. 그녀는 더 움직일 수가 없었다. 자신에게 뿌리를 내린 듯 눈길을 고정하고 있는 그의 눈동자만을 바라볼 뿐.

"난 지금……."

대경은 그녀의 손목을 끌어 고통스럽게 부풀어 오른 그의 슈트 바지 앞으로 가져왔다. 승리는 증거를 똑똑히 느낄 수 있었다.

"절대 멀쩡하지 않아. 절대."

그는 그녀의 손목을 놓고, 바지 지퍼를 끌렀다.

지이이익.

지퍼가 내려가는 소리가 넓은 룸 안을 가득 채웠다. 승리는 감히 눈을 내릴 수가 없었다. 대경은 자제할 수 없을지 몰라 승리와 사귄 얼마 뒤부터 바지 뒷주머니에 넣고 다녔던 것을 꺼냈다. 입으로 가져와 포장을 찢어 천천히 착용했다.

승리는 입술과 입 안이 바싹 마르는 것을 느꼈다. 하지만 그녀는 그의 눈동자만 바라볼 뿐, 움직일 수 없었다.

"맹세해."

대경은 속삭였다.

"지켜주겠어."

지켜주겠다고?

승리가 그의 말을 머릿속에 새길 때, 대경은 그녀의 작은 입술을 강탈했다. 그리고 동시에 미니스커트를 치켜올린 뒤 그녀 안으로 침범하듯 돌진했다.

그의 입술 속에서, 승리는 다시 비명과 신음을 내질렀다. 그는 컸다. 아무리 흥건히 젖은 상태라도, 한 번에 받아들이기 힘들 만큼 컸다.

대경은 그것을 알았다. 그래서 그는 그녀가 적응할 때까지 움직이지 않고 힘줄이 불끈 솟은 손으로 소파 팔걸이만 쥐고 있었다.

투둑.

대경의 이마에서 굵은 땀이 흘러내려 소파를 짚고 있는 승리의 손등에 떨어졌다. 승리는 고개를 들어 그를 보았다. 그러고는 눈을 질끈 감고 있는 그의 입술에 입술을 비볐다.

"이대경."

승리는 가쁘게 숨을 내쉬면서 말했다.

"사랑스러워."

승리는 당황한 듯 눈을 번쩍 뜨는 대경에게 다시 말했다.

"에로 이대경, 그리고…… 이번엔 사랑스러운 이대경이네."

그녀는 대경의 목에 팔을 둘렀다. 꼭 끌어안으며 다가갔다. 약간의 움직임에도 그의 입술에서 신음이 터져 나왔다. 그리고 승리 또한 아찔한 쾌감을 느꼈다.

"이제 괜찮아."

대경은 그제야 미소를 지으며 그녀를 눕혔다. 그리고 더 깊게 들어갔다.

"하아……."

승리는 신음을 흘렸다. 그러나 고통의 신음이 아니었다. 대경은 더한 쾌락을 주기 위해, 그리고 그동안 자신을 끊임없이 고문한 욕망을 터뜨리기 위해 움직였다.

승리는 그를 더욱 끌어안았다. 대경은 그녀에게 더욱 들어갔다. 그는 하나로 연결된 부분 쪽으로 손을 가져가 민감한 곳을 다시 매만졌다. 부어오른 그곳은 아주, 아주 민감했다. 대경의 강한 엄지손가락이 닿자마자 승리는 몸을 비틀듯이 허리를 휘었다. 대경은 그녀의 가슴에 얼굴을 묻었다.

지금 이 순간, 그녀가 그의 품에 존재했다. 아주 안전하게.

놓치지 않을 것이다. 이 손 안에서 빠져나가게 두지 않을 것이다. 이 품 안에서 안전하게, 절대적으로 안전하게 지킬 것이다.

"……겠어."

승리는 듣지 못했다. 그녀는 마지막으로 뜨겁게 밀고 들어온 그가 다시 일으킨 불꽃 때문에, 듣지 못했다. 그 불꽃에 휩싸여 잠시 동안 정신을 놓느라, 전혀 듣지 못했다.

"지켜주겠어. 반드시."

대경은 승리를 다시 끌어안았다. 그리고 먼저 해방을 맞이한 그녀를 따라, 그제야 그 또한 찬란한 불꽃을 온몸으로 맞으며 해방을 맞았다.

"무거워."

승리는 흐릿한 눈을 깜빡이며 종알거렸다.

"에로 이대경 씨, 무거워요."

"잠깐만."

대경은 속으로 끙하고 신음하며 완전히 기력을 소진한 몸을 움직이려 애썼다. 하지만 승리는 손을 슬슬 움직여 그를 안았다.

"그래도 좋다."

"응?"

"잠깐은 봐줄게. 무거워도 좋아."

대경은 얼굴이 붉어졌다는 것을 깨달았다.

내가 얼굴을 붉히다니.

당황스럽긴 했지만, 기분은 좋았다. 점차 기운이 돌아오자 대경은 손에 힘을 넣어 승리가 덜 무거워하게끔 도와주었다.

"으응, 졸려."

승리는 나른한 목소리로 짧게 하품을 했다. 머리칼은 끝내주게 헝클어졌고, 위는 홀딱 벗고 있었지만 뜨거운 몸으로 꼭 안아주고 있는 대경 덕분에 아주 포근했고 나른했다.

"잠깐만 잘래."

"윗옷은 입고 자는 게……."

대경은 승리가 눈을 감고 바로 잠에 빠져들자 입을 닫았다. 그는 그녀가 깨어나지 않도록 조심하며 손끝으로 슈트 재킷을 가져와 덮어주었다.

남은 평생 이렇게 이 여자와 꼭 껴안은 채 잠들면 좋을 것이다.

날짜를 빨리 잡아야겠군. 식을 올리고 나면, 완전히 내 사람으로 해두면 이 불안한 느낌은 좀 사라지겠지…….

문득 대경은 다시 흥분이 밀려드는 것을 느꼈다. 오 년 만이라 그런지 막아둔 욕망이 끝없이, 정말로 끝없이 피어났다.

"음……."

대경이 어찌할 바를 모르고 자제하려 애쓸 때, 십여 분쯤 눈을 붙였던 승리가 깨어났다. 그녀는 살짝 몸을 떨었다.

"추워."

"따뜻하게 해줄까?"

대경은 이번에도 대답을 듣지 않았다. 그는 슈트 재킷을 떨어뜨린 뒤 소름이 돋은 그녀의 가슴을 다시 집어삼켰다. 승리가 갑자기 시작된 공격에 정신을 차리지 못할 때, 그는 그녀 안으로 다시 들어갔다. 즉각 승리는 추위를 떨쳐 버렸다. 그리고 달아올라 끝없이 불꽃을 피워냈다.

여섯

대경과 승리가 조금이나마 옷차림을 추스르고 룸 밖으로
나온 건 동이 트는 새벽 다섯 시가 다 되어가는 시간이었다. 승
리는 죽을 것만 같았다.

두 번도 아니고, 세 번도 아니고 대체 네 번이 뭐야?

아무리 침대같이 넓고 푹신하다고 해도, 소파는 소파였다. 더
군다나 가죽이라 좀 뻑뻑했는데, 그 위에서 한 번도 아니고 네
번이나 했으니 승리는 그대로 기절할 것 같았다. 아무리 평소에
요가와 온갖 운동으로 다져진 몸이라고 해도 여기저기 안 쑤신
곳이 없었고, 소파 가죽에 몇 번이나 밀렸는지 엉덩이가 다 따
가울 지경이었다. 특히 다리 사이는…… 진짜 비명이라도 지르

고 싶을 정도였다.

"짐승 이대경."

비틀거리며 걷던 승리는 부들부들 떨리는 손으로 간신히 조수석 문을 열었다. 대경은 아무 말 없이 운전석 문을 열고 앉았다.

"많이 아파?"

한참 뒤, 대경은 조심스럽게 물었다. 승리는 눈초리를 치켜세웠다.

"많이 아프다! 어쩔래!"

"어쩌긴. 아픈 곳에 다 키스해 줄게."

승리의 얼굴이 폭하고 새빨갛게 변했다.

설마 거, 거기도 키스한다는 말일까?

"무슨 생각을 하기에 얼굴이 또 그렇게 새빨개?"

"에로 이대경!"

대경은 느긋한 어조로 말했다.

"자제 안 해도 된다고 한 게 누군데."

"난 직접적으로 그렇게 말 안 했는데."

"그럼 앞으론 자제할까?"

승리는 그에게 눈을 흘겼다.

역시 얄미운 남자였다. 그래도 좋았지만.

"침대 사이즈가 어떻게 돼?"

대경은 아파트 앞에 내리며 물었다. 승리는 다시 얼굴을 붉히며 투덜거리듯 말했다.

"더블이야. 내가 잠버릇이 좀 험해서."

"그 정도 크기면 같이 자도 괜찮겠네."

같이 잔다. 같이 잠을 잔다.

사랑을 나누는 것도 친밀한 행동이었다. 하지만 함께 잠을 자고 아침에 일어나는 건 더욱, 아주, 정말 친밀한 행위였다.

갑자기 진도 너무 나가네. 애초에 유혹한 건 그녀였지만, 눈이 팽팽 돌 정도였다. 물론 싫은 건 절대 아니었다.

결혼은 언제 하지?

승리는 다시 심장이 미칠 듯이 두근거리는 것을 느꼈다. 대경은 흐느적거리는 승리를 안듯이 부축해 엘리베이터로 갔다. 그와 그녀는 곧 집 안으로 들어갔다.

"샤워부터 해야겠어."

같이 하자고 할까? 근데 또 하려고 하면 어쩌지? 무지 힘든데.

괜히 이런저런 고민을 하며 승리가 일단 옷을 갈아입기 위해 안방으로 들어갔을 때, 대경은 부엌을 살펴보고 있었다. 동물병원을 말끔하게 정리하는 걸 보고 깔끔한 성격이라는 건 알고 있었지만, 확실히 그랬다. 다소 낡은 듯하지만 부엌을 비롯해서 작은 집은 전체적으로 아주 단정하게 정리되어 있었다.

집 전체를 살펴보다가 다시 눈을 부엌으로 돌린 대경은 식기판 뚜껑이 제대로 닫혀 있지 않은 것을 발견했다. 무의식중에

닫기 위해 손을 뻗었을 때, 그는 느꼈다.

"승리야!"

대경은 식기판에서 과도를 꺼내 안방으로 뛰어들어 갔다. 옷장 앞에 서 있던 승리가 놀란 표정으로 눈을 깜빡이며 뒤돌아보았다. 대경은 옷장 문이 벌컥 열리는 것을 보고 바로 움직였다.

승리는 보지 못했고, 소리도 듣지 못했다. 그녀가 눈을 한 번 깜빡인 그 시간, 대경이 집어 던진 과도는 그녀를 틀어쥐려던 검은 장갑 위에 정확하게 꽂혔다.

"으악!"

사내의 비명과 함께 붉은 핏방울이 튀었다. 동시에 대경은 빠르게, 아주 빠르게 승리에게 달려갔다. 짧은 거리였지만, 그에겐 영원만큼 길었다.

보호할 것이다. 절대, 다치게 놔두지 않을 것이다.

대경은 승리의 손목을 붙잡아 등 뒤로 끌어당긴 뒤, 과도가 파고든 손을 부여잡고 있는 사내에게 다가갔다. 빠른 동작으로 과도를 뽑아내자 다시 피가 튀었고, 사내는 비명을 질렀다. 대경은 쓰러지는 사내의 머리를 힘껏 걷어찼다. 사내는 대경이 목표로 한 옷장 모서리로 날아가 거칠게 부딪쳤다.

대경은 신음하며 정신을 잃은 사내에게 시선을 주지 않았다. 한 놈이 더 있었으니까. 그는 안방 문 뒤에 숨어 있던 두 번째 사내에게 피 묻은 과도를 똑바로 겨누었다. 대경의 존재를 눈치채고 당황했음에도 기민한 손길로 승리를 노리고 달려들었던 첫 번째 사내와는 달리, 두 번째 사내는 어찌할 바를 모른 채 시퍼렇게 빛나는 단도를 손에 들고 있기만 했다.

지켜야 한다. 반드시 지켜야 한다.

대경은 속으로 그렇게 되뇌며 냉정한 눈으로 두 번째 사내를 판단했다. 검은 스타킹을 뒤집어쓰고 있었지만, 사내의 눈을 정확하게 볼 수 있었다.

당황한 눈빛이었다. 어긋난 계획에 대한 낭패감으로 가득한.

대경은 나아갔다. 사내는 주춤거리며 손에 든 단도를 어설프게 휘둘렀다. 대경은 쉽게 피했고, 자유로운 맨손으로 사내의 손목을 붙잡고 한 번에 꺾었다.

뼈가 부러지는 소리와 단도가 바닥으로 떨어지는 소리가 뒤섞여 둔탁하게 울렸다. 대경은 무릎을 올려 복부를 힘껏 후려쳤다.

"크헉!"

두 번째 사내 또한 고통 어린 신음을 내지르며 고꾸라졌다. 대경은 쓰러진 두 사내의 맥박을 확인한 뒤 슈트 상의로 힘껏 한 사내의 팔을 묶었다. 그는 등 뒤로 손을 내밀었다.

"아무거나 긴 천 하나만 줘."

반응이 없었다. 대경은 그제야 뒤돌아보았다. 승리가 멍한 눈동자로 부들부들 몸을 떨며 서 있었다.

"승리야."

대경은 그녀에게 다가갔다. 그리고 꼭 안아주었다. 그녀의 떨림이 멎을 때까지.

"괜찮아. 이제 괜찮아."

한참을 안아서 등을 부드럽게 매만져 주자, 승리는 고개를 끄덕였다. 대경은 그녀가 아직 쇼크에서 벗어나지 못했다는 건 알았지만 일에는 순서가 있었다. 그는 승리가 건네준 긴 셔츠로 팔만이 아니라 다리까지 잡아맨 뒤, 손에 과도를 든 채 두 번째 사내를 깨웠다.

"뭘 노린 거지?"

대경은 필요 이상의 힘을 주어 강하게 스타킹을 벗겨냈다. 이십대 초반으로 보이는 사내는 고통 때문인지 흐릿한 눈이었다. 하지만 대경이 살기를 발하며 목에 피가 묻은 과도를 들이대자 경악하며 정신을 차렸다.

"뭘 노린 거냐고 물었다."

사내의 눈이 대경의 뒤에 멍하니 서 있던 승리에게 향했다. 대경은 치솟는 격분을 내리누르고 날카로운 눈으로 주변을 탐색했다. 곧 그는 생각했던 것을 발견했다.

"승리야, 저 카메라 네 거야?"

승리는 대경이 가리키는 옷장 근처에 놓여 있던 비디오카메라를 보고 고개를 저었다.

"개새끼."

대경은 더 이상 참지 못했다. 그는 힘줄이 돋아난 손을 사내의 목에 꽂았다. 죽여 버리고 싶었다. 죽여 버리고 싶었다!

"뭐, 뭐 하는 거야!"

승리는 대경의 손 안의 사내가 침을 질질 흘리는 것을 보고 덜컥 겁이 나 달려왔다. 힘들었지만, 대경은 결국 손에서 힘을 풀었다. 사내는 그대로 정신을 잃었다.

"이 새끼들, 널 노리고 온 거야."

대경은 내씹듯이 말했다. 승리는 처음엔 알아듣지 못했다.

"여자 혼자 사는 집에 침입해서 협박하고…… 강간하는 장면을 비디오카메라 같은 걸로 찍는 개새끼들이지."

승리는 그제야 알아들었다. 그녀가 흠칫 몸을 떨자, 대경은 뒤돌아 그녀에게 다가갔다.

"걱정하지 마. 이젠 괜찮아."

대경은 다시 승리를 안아주며 속삭였다.

"고마워."

"응?"

승리는 고개를 들고 대경을 바라보았다.

"어제, 같이 있게 해줘서."

그렇지 않았다면, 어제 만나지 않았다면 지금쯤 승리는……. 상상하고 싶지도 않았다.

대경은 힘주어 그녀를 다시 안은 뒤, 휴대폰을 꺼내 들어 직속상관인 화성그룹 경호팀의 김종운 실장에게 전화를 걸었다. 종운은 승리의 집이 속하는 서초경찰서 서장의 형이었다.

대경은 승리가 부산스러운 손으로 옷을 갈아입고 거실로 나올 때까지, 그리고 경찰들이 부리나케 달려올 때까지 쓰러진 두 사내를 날카로운 눈으로 감시했다.

"큰일이 없어서 다행입니다."

호구조사와 같은 이런저런 사항에 대해 물어본 뒤 경찰관이 말했다. 대경은 고개를 끄덕인 뒤 말했다.

"단순한 강도가 아닙니다. 잠깐 살펴봤는데, 목적이 있어서 침입한 듯합니다."

"여자 분을 노린 것 같군요."

경찰관은 대경의 눈에 살기가 어린 것을 보고 조심스럽게 말했다. 경찰관은 서장의 불같은 명령에 바로 달려온 것으로, 자세한 상황은 알지 못했다. 하지만 두 강도를 직접 잡은 눈앞의 이 남자가 보통이 아니라는 건 분명하게 알았다. 강도를 기절시킨 솜씨나 다소 무딘 과도를 그렇게나 정확하게 꽂은 것, 적당히 지혈을 해준 솜씨는 일반 경호원의 것이 아니었다. 특수부대 출신인가?

"지금은 쇼크를 받은 상태입니다. 다른 곳으로 옮겨서 좀 쉬게 한 다음에, 오늘 오후에 경찰서로 데려가서 자세한 진술을 했으면 합니다."

망설였지만 결국 경찰은 고개를 끄덕였다. 대경은 바로 뒤돌아 승리에게 다가가 손을 꼭 잡았다.

"내 집으로 가자."

"아니…… 승열 오빠한테 갈래."

역시 오빠들이 우선인가?

대경은 승리의 형제들에게 질투하는 자신을 발견했다. 그는 속으로 스스로에게 욕설을 중얼거린 뒤, 아직까지 다소 멍한 얼굴의 승리를 자신의 차에 조심스럽게 태웠다.

"고맙네."

일요일 아침, 갑작스러운 대경과 승리의 방문을 받은 승열은 경찰서에 전화를 해본 뒤 자초지종을 듣고 수화기를 내려놓았다.

"아닙니다."

"아니긴, 자네가 아니었다면……."

승열은 주먹을 부르르 떨었다. 그의 손 밑의 부엌 식탁이 지진이라도 난 듯 진동했다.

"잠들었어요."

찬희가 손님방에서 나오며 말했다. 대경은 마침내 승리가 쇼크에서 벗어나 쉰다는 사실에 안도의 한숨을 내쉬었다. 분노 때문에 눈에 거의 보이는 게 없는 상황이었지만 승열은 그것을 보았다.

"그런데 말이지……."

짚고 넘어갈 건 짚고 넘어가야 했다.

"이 새벽에 승리의 집에 갔었다고? 그것도 같이?"

"어젯밤에 같이 클럽에 갔었습니다. 승리가 아침 식사를 대접

해 준다고 하길래 집 안에 들어간 겁니다."

"아침 식사고 점심 식사고 간에 그때부터 이 시간까지 클럽에 같이 있었다는 건가?"

낮고 평온해 보이지만, 승열의 목소리에 담긴 감정은 결코 녹록하지 않았다. 대경은 무심하게 말했다.

"클럽에 한 번도 가본 적이 없으신가 보군요."

"난 바른생활 사나이라서 말이야. '붉은 밤' 사장님하고는 다르지."

대경은 이번에도 까딱하지 않았다. 승열은 다른 공격을 시도했다.

"국정원은 왜 그만뒀나?"

대경의 표정은 전혀 변화가 없었다.

"국정원이라니요. 뭘 말씀하시는지 모르겠군요. 전 주일 한국 대사관 소속의 5급 사무관이었습니다."

"마음에 안 들어."

승열은 으르렁거렸다.

"자네, 마음에 안 들어. 아무리 승리를 구해줬다고 해도 마음에 안 들어."

"제가 결혼할 사람은 승리이지 형님이 아닙니다."

뒤에서 조용히 대화를 듣던 찬희도 숨을 딱 멈췄다. 승열 또한 마찬가지였다.

"무, 무슨 결혼을 한다는 거야! 내가 허락할 줄 알아! 사귄 지도 얼마 안 됐으면서!"

"목소리 줄이세요. 승리 깨어납니다."

승열은 다시 주먹을 불끈 쥐었다. 머리에서 김이 올라올 만큼 열 받았지만, 그렇다고 무조건 주먹을 날릴 순 없었다.

"나중에 유도장에서 한번 보지. 우리 셋째가 유도를 아주 조금 하거든."

승열은 올림픽에서 2회 연속 금메달을 따낸 유도선수인 바로 밑의 동생 승언에 대해서 말을 꺼냈다.

"셋째한테 이기면 승리를 주지."

"승리는 전리품이 아닙니다."

"겁나나 보지?"

"형님이야말로 겁이 나서 직접 나서지 않고 셋째 동생 분을 내세우는 것 아닙니까?"

얄미운 자식 같으니라고. 한 마디도 안 지는구만.

승열은 말없이 으르렁거리며 대경을 노려보았다. 대경은 여전히 무심한 표정이었지만, 눈빛은 아주 강했다.

거대하고 우람한 곰과 늘씬하면서도 강한 표범의 눈싸움에 한숨을 내쉰 건 찬희였다. 사실 더 지켜보고 싶을 만큼 재밌긴 했지만, 배가 고팠다.

"둘 다 그만 하고, 식사부터 하죠. 잠시만요."

찬희는 품 안의 미우를 대경에게 건네주었다.

"아니, 왜 우리 자식을 저놈한테 건네줘? 뭘 믿고?"

찬희는 끊임없이 툴툴거리는 남편에게 말해주었다.

"이대경 씨랑 난 나름 친척이야."

"친척?"

"이대경 씨, 형님 이름이, 음, 이가경…… 씨 맞죠? 형수는 우효원이고. 효원인 내 사촌이에요."

승열은 눈을 끔뻑이며 말했다.

"뭐야, 효원 씨 남편이 이대경의 형이었어?"

"요즘 바빠서 거의 못 만나고 있지만 효원이랑 메일은 계속 주고받고 있어요. 효원이 결혼식 때 이대경 씨를 본 기억이 방금 났네요."

오 년도 더 된 일이었지만 뛰어난 기억력을 가진 찬희는 효원의 남편인 가경만큼 잘생긴 대경을 보고 인상 깊어했던 것을 기억해 냈다.

잠깐…… 그 결혼식 때 내가 이대경 씨 옆에서 누굴 봤지?

"저도 형 결혼식 때 우찬희 씨를 본 기억이 나는군요."

대경은 생각하지 않던 소식에 내심 기뻤다. 나름 친척이니 승리의 형제들에게 인정받기 더 쉬워질 것 같았으니까.

찬희는 기억나지 않은 것 때문에 고개를 갸웃거렸지만 일단 뒤로 미룬 채 아침 식사를 준비했다.

"자기는 식탁 차려. 난 국 좀 데울게. 이대경 씨, 식사하고 가세요."

승열은 툴툴거렸지만, 여왕님의 말을 거역할 순 없었다. 왜 저놈의 수저까지 챙겨야 하냐고 투덜거리던 그는 대경이 익숙한 손으로 아이를 어르는 것을 발견했다.

"호오."

"조카가 세 명입니다."

대경은 단 한 마디로 설명했다. 그는 부드럽게 아이에게 미소를 지어주었다.

"자네, 그렇게 웃지 마."

승열은 찬희가 감탄하는 눈빛으로 대경을 쳐다보자 짜증을 부렸다. 대경은 역시 무심한 어조로 말했다.

"승리는 제가 웃는 걸 좋아합니다."

"그거야 승리지!"

"다시 말씀드리지만 제가 결혼할 사람은 형님이 아니라 승리입니다."

승열이 이를 가는 소리에 부엌에 울려 퍼졌다. 대경은 미우에게만 시선을 맞춘 채 일부러 더 크게 웃어주었다. 승열은 툭 내뱉었다.

"당분간 데이트 금지야. 퇴근하면 집에 바로 데려다 줘."

대경은 그제야 조금 구겨진 얼굴로 승열을 쳐다보았다. 솔직히, 승열은 쾌감을 느꼈다.

"그리고 앞으로 승리를 우리 집이나 다른 형제들 집에 들여서 같이 살 거야. 첫째 형네 집이 어떨까 싶어. 우리 첫째 형이 아주 엄하거든. 처음에 독립시키질 말았어야 했는데. 다들 반대했었는데 승리가 나가 버렸지."

"형님들께 승리를 결혼 전까지는 부탁드립니다."

반격을 당한 승열은 씩씩거렸고, 찬희는 웃음을 참기 위해 허벅지를 꼬집었다.

"다음주에 상견례하고, 다다음주에 결혼하겠습니다."

"뭐가 어쩌고 어째? 누구 마음대로 다다음주에 결혼이야!"

결국 승열은 작은 목소리로 불을 토해냈다. 대경은 까딱하지 않았다.

만약 아까 그가 함께 있지 않았다면…… 생각만 해도 아찔했다. 지금 그의 몸에는 충격을 받은 승리가 가늘게 떨던 그 촉감이 흔적처럼 남아 있었다.

앞으로 더 가까이에서 보호해야 했다. 결혼한다면, 함께 산다면 그럴 수 있을 것이다. 어차피 결혼할 생각이었고, 어젯밤에 처음 안은 뒤 빨리 결혼할 생각이긴 했다. 다다음주면 아주 많이 이르지만, 그는 결정했다. 그리고 실행할 것이다.

대경은 승열을 바라보며 힘주어 말했다.

"진심입니다."

승열은 아무 말도 하지 못했다. 그는 입속의 쌀이 대경이라도 되는 듯 아작아작 씹어댔다.

"저 자식 진짜 마음에 안 들어."

식사 후 대경이 잠들어 있는 승리를 한번 보고 나간 뒤, 승열은 아내에게 툴툴거렸다.

"다다음주 결혼이라면 갑작스럽긴 하네."

"설마 저놈이 우리 승리를 이, 임신시킨 건 아니겠지? 사건 지도 얼마 안 됐는데."

승열은 다시 불을 토해냈다. 찬희는 그런 건 아닐 거라고 말하며 남편을 토닥거려 주었다.

"나 승리 사건 좀 확인하고 올게."

승열은 활활 타오르는 분노를 애써 가라앉히며 출근할 준비를 했다. 일요일이었지만 요일이 중요한 게 아니었다. 대체 어떤 놈들이 감히 우리 막내를 건드리려고 했던 거지?

"무리하지 않게 해. 그리고 승리 걱정은 말고. 내가 잘 돌봐줄게."

"응."

승열은 아내와 딸에게 쪽 소리가 나게 뽀뽀한 뒤 집을 나섰다. 창문을 통해 서초경찰서로 가는 남편의 차를 본 뒤 찬희는 작은방으로 가서 컴퓨터를 켰다. 사촌인 효원과는 메일을 많이 주고받았는데, 예전에 효원이 결혼식 사진을 보내준 적이 있었다.

한참 메일함을 검색하던 찬희는 원하던 것을 찾아냈다. 효원의 결혼식 사진 중 가족 사진.

그녀는 대경을 발견했고, 옆에 서 있는 여자도 발견했다.

대경의 약혼녀.

다소 당황스러운 마음으로 사진을 살펴보던 찬희는 조용히 중얼거렸다.

"……닮았어. 승리랑."

대경은 신발을 벗고 들어갔다. 고급스러운 원목 바닥을 한참 걸은 뒤에야 그는 거실에 도착했다.

"오빠!"

열두 살 차이가 나는 막내 라경이 다가와 껑충 안겼다. 대경은 살짝 웃으며 동생을 안았다 내려놓았다.

"잘 있었어? 아픈 데 없지?"

"응."

"어서 오너라."

대경의 아버지 이부언이 활짝 웃으며 오랜만에 오는 셋째를 맞았다. 어머니 황수지도 몇 달 만에 보는 아들에게 달려와 손을 잡았다.

"무심한 녀석. 전화 한 통 안 하더니."

"죄송합니다."

대경은 부모님에게 인사한 뒤 안으로 들어갔다. 차를 마시며 한참 이런저런 이야기를 나누다가, 조용히 입을 열었다.

"결혼할 생각입니다."

얌전한 척 차를 마시던 라경이 입 밖으로 차를 내뿜었다. 수지는 막내딸에게 주의를 줄 정신이 없었다.

"다음주 주말에 상견례하고, 그 다음주쯤에 결혼했으면 합니다."

라경은 부모님이 차마 하지 못한 질문을 했다.

"오빠, 속도위반한 거야?"

"라경아."

부언은 막내딸을 조용하게 꾸짖은 뒤 대경을 바라보았다. 대경은 사실대로 답했다. 콘돔을 확실하게 썼다. 임신하진 않았을 것이다.

"그런 건 아닙니다."

그는 오늘 새벽에 있었던 일을 간단하게 설명했다.

"제 아파트는 안전합니다. 이번 일도 있으니 빨리 결혼해서 곁에 안전하게 두고 싶습니다. 어차피 제 사람입니다."

"아가씨는 괜찮니?"

수지는 정신이 없었지만, 일단 떠오르는 것을 물었다. 수지는 물론 다른 가족들도 이안에 대해서 잘 알고 있었다.

"네. 지금은 둘째 오빠의 집에서 쉬고 있습니다. 부인이 우찬희 씨로, 큰형수의 사촌입니다."

"형제가 몇이니? 부모님은 뭐 하시고?"

수지가 조심스럽게 이어 물었다. 셋째 아들은 오 년 전에 약혼이 깨진 이후 다른 여자를 쳐다보지도 않았었다. 남자긴 하지만 서른셋은 혼기를 넘은 나이라 선이라도 보라고 채근했었지만 한 번도 듣지 않았다.

평생 혼자 살아가는 게 아닌가 싶어서 걱정에 걱정을 거듭하고 있었는데, 결혼을 생각하고 있는 여자가 있다고?

그 아가씨가 누군지 몰라도, 수지는 업어주고 싶을 정도로 고마웠다.

"승리 위로 오빠가 여섯입니다. 부모님은 승리가 어렸을 때 돌아가셨고요."

"그렇구나. 이름이 승리라고?"

대경은 깊게 미소를 지으며 답했다. 수지를 비롯한 가족들은 두 눈을 의심했다.

"네, 박승리입니다. 저보다 네 살 적고, 직업은 수의사입니다."

"네 살 차이면 궁합도 안 보는데, 딱 좋네."

수지는 반짝이는 눈으로 말했다. 그녀는 무심한 셋째 아들을 오 년 만에 사로잡은 아가씨를 얼른 만나보고 싶었다.

"그런 일도 있었으니, 서둘러서 결혼하고 싶어하는 심정을 알겠구나."

부언은 대경의 마음을 이해했다. 어서 결혼해서, 꽁꽁 안전하게 감춰두고 싶으리라. 물론 빨리 결혼한다고 마음이 완전히 놓이는 건 아닐 것이다. 하지만 예전처럼 시간을 두고 약혼 기간을 가졌다가 또다시 잃어버리고 싶지 않을 것이다.

"그런데 그 아가씨 집안에서도 그렇게 하자고 했니? 그리고 그 아가씨도 찬성한 일이니?"

대경은 아버지의 말을 듣고서야 승리에게 물어보지 않았음을 깨달았다. 오빠의 얼굴을 유심하게 쳐다본 라경도 사실을 알아챘다.

"오빠, 그 언니한테 청혼도 안 한 거야?"

"다음주 주말쯤에 상견례 날짜를 잡겠습니다."

"그래. 하지만 결혼식 날짜에 대해서는 사돈 될 집안의 의견을 우선으로 하고 싶구나. 네 의견을 존중하지만, 네 결혼식만이 아니라 그 아가씨의 결혼식이기도 해. 상견례는 다음주에 하되 일단 아가씨한테 먼저 정식으로 청혼하고, 그 다음에 아가씨가 원하는 날짜에 결혼식을 올리자꾸나."

부언은 조심스럽지만 확고한 어조로 말했다. 대경은 고개를 끄덕였다. 멍청하게도 승리에게 먼저 청혼하는 걸 깜빡하다니.

"반지 예쁜 걸로 사가. 분위기있게 하는 것도 잊지 말고."

라경은 도움을 준답시고 이런저런 말을 늘어놓았다. 차를 다 마시고 조금 뒤에 점심 식사까지 한 뒤, 대경은 가족들에게 인사하고 밖으로 나왔다.

반지는 어떤 걸로 살까. 어떻게 청혼해야 할까. 승리는······ 승낙할까?

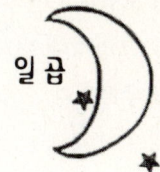

일곱

승리는 눈을 떴다. 멍한 와중에 침대나 시트, 보이는 천장이 그녀의 집과 다르다는 것을 깨닫는 동시에 오늘 새벽에 무슨 일이 있었는지 기억났다.

유도에 태권도, 검도까지 섭렵했고 이제까지 찌질이들은 잘 격퇴해 왔지만…… 그런 상황에서는 슈퍼맨처럼 처리할 수 있는 게 아니구나. 슈퍼맨이었던 대경이었다.

침대에 누워 있는 채로 승리는 눈만 깜빡거렸다. 오늘 새벽, 대경이 어떻게 움직였는지 똑똑히 기억났다. 그는 빠르고 정확한 동작으로 강도들을 제압했고, 자신을 구해주었다. 고마운 일이었다. 말로 다 표현할 수 없을 만큼 고마운 일. 그런데 대경의 그런 모습은…… 낯설었다. 사실, 과도를 강도의 손등에 꽂아서 피를 그렇게나 튀게 하고 죽일 듯이 강도의 목을 조른 건…… 조금 무서웠다.

내가 대체 무슨 생각을 하는 거야? 대경한테 고맙단 말도 안 하고, 이런 웃기는 생각이나 하다니.

승리는 엉뚱한 생각을 하는 자신을 탓하며 천천히 몸을 일으켰다. 시계를 보니 오후 다섯 시였다. 새벽의 충격 때문인지 몸이 좀 무거웠는데, 사실 계속 멍하긴 했다. 이 집에 온 뒤, 그야말로 정신없이 잤고 경찰서로 가서 진술하는 대신 아까 정오쯤에 특별히 경찰들이 집에 와서 진술서를 받아갔는데 그 뒤에 승리는 또 잠들고 말았다.

아무리 충격을 받았다고 해도 너무 잤어. 음, 어젯밤부터 새벽까지 대경과 사랑을 나눈 것 때문에 더 피곤한 건가?

아직도 몸 전체가 쑤셨기에 승리는 약간 비틀거리며 문을 열어 거실로 나갔다. 찬희는 보이지 않았지만 작은 방에서 목소리가 들려왔다. 통화하고 있는 건가?

"……이대경 씨가 말이야, 약혼녀가 있었어."

찬희의 말에 멍한 정신이 한 번에 맑아지는 동시에 어지러웠다. 승리는 희미하게 떨리는 손으로 열려 있는 작은 방 안으로 발을 디뎠다.

"알고 있었어? 이대경 씨를 뒷조사했다면서. ……그래? 하긴 그런 건 알아내기 어렵겠지. 더군다나 국정원 출신이었으니."

찬희는 휴대폰을 어깨와 뺨 사이에 낀 채 고개를 돌렸다. 모니터에 띄워놓은 결혼식 사진이 보였다.

"자세한 건 잘 모르겠어. 효원이가 결혼한 건 오 년쯤 됐어. 그 뒤에 파혼한 거겠지. 어차피 옛날 일이잖아. 물론 좀 걸리는 게 있긴 해."

찬희는 모니터 안 대경의 옆에 서 있는 여자를 다시 보며 말했다.

"그 약혼녀 말이야, 승리와 닮았어."

사진 속의 여자는 승리만큼이나 키가 작았다. 물론 승리보다 많이 마르고 옷차림 또한 답답해서, 다소 과감하게 입는 승리에 비해 보수적으로 보이긴 했다. 하지만 귀염성있는 얼굴과 눈이 큰 건 비슷했다. 얼핏 봐서는 착각할 수 있을 만큼 닮았다.

이대경 씨는 이런 외모를 좋아하는 건가? 단순히 그런 것일 수도 있겠지만 왠지 찬희는 느낌이 좋지 않았다.

"확실히 닮았네요."

찬희는 뒤돌아보았다. 무표정한 얼굴의 승리가 모니터에 시선을 고정한 채 걸어오고 있었다.

[닮았다니, 무슨 말이야?]

"아무것도 아니야."

찬희는 남편에게 나중에 이야기하자는 말을 남긴 채 통화를 끝냈다.

"정말…… 나랑 닮았어요."

승리는 바로 앞으로 가서 더 자세히 살펴보았다. 자신보다 많이 마르고 얌전해 보이는 여자.

이 여자가 대경의 약혼녀였다고?

약혼은 가족들에게 결혼을 인정받은 사이로 결혼을 할 예정인, 공식적인 관계를 의미했다. 대경이 약혼했었다고?

사랑했겠지. 얼마나 사랑했을까? 왜 파혼했을까? 아직도 미련이 있는 걸까?

셀 수 없을 만큼 많은 질문이 소나기가 내리듯 끝없이 떠올랐다. 그 모든 생각들이 그녀를 괴롭혔지만, 호흡하기 힘들 만큼 고통스러운 생각은 단 하나였다.

설마 이 여자를 잊지 못해서, 비슷하게 생긴 날 고른 건가?

섬뜩했다. 승리는 오늘 새벽에 당한 그 사건만큼이나 지금 떠오른 생각이 너무 섬뜩했다.

"언니, 언니가 어떻게 이 사진을 가지고 있나요?"

승리는 차분하게 말하려고 애썼다. 찬희는 사촌인 효원이 대경의 형인 가경과 결혼했음을, 결혼식 때 대경과 약혼녀를 봤다는 것과 그래서 결혼 사진을 찾아보았음을 이야기해 주었다.

"승열 오빠가 대경 씨를 뒷조사했어요?"

잠시 사진만 바라보던 승리는 다시 입을 열었다. 찬희는 조심스럽게 말했다.

"오빠는 승리를 걱정해서 그런 거야."

"그건 나도 알지만 뒷조사라니 대체……."

승열 오빠다운 짓이긴 했지만, 승리는 미간을 찌푸리며 눈을 감았다.

"근데, 국정원에 다녔었다고요? 대경 씨가?"

"몰랐어?"

"화성그룹에 들어가기 전에 특전사로 복무했다가 잠깐 외교 관으로 일했다는 말은 들었어요. 적성에 맞지 않아서 그만뒀다 고 하던데. 국정원이라면…… 이전에 안기부였던 거 맞죠? 영화 에 나오는 그런 정보기관."

"맞아. 근데 승리야, 이대경 씨가 국정원에 대해 이야기를 안 한 건 속상해하지 마. 그건 극비 사항이라 말 안 한 걸 거야. 네 둘째 오빠도 뒷조사하다가 추리해 낸 거라고 하더라."

"그래요, 그건 속상해하지 않을게요. 근데 다른 건 너무…… 너무 속상해요."

이 남자가 날 안은 게 맞을까? 아니면 약혼녀와 닮은 존재를 안은 건가?

불길한 예감이 가시처럼 그녀를 찔렀고, 그래서 승리는 아팠 다. 너무, 생각 이상으로 너무너무 아팠다.

어떻게 보면 별일 아닐 수도 있었다. 우연히 외모가 비슷한 건지도 몰랐고, 언제 어떻게 파혼했는지 알 수 없었지만 저 약 혼녀에게 전혀 미련이 없는 건지도 몰랐다.

하지만 의심이 떠올랐다는 사실 하나만으로도 비수에 찔린 것처럼 고통스러웠다.

물론, 대경에 대한 감정의 이름이 정확하게 무엇인지 이전부터 알고 있었다. 우혁과 불안하게 사귀고 있는 와중에서도 대경에게 끌렸었고, 정식으로 대경과 만나게 된 뒤부터는 급류를 탄 것처럼 그에게 빨려들어 갔다.

사랑한다. 굳이 말할 필요가 없을 만큼, 그를 많이 사랑한다. 그래서 의혹이 떠올랐다는 것 하나만으로도 너무 아팠다.

혹시 우혁처럼 대경도 날 이용하는 걸까? 물론 대경은 우혁과는 달리 그녀의 집안의 힘이나 돈이 필요한 건 아니었다. 그가 필요한 건…… 나 자체가 맞을까? 아니면 약혼녀를 닮은 대용품일까?

아까까지만 해도 행복했었다. 오늘 새벽의 사건 때문에 조금 충격을 받긴 했지만, 어쨌든 대경이 이 세상에 존재한다는 사실 자체만으로도 너무너무 행복했었다. 하지만 지금은……

그녀가 대경이라고 생각하면서 두 손으로 소중하게 쥐고 있는 풍선은 하트 모양으로, 지구만큼 컸다. 하지만 약혼녀의 사진을 본 지금 이 순간, 몽글몽글 커지던 풍선은 이런저런 모양으로 어그러지고 있었다.

나는 풍선을 손에 꼭 쥐고 있다. 대경은 그런 날 바라보는 걸까?

"승리야?"

찬희는 여러 가지 어두운 감정으로 가득한 시누이를 불렀다. 찬희가 어깨를 부드럽게 만지자, 승리는 그제야 끝도 없이 흐르는 생각에서 깨어났다.

"일단 목욕부터 해. 이대경 씨가 일곱 시에 데리러 온다고 했지? 일단 좀 씻고, 나중에 이대경 씨가 오면 이야기해 봐. 알았지?"

찬희는 부드럽게 시누이를 다독였다. 승리는 올케 언니의 말대로 뜨거운 물에 한동안 몸을 담갔다. 목욕 후 명한 상태로 미우를 보며 앉아 있을 때 대경이 시간에 맞춰 왔다.

"괜찮아?"

대경은 그냥 온 게 아니었다. 사귀기 시작한 다음날에 보내온 것보다 더 예쁜 장미꽃 다발을 들고 왔다. 승리는 순간 고민했던 것을 잊고 그의 선물을 기쁘게 받아 들였다.

"저희 잠시 외출하겠습니다."

"잘 다녀오세요."

대경을 본 찬희는 마음을 놓았다. 승리를 진심으로 생각하지 않는다면 저런 배려를 보일 이유가 없을 테니까.

평소보다 더욱 진한 눈빛을 한 그가 운전하는 차를 타고 어디론가로 갈 때, 승리도 찬희와 같은 생각을 하고 있었다.

괜히 불안해한 것 같았다. 그게 맞겠지?

"내리자."

차가 멈춘 곳은 어느 고급 레스토랑이었다. 연인들을 위한 곳인 듯, 교묘하게 가려진 자리 배치가 인상적인 곳으로 곳곳에 놓여 있는 촛불이 일렁거리며 로맨틱한 분위기를 자아내고 있었다.

"어서 오세요."

들어가서 레스토랑 안을 살펴보고 있을 때 총지배인이라고 써 있는 명함을 달고 있는 깔끔한 인상의 남자가 대경을 반가워하며 다가왔다.

"오랜만에 뵙는군요. 예약하셨나요?"

"네. VIP실에 예약해 뒀는데…… 숙부님?"

대경은 몇 발자국 떨어져 있지 않은 테이블에 앉아 있는 남자를 발견했다. 오십대 중후반으로 보이는 남자는 대경만큼 키가 컸고 중후했다. 진중해 보이면서도 묘한 분위기의 사람이었는데, 대경을 발견하더니 얼굴에 환한 웃음을 짓고 성큼 다가왔다.

"대경아."

"오랜만에 뵙습니다."

남자는 대경을 꽉 안았다.

"이 자식, 전화 한 통 없나?"

"죄송합니다. 잘 계셨지요? 어머니께 안부 전해 들었습니다."

"나도 누님한테 네 안부 전해 들었다. 화성그룹에서 잘나간다면서? 얼마 전에 부장 됐다고 자랑이 대단하시더라."

남자는 대경의 어깨를 툭툭 치더니 발끝부터 죽 훑어보였다.

"좋아 보이는구나. 그래도 말이야, 네 놈은 나랑 같이 일했던 시절이 더 좋아 보였어. 돌아올 생각 없냐? 네놈 대신으로 찍어

둔 녀석이 영 꽝이야."

대경은 엷게 웃는 것으로 대답을 대신했다. 이런 말을 들을 줄 알았기에 일부러 그동안 국정원 관계자들을 피해 다녔었다. 국정원 요원은 어렸을 때부터의 꿈으로 비록 오 년 전에 그 자리를 박차고 나왔지만, 아직도 미련이 남았다. 하지만 그는 국가를 위해 일을 할 자격이 없는 사람이었다.

"이 녀석아, 일행은 소개 안 시켜줄…… 차이안?"

남자의 말은 승리를 후려치고, 후려쳤다.

지금, 지금 날 뭐라고 부른 거지? 날 누구라고 생각한 거야?

"아, 죄송합니다. 잘못 봤군요."

남자는 곧바로 놀란 표정을 수습하고 한 걸음 앞으로 나와 승리에게 손을 내밀었다.

"난 주명우라고 해요. 대경이 이놈의 좀 먼 친척이죠. 이전 직장 상관이기도 하고요. 아가씨는요?"

"전…… 박승리라고 해요. 안녕하세요."

승리는 명우가 내민 손을 잡았다. 명우의 손은 대경처럼 컸으며, 강했다. 하지만 안전하게 느껴지지는 않았다.

차이안? 그 이름이…… 설마 대경의 약혼녀의 이름인가? 내가 그렇게나 그 여자와 비슷한 건가?

숙부가 착각할 정도로 그렇게나 비슷한데, 대경은 정말 날 나로 보는 게 맞을까?

"데이트를 방해했군요. 대경아, 다음에 또 보자. 언제 꼭 한잔

해야지. 혹시 도움이 필요하면 언제든지 연락하고."

명우는 승리에게 다음에 보자고 말한 뒤 일행과 함께 퇴장했다. 승리는 수렁같이 깊은 생각 속으로 빨려들어 갔다.

그 시각, 서초경찰서 형사과 강력범죄수사팀의 형사 박승원은 끓어오르는 분노를 참기 위해 애쓰고 있었다.

죽여 버릴까?

간만의 휴식일이라 하루 종일 잠만 자느라 걸려오는 전화를 받지 못했다. 푹 자고 일어나서 전화를 받았더니, 쌍둥이 동생이자 막내이며 집안에서 유일한 여자인 귀염둥이 승리가 이 빌어먹을 개새끼들에게 큰일을 당할 뻔했다는 소식이 그를 기다리고 있었다.

죽여 버려야지.

"내가 니 마음 다~ 아는데, 증거가 남는다. 알제?"

승원의 파트너이자 강력범죄수사팀 십이 년 경력의 베테랑 오민수는 들고 있던 신문으로 승원의 등을 툭 치며 쫠쫠 말했다.

"시상에 완전 범죄는 없다는 거 모르나. 증거는 있는디 못 찾는 기다. 눈 빠지게 찾으면 다 찾아진다. 그러니 좀 참아라."

"그래도 죽이면 안 돼요?"

승원은 이십대 초반으로 보이는 범인이 흠칫흠칫 떠는 것을 보며 아주 즐겁게 내뱉었다.

"이 개새끼야, 내가 그 여자애 오빠야. 니들이 노렸던 그 여자애 오빠라고. 죽고 싶지? 죽고 싶어서 내 동생 건드린 거지?"

진술서에 따르면, 다행스럽게도 이 새끼나 좀 나이 많은 공범자 새끼나 승리를 건드리지 못했다. 이대경이라는 놈의 활약 덕분에.

대체 그놈은 누군데 새벽에 승리의 집에 같이 있었던 걸까?

승원은 당장 둘째 형인 승열의 집으로 달려가 승리가 괜찮은지 두 눈으로 확인하고 싶었고, 이대경이라는 놈의 정체도 확실하게 캐고 싶었다. 하지만 이놈들의 취조가 우선이었다.

"비디오카메라로 거시기 맞아서 고자 된 놈 이야기 들어봤어?"

승원은 증거품인 비디오카메라를 봉투째 만지작거리며 위협했다. 범인은 승원이 진심이라는 것을 깨달았는지 얼굴이 허옇게 질렸다. 승원은 다시 다그치며 이것저것 쪼아댔지만 공범인 교도소 선배의 지시를 따라했다는 것 이외의 진술은 얻어내지 못했다. 더 이상 아는 게 없는 건 사실 같았다.

"거시기 맞으면 졸라 아프다. 그렇지?"

승원은 유치장으로 녀석을 도로 데려가며 언급한 부분을 무릎으로 강하게 올려 찼다. 몇몇 형사들이 주변에 있었지만 아무도 본 척하지 않았다. 승원은 침을 질질 흘리는 놈을 처넣고 다른 놈을 꺼내왔다.

교도소 선배라는 이 공범은 보통이 아니었다. 그렇다고 아주 대단한 놈도 아니었지만.

"화려하네."

승원은 전과가 찍혀 있는 종이를 보고 휘파람을 불었다. 이제 삼십대 중반인데 강간과 강도 사건으로 꽤 유명한 놈으로, 저번에 감옥에 간 것도 강간하는 장면을 찍어둬서 경찰에 신고하지 못하게끔 했기 때문이었다.

승리도 그렇게 당할 뻔했다.

승원은 이를 으드득 간 뒤 건너편에 앉아 있는 놈의 오른손으로 손을 가져갔다.

"내가 그 여자애 오빠고, 이 사건 담당하는 서울지검 강력부 검사도 그 여자애 오빠다."

손목에 수갑을 차고 있는 놈의 오른손은 두꺼운 붕대로 감겨 있었다. 승원이 상처 부분을 손가락으로 쿡 찔렀다.

"재수술 뒤에 곧바로 깜빵에 오래오래 처박히도록 해주지."

아까 그놈처럼 얼굴이 하얗게 질린 놈은 승원이 진심이라는 것을 깨달았다.

"뭘, 뭘 원해?"

"보면 몰라? 니들 다 죽여 버리고 싶다."

"사주한 놈은 놔두고 우리를?"

주변에서 승원의 취조를 보고 있던 형사들 모두 행동을 우뚝 멈추었다. 승원은 아주 낮은 목소리로 물었다.

"사주한 놈이 있다고?"

"감형해 줘. 아니면 안…… 컥!"

"박승원! 인마!"

민수는 놈에게 달려들어 목을 조르는 승원을 보고 기함했다. 그는 다른 형사들과 힘을 합친 뒤에야 승원을 놈에게서 떼어놓을 수 있었다. 승원은 씩씩거렸지만, 곧 평정을 되찾았다. 그는 금방이라도 앞으로 터져 나갈 것 같은 주먹으로 팔짱을 꼈다.

"사주한 새끼가 누구야?"

행동으로 못하는 대신, 승원은 눈빛으로 위협했다. 제대로 대답 안 하면 진짜 죽여 버리겠다고. 주변의 모든 사람들, 특히 놈은 그 협박을 제대로 알아들었다.

"승리야."

승리는 그제야 고개를 퍼뜩 들었다. 대경이 걱정하는 기색으로 바라보고 있었다.

"입맛이 없어?"

승리는 그의 시선을 따라 앞에 놓여 있는 접시를 바라보았다. 이름을 알 수 없는 음식은 직원이 처음에 가져온 모습 그대로였다.

"아니면 맛이 없어? 다른 곳으로 갈까?"

대경의 얼굴은 여전히 약간 딱딱하긴 했지만, 말투는 너무 다정했다.

아닐 거다. 이렇게 챙겨주는 사람이 날 대용품으로 이용할 리 없었다. 하지만 그의 숙부는 그녀를 '차이안'이라고 불렀다.

아무리 취향이라고 해도, 그렇게 착각할 만큼 비슷한 사람을 사귄다는 건 말이 안 된다.

"저기, 대경 씨."

물어보고 싶었다. 정말로 알고 싶었다.

왜 그 여자와 파혼한 건데? 왜 나랑 사귀는 거야? 그 여자랑
비슷해서?

승리가 텅 빈 머리로, 그러나 쥐어짜듯이 솟아나는 생각을 뽑
아내기 위해 입을 열 때였다. 대경의 휴대폰이 울리며 문자가
왔음을 알렸다.

〈나 박승열이야. 승리 옆에 없으면 바로 전화해. 중요한 일
이야.〉

"승리야, 잠깐만."

대경은 빠른 걸음으로 룸 밖으로 나와 문자가 온 번호를 눌렀
다. 승열은 신호음이 울리자마자 받았다.

[지금 승리랑 같이 있지?]

"네. 식사하러 나온 참입니다. 승리는 지금 이 대화 못 듣고
있고요. 무슨 일입니까?"

[승리, 내 집에 데려다 주고 곧바로 서초경찰서로 좀 와. 그놈
들 말이야, 승리를 노린 거였어.]

대경은 한 번에 알아들었다.

"바로 가겠습니다."

그는 휴대폰을 거칠게 닫고 품속에 넣었다. 손이 미세하게 떨렸다.

혼자 사는 여자를 노린 게 아니었다. 승리를 노렸다.

대경은 휴대폰을 들어 회사로 전화를 건 뒤, 룸으로 다시 들어갔다. 승리는 창백한 얼굴 그대로였다. 오늘 새벽의 사건 때문에 그런 건가? 많이 괴로워 보였다.

"회사에 일이 생겼대. 미안한데 지금 바로 들어가야겠어."

"회사 일? 혹시 은현건 씨한테 무슨 일 생긴 거야?"

승리는 대경의 친구이자 상사이기도 한 지원의 남편을 떠올렸다.

"아니, 그런 건 아니야. 승열 형님 집에 데려다 줄게."

승리는 고개를 끄덕이며 일어났고 대경은 날카로운 눈으로 주변을 탐색하며 조심스럽게 운전해서 집 앞까지 승리를 데려갔다. 그는 전화했던 경호팀이 대기하고 있는 것을 확인한 뒤, 찬희에게 승리를 넘겨주었다.

"나중에 전화할게."

승리가 고개를 끄덕이자 대경은 문을 직접 닫아주었다. 그는 건너편에 서 있는 경호원들에게 간단하게 상황을 설명했다. 몇 분 뒤 그는 서초경찰서로 운전하기 시작했다. 신호등 때문에 잠시 멈춰 있을 때, 슈트 재킷 오른쪽 주머니에 넣어뒀던 것을 꺼냈다.

벨벳 반지 상자.

"어떻게 한다……."

청혼하지도 못했다니. 그것만이 아니었다. 하필이면 주명우 숙부와 마주치다니. 게다가 숙부가 이안에 대해 내뱉을 줄은 몰랐다. 승리가 이안을 몰라서 다행이지, 알았다면 오해할 수 있는 상황이었다.

청혼은 언제 할까?

중요한 문제였다. 하지만 지금 가는 곳에서는 더 중요하고도 심각한 문제가 그를 기다리고 있었다.

"여기."

승열이 번쩍 손을 들어 막 경찰서 안으로 들어오는 대경을 불렀다. 대경은 승열 옆에 서 있는, 승열보다 더 거대한 몸집의 남자를 발견했다. 이전에 지원을 경호할 때 봤던 남자로 종종 '우리동물병원'에 놀러왔던 승리의 여섯 번째이자 이란성 쌍둥이 오빠인 박승원이었다.

"알겠지만, 승리 오빠입니다."

"알겠지만, 승리 애인입니다."

승원은 눈을 부라리며 악수하는 손에 힘을 주었다. 대경은 적당히 균형을 맞추지 않고, 더 강한 힘을 주었다. 지금 기분으로는 승리의 쌍둥이 오빠가 걸어오는 싸움이라고 해도 피할 생각이 전혀 없었다.

"어이, 그만들 하고 이리 와봐."

"대체 무슨 일입니까."

대경은 싸늘하게 승원을 바라보다가 승열에게 시선을 옮겼다.

"승원이가 취조했는데, 형기 팍팍 때릴 거라고 말하니까 감형 주장하면서 사주한 놈이 있다고 털어놓더구만."

"누굽니까."

대경의 목소리는 아주 낮았다. 위험할 만큼.

"몰라."

승열은 툭 말했다.

"하지만 그놈, 거짓말한 건 아니야. 방금 그놈 집을 수색했어. 메일을 통해 연락을 주고받았다던데, 하드 분석하고 있으니까 알아낼 거야. 그래 봤자 그 메일 주소도 가짜겠지만. 일단은 대포통장으로 돈 들어온 것도 확인했어."

대포통장이란 타인의 명의로 개설된 통장으로, 주로 신용불량자나 범죄자들이 사용하곤 했다. 저런 대포통장을 사용할 경우 누가 진짜 범인인지 알아내기 어려웠다.

승열은 수색할 때 발견한 것을 대경에게 건넸다.

"메일 하나를 프린트한 거야. 책상 옆에서 찾았어."

승리의 사진이었다. 그리고 옆에 적혀 있는 것은 승리의 집 주소였다.

대경은 눈을 감았다 떴다. 그전까지만 해도 차가운 눈동자의 바닥에 숨겨져 희미하게 엿보이던 불같은 분노가 시퍼런 안광으로 바뀌어 격렬하게 번뜩거리기 시작했다.

승열은 또렷한 한기를 느꼈다.

"제가 취조해도 되겠습니까."

대경의 목소리는 무심한 듯했지만, 승열은 속지 않았다.

"왜? 죽여 버리려고?"

"증거를 남기지 않고 처리하겠습니다."

조용히 엿듣고 있던 승원의 파트너 민수는 입을 떡 벌렸다.

"어이, 경찰서 안에서 그런 거 까놓고 말하면 곤란하데이."

"정의의 심판이란 건 말이야."

승열은 대경을 똑바로 바라보며 말했다.

"재판을 통해서 깜빵에 처박는 거야. 한 번에 죽이는 건 너무 쉽지. 물론 재판 들어가기 전에 손 좀 봐주는 건 좋지만 말이야. 그건 순서가 있으니 자넨 기다려야 할 걸. 그리고 저런 아랫것들이 아니라 기왕이면 사주한 대마왕을 족치는 게 더 재밌지 않겠어?"

대경은 승열의 말을 흘려들으며 사진을 바라보았다. 사진 속의 승리는 붉은 니트와 깊은 트임의 스커트를 입고 있었다. 30m 정도의 거리에서 높은 배율의 줌으로 찍은 사진이었는데, 아침에 출근하기 위해 아파트 밖으로 나오는 승리를 찍은 것이었다.

승리는 같은 옷을 연속해서 입지 않았으며 이전에 입었던 옷이라도 코디를 다르게 해서 입곤 했다. 덕분에 그는 그 옷을 입은 날짜를 정확하게 기억해 낼 수 있었다.

이 옷을 입은 건 열흘 전이었다. 저녁에 만났는데, 대경은 가슴 계곡을 드러내는 니트와 스커트의 트임 사이로 엿보이는 승리의 허벅지 살결 때문에 정신을 차리지 못했었다. 승리는 대경이 뻣뻣하게 굳어 있는 것을 보고 일 때문에 피곤한 줄로만 알았다. 그래서 그녀의 배려로 사귀기 시작한 뒤 처음으로 식사만 하고 헤어졌기 때문에, 대경은 분명하게 날짜를 기억하고 있었다.

"건너편 아파트에서 찍은 사진이로군요."

"그렇지."

"열흘 전 아침입니다. 소용없겠지만, 그날 수상한 사람을 보지 못했는지 조사하는 게 좋겠군요."

"이미 탐문에 들어갔어."

대경은 승열이 또 하나의 본론을 이야기하지 않았음을 알았다.

"누가 노린 건지 알아내셨습니까?"

"들어가서 이야기하지."

승열은 대경과 둘이서 작은 칸막이로 들어갔다. 대경은 승열의 표정이 지옥의 사자라고 불릴 만큼 험악해진 것을 보았다. 밖에서는 이목 때문에 참고 참은 게 틀림없었다.

"승리 주변에는 그렇게 더러운 방법으로 승리를 노릴 만한 사람이 없어. 아, 무슨 생각하는지 알아. 근데 그 쓰레기 소우혁은 아니야. 확인해 봤어. 결국 고시 때려치우고 이상한 회사에 들어갔더라. 빚이 많아서 그거 메우는 데도 바빠서 저런 거 사주할 돈 없어. 그리고 그럴 배짱도 없는 놈이기도 하고."

승열은 대경의 머릿속에 누가 떠올랐는지 알고 말해주었다.

"어떤 새끼인지 몰라도 목적이 있어서 승리에게 해를 끼치려고 한 거야. 그렇게 생각하는 데에는 중요한 이유가 하나 있지. 자네가 체포한 놈이 말하길 승리를……."

승열은 한 번에 말하지 못했다. 그는 말을 멈추고 숨을 훅 들이쉬었다.

"강간하지 말라는 지시를 들었다고 해."

"그게 무슨 뜻입니까?"

"옷을 벗기거나, 그런 식으로 위협하지 말라는 말도 들었대. 그 사주한 놈이, 강간할 것처럼 적당히 겁을 주고 비디오카메라로 그런 모습을 찍기만 하라고 했대."

대경은 어떤 의미인지 깨달았다.

"첫 위협이라 일부러 간단히 하려고 했던 거로군요."

"그렇지. 첫 위협이라 가볍게 한 거지. 다음번에는 더 크게 위협할 수 있다는 걸 이번 일을 통해 드러낸 거야."

뭔가 찜찜했지만, 대경은 범인이 그런 의도가 있는 것 같다고 추리한 승열의 판단을 믿을 수밖에 없었다.

"놈은 승리가 아니라 승리 주변 인물이 진짜 목표인 거야. 승리를 먹잇감 삼아서 위협하려고 했던 거지. 최근에 골치 아픈 사건을 꽤 많이 맡고 있어. 강력범죄 쪽인데, 아마 그쪽 범인들 중에 하나가 승리를 노린 게 아닌가 싶어. 정확한 건 더 살펴봐야겠지."

승열의 눈빛이 매서워지는 동시에 타오르기 시작했다.

"저도……."

"아니. 그놈을 색출해서 체포하는 건 나와 승원이가 할 일이
야. 얼마나 빽이 있든, 전직 국정원 스파이였든 간에 자네는 현
재 경호원이야. 공권력을 사용할 수 있는 입장이 아니지."

말은 그렇게 했지만, 사실 승열은 대경이 아까웠다. 마 계장의
뒷조사가 맞다면 대경은 정말 엄청난 놈이었다. 사건에 투입하면
큰 도움이 되리라. 그러나 대경은 현재 공권력을 사용할 수 없는
화성그룹의 경호원이었으며 무엇보다 다른 할 일이 있었다.

"짜증나지만 자네에게 부탁 하나 해야겠어."

오빠로서, 당연히 승열은 승리까지 보호하고 싶었다. 하지만
경찰과 다른 경호원들로 승리를 꽁꽁 둘러싼다고 해도 이대경 한
명만큼 기민하고 안전하게 보호하지는 못할 것이다. 승열은 알고
있었다. 대경이 승리의 안전을 위해 최선을 다할 존재라는 것을.

필요하다면 모든 것을 다 바치리라. 생명까지도.

끔찍한 생각이긴 했다. 하지만 승열은 그렇기 때문에 대경에
게 승리를 맡길 생각이었다. 합법적인 테두리 안에서 이용할 수
있는 건 다 이용해야 했고, 이런 일은 빠르고 집중적으로 수사
해야 했다. 승리를 대경에게 맡겨놓고, 그럼으로써 생기는 여유
병력을 수사에 투입해서 범인을 색출하는 게 더 효율적이었다.

더군다나 승열은 확인이 필요했다. 이대경이 우리 막내를 평
생 잘 돌봐줄 수 있을까? 이번 일은 그 시험무대가 될 것이다.

"승리의 안전이라면 걱정하지 마십시오. 방금도 저희 회사 외
부 담당 경호원들을 세워두고 왔습니다. 그리고 회사에 휴가를

요청해서 당분간 승리 옆에 있겠습니다."

예상했던 반응에 승열은 고개를 끄덕였다.

"내 아내도 친정으로 보낼 예정이야. 경찰들에게 경호를 부탁
했어. 승원이는 당분간 파트너랑 있을 것이고. 아무래도 승원이
가 진짜 목표가 아닌가 싶어. 내가 목표였다면 승리가 아니라
내 아내나 미우를 노렸을 테니까. 알겠지만, 승원이나 나나 강
력범죄 쪽이야. 범인들이 누구인지 아직 정확하게는 모르겠지
만, 위험한 놈들이라는 건 확실해. 검사와 형사의 동생까지 노
릴 정도니…… 조폭들하고도 연관됐을지 모르고."

승열의 눈이 살기로 번뜩였다.

"그래도 솔직히, 승리한테 한 시도가 실패했으니 승리를 더
노리지는 않을 것 같아."

"그래도 혹시 모릅니다. 전 조금의 위험도 무릅쓸 생각이 없
습니다."

"나도 그래."

대경은 잠시 생각한 뒤 물었다.

"우찬희 씨와 아이를 친정으로 보낼 생각이라면, 승리는 어디
로 보낼 생각입니까?"

승열은 잠시 얼굴을 일그러뜨렸다. 그는 입을 열었다 닫은
뒤, 한참 뒤에나 말했다.

"정말 결혼할 건가?"

대경은 한 치의 망설임없이 답했다.

"네."

"그렇다면 승리를 자네 집으로 데려가. 안전해질 때까지 동물병원에도 내보내지 말고. 단……."

승열은 두 번째 손가락으로 똑바로 대경을 가리켰다.

"맹세해. 결혼 전까지 승리에게 손가락 하나 대지 않겠다고."

대경은 대답하지 않았다.

"대답해."

"지키지 못할 맹세는 하지 않습니다."

승열은 대경의 눈빛을 본 순간 알 수 있었다. 그 또한 대경과 같은 입장이라면 맹세할 수 없었을 거라는 사실을. 맹세한다면, 그게 거짓일 것이다.

승열은 승리를 대경에게 맡기기로 한 결정을 짧게나마 후회했다. 하지만 아내와 아이까지 지켜야 하는 자신보다 대경이 더 승리를 안전하게 지켜줄 것이다. 다른 형제들도 현재 곁에서 승리를 보호해 줄 수 있는 입장이 아니었다.

어차피 승리와 결혼할 남자였다. 결혼 전에 맡긴다는 게 마음에 안 들지만, 정말 마음에 안 들지만 어쩔 수 없었다. 가장 중요한 건 승리의 안전이었다.

"적어도 내 앞에서는 맹세하는 척이라도 할 수 없어?"

"원하신다면, 앞에서 맹세하지요."

승열은 이를 갈았고, 대경은 이어 말했다.

"그리고 다른 것도 맹세하겠습니다. 승리를 지키겠습니다. 어떤 일이 있더라도."

승열은 다시 대경의 눈을 바라보았다. 승열은 알고 있는 사실을 다시 확인했다. 만족스러웠다.

"알고 있어. 그러지 않았다면 승리를 맡기지 않았을 거야."

"승리에게 얼마만큼은 사실을 알리는 게 좋을 것 같습니다. 그렇지 않으면 조심하지 않을 겁니다."

"그래."

"그리고 이번 주 토요일 저녁에 상견례가 있습니다. 어수선하지만, 진행하겠습니다."

승열은 못마땅한 기색이 역력했지만, 고개를 끄덕였다. 그는 바깥으로 나서는 대경에게 다시 절실하게 말했다.

"내 동생, 꼭 지켜줘."

"물론입니다."

"그리고……."

승열은 아까 아내와 한 통화를 기억했다. 대경에게 약혼녀가 있었다는. 승열은 아주 짧은 시간 동안 고민했지만, 자신이 그 이야기를 할 필요가 없다고 판단했다. 더군다나 과거의 일 아닌가? 승리에게 우혁이 과거인 것처럼, 대경에게 그 약혼녀도 과거일 것이다. 상관없겠지. 더군다나, 지금 중요한 일은 따로 있었다.

"아니야. 어서 승리한테 가봐."

승열에게 인사한 뒤, 대경은 찌르는 듯한 눈길로 자신을 쩌려보는 승원을 흘끔 보고 경찰서 밖으로 나왔다. 유치장 안으로 침투해서 그 두 놈들을 죽여 버리고 싶은 충동이 컸지만, 그래선 안 되었다.

대체 누가 뒤에서 승리를 노린 걸까?

승열의 말이 맞다면 승리는 승원 때문에 잠시 이용당한 것일 뿐이었다. 하지만 마음이 가라앉질 않았다. 승리의 가족이 당할지도 모른다는 사실 때문만이 아니었다.

육감. 국정원 시절, 그를 최고의 요원으로 만들어주고 어제 승리의 아파트 안에 다른 누군가가 있다는 걸 깨닫게 해준 육감이 피부 밑에서 스멀스멀 꿈틀거리고 있었다.

단순히 끝날 일이 아닌 것 같았다. 뭔가, 아직은 알 수 없는 뭔가가 더 있는 사건임이 틀림없었다. 그 사실은 승열도 알고 있을 것이다. 보통 심각한 일이 아니라면 승열은 그에게 승리를 맡기지 않았을 테니.

승리의 다른 가족들은 승열이 잘 책임질 것이다. 전 검찰총장을 장인으로, 부인인 우찬희를 같은 검사로 둔 서울지검 강력부 검사 박승열은 보통 인물이 아니었다.

인정해 준 건가? 나를, 승리의 남편감으로 인정해 준 건가?

대경은 승리가 가족들이 반대하는 결혼은 하지 않을 것이라는 사실을 알고 있었다. 가장 나이가 많은 첫째가 아니라 둘째 오빠의 승낙이긴 했지만, 이 정도의 인정이라면 결혼하는 데 지장이 없을 것이다.

남은 건 승리의 승낙뿐.

"검사님."

대경이 사라진 뒤, 전담 팀원 중에 한 명이 증거를 분석하고 있던 승열을 불렀다.

"무슨 일이에요?"

"고한파요, 패싸움 벌였대요. 아주 거하게."

승열은 미간을 찌푸렸다. 열하루 전날, 승원을 포함한 전담팀 원들에게 김복구 살인사건의 제1용의자인 박해우의 체포를 지시했으나 실패로 돌아갔었다. 그 뒤에 어디에 처박혀 있나 했더니, 이구혁 패거리와 패싸움을 벌였다고?

그전에도 이구혁 패거리와 박해우 패거리는 서로 크고 작은 다툼을 벌이긴 했었다. 그러나 본격적으로 패싸움을 벌인 건 이번이 처음이었다.

"오민수 형사님, 그쪽 현장 부탁드립니다."

승열의 부탁에 민수는 고개를 끄덕인 뒤 다른 팀원들 몇 명을 데리고 밖으로 나섰다. 승열은 길게 한숨을 내쉬었다.

김복구 살인사건에 승리 사건, 거기다 패싸움이라……. 혹시 고한파가 승리를 노린 건가?

그는 김복구 살인사건 때부터 느꼈던 불길한 예감이 더욱 커지는 것을 느끼며 여러 가지 생각을 하기 시작했다.

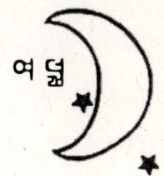

여 덟

"**언**니, 이건 뭐예요?"

대경이 데려다 준 뒤, 손님방에 틀어박혀 있다가 잠자기 전 부엌으로 나온 승리는 거실에 나와 있는 짐가방을 발견했다.

"친정에 좀 가 있으려면 필요할 것 같아서."

"언니, 친정에 가요?"

승리는 눈만 깜빡거렸다.

"우리 다 집 옮기기로 했거든. 몰랐구나. 이대경 씨가 전화 안 했나 보네."

"집을 옮겨요?"

"응. 나랑 미우는 친정으로 가고, 승리 넌 이대경 씨 집으로 가기로 했어."

"대경 씨 집으로요? 왜요?"

찬희가 대답하기 위해 입을 열 때, 현관 벨이 울렸다. 찬희 대
신 인터폰을 본 승리는 대경이 밖에 서 있는 것을 발견했다.

승리의 심장이 다시 두근거리기 시작했고, 아프기도 했다.

"먼저 가겠습니다."

대경은 찬희에게 고개를 끄덕여 인사하고는 바로 본론을 말
했다. 그는 승리의 손을 잡고 끌어당겼다.

"가자."

"어디로?"

"내 집으로."

"내가 왜 대경 씨 집으로 가?"

승리는 대경의 손을 뿌리쳤다. 지켜보고 있던 찬희는 눈을 동
그랗게 떴고, 승리 또한 자신의 행동에 놀랐다. 대경의 무심한
표정은 여전했지만 얼굴이 약간 굳어 있었다. 나선 것은 찬희였
다.

"승리야, 상황이 별로 안 좋아. 승원 도련님 사건의 범인이 우
리 가족을 노리고 있나 봐."

"그래서 언니랑 미우는 친정으로 가는 거예요?"

"응. 넌 대경 씨 집으로 들어가는 거고. 빠르면 며칠이면 될
거야."

승리는 이해할 수가 없었다. 물론 자신까지 찬희 언니의 친정

에 가는 건 좀 그렇긴 했다. 하지만 그렇다고 다른 오빠들에게 가는 게 아니라 대경의 집에 간다니?

"네 둘째 오빠가 결정 내린 일이야."

"승열 오빠가? 진짜?"

"그래."

대경은 승리의 손을 다시 잡아끌었다. 이번에는 아까처럼 뿌리치지 못하게 꽉 쥐었다. 승리는 멍하니 대경에게 끌려가듯 가면서 차 주변에 경호원 분위기가 팍팍 나는 네 명의 남자들이 서 있는 것을 보았다. 그들은 대경이 차를 출발하자 뒷 차로 따라오기 시작했다.

"저 사람들은 대체 다 뭐야?"

대경은 승리의 재촉을 받자 자세하게 이야기해 주었다. 승열이나 승원을 노리는, 오늘 새벽의 사건을 사주한 범인이 따로 있고 최대한 대비하는 게 좋을 거라는 사실을.

"걱정하지 마. 승리 네 오빠들, 보통 사람들이 아니야. 금방 범인 잡을 거고, 다들 안전할 거야. 그리고 너도 안전할 거고."

대경은 잠시 신호등 앞에 멈춰 섰을 때 승리의 손등 위로 자신의 손을 얹었다. 승리의 손은 차가웠다. 오빠들에 대한 걱정 때문일까?

"승열 오빠가 결정했다고?"

"그래."

다시 대답을 들었지만, 승리는 믿을 수가 없었다.

"그렇더라도 이해가 안 가. 승열 오빠가 어떻게 날 보낸 거지? 몇 시간 있는 것도 아니고 최소한 며칠일 거고, 길어지면 몇 달이 될 수도 있는 거잖아."

"그렇지."

승리는 대경의 조용한 대답을 듣고 깨달았다.

다른 사람도 아니고 둘째 오빠인 승열이 자신을 대경에게 맡긴 건, 그만큼 대경이 잘 지켜줄 거라고 믿는다는 뜻이었다. 그리고 인정한다는 뜻이기도 했다.

자신의 남편감으로.

팔 년이나 사귄 우혁이 어떤 행동을 하던 결혼은 어림없다고 콧방귀도 안 뀌었던 승열 오빠였다. 그런데 사귄 지 두 달도 안 된 대경은 바로 승낙하다니. 그만큼 대경이 대단하고 믿음직하다는 뜻일 것이다.

하지만…….

승리는 입을 꼭 다물었다. 차에서 내린 대경은 일단 그녀의 집으로 가서 필요한 것을 챙기게 한 다음, 자신의 집으로 데려갔다.

"이리 와봐."

대경의 집은 시내 한복판에 있는 현대식 고층 건물이었는데, 넓고 깨끗한 일층 로비 데스크에 번듯한 옷을 입은 젊은 경비원이 따로 있었다.

"제 약혼녀입니다. 앞으로 여기에서 지낼 예정입니다."

약혼녀?

승리가 눈을 동그랗게 뜰 때, 경비원은 승리에게 공손하게 인사했다. 대경은 승리의 손을 끌어당긴 뒤 엘리베이터로 갔다.

"비밀번호를 눌러야 그 층에서 멈춰."

승리는 예전에 약에 취해서 대경의 집에 왔을 때를 떠올렸다. 다음날 아침에 허겁지겁 나왔을 때 엘리베이터가 안 움직여서 계단으로 뛰어내려 갔었는데, 그때는 고장이 나서 그런 줄 알았는데 그게 아니었던 모양이다.

"잘 기억해 둬. 세 번 틀리면 바로 경비회사에서 달려오게 되어 있어."

대경은 밖에서는 보이지 않는 위치에 있는 버튼판에 비밀번호를 다 누르고 고개를 끄덕였다. 그제야 경호원 두 명이 엘리베이터 안으로 들어왔다. 나머지 두 명은 엘리베이터 앞에 남아 있었다.

엘리베이터는 십이층에서 멈추었다. 어렴풋한 기억 속에서 떠올릴 수 있는 긴 복도가 드러났고, 또 하나의 문도 보였다. 대리석으로 된 복도를 걸어 단단하게 포장된 문으로 간 뒤, 대경은 오른손의 엄지손가락을 기계에 댔다. 인식됐다는 음이 울리며 두꺼운 문이 무거운 소리와 함께 열렸다.

나머지 경호원 두 명은 문밖에 남았고, 대경은 승리의 손을 들어 문 옆에 있는 기계에 댔다.

"지문을 인식하는 거야."

영화에서나 보던 것에 승리는 입만 살짝 벌렸다. 집 안으로 들어가자 승리의 입은 더 커졌다. 물론 저번에, 약에 취해서 이 집에 온 다음날 아침에 뛰쳐나갈 때 보긴 했었다. 하지만 그때 는 침실만 봤었고, 워낙 정신이 없었던 터라 집이 고급이고 상 당히 넓다는 생각밖에 하지 못했었다. 지금 자세히 보니, 진짜 끝내줬다.

대경의 집은 아주, 아주 넓었다. 건물 한 층의 절반을 차지하 는 만큼 승리의 작은 아파트 전체만한 방이 무려 다섯 개나 있 었고 거실은 그 방의 두 배였다. 인테리어 전문가가 심혈을 기 울여 배치한 것으로 보이는 가구들은 그런 것에 대해 문외한인 승리가 보기에도 최고급품이었고, 천장이나 곳곳에 유려한 빛 을 선사하며 존재하는 화려한 등은 보기만 해도 눈이 돌아갈 정 도로 아주 값이 비싸 보였다.

"우, 우와!"

승리는 거실 한가운데에 있는 커다란 벽걸이 텔레비전을 보 고 입을 다물 수가 없었다. 텔레비전을 톡톡 건드려 보다가 거 실 옆의 방으로 고개를 쑥 들이밀어 보니, 오래된 LP판이 가득 했다. 승리는 그 방 안에 있는 오디오 세트가 최고 중에 최고인 뱅앤울룹슨 제품인 것을 알아보았다.

대경에게 아직 말하지 않았지만, 음악 감상이 취미인 승리의 꿈은 바로 저 뱅앤울룹슨 제품을 갖는 것이었다.

승리는 눈이 번쩍 돌아갔다. 그녀는 달려가 오디오를 껴안고 뺨을 부비부비 비비고야 말았다.

"뭐 해?"

웃음을 참는 듯한 대경의 말에 그제야 승리는 정신을 차렸다. 그녀는 고개를 번쩍 들었다.

"아, 아무것도 아냐."

"뱅앤올룹슨 좋아하나 보네."

"안 좋아해."

"나 이 방 거의 안 쓰는데, 그럼 문 잠가놓을까?"

순간 승리의 귀여운 얼굴이 헐크마냥 변했다. 대경은 크게 웃어버렸다. 그가 계속해서 웃기만 하자, 승리는 달려가—집이 넓어서 달려가는 데 좀 걸렸다—그의 정강이를 살짝 걷어찼다.

"그만 웃지 못해?"

대경은 한 번 더 걷어차인 다음에야 웃음을 거두었다. 그러나 그의 눈에는 웃음기가 남아 있었다.

"갑부 이대경."

"갑부는 아니야."

"아니긴 뭐가 아니야. 재산 목록 좀 불어봐. '붉은 밤'에 사람이 그렇게 많으니 당연한 거겠지만, 그래도 집이 너무 대단하네. 저번의 그 고급 중국요리집도 대경 씨 거였지? 또 뭐 가지고 있는 거 있어?"

대경은 몇 시간 전 저녁 식사를 하러 방문했던 레스토랑의 일정 지분을 가지고 있다는 것을 알려주었다.

"우와, 그 레스토랑 무지 잘되던데. 그리고 엄청 비싼 데잖아. 갑부 이대경이 아니라 재벌 이대경이었네."

돈이 많다는 건 알고 있었지만 이 정도인 줄은 몰랐다. 승리는 조금 얼떨떨했다.

"재벌은 무슨. 거의 부모님이 물려주신 것이고, 내가 관리하는 것도 아니야. 누나 직업이 PB라고 이전에 말했었지? 스무 살 때 아버지께 신탁자금을 받은 걸 누나한테 다 맡겼어. 그땐 얼마 안 됐는데, 그 뒤부터 누나가 알아서 투자해 준 게 다 성공했어. '붉은 밤'을 제외하면 누나가 수익성 보고 구매한 거야. 이 집도 누나가 투자할 겸 구매해 뒀다가 내가 살게 된 것이고."

그럼 '붉은 밤'은 직접 구매한 거라는 건가? 왜 그런 거지?

승리는 떠오르는 질문 대신 다른 것을 물었다.

"아버지가 정확히 뭐 하시는데?"

"(주)국한생명의 회장이셔."

"(주)국한생명? 그거 재벌이잖아? 진짜 진짜 엄청나네."

승리는 입을 딱 벌렸다.

"별거 아니야. 그리고 난 집안 배경 같은 건 중요하다고 생각하지 않아."

"그럼 뭐가 중요해?"

"너."

대경은 그녀의 두 뺨을 감싸 쥐었다.

"네가 중요해. 그리고 너와의 미래가 중요해."

"과거는 중요하지 않아?"

승리는 많은 뜻을 담아 질문했다.

"중요해. 같은 실수를 다시 저지르지 않기 위해서 뒤돌아봐야 하니까."

무슨 뜻일까? 그 여자에게 무슨 실수를 저질러서 파혼했다는 뜻일까?

물어봐야 한다. 이대로 아무 질문도 하지 않고 있다가는 무슨 생각을 더 하게 될지 알 수 없었다.

하지만 승리는 그럴 수가 없었다. 전 약혼녀와 닮아서 사귀자고 한 거라는 말을 듣는다면? 아직 전 약혼녀를 잊지 못하고 있다고 대답한다면? 그녀를 대용품으로 이용하고 있다고 대답한다면?

물론 그게 사실이라고 해도 대경은 그렇게 대답하지 않을 것이다. 그리고 그녀가 바라는 대답을 해준다고 해도, 진심이 느껴지지 않는다면…… 혹은 내가 믿지 못한다면 어떻게 되는 거지?

"승리야."

대경은 그녀의 눈동자가 빛을 잃은 것을 보았다. 그는 그녀의 시선을 자신에게로 돌리기 위해 고개를 숙여 입을 맞추었다. 그러나 승리는 키스를 되돌리는 대신 그의 가슴에 두 손을 얹어 살짝 밀며 고개를 옆으로 돌렸다.

"나 피곤해. 일단 좀 자고 싶어."

그러고 보니, 중간에 쉬긴 했지만 어젯밤부터 지금까지 연속으로 이런저런 일을 겪어서 많이 힘들 것이다. 대경은 배려할 생각이 없이 그녀를 안을 생각만 한 스스로를 속으로 욕하며 물러났다.

"그래, 일단 푹 쉬어. 나머지는 내일 이야기하자."

이런 상황에서 청혼을 할 수는 없었다. 대경은 그녀의 손을 살짝 잡고 끌어당겼다.

"안방으로 가. 정리해 뒀어."

"안방?"

승리는 대경을 따라갔다. 남성적인 향취가 물씬한 넓은 그곳은 대경이 이전까지 침실로 사용했던 듯싶었지만 치워뒀는지 그의 물건은 보이지 않았고, 침대 시트도 새것이었다.

"샤워실이 딸려 있으니 편할 거야."

대경은 뒤돌아 승리를 보았다. 그는 뭔가 할 말이 있는 듯 다시 잠깐 멈칫했지만, 쉬라는 말만 남긴 채 문을 닫고 방에서 나갔다.

승리는 다소 딱딱한 침대에 몸을 뉘었다.

혹시 대경의 약혼녀도 이 침대에서 잠을 잔 적이 있을까?

승리는 침대에서 벌떡 일어나 시트를 밑으로 끌어와 몸에 둘둘 말고 바닥에 누웠다.

그 범인은 대체 누굴 노리는 걸까. 승열 오빠는 대경을 얼마나 믿는 걸까. 대경은…… 정말 대용품으로 날 보는 걸까. 그 약혼녀를 얼마나 사랑했던 걸까…….

이런저런 생각이 끝없이 맴돌았다. 승리는 쉽게 잠들지 못할 거라고 생각했지만, 어젯밤부터 계속된 강행군에 지친 그녀는 추락하듯 꿈속으로 빨려들어 갔다.

두 시.

집이 아니라 다른 곳이라는 사실을 의식한 순간, 승리는 침대 반대편 벽에 걸려 있는 깔끔한 모양의 시계를 보고 경악했다.

오후 두 시에 일어나다니!

승리는 바닥에서 후다닥 일어나 벌컥 문을 열고 거실로 나왔다. 궁전같이 넓은 거실 어디에도 대경은 보이지 않았다.

집이 너무 넓으니 찾기 힘들군.

"대경 씨?"

"이쪽이야."

승리는 목소리가 들려온 곳으로 종종 걸어갔다. 거실 왼편의 방이었다. 저긴 목욕실이었던 것 같은데?

"푹 잤어?"

코너를 딱 돌자 대경이 보였다. 목욕실 앞에 서 있는 그는 막 셔츠를 벗고 있었다. 새하얀 셔츠가 사라지면서 강력한 근육이 드러났다. 단단한 흉근과 평평한 복부 위에 새겨진 뚜렷한 왕(王) 자를 발견한 승리는 저도 모르게 침을 꼴깍 삼켰다.

"승리야."

대경은 다 벗은 셔츠를 들고 다가왔다.

"으, 응?"

"잘 쉰 거야?"

대경은 셔츠를 들고 있지 않은 손으로 승리의 뺨을 살짝 만졌다.

"응. 푹 쉬었어. 너무 많이 잤지 뭐."

대경의 몸을 계속 보고 싶었지만, 승리는 다시 시계를 보고 퍼뜩 정신을 차렸다.

"나 너무 늦었어. 벌써 오후 두 시야. 오늘 한 시까지 간다고 그랬는데."

승리와 지원은 일주일에 한 번씩 번갈아가며 오후에 출근하곤 했다. 이번 주는 승리가 늦게 가는 기간이었다.

"이지원 씨에게 연락해 뒀어. 출근하지 마. 당분간."

대경은 그녀의 어깨를 붙들었다. 눈을 똑바로 내려다보며, 한 글자 한 글자 힘주어 말했다.

"네 오빠도 그랬어. 범인 잡을 때까지 출근하지 마. 아무리 경호를 단단히 한다고 해도 위험할 수 있어. 더군다나 넌 수의사라 처음 보는 사람들을 만나야 되는데, 그 사람들을 다 수색할 수는 없어. 어떤 식으로 위장해서 다가올지 몰라."

"위장이라고?"

"그래. 손님인 척 다가와서 네 목에…… 칼을 들이대는 상황이 발생할지도 몰라. 그런 상황이 발생하게 놔둘 수는 없어."

그렇게 되면 끝이다. 그 범인이 처음 협박을 약하게 한 건, 다음에는 더 강하게 할 거라는 뜻이었다. 한 번의 실수와 약간의 틈이 승리의 생명과 직결될 것이다.

"답답할 거라는 건 알아. 하지만 무엇보다 안전이 우선이야."

"그럼…… 그 범인 잡기 전에는 이 집에 대경 씨랑 나만 있는 거야?"

"가끔 네 오빠들이 들르겠지. 나도 일이 생기면 나가봐야 할지 모르고."

그렇다고 해도, 그리고 이 집이 아무리 넓다고 해도 이건 완전 동거나 마찬가지인데. 아무리 남편감으로 인정했다고 해도 이건 정도가 지나친…… 혹시……?

"저기, 대경 씨."

"응?"

대경은 많이 자서 그런지 부어 있는 승리의 볼을 손끝으로 어루만지며 물었다. 귀여웠다. 잡아먹고 싶을 만큼.

"오빠랑 약속 같은 거 했어?"

"어떤 약속?"

혹시 나한테 손 안 대겠다는 약속을 한 거 아니야?

뒷조사까지 한 승열 오빠라면 그런 맹세를 강요하고도 남았다. 물론 대경도 맹세를 어길 남자가 아니었고.

하지만 아무리 철판이라고 해도 승리는 그런 질문을 할 수가 없었다.

"아무것도 아니야. 그보다……."

문득 기억이 났다. 어젯밤, 잠들기 전까지 어떤 고민을 했는지.

잠시 바닥을 바라보던 그녀는 질문하기 위해 고개를 들었다. 바로 앞에 서 있는 대경은 그녀에게 시선을 고정한 채 그의 바지 지퍼에 손을 대고 있었다. 머릿속에 가득했던 생각이 흩어지기 시작했다.

"뭐, 뭐 하는 거야?"

"옷 벗는 거야."

지익.

"샤워해야 하니까."

지퍼가 내려가는 소리에 이어 풀썩하고 바지가 바닥에 떨어지는 소리가 났다. 대경은 빨갛게 익기 시작한 승리의 얼굴을 보더니 풋 웃었다. 그는 몸을 숙여 바지를 주워 들고 등을 돌렸다.

진짜 뒷모습도 끝내주네.

승리는 멍하니 생각했다.

근육질이라 그런지 대경의 목은 두터웠다. 하지만 둔해 보이기보다 강인해 보였다. 단단한 어깨는 넓은 만큼 강력해 보였고, 역삼각형으로 내려가는 등의 늘씬한 라인은 정말 눈이 돌아갈 정도로 멋있었다.

열심히 감탄하는 동시에 승리는 뚫어져라 그의 뒷모습을 바라보았다. 바지까지 벗은 대경은 가늘어 보이지만 단단한 허리 밑으로 팬티만 입고 있었다. 대부분의 남자들은 평생 한 가지 타입의 팬티만 입는다고 한다. 즉, 삼각과 사각 중 편한 것으로 한 가지만 계속 입는다는데, 대경은 삼각을 입는 타입이었다.

경호원은 검은색 복장을 해야 되는데 그 습관이 무의식 속에 깃들었는지 대경은 검은색의 옷을 많이 입는 편이었다. 그건 속옷에도 해당되는지 지금 그가 유일하게 걸치고 있는 작은 삼각 팬티도 검은색이었다. 아주 섹시한 검은색.

갑자기 저 팬티가 부러웠다.

그런 생각을 하며 승리는 다시 침을 삼켰다. 꼴깍꼴깍.

"승리야."

대경은 목욕실의 문을 열며 들어가기 전, 고개를 돌려 그녀에게 시선을 주었다. 승리는 화들짝 놀라 눈을 올려 그의 얼굴을 바라보았다. 어딜 쳐다보고 있었는지 다 안다는 듯, 대경은 웃음을 누르는 기색이 역력했다.

"같이 할래?"

"응? 뭐 말이야?"

"샤워."

승리의 얼굴이 다시 확 붉어졌다. 대경은 소리 내어 웃더니 목욕실 안으로 들어가 버렸다. 문을 약간 열어놓은 채.

승열 오빠가 맹세를 시킨 건 아니구나. 그나저나 진짜 저 남자, 사람 잘 놀린단 말이야.

깊은 고민과는 상관없이, 또 당했다는 사실에 승리는 약이 올랐다. 다른 생각은 말고…… 일단은, 놀림당했으니 갚아줘야겠지?

그녀는 막 샤워 소리가 나기 시작한 목욕실로 종종 걸어가 문고리를 잡고 휙 열었다. 목욕실은 웬만한 아파트의 안방만한 크기로 아주 넓었다. 앞쪽에는 옷을 넣어두는 바구니와 이런저런 목욕물품이 있는 선반이 있었고 중간쯤에는 샤워기가 있었다. 그리고 그 뒤에는 영화에서나 보던 커다랗고 새하얀 자쿠지 욕조가 존재했다.

대경은 샤워기 아래에 서 있었다. 샤워기 앞쪽에 세워져 있는 샤워창은 투명하지는 않았지만 희묽은 색이라 대경이 알몸이라는 사실을 희미하게 드러냈다.

승리는 다시 침을 삼키고는 목욕실 안으로 들어가 문을 닫았다. 뜨거운 물에서 피어난 더운 열기가 목욕실 안을 채우기 시작했다.

"이리 와."

기다리고 있었던 대경은 샤워기를 잠근 뒤 손을 내밀었다. 자석에 끌리듯, 승리는 샤워창 안쪽으로 들어갔다.

"벗어."

그녀는 그의 다음 말에도 따랐다. 잠옷 대신 걸치고 있던 대경의 큰 티셔츠를 벗은 뒤, 샤워창 위에 걸어두고는 반바지에 손을 댔다. 대경의 손이 다가와 반바지를 붙잡아 대신 밑으로 끌어당겼다. 승리는 쉽게 팬티까지 벗어 샤워창 위에 올려두었다. 브래지어는 입고 있지 않았기에, 대경처럼 그녀도 알몸이 되었다.

노골적으로 유혹해 보기도 했지만 갑자기 쑥스러워졌다. 그의 강렬한 시선이 꽂히자 승리는 이대경이라는 남자에 대한 욕망과 다시 옷을 입고 싶다는 충동을 동시에 느꼈다.

"흐음."

대경은 고개를 승리의 눈 바로 앞으로 반쯤 내렸다.

"갑자기 얼굴이 빨개졌네."

"놀리면 가버릴 거야."

승리가 툴툴대자, 대경은 웃음을 지었다. 입술 끝을 살짝 들어 올리는 웃음일 뿐이었지만, 세상에서 가장 매력적인 남자의 미소에 승리는 다시 심장이 미친 듯이 뛰는 것을 느꼈다.

"다른 여자 앞에서는 그렇게 웃지 마."

승리는 두 팔을 그의 목에 감았다. 자신을 바라보게 만든 뒤, 다시 내뱉었다.

"나한테만 웃어줘."

"그래."

대경은 승리만을 바라본 채, 맹세하듯 내뱉었다.

"네 앞에서만 웃을게."

"진짜?"

"진짜."

승리는 그에게 몸을 밀착했다. 그의 뜨거운 남성이 그녀의 복부와 마찰할수록 좁은 샤워창 안의 열기는 더욱더 뜨거워졌다.

"씻겨줄게."

승리는 가빠지는 호흡을 바로하며 간신히 손을 뻗어 샤워기를 약하게 틀었다. 그러고는 샤워타월에 바디로션을 묻혀 거품을 냈다. 승리는 아까부터 만지고 싶었던 그의 목과 가슴을 마음껏 만지며 문질러 주었다. 새하얀 거품은 승리의 손이 있었던 곳에 흔적처럼 남았다.

승리는 납작한 복부를 문지른 뒤 그 밑으로 내려갔다. 불끈 솟아 있는 것을 건드리지 않기 위해 조심한 뒤, 몸을 숙여 그의 굵은 허벅지와 무릎, 종아리를 닦아주었다. 대경은 그녀의 손짓에 따라 몸을 돌렸고, 승리의 손은 무릎 뒤에서 엉덩이로 죽 올라왔다.

세상에서 가장 멋있는 등까지 다 닦자, 대경이 휙 몸을 돌려 샤워타월을 낚아챘다. 그의 눈은 치솟은 욕망으로 이글거리고 있었지만 손짓은 느긋했다. 대경은 승리가 그를 문지른 것보다 두 배는 더 느린 속도로 움직였다. 승리의 목은 부드럽게 닦았지만 가슴 사이의 계곡으로 내려가 두 가슴을 왔다 갔다 하며 닦을 때는 다소 거칠게 행동했다. 유두가 단단해졌고, 승리가 입술을 살짝 벌리며 엷은 신음을 흘리자 대경은 복부로 손을 내렸다. 아까 승리가 그랬듯이 다리 사이로는 가지 않은 채 다리로 미끄러져 무릎과 발목을 닦아주었고, 승리가 등을 돌리자 무릎 뒤와 엉덩이를 닦아주었다.

승리는 몸을 돌려 다시 그를 바라보려 했지만, 대경은 부드럽게 제지했다. 그는 샤워타월을 던지듯 떨어뜨린 뒤, 따뜻한 물로 그녀와 자신을 씻었다. 거품이 바닥으로 사라진 즉시, 대경은 샤워기를 내던지고는 등 뒤에서 자유로운 두 손으로 그녀의 두 가슴을 쥐었다.

승리는 짧게 신음을 내뱉었다. 그녀의 신음은 대경이 움직이기 시작하자 더 커졌다. 그는 이미 단단해진 유두를 꼬집었다가 부드럽게 문지르는 것을 반복하며 긴 손가락으로 거칠게 주물렀다. 시야가 흐릿해졌고, 빠른 속도로 차 오르는 쾌락 때문에 그녀는 잠시 숨을 쉬지 못했다.

대경은 고개를 젖힌 승리의 가는 목을 뒤에서 자근자근 깨문 뒤, 오른손을 내렸다. 원을 그리며 복부를 만진 뒤 피아노 건반을 두드리듯 허벅지 안쪽을 매만졌다.

"만져도 돼?"

대경의 목소리는 아주 낮았다. 하지만 아주 느긋했다.

"으, 으응?"

"만져도 되냐고."

대경은 승리의 귓가에 속삭였다.

"여기 말이야."

그의 한 손가락이 그녀 안으로 들어갔다. 승리는 뜨거운 숨을 토해냈다. 대경은 가슴을 매만지던 왼손을 내려 그녀의 왼쪽 다리를 붙잡아 옆으로 좀 더 벌리게 했다.

"만져도 되는 거지?"

대경은 느긋하게 물으며 여성 안을 헤엄치던 손가락을 뺐냈다. 그 젖은 손가락은 아주 민감한 곳으로 향했고, 손가락이 닿자마자 승리는 큰 신음을 토했다.

"아!"

몸에서 힘이 빠져나갔다. 승리는 서 있으려 노력했지만, 그의 손가락이 노골적으로 움직이기 시작하자 도저히 그럴 수가 없었다. 대경은 승리가 쓰러지기 전에 그녀를 끌어안았다. 벽을 짚은 채 승리는 몸을 앞으로 숙였고, 대경은 그 틈을 파고들어 뒤에서 쏜살같이 들어갔다.

승리는 자신을 완전하게 채우는 그의 굵고 단단한 남성의 촉감에 다시 신음 같은 비명을 질렀다. 대경은 그 소리에 더욱 흥분했지만, 터질 것 같은 스스로를 다잡았다. 승리가 먼저였고, 현재 콘돔을 착용한 상태가 아니었다.

그는 잠시 나오면서 손가락으로는 그녀를 매만졌다. 다시 들어가면서도 집요하게 만졌다. 승리는 얼마 버티지 못했다. 그녀는 그의 손길에 항복했고, 대경은 바로 직전에 빠져나와 밖에서 분출했다.

힘을 회복하는 약간의 시간이 흐른 뒤, 대경은 가쁘게 숨을 몰아쉬는 승리를 꼭 안았다. 언젠가, 멀지 않은 시간 뒤에 그녀의 몸에 그의 아이를 직접 심을 수 있을 거라는 희망을 품고.

"응······."

승리는 작게 신음을 흘리며 눈을 비볐다. 깜빡 잠이 든 모양이었다. 왜 딱딱한 곳에서 잠들었지?

"일어났어?"

대경은 그녀를 목욕실 바닥으로 눕혔다.

"나 깨어나길 기다리고 있었던 거야? 이 에로 대마왕."

승리의 볼은 복숭앗빛이었다. 대경은 그녀가 너무 사랑스러웠다. 그는 고개를 숙여 볼을 살짝살짝 깨물었다.

"박승리가 상대라면 에로 대마왕이 될 수밖에."

그의 뜨거운 숨결이 귓속으로 흘러들어 왔다. 승리는 중얼거리듯 되물었다.

"누구 상대라고?"

"박승리, 너."

승리가 잠시 잠이 들었을 때 가져온 콘돔을 착용한 뒤, 대경은 대답하는 동시에 다시 안으로 들어갔다. 승리는 작게 신음하며 몸을 휘었다. 대경은 또다시 그녀와 함께 환희 속에서 타올랐다.

아홉

이 남자는 기본이 네 번이군.

승리는 금방이라도 쓰러질 듯 비틀거리며 보글보글한 자쿠지 욕조 안에 몸을 묻었다.

죽을 것 같았다. 온몸이 욱신거렸고, 저번처럼 다리 사이도 아주 쓰라렸다. 하지만 기분 좋은 쓰라림과 통증이었다.

그래도 연속 네 번은 진짜 심해. 정력왕 이대경 같으니라고. 자기가 무슨 변강쇠야?

승리는 뜨거운 방울들이 파도처럼 밀려왔다가 들어가자 몸이 풀어지는 것을 느꼈다. 하지만 그래도 쑤시고 아팠다. 사실 대경은 한 번 더 하려는 눈치였는데, 그전에 쫓아내서 다행이었다. 더 했다면 정말 몸이 남아나질 않았을 것이다.

앞으로도 저렇게 할 때마다 네 번씩 하면 어쩌지?

물론 좋긴 했지만—사실 매우 좋았다—괜히 걱정도 되었다. 뭐, 별거 아닌 염려이긴 했다. 진짜 중요한 걱정은…… 그가 자신을 이용하는 건지도 모른다는 점이었다. 물론, 몇 시간 전보다는 덜 불안했다.

아까 사랑을 나눌 때, 대경은 그녀의 이름을 똑바로 불렀다. 박승리라고. 그 차이안인가 하는 여자가 아니라.

물론 그가 이제까지 다른 이름으로 그녀를 불렀던 적이 있는 건 아니었다. 하지만 한몸이 됐을 때 직접적으로 그는 그녀의 이름을 불렀고, 그건 의미가 있는 행동이었다.

"그래도 물어보긴 해야 되는데……."

약혼녀를 잊지 못해서 그녀를 선택한 거냐고는 물어볼 수 없었다. 하지만 왜 파혼을 했는지는 알고 싶었다. 오 년 전 일인데 지나친 질문이라고 생각할까?

승리는 한참 고민한 뒤 목욕을 마저 끝내고 거실로 나갔다. 소파에 앉아 있는 대경의 얼굴은 여전히 딱딱한 감이 없진 않았지만, 그의 입술은 만족스러운 미소를 엷게 짓고 있었다.

난 아픈데 저렇게 웃어?

"난 무지 쓰라진데, 이대경 씨는 좋기만 한가 봐?"

약이 오른 승리는 톡 쏘았다.

"약 발라줄까?"

그 말에 애써 평정을 유지하던 승리의 얼굴이 폭삭 익었다.

"어, 어디에 약을 발라준다는 거얏!"

"글쎄. 그러고 보니, 아픈 곳에 키스해 준다고 했는데 안 했네. 이리 와."

"저, 저리 가!"

말은 그렇게 했지만 승리는 소파에 앉았다. 대경과는 조금 멀찍한 거리에. 그녀는 그를 째려보며 입을 열었다. 자신의 얼굴이 빨갛게 된 만큼 이 얄미운 남자의 얼굴도 붉게 물들이고 싶었다.

"그렇게 많이 하는 법이 어디에 있어? 저번에도 네 번, 이번에도 네 번이잖아."

"좋아했으면서."

승리의 얼굴이 다시 익었다. 그녀는 눈을 굴리며 생각하다가, 툭 미끼를 던졌다.

"오랜만이라 그런 거야? 아니면 원래부터 정력왕이었던 거야?"

"이전에 어땠는지 궁금해?"

대경은 그녀의 질문에 담긴 의미를 바로 포착했다. 승리는 조심스럽게 대답했다.

"응……."

상상은 지금까지 한 것만으로도 충분했다. 물론 두렵기는 했지만, 대답을 듣고 괴로워하는 게 더 나을지도 몰랐다.

"알고 싶어."

"오랜만이라 그런 거야. 오 년 동안 아무도 없었으니까."

솔직히 승리는 믿을 수가 없었다. 아무리 자신이 콩깍지를 쓰고 있는 상태라고 해도 대경은 정말 킹카 중에 킹카였다. 이런 남자가 오 년이나 아무도 없었다니?

"사실이야."

대경은 그녀가 놀라서 입을 O자로 만든 것을 보고 피식 웃으며 말했다. 여전히 믿기 어렵긴 했지만, 승리는 거듭된 그의 말에 고개를 끄덕였다. 대경이 거짓말을 하지 않는다는 걸 알고 있었으니까.

"그럼 오 년 전에는?"

승리는 조심스럽게 질문했다.

"그전에…… 여자들 많이 사귄 거야?"

"딱 한 명이야."

솔직하게 답해야 했다. 대경은 승리가 정확한 진실을 원한다는 것을 알아차렸다.

"오 년 전에……."

그는 그녀를 똑바로 바라보며 말을 이었다.

"약혼한 적이 있어."

그의 시선 속에서, 승리는 놀라지 않았다. 대경은 깨달았다.

"알고 있었어?"

"차이안이 그 약혼녀 이름이지? 숙부님이 말씀하신 거 기억하고 있어."

"그래. 이안이는……."

"이야기해 줘."

대경은 무표정한 승리의 얼굴에 시선을 고정한 채, 그녀의 요구에 간단하게 답했다.

"칠 년 전에 일본 동경에 있는 주일 한국대사관에서 근무하고 있었을 때, 휴가차 잠시 한국에 들어왔다가 친구들과 '붉은 밤'에 들렀어. 그때, 클럽에 놀러온 이안이 술에 취한 어떤 남자에게 희롱당하고 있었던 걸 구해줬지. 그리고 얼마 뒤에 동경으로 돌아갔을 때 동경예대에서 그림을 공부하던 이안과 우연히 만나게 됐어."

승리는 차분하게 이야기를 들으려고 노력했다.

"반년 정도 사귀다가, 결혼하기로 했어. 같이 타지에 나가 있으니 빨리 결혼하는 게 더 낫다고 주변에서 말했거든. 그래도 둘 다 나이가 적은 편이니까, 이안이 졸업하면 결혼하기로 하고 간단하게 약혼식만 치렀어."

여러 가지 질문이 떠올랐지만 승리는 한 가지만 물었다.

"왜 파혼한 거야?"

"이안이에게 스토커가 붙었어."

예상하지 못한 이야기였다. 승리가 눈을 깜빡거릴 때, 대경은 그녀로서는 알 수 없는 감정이 실린 목소리로 이어 말했다.

"승리야, 네가 보는 현재의 난 오 년 전과는 다른 존재야. 그때의 난 출세욕에 사로잡혀 있었어. 그리고 지금보다 훨씬 더 차가웠고, 무엇보다 일을 가장 중요하게 생각했어."

지금도 일을 중요하게 생각하긴 했다. 하지만 '가장'은 아니었고, 다른 것을 돌아볼 여유도 있었다.

그리고 사실, 그때 이안과 약혼한 건 그녀의 집안이 상당한 힘이 있었기 때문이기도 했다. 이안의 아버지는 군의 최고위층이었고, 어머니는 어느 거대한 병원의 원장이었으며 다른 친척들도 다들 쟁쟁했다. 물론 이안을 진심으로 사랑했지만, 대경은 이안의 집안이 그의 집안과 어울리고 출세에 도움이 되리라는 판단 때문에 이르게 약혼을 결정했었다.

차마 승리에게 말할 수 없는 그의 치부.

"그래서 약혼식을 치른 뒤에도 이안이에 대해 별로 신경 쓰지 않았어. 이안이도 내가 일을 방해받는 걸 싫어한다는 걸 알아서 스토킹을 이야기하지 않았어. 본인도 그다지 큰 위험이라고 생각하지 않았고. 그러다가 잠깐 한국에 들어와 있을 때 그 스토커의 명령을 받은 사람에게 납치를 당할 뻔했어. 다행히 옆에 있던 사람의 도움으로 끌려가지는 않았지만…… 계단에서 넘어져서 크게 다쳤어. 특히 손가락을."

이안은 그림을 공부하는 화가 지망생으로, 그 사고로 화가로서의 인생은 끝이 났다.

"나는 멍청했어. 그때, 스토커의 존재와 사고를 알게 된 뒤 이안이에게 미리 알려주지 않았다고 화를 냈지. 그리고 치료 받는 이안이의 곁에 있어주는 대신 그 스토커를 응징하기 위해 찾아나섰지."

그러나 박태운은 고한파의 보스인 박해우의 형이었다. 고한파와 직접적인 관련은 없어 보이지만, 대경은 박태운이 고한파의 실질적인 보스라는 정보를 입수한 적이 있었다. 그러나 명확한 증거가 없었다. 그만큼 박태운은 치밀했다.

이안을 스토킹한 것도 증거가 없었다. 박태운은 주변에 다른 조직원들이 위협하자, 잠깐 도피할 겸 일본으로 온 적이 있었다. 바로 그 집이 이안의 옆집으로, 박태운은 이사 온 첫날부터 이안을 괴롭히기 시작했다. 워낙 교묘하게 스토킹을 한지라 죄를 물을 수가 없을 정도였는데, 이안이 방학 때가 되어서 한국에 들어가자 그때도 따라 들어가 스토킹을 했었다. 이안이 끝까지 거부하자, 박태운은 그녀를 납치하라고 수하에게 사주했다. 문제는, 이 사건 또한 증거가 없었다는 점이었다. 그 수하는 박태운의 명령이 아니라 '지나가다가 이안의 외모가 마음에 든다'는 이유로 납치하려고 했다고 진술했기 때문이었다.

박태운을 잡아넣은 건 다른 것 덕분이었다. 고한파 수하 중에 김복구라는 인물이 박태운의 조세포탈을 실수로 흘리고 말았다. 다른 사건까지 연관시킬 수 없다는 점이 안타까웠지만, 대경은 그의 집안이나 이안 집안의 배경까지 동원해 다른 범죄들보다 비교적 가벼운 형을 받는 조세포탈임에도 팔 년형이나 선고받게 만들었다. 그 뒤로 박태운은 현재 오 년째 복역하고 있었다.

"그 범인은 체포했지만, 난 그 뒤로 바로 이안이에게 가지 못했어. 내가 지키지 못했다는 걸 알았거든. 결국 난 결혼할 여자를 지키지 못한 거야. 한 달 뒤에야 겨우 가보니…… 다른 남자가 옆에 있었어. 이안이가 납치당하지 않도록 도와주고, 아픈이안이 곁을 죽 지켜줬던 남자였지. 이안이는 그 남자와 얼마뒤에 결혼했어."

그것으로 끝이었다. 이안이 그에게는 보여주지 않았던 미소를 그 남자에게 지어주는 것을 본 순간, 대경은 자신이 물러나야 한다는 것을 알았다. 그는 그것으로 사랑을 접었다. 그러나그 뒤, 실연의 아픔보다 더 큰 것이 그를 괴롭혔다.

그전까지 자신은 모든 일에 패기있고 자신만만했었다. 막강한 집안 배경도 있었고, 능력도 있었다. 맡은 사건을 언제나 완벽하게 처리했고 실수는 한 번도 하지 않았다. 그런 그가 가장기본적인 것, 여자 한 명조차 지키지 못한 것이다.

그때, 대경의 세상은 무너졌다. 스스로를 돌아보게 되었고 그제야 깨달았다. 그는 최고가 아니었고, 국정원장 감이 아니었다. 그렇게 훌륭한 존재가 아니었다. 국가를 위해 일을 할 자격이 없는, 자기 여자 하나 지키지 못한 능력없는 남자일 뿐이었다.

"이안이가 그 남자와 결혼한 건 잘된 일이야. 난 약혼녀를 지키지도 못한 남자인걸."

진심으로 사랑했었구나.

그의 서글픈 미소를 보고, 승리는 깨달았다. 대경은 그 약혼녀를 진심으로 사랑했었다.

"그…… 약혼녀를 지키지 못한 것 때문에 경호원이 된 거야?"

대경은 고개를 끄덕였다. 이안과의 사건에 대해 알고 있는 친구 현건이 화성그룹 경호팀에 자리가 났다고, 한 번 해보지 않겠냐고 연락을 취했기 때문이기도 했지만, 그는 누군가를 지키기 위해 경호원이란 직업을 택했다.

처음에는 이안에 대한 속죄로 시작한 일이었지만, 대경은 곧 자신이 경호원 일을 진심으로 생각하게 됐다는 것을 알게 되었다.

속죄로 택한 일에서 재미와 보람을 느끼다니. 더군다나 조금씩이지만, 시간이 갈수록 이안에 대한 미안함은 흐릿해지고 있었다. 그래서 그는 우연히 기회가 왔을 때 이안과 처음 만난 그곳, '붉은 밤'을 매입했다.

"그래서 '붉은 밤'의 주인이 된 거구나."

대경의 설명을 듣고 승리는 고개를 끄덕였다. 다소 고지식한 이 남자가 클럽을 가지고 있다는 게 놀라웠는데, 이런 이유 때문이었다.

"상당한 거금을 주고 구입한지라 내 PB인 내경 누나가 한소리 했지만, 난 후회하지 않아. 이안이에게 한 실수를 잊지 않기 위한 무언가가 필요하니까."

승리는 그의 말을, 행동을 모두 기억했다. 그래서 알 수 있었다.

그래서 지켜주겠다고 한 건가? 그래서 지키는 것에 그렇게 집착하는 건가? 경호원이었기에 안전에 신경을 많이 쓰는 게 아니었다. 약혼녀 때문이다. 약혼녀를 지키지 못했기 때문에 그러는 거였다.

대경의 얼굴에 고통의 그림자가 드리워졌다.

"스토킹당하고 있다는 걸 좀 더 빨리 알게 됐었다면 그런 일은 없었을 텐데……. 그 계단 사고도 그래. 내가 미리 알았더라면 이안이는 다치지 않았을 거야."

"대경 씨."

승리는 깨달았다. 이 남자는…….

"음, 기분 나쁘게 듣지 말았으면 좋겠어."

승리는 대경의 손등 위에 한 손을 얹은 뒤, 다른 한 손은 그의 뺨에 살짝 댔다. 차가웠다.

"대경 씨는 슈퍼맨이 아니야. 예지력이 있는 것도 아니야."

"무슨…… 말이야?"

"이안이라는 그 전 약혼녀한테 어떤 일이 생길지 대경 씨가 미리 알 수 없었다는 뜻이야. 대경 씨, 나쁜 건 그 스토커지 대경 씨가 아니야. 누구도 조금 뒤에 무슨 일이 생길지 알 수 없어. 모든 일에 대경 씨가 책임감을 느낄 필요는 없어. 죄책감을 느낄 필요도 없어."

대경은 멍했다. 아주 멍했다. 승리는 조금 더 어렵게 말을 꺼냈다.

"예를 들어 말이야, 내가 이안이라는 그 전 약혼녀처럼 스토킹을 당한다고 생각해 봐. 다치고 그랬다고 생각해 봐."

승리가 말하는 것을 상상했는지, 대경의 멍한 눈동자에 싸늘한 살기가 번뜩였다. 승리는 조근 조근하게 말했다.

"그게 대경 씨 탓이야? 아니야. 그건 그 스토커가 나쁜 거야. 미리 예방하지 못한 대경 씨 탓이 절대 아니야. 그 납치 계단 사고도 그래. 사고를 일으킨 사람이 나쁜 거야. 그 전 약혼녀가 다친 게 대경 씨 탓인 건 아니야."

"하지만, 하지만 신경을 못 써줬어. 일만 하느라 그랬고, 그 뒤에도 난 곁에 있어주는 대신 화만 냈었어. 그건 내 잘못이야. 내가 조금만 더 일찍 나서줬다면……."

"그래. 어쩌면, 대경 씨 책임도 있을지도 몰라. 아주 조금이겠지만."

승리는 격하게 흔들리는 그의 두 눈동자를 보았다. 대경은 괴로워하고 있었다. 그래서 승리 또한 아팠다.

"하지만 대경 씨, 벌써 오 년이나 지났어. 그만 괴로워해도 되지 않을까? 그 이안이라는 사람, 지금 잘 지내지?"

"삼 년 전쯤에…… 아이를 낳고 잘살고 있다는 소식을 마지막으로 들었어."

"그래. 잘살고 있는 거야. 하지만 대경 씨는 아니잖아. 대경 씨 같은 남자가 오 년이나 혼자 지냈다는 건 믿기 힘든 이야기야. 대경 씨 스스로가 생각하는 것 이상으로 그 사건 때문에 괴로워했다는 의미잖아. 이제 그만 해도 된다고 생각해. 과거는 그만 보내줘. 그 '붉은 밤'도…… 더 이상 대경 씨가 가지고 있을 필요가 없지 않을까?"

승리는 두 손으로 그의 뺨을 감싼 뒤 살짝 입을 맞추었다. 고개를 조금 떼고 다시 그의 눈을 바라보았다. 대경의 눈은 흐릿했다.

"오 년이면 충분해. 오 년이면…… 벗어날 때도 됐잖아."

승리는 다시 속삭였다. 대경은 눈을 감았다. 승리는 그의 목을 두 팔로 감고 그의 가슴에 얼굴을 묻었다. 단단한 가슴 근육 속에 자리한 심장 고동 소리가 들렸다. 박동 소리는 처음에는 지나치게 빠르고 거칠었다. 걱정될 만큼 불안정하기도 했고, 냉기를 발하고 있기도 했다. 그러나 승리가 그를 더 꼭 껴안아 그녀의 온기를 나누어주자, 점차 부드럽게 녹아들기 시작했다.

"승리야."

"응?"

여전히 눈을 감고 있는 대경은 조용히 속삭였다.

"고마워."

승리는 살짝 미소를 지으며 더 깊게 그의 품에 파고들었다. 현재, 대경의 심장박동은 여전히 조금은 거칠었다. 그러나 더이상 차갑지 않았다. 하지만 승리의 심장은…… 여전히 아릿하게 아팠다.

　그놈이 우리 승리를 잡아먹은 건 아니겠지.

　승열은 전화기를 뚫어져라 노려보며 씩씩거렸다. 잘 있는지 확인하기 위해 전화를 해야 했지만, 내키지 않았다. 사실 생각도 하기 싫었다.

　맡기지 말걸 그랬나? 아니야, 안전이 중요하지. 이대경 그놈이라면 어찌 됐든 승리를 아주 잘 지켜줄 테니. 아니야, 아니야. 그래도 내가 데리고 있을 걸 그랬나?

　"그렇게 전화기를 뚫어져라 쳐다보면 떡이라도 나오나 보지?"

　승열의 장인, 전 검찰총장 우안리는 시가를 손에 들며 퉁명스럽게 말했다.

　"수화기에서 떡이 나온다는 발상이라니, 장인어른의 무한한 상상력에 경의를 표합니다."

　그렇게 말하면서 승열은 다리를 턱 꼬았다. 금지옥엽이 승열과 결혼해 눈에 넣어도 아프지 않을 손녀까지 낳은 상황이었지만, 우안리는 버럭 소리를 질렀다. 귀한 딸을 빼앗아간 녀석이여전히 마음에 들지 않았으니까.

　"건방진 놈. 누가 네 장인어른이야?"

　"제 눈앞에 있는 영감밖에 더 있어요?"

　영감은 오른손에 들고 있던 리모컨을 내던졌다. 승열은 휙 피했고, 그리하여 리모컨은 승열의 등 뒤에서 몸을 사리던 전등을 박살냈다.

쨍그랑!

"어머, 어머, 이게 무슨 소리야?"

승열은 소리를 듣고 달려온 장모에게 잽싸게 일러바쳤다.

"장인어른이 리모컨 던지셨어요."

"이 사람이! 도대체 무슨 짓이에요!"

"저, 저놈이 먼저 시비를!"

"사위한테 저놈이라니!"

승열의 장모는 한순간에 눈에서 불을 뿜었다. 우안리는 아내의 손을 덥석 붙잡았다.

"실, 실수야. 그냥 말실수라고."

"아무리 실수라도 그렇지, 하나밖에 없는 사위한테 저놈이 뭐예욧!"

승열은 장모가 장인을 마구 갈구는 모습을 즐겁게 바라보았다. 속으로 휘파람을 불던 그는 한심하다는 듯이 저 멀리에서 지켜보고 있는 아내에게 다가갔다.

"아빠랑 그만 좀 싸울 수 없어?"

찬희는 한숨을 폭 내쉬며 말했다. 승열은 씩 웃을 뿐이었다. 그는 계속되는 장인과 장모의 싸움을 지켜보며 아내에게 속닥거렸다.

"오늘 불 좀 피워볼까?"

"됐네요, 아저씨. 여기선 안 돼."

승열은 툴툴거렸지만, 사실 그도 무리라고 생각했다. 이 집은 너무 좁기도 했고, 방음도 제대로 되지 않는 것 같았다.

빨리 그 빌어먹을 놈을 잡아야 우리 집으로 돌아가서 불을 피울 수 있는데.

불에 대해 생각하니, 다시 대경과 승리가 떠올랐다.

설마 그놈이 우리 승리한테 불을 피운 건 아니겠지?

승열은 이를 갈았고, 찬희는 턱수염이 송송 난 남편의 볼을 잡아 옆으로 늘리며 엄하게 경고했다.

"이 갈지 말라고 했잖아. 나중에 다 상한단 말이야. 틀니 끼고 싶어?"

"이대경 그놈이 승리랑 불 피우는 게 아닌가 싶어서."

찬희는 눈만 굴렸다. 그는 남편의 생각이 더 깊게 나가는 것을 막기 위해 다른 화제를 꺼냈다.

"승리 사건, 압력없어?"

가족의 사건을 맡으면 안 된다는 규정은 없었다. 하지만 범인의 가족이 편파수사라고 진정을 넣을 수도 있기에 암묵적으로 피하는 일이긴 했다.

"전혀 없어."

전 검찰총장이자 아직도 쟁쟁한 우안리의 사위라는 점은 이럴 땐 좋았다. 빵빵한 배경을 자랑하는 만큼 승열에게 대놓고 압박을 줄 수 있는 사람은 거의 없었으니까(물론 사위가 되기 이

전에는 압박을 많이 받긴 했지만, 들은 척도 하지 않았다). 물론 그렇더라도 몇 마디 말은 들려와야 했지만, 대경이 자신의 할아버지이자 야당의 실세 중에 하나인 이우한 국회의원에게 무슨 부탁을 했는지 전혀 뒷말이 없었고 기사화도 되지 않고 있었다. 더군다나 수사 병력이 남아도나 생각될 정도로 여기저기에서 협력 요청이 들어왔다.

하여간 얄미운 자식이라니까. 배경이나 능력은 정말 마음에 들지만.

승열은 다시 툴툴거리며, 찬희의 이마에 쪽하고 키스를 한 뒤 목욕을 하러 갔다. 아내와 같이하고 싶었지만 그럴만한 환경이 아닌 게 정말 아쉬웠다.

그는 뜨거운 목욕물에 몸을 푹 담그며 피곤 때문에 잠시 굳은 머리를 다시 가동했다.

어제 처리한 사건은 열두 개였다. 그리고 현재 맡은 사건은 일곱 개로, 그중에 두 개는 승원과 함께 전담팀으로서 일하고 있는 사건으로 고한파와 연관되어 있었다.

첫 번째 사건은 삼 주쯤 전에 발생한 김복구 살인사건이고, 두 번째 사건이 승리가 큰일을 당할 뻔한 날에 일어난 고한파의 보스 박해우 패거리와 중간보스 이구혁 패거리가 거나하게 싸움을 벌인 그 사건이었다. 두 번째 사건의 경우, 알려진 바로는 사망자가 없다고 하지만 사건 장소에 가본 전담팀원들의 말에 따르면 피가 낭자한 걸 보니 많은 숫자의 조폭들이 큰 부상을 입은 게 분명해 보인다고 했다.

고한파가 승리를 노린 걸까? 자신은 고한파 전담팀의 담당 검사였고, 승원은 담당 형사였다. 더 이상 수사하지 말라는 의미로 승리에게 해를 가하려고 한 건가?

"멍청한 새끼들."

승열은 생각하면 할수록 욕이 저절로 나왔다. 아무리 강간이 아니라 그냥 위협만 하는 수준으로 하려고 했다지만, 검사와 형사의 동생을 건드린 것이었다. 그러고도 무사하리라고 보는 건가? 검사와 형사의 가족을 건드리는 건 불문율로, 자폭행위나 마찬가지였다.

절대 가만두지 않을 것이다.

현재 대포통장을 추적하고 있는 상황이었다. 결과만 나온다면, 곧바로 처리에 들어갈 것이다. 고한파가 맞을까? 정말 맞다면, 철저하게 응징을—

승열이 살기를 발하면서도 상황을 차분히 짚고 있을 때였다. 노크 소리가 들렸다.

"전화 왔는데 바꿔줄까?"

찬희는 승열이 문을 열어주자 들어왔다. 남편의 알몸을 머리끝부터 발끝까지 슥 훑어보는 그녀의 손에는 휴대폰이 들려 있었다. 순간 달아오른 승열은 확 아내를 덮칠까 고민하면서 낮은 목소리로 물었다.

"누구 전화인데?"

"마 계장님."

승열은 치솟는 충동을 누르고 찬희가 건네주는 수건으로 귀쪽을 닦은 뒤 휴대폰을 살짝 댔다.

"계좌 추적됐나요?"

[네. 고한파 말단의 친척이에요.]

예상했던 소식이었지만, 승열은 차분할 수가 없었다. 그가 분노로 가득한 숨을 훅 내쉴 때, 마 계장은 이어 말했다.

[방금 새로운 뒷조사 결과도 나왔어요.]

고한파일 가능성에 대비해서, 승열은 다시 뒷조사를 하게끔 지시를 내렸었다.

[고한파의 숨겨진 보스가 박태운이라고 하더라고요.]

"박태운? 박해우의 형 말이에요?"

[네. 아무래도 그 소문이 맞는 것 같아요. 사실 진짜 보스가 따로 있다는 건 소문으로만 돌았던 거거든요. 오 년 전까지의 고한파의 일처리를 보면 엄청 치밀한데, 검사님도 아시겠지만 박해우가 그럴 위인은 못 되잖아요.]

박해우는 말 그대로 일자무식인 놈으로, 한 조직의 보스라고 하기엔 지나치게 멍청했다.

"운이 좋아서 일이 잘 굴러가는 걸로 생각했었는데 아니었군요. 그러고 보니 고한파가 멍청한 짓을 저지르기 시작한 게 박태운이 감옥에 간 뒤니까…… 신빙성이 높네요."

[박태운이 조세포탈하다가 걸린 거 아시죠?]

"네. 팔 년 형 받았다가 모범수로 나왔던데. 조세포탈이면서 팔 년이나 받아서 이상하게 생각했었어요."

[아무래도 압력이 있었던 것 같아요. 누가 압력을 넣었던 건지 조사 중이에요. 그리고 모범수라고 해도 삼 년 정도나 깎인 것도 이상해서 그것도 알아보고 있고, 지금 어디에 박혀 있는지도 찾고 있어요.]

"그러고 보니…… 김복구 살인사건이나 패싸움도 모두 박태운이 출감한 뒤 일어났군요. 당장 갈게요. 자세한 이야기는 가서 더 하죠."

승열은 서둘러 몸을 닦은 뒤 다시 출근할 준비를 했다. 박태운이라……. 그놈이 승리를 노렸던 건가? 예감이 좋지 않았다. 그것도 아주.

열

"승리야."

"응?"

승리는 어깨를 부드럽게 흔드는 손길에 눈을 떴다. 그녀는 눈을 비비며 물었다.

"지금 몇 시야?"

"정오 다 됐어. 배고프지? 졸리더라도 식사하고 자."

벌써 정오라니. 어제 오후, 그를 위로한 뒤 자연스럽게 다시 사랑을 나누었다. 그 뒤에 너무 피곤하고 힘들어서 바로 잠들었는데, 또 이렇게 늦게 깨어날 줄이야.

승리는 끙하고 신음하며 일어났다. 시트가 밑으로 내려가자 잠들기 전에 대충 걸친 대경의 커다란 티셔츠가 어깨 옆으로 미끄러지며 가슴 계곡을 드러냈다. 대경의 손이 티셔츠 밑으로 들어오자 승리는 그 손을 탁 쳤다.

"에로 대마왕 씨, 나 진짜 힘들어."

어제 오후에도 그렇게 말했지만 분위기상, 그리고 대경의 뜨거운 키스 한 방에 결국 홀랑 넘어가 버렸었다. 승리는 시트를 갑옷처럼 몸에 돌돌 걸친 뒤 대경을 쫓아냈다. 그녀는 가볍게 샤워를 한 뒤 청바지와 티셔츠로 단단하게 무장하고는 거실로 나갔다. 그곳엔 대경이 요리한 스파게티가 그녀를 기다리고 있었다.

이 남자 요리도 잘하네. 대체 못하는 게 뭐야?

이 집에 온 지 삼 일째였지만 그녀가 요리한 적은 한 번도 없었다. 대경이 항상 식사를 차려주곤 했는데 어떤 요리든 간에 아주 맛있게 만들어주었다. 덕분에 좀 많이 먹고 있었지만 그래도 워낙 운동량이 많았기에 살은 오히려 빠지고 있는 듯싶었다. 뭐, 이런 다이어트라면 얼마든지 환영이긴 했지만.

"설거지는 내가 할게."

식사를 끝낸 뒤 승리는 자리에서 일어서며 말했지만, 대경의 그녀의 손목을 붙들고 그동안 한 말을 반복했다.

"그냥 앉아 있어."

"대경 씨, 나 설거지라도 하게 놔둬."

수면을 제외하면 삼 일 동안 한 일이라곤 그가 요리해 준 음식을 먹고, 그와 사랑을 나눈 것밖에 없었다. 물론 휴가를 온 것 같아서 좋긴 했지만 계속 이럴 수는 없었다. 더군다나 아무리 대경의 집이라고 해도 집안일은 그가 다 하고 있어서 좀 미안했다.

"나 너 설거지 시키려고 데려온 거 아니야. 지금은 상황이 상황인지라 당분간 도우미 아주머니도 못 오게 했지만, 앞으로도 너 집안일 시킬 생각 없어. 우리 결혼해서도."

대경은 아직 프러포즈도 하지 않았다는 것을 그제야 기억해 냈지만, 이어 말했다.

"계속 도우미 쓸 거야. 집안일은 걱정하지 마. 동물병원 일은 하고 싶으면 계속해. 그만두고 싶어지면 그만두고."

승리는 눈만 깜빡거렸다. 물론 대경과 결혼하고 싶었고, 지금은 오빠의 허락 아래 동거 비슷하게 하고 있는 상황이었기에 결혼할 거라고 생각은 하고 있었다. 하지만 약간…… 당황스러웠다.

"왜 그래?"

대경은 그녀의 표정이 좋지 않다는 것을 알아차렸다. 그는 그녀를 의자에 앉힌 뒤, 똑바로 바라보며 물었다.

"혹시 결혼 생각 안 했던 거야?"

"아니, 그건 아니야."

그녀의 대답에 안도하며, 대경은 이어 말했다.

"근사하게 프러포즈 못해서 미안해. 다음 주말에 결혼하기로 했는데, 그전에 사건이 해결되지 않으면 밖에서 제대로 프러포즈 못할 것 같아."

"다음 주말에 결혼? 무슨 말이야?"

승리는 눈을 깜빡거렸다.

"너무 이른 것 같아?"

"당연하지! 결혼식 준비하는 게 얼마나 복잡한지 알아? 오빠
들 결혼 때도 그렇고 지원이 결혼할 때 옆에서 봤는데 준비할
거 진짜 많아. 다음 주말에? 말이 돼? 그리고 대경 씨 부모님한
테 인사드리면서……."

"상견례는 이번 주말에 하기로 했어. 토요일 점심에, 네 첫째
오빠 한식당에서."

"대경 씨."

승리는 그의 가슴에 손을 대서 그를 살짝 밀었다.

"승열 오빠하고 이야기한 거야?"

"그래."

"언제?"

"너 이 집에 오기 전에."

"그럼 삼 일 전에 승열 오빠랑 둘이서 그렇게 합의했다는 거
네. 나한테는 말도 안 하고."

대경은 그제야 승리가 왜 화를 내는지 알았다.

"미리 이야기 못해서 미안해. 하지만 일부러 이야기를 안 한
건 아니야. 잊고 있었어."

"삼 일 전에 바로 이야기 안 한 게 화나는 것이 아니야. 내 결

혼에 대해 당사자인 내가 아니라 오빠하고 말했다는 게 화가 나는 거지. 대경 씨는 나랑 결혼하는 거잖아. 우리 오빠가 아니라."

"승리야."

승리는 의자에서 벌떡 일어나 대경에게서 등을 돌렸다. 화를 삭이려고 노력할 때, 문득 질문이 솟았다. 삼 일 전에 결혼에 대해서 이야기했다면, 그녀를 데려오기 전에 결혼하겠다고 승열에게 말했고, 허락도 받았다는 뜻이었다. 물론 대경도 그녀와 결혼할 생각이겠지만, 사귄 건 두 달이 채 되지 않았는데 갑자기 왜 결혼 이야기를 꺼낸 거지?

승리는 뒤돌아 대경을 바라보며 질문을 던졌다.

"대경 씨, 왜 그렇게 이르게 결혼하려는 거야? 물론 나도 늦게 결혼할 생각이었던 건 아니야. 하지만…… 다음주라고? 너무 일러. 난 시간이 좀 걸리더라도 제대로 준비해서 결혼하고 싶어."

"승리야, 정확하게 이야기를 하진 않았지만 난 우리가 지금 약혼한 사이 정도라고 생각해."

대경은 그녀에게 다가가, 바로 앞에서 진지한 눈빛으로 내려다보았다.

"또…… 약혼 기간을 길게 가지고 싶지 않아. 다시 내 약혼녀를, 결혼할 사람을 잃고 싶지 않아. 널 잃고 싶지 않아."

이안과의 약혼 기간은 일 년 반이었다. 당시 그와 이안 둘 다 나이가 적은 편이었고 일이 더 중요했기에 미뤄둔 것이었지만, 어쨌든 그 기간은 길었다. 그러다 그는 지켜야 할 여자를 놓쳤다…….

"난 차이안이 아니야."

승리는 한 글자 한 글자 또박또박 말했다.

"난 대경 씨 전 약혼녀가 아니라 다른 사람이야."

"갑자기 그게 무슨 말이야?"

"대경 씨가 그걸 모르는 것 같아서 하는 말이야."

승리는 한 걸음 뒤로 나왔다. 그만큼 대경이 멀어졌고, 그만큼 대경의 많은 부분이 보였다.

"난 대용품이 아니야. 차이안의 대용품이 아니야."

결국 승리는 토해내듯 이야기했다.

"차이안의 사진을 봤어. 나와 닮은 여자더라. 대경 씨의 숙부님이 착각할 만큼 많이 닮았어."

대경은 그제야 그녀가 무슨 말을 하는지 깨달았다. 그는 한 걸음 앞으로 나왔지만, 승리는 그만큼 뒤로 물러났다.

"과거는 과거야. 그래, 과거의 상처가 현재에는 큰 의미로 작용하지. 어쩌면 미래에도 큰 의미로 작용할지도 몰라. 그래서 난 두려워. 대경 씨, 대경 씨의 모든 행동은 다 과거와, 그 차이안이라는 약혼녀와 연관되어 있어. 나와 사귄 것, 날 필요 이상으로 지키려는 것, 나와 빨리 결혼하려는 것 모두."

결혼에 대해 이야기를 하면서 사랑에 대한 말은 단 한 마디도 안 나오다니……. 물론 그가 자신을 원하고, 아주 많이 좋아한다는 건 알고 있었다. 하지만 그건 사랑이 아니었다.

승리는 씁쓸했다. 아주 씁쓸했다.

사랑이 모든 문제에 해답이 되는 건 아니다. 하지만 현재의 그녀에겐 한줄기 빛이 되어줄 것이다.

사랑한다고 말해줘. 내가 느끼는 것만큼 느낀다고 말해줘. 나를, 전 약혼녀가 아니라 나를 사랑한다고 말해줘.

마음속으로 외쳤지만, 대경에겐 들리지 않을 것이다. 심장이 찢어질 것 같은 고통 속에서, 승리는 서글픈 미소를 지었다. 또 다른 사실을 깨달았으니까.

대경이 과거에서 벗어나지 못하는 것만큼, 나도 우혁에게 이용당했던 과거에서 벗어나지 못하는 건지도 모르겠다…….

대용품으로 이용하는 것 같다는 사실에 이렇게 집착하다니…….

물론 가슴 아프고, 신경 쓰이는 건 당연했다. 하지만 승리는 어쩌면 자신이 너무 지나친 건지도 모르겠다는 생각이 들었다.

그래도 대답은 들어야 했다. 그래서 물었다.

"나와 결혼하고 싶은 거야?"

그녀는 이어 질문했다.

"아니면 차이안의 대용품과 결혼하고 싶은 거야?"

"무슨 그런 말이 다 있어!"

대경은 소리치며 한 번에 다가와 승리의 어깨를 틀어쥐었다. 그의 강한 손가락이 거칠게 어깨를 파고들었지만 승리는 육체적인 아픔을 느낄 수 없었다. 고통스러운 건 심장이었다.

왜 날 이렇게 괴롭게 하는지, 화가 났다. 막 소리치고 싶었고, 그에게 마음껏 분풀이를 하고 싶었다. 그러나 거대한 슬픔이 만들어낸 통증이 모든 분노를 내리누르고 있었다.

승리가 주먹을 꼭 쥘 때, 대경은 그녀의 눈동자에 눈물 한 방울이 맺힌 것을 발견했다. 자신 때문에 흘리는 눈물.

"승리야……."

입 안이 바싹 마르자, 대경은 무슨 말을 해야 할지 알 수가 없었다. 그가 입을 열었다가 닫았을 때였다. 휴대폰이 울렸다.

"전화 왔네, 받아."

승리는 심호흡을 한 뒤 손등으로 눈물을 닦으며 말했다. 대경은 승리에게 시선을 고정한 채, 식탁 위에 올려두었던 휴대폰을 손에 들었다.

[나야.]

승열이었다.

[승원이랑 같이 자네 아파트 건물 로비에 왔는데 못 들어가게 하네. 경비원이랑 경호원들에게 말 좀 해줘.]

대경은 승열의 요청대로 해주었다. 승열은 곧 올라간다고 말한 뒤 끊었다. 대경은 휴대폰을 종료한 뒤 승리에게 메마른 어조로 말해주었다.

"승열 형님과 승원이가 올라올 거야."

"나 세수 좀 하고 올게."

승리는 등을 돌렸다. 대경은 그녀의 뒤에서 소리치듯 내뱉었다.

"다른 생각 하지 마. 내가 보는 건 너야, 너. 박승리."

승리는 멈춰 섰다. 그가 다시 한 번 말해주길 기다리며.

대경이 다시 입을 열 때였다. 현관문 벨이 울렸다. 그리고 잠시 대경과 승리 사이에 정적이 내려앉았다. 결국, 승리가 먼저 움직였다. 그녀는 대경에게 등을 돌리고 있는 그대로 걸었고, 대경의 시야에서 사라졌다. 그리고 대경은 뻣뻣하게 굳은 몸으로 움직였다.

"들어오세요."

대경은 승열과 승원에게 인사했다. 들어오던 두 사람은 호화스런 집안을 보고 입을 떡 벌렸다.

이대경 이거 진짜 갑부네. 무슨 집이 이렇게 궁전 같지? 뭐, 승리 굶길 일은 없어서 좋군.

승열은 그런 생각을 하며 대경에게 들고 있던 것을 내밀었다.

"경비원이 전해달래. 우편물이라고. 승리는 어디 있어?"

"오빠들 왔네."

대경이 승열에게 편지를 건네받을 때, 막 세수를 해서 눈물 자국을 씻은 승리가 앞으로 나왔다. 그녀는 오랜만에 보는 쌍둥이 오빠 승원에게 다가가 가슴을 톡 치며 물었다.

"쌍둥이 아저씨, 꼬맹이는 잘 있어?"

꼬맹이는 승원이 지극정성으로 키우는 고양이로, 흰 바탕에 검은색 털이 난 예쁜 젖소고양이였다.

223

"응. 당근 잘 있지. 야, 이대경이 잘해줘?"

승열은 승원의 발목을 걷어찼다.

"얌마, 너보다 네 살이나 많은 사람을 이름으로 부르냐? 형님이라고 해."

"나 원래 호칭 잘 안 붙이잖아."

승원이 변명 아닌 변명을 할 때, 대경은 편지를 살펴보고 있었다. 모르는 사람이 보낸 편지로, 손가락 끝으로 비벼보니 편지지가 들어 있다고 보기엔 조금 두꺼웠다. 사진인가?

"밥은 먹었어?"

승원이 승리에게 질문하는 것을 들으며 대경은 편지를 뜯었다. 작은 사진이 흘러나와 바닥으로 무겁게 떨어졌다. 대경은 사진을 줍기 위해 몸을 숙였고, 보았다.

승리를 이 집으로 데리고 들어온 날의 사진. 그 속에서 자신은 승리의 어깨 위에 손을 올리고 주변을 날카롭게 둘러보고 있었다. 그리고 사진에는 칼을 꽂았다가 뺀 자국이 있었다. 그 자국은 승리의 목을 찢듯이 옆으로 길게 박혀 있었다.

여자는 고풍스러운 수화기를 내려놓은 뒤 말했다.

"배달했대요."

"궁금해."

가죽 소파에 몸을 묻고 있던 사내는 크리스털 잔을 높이 들었다. 높은 천장에 매달린 샹들리에의 화려한 불빛을 받아 잔에 담긴 '루이 13세'가 짙은 적갈색으로 반짝였다. 사내는 한 병에 몇 백만 원을 호가하는 술인 '루이 13세'를 사랑했다. 흥건한 피가 마르면 저 빛깔과 비슷해지기에.

"사진을 받아봤을 때 이대경의 표정은 어땠을까?"

다른 표정은 이미 보았다. 이틀 전, 그 자그마한 여자가 습격당했을 때 아파트 밖으로 나오던 이대경을 그의 심복 중에 하나가 찍어왔다. 그때, 이대경은 분노로 가득 차 있었다. 그리고 안도감 또한 느끼고 있었다.

다음번에는 안도감 따윈 떠올리지도 못하게, 공포와 절망감에 진저리 치게 할 것이다.

그 두 놈들이 체포되다니. 이대경이 집 안까지 들어갈 줄은 몰랐다. 예상외의 일. 그리하여 이틀 전의 계획은 실패로 돌아갔지만 '위협'을 가했다는 점에서는 성공이었다. 이대경은 공포를 느꼈을 것이다. 그게 아니라면 그 요새로 여자를 데려가지 않았을 터.

망칠 가치가 있는 여자라는 사실을 확인한 건 뜻밖의 수확이었다. 아무리 공포심을 느꼈다고 해도 그 꼬장꼬장한 이대경이 집으로 데려갔다는 건 결혼할 여자라는 의미였으니까. 그렇게 중요하게 생각하는 여자가 저번처럼, 아니, 더 철저하게 망가진다면 어떻게 될까?

사내는 그때의 이대경을 눈앞에서 똑똑히 지켜봐 줄 생각이었다. 이대경은 잘나가던 사내의 인생을 망친 대가를 반드시 치러야 했다.

이대경의 죄는 오 년이라는 긴 시간을 그 쓰레기 같은 감옥에서 보내게 한 것만이 아니었다. 사내가 자리를 비우는 동안 그의 동생들을 방황하게 만들었다.

물론 파벌로 나뉘어 서로 칼질한 건 이대경의 잘못은 아니지만, 원인이 된 건 사실이었다. 사내가 감옥에 들어가지 않았다면 그의 조직원들은 멀쩡했을 테니까.

"보스."

여자는 사내의 팔을 긴 손톱 끝으로 살짝 긁으며 말했다.

"본게임에 들어가기 전에 그 남자를 조금 손봐줄 필요가 있지 않을까요?"

"그렇지."

아무리 이대경이 가장 소중하게 생각하는 것을 망가뜨리는 게 주 목표라고 해도, 사내는 곁다리 일에서도 즐거움을 느끼고 싶었다.

"이번 일은 특히 더 주의해야 될 거야. 실패로 돌아가더라도 날 또 체포할 순 없겠지만."

"네. 문제가 생기더라도 걱정 마세요. 제가 있잖아요."

마음속에 피어난 감정과는 달리, 여자는 사내에게 유혹하듯 속삭였다. 문제가 생기면 여자가 책임지겠다는 뜻. 사내는 그 사실을 잘 알고 있었다. 그래서 이 여자를 옆에 두고 있었고, 그래서 마음을 놓을 수 있었다.

"보스, 우리 건배해요."

사내는 미소를 지으며 여자와 크리스털 잔을 가볍게 부딪쳤다. 쨍, 하고 맑고도 날카로운 소리가 퍼져 나갔다. 사내는 다시 '루이 13세'의 맛을 음미했고, 여자는 언제나 그렇듯이 그런 사내의 시선을 피해 곰곰이 생각에 잠겼다.

"승리야."

대경은 자연스럽게 사진을 주운 뒤, 부드럽게 말했다. 승원과 이야기하느라 등을 돌리고 있던 승리는 방금까지 그가 어떤 표정을 지었는지 보지 못했다.

"응?"

"형님과 잠깐 나갔다 올게."

대경은 흘긋 승열을 바라보았고, 승열은 그의 눈빛을 보았다.

"그래, 승원이랑 잠깐 있어."

"어딜 가는데?"

"데이트하러 간다. 왜? 질투 나냐?"

승열은 그렇게 말해서 승리의 볼을 잡았다 놓았다. 승원은 뜨악한 표정을 지었고, 승열은 그런 동생의 발목을 다시 걷어차며 잘 놀고 있으라고 말한 뒤 등을 돌렸다. 뭔가 이상하다는 것을 느낀 승리가 고개를 갸웃거릴 때, 대경은 의식적으로 그녀를 바라보지 않고 집 밖으로 나갔다.

승열은 따라 나간 뒤 문을 닫고 대경을 바라보았다. 대경은 등을 돌린 채 서 있었다.

"이봐, 무슨 일이야?"

승열의 질문이 울리는 가운데, 대경은 벽에 주먹을 대고 호흡을 골랐다. 승열이 그의 손등 위에 퍼런 힘줄이 솟아났다는 것을 발견했을 때, 대경은 여전히 등을 돌리고 있는 채로 다른 손을 뻗어 들고 있던 사진을 내밀었다.

"이게 뭐…… 시팔!"

승열은 그제야 대경의 감정을 이해할 수 있었다. 입속에서 온갖 욕이 맴돌았지만, 그는 더 내뱉지 않았다.

"이 일은 승리에게 말하지 않겠습니다."

격분한 상태였지만 승열은 대경의 목소리가 지나치게 낮다는 것을 알아차렸다. 주변 공기가 으슬으슬하게 느껴졌다.

"가능하다면, 앞으로도 말하지 않을 생각입니다. 무서워하지 않았으면 하니까요. 그리고 수사 상황에 대해 알고 싶습니다."

대경은 부탁이 아니라 요구를 했다.

"수사는 자네 일이 아니라고 생각해. 승리가 자네 책임이지."

"수사가 곧 승리 일입니다."

대경의 목소리는 여전히 낮았다. 감정이라고는 전혀 느껴지지 않는 메마른 어조였지만, 그래서 승열은 더 위험하다고 느꼈다.

"미끼일지도 몰라. 시선을 분산시키기 위한 미끼."

"알고 있습니다. 하지만 그렇다고 해도 승리가 더 위험해 보인다는 건 사실입니다."

승열은 고개를 끄덕였다.

"사실 오늘 온 건 자네에게 수사 상황을 자세하게 알려주고 부탁을 하나 할까 싶어서 온 거야."

승열은 잠시 망설였지만, 대경을 똑바로 바라보며 말했다.

"사건을 빠르게 해결하기 위해서는 정보가 필요해. 국정원에 도움을 요청할 수 있다고 했지?"

대경은 고개를 끄덕였다.

"승리를 습격한 놈들의 계좌로 돈을 이체한 대포통장의 주인을 알아냈어. 승원이가 전담팀으로 수사하는 사건 두 개와 연관있는 사람의 통장이었어. 그 사건 두 개의 담당 검사는 바로 나고."

"그 사건 두 개의 용의자는 누굽니까?"

"정확한 건 몰라. 고한파라고 있는데, 이전부터 수사가 진행 중이긴 하지만 증거가 없어서 좀 막힌 상태였어. 거기 보스가 박해우라는 놈인데, 진짜 보스는 박해우의 형인 박태운이라고 해. 간단한 신상에 대해서 알아내기는 했는데 아무튼 고한파와 박태운에 대해서 더 자세한 정보가 필요해."

대경은 호흡을 잊어버렸다. 그는 피가 거꾸로 솟는 기분이 어떤 것인지 생생하게 느꼈다.

"박태운……이라고 하셨습니까?"

"아는 놈이야?"

대경은 눈을 질끈 감았다. 암흑 속에서도 그는 박태운의 눈동자를 뚜렷하게 떠올릴 수 있었다. 박태운은 다소 날카로운 면모가 있긴 하지만 전체적으로 평범한 외모로, 선량한 이미지를 지니고 있기도 했다. 그러나 번뜩이는 눈동자만은 그의 영혼이 얼마나 타락했고 지저분한지 드러내고 있었다.

박태운은 그 눈동자로 이안을 고통스럽게 했다. 그놈이 이번에는 승리를 노리는 것인가?

"박태운은 수감 중입니다."

승열은 오기 전에 검찰청에서 본 박태운의 신상명세를 떠올렸다.

"출감했어. 모범수로 감형을 받았더군."

"모범수라고요? 어떻게 그놈이 모범수입니까! 내가 어떻게 해서 잡아넣었는데!"

대경의 목소리를 타고 퍼지는 격분의 화염은 승열에게 그대로 전달되었다. 승열은 생각하며 물었다.

"조세포탈로 팔 년이나 선고받았다는 게 이상하던데…… 자네가 잡아넣은 건가?"

대경은 무거운 고개를 끄덕였다.

"그놈이 범인입니다. 형님과 승원이에게 경고하려고 승리를 노린 게 아니라, 저에게 복수하기 위해 그런 겁니다."

승열은 요구했다.

"다 말해봐."

열하나

대경에게 모든 이야기를 다 들은 뒤, 승열은 한숨을 토해 내듯 말했다.

"그래. 자네 약혼녀가 그놈에게 당한 거로군."

"전 약혼녀입니다."

대경은 의지를 담아 말했고, 승열은 고개를 끄덕였다. 끝난 일이라는 뜻이었다.

"잠시 전화 한 통 하겠습니다."

대경은 휴대폰을 꺼내 들었다. 주명우는 네 번의 벨소리가 울린 뒤 받았다.

"숙부님, 접니다."

[그래.]

갑작스러운 전화였지만 명우는 느긋하게 답했다.

[무슨 일이야?]

"박태운이 출감했더군요. 그것도 모범수로."

대답이 없었다. 대경은 한 글자 한 글자 또박또박 내뱉었다.

"그놈이 이번에는 승리를 노리고 있습니다."

[거기 어디야? 자네 집인가?]

명우의 목소리는 아직도 느긋했지만, 대경은 그 속에 깔려 있는 빠른 계산과 생각을 읽었다.

"네."

[내곡동까지는 한 시간쯤 걸리겠군. 난 사무실에 있어. 준비해 놓지.]

대경은 휴대폰의 종료버튼을 누르며 승열을 보았다.

"잠시 다녀오겠습니다. 저 대신 승리 곁에 있어주시겠습니까?"

승열은 대경의 '저 대신'이라는 말에 속으로 핏 웃었다.

"승원이도 데려가. 내가 여기 있지. 그리고 말인데, 생각이 바뀌었어. 범인의 정체에 대해서 승리에게 말하고, 물어볼 거야."

대경은 승열의 눈동자를 똑바로 쳐다보았다. 승열은 활활 타오르고 있는 대경의 시선을 무심히 받아넘겼다.

"자네 곁에 남아 있을 건지 어쩔 건지."

"안 됩니다."

승열은 자신이 내뱉는 말의 무게를 잘 알고 있었다. 그러나 참을 수가 없었다. 자신과 승원 때문에 승리가 위험에 처하게 된 것으로 생각했기에 대경에게 맡긴 것이었다. 그런데 이 위험이 대경 때문이라니?

　"뭐가 안 돼? 악당은 자네가 아니라 박태운이야. 하지만 자네와 연관됐기 때문에, 자네 때문에 승리가 위험에 처하게 된 거야. 어떻게 생각해?"

　대경은 대답할 수가 없었다.

　"대답은 나중에 듣기로 하지. 일단 가서 정보를 받아와."

　"형님."

　한순간 대경의 얼굴에 그의 모든 감정이 고스란히 드러났다. 승열은 그것을 보았고, 그래서 망설일 수밖에 없었다.

　젠장.

　어찌 됐거나, 승리를 대경에게 맡긴 건 자신의 결정이었다. 믿을 만한 데다가, 이대경 같은 존재는 흔치 않기 때문이었다.

　결국, 승열은 이렇게 말할 수밖에 없었다.

　"그래. 승리한테 이 사건에 대해 말하는 건…… 자네에게 맡기겠어."

　딱 한 번만 봐주자. 이번 한 번만.

　"……감사합니다."

　대경은 무거운 고개를 끄덕이며 엘리베이터 앞으로 갔고 승열은 집 안으로 들어갔다. 승리가 잠시 화장실을 이용하느라 자리를 비웠을 때 승열은 승원을 밖으로 데려온 뒤 간단하게 정황을 설명해 주었다. 여러 가지 소식에 승원은 짜증이 났지만, 형의 고갯짓을 보고는 어깨를 축 늘어뜨린 채 대경의 뒤를 따랐다.

대경과 승원은 침묵 속에 엘리베이터를 타고 주차장으로 갔다. 승원은 화성그룹의 최고급 기종 중에 하나인 대경의 매끈한 차를 보고 속으로 휘파람을 불었다. 그는 조수석에 앉았고, 대경은 운전석에 앉아 시동을 켰다. 대경은 출발하기 전, 승원을 보며 싸늘하게 말했다.

"쌍둥이라 똑같군."

"뭐가?"

"안전벨트 안 매는 거. 형사가 안전벨트를 안 매서 교통경찰한테 걸리면 재미있을 것 같지 않나?"

승원은 얼굴을 찌그러뜨리더니 얼른 안전벨트를 맸다. 그는 대경이 반말을 하고 있다는 것을 그제야 알아차렸다.

"웬 반말?"

"그럼 나보다 네 살이 적은 승리와 쌍둥이인 자네한테 존댓말을 계속해야 돼? 자네야말로 나한테 말 높여야 되지 않아? 어디서 반말이지?"

대경의 목소리와 눈동자는 아주 싸늘했다. 온갖 험한 일을 다 겪고 잔인한 인간들과 맞짱도 떠본 승원도 순간 움찔할 정도였다.

"어차피 승리랑 결혼하면 내 매제가 되는 건데, 내가 손윗사람이잖아."

잠시 말이 막혔지만, 승원은 어깨를 펴면서 나름 자신있게 받아쳤다.

"아직 결혼한 건 아니잖아?"

말이 딱 막혔다. 승원이 어버버거리자, 대경은 피식 웃고는 차를 출발시켰다. 승원은 속에서 열불이 솟는 것을 느꼈지만 말발이 달린다는 걸 인정할 수밖에 없었다.

재수없는 놈.

잘생기고 돈도 많고 능력도 있어서 더 재수없었다. 하지만 얼마나 재수없든 간에 저 깐깐한 둘째 형이 인정한 남자이니, 확실한 놈인 건 사실이었다.

승리한테 잘 못하기만 해봐라. 그냥 확! 뭐, 아직 결혼한 건 아니니 훼방 놓으면 헤어지려나?

문득, 승원은 결혼이 불확실하게 됐다는 것을 깨달았다. 승리가 위험한 건 이놈과 연관됐기 때문이니까.

"검은색 렉서스."

"응?"

승원은 퍼뜩 생각에서 깨어났다. 대경은 몰랐냐는 듯 짧게 한숨을 쉬고는─승원을 놀리기 위해 일부러 표시 나게 그러는 게 분명했기에 승원은 다시 열 받았다─다시 말했다.

"오 분 전부터 붙었어. 차 두 대 뒤의 렉서스."

승원은 눈동자만 움직여 사이드미러를 보았다. 대경의 말대로 까만 렉서스 SUV가 보였다. 창문마저 까만색으로 코팅되어 있어 누가 타고 있는지 전혀 보이지 않았다.

"저 박승원인데요, 차량번호 조회 부탁드려요."

승원은 본부로 전화를 걸어 흘끗 본 차량번호를 불러주었다. 곧 답이 왔다.

"도난 차량이라는데?"

"얼굴을 확인하고 싶군. 어떻게 생각해?"

대경은 느긋한 어투로 말했고, 승원도 피식 웃으며 동의했다. 승원은 스쳐 지나간 표지판을 보고는 머리를 굴려보았다.

"20km쯤 더 가면 공사 중인 곳이 있어. 얼마 전에 모 패거리가 패싸움했던 곳인데 분위기 진짜 죽이지. 괜찮겠어?"

승원은 일부러 배려해 주는 척 물어보았다. 대경은 짧게 대답했다.

"거기로 하지."

승원은 파트너인 민수에게 전화를 걸어 계획을 알렸다.

[SUV면 최소 다섯 명은 기들어 가 있을 텐디?]

"내 별명 알잖아요. 뭘 걱정해요? 참, 형한테는 문자로 알려 주세요. 지금 승리랑 같이 있을 텐데, 우리가 저놈들이랑 맞닥뜨린 거 승리가 알면 걱정할 거예요."

[알았다. 지금 간다카이! 조심하그라!]

승원은 민수의 걸걸한 사투리에 마음이 편해지는 것을 느끼며 피식 웃었다.

"나 총도 있어요. 걱정도 팔자."

그는 통화를 끝내고는 대경에게 민수의 말을 전해주었다.

"빨리 온다고 해도 삼십 분 정도 걸리겠군."

대경은 승원이 알려준 도로로 운전했다. 텔레비전에서 화면이 전환되듯, 순식간에 서울 특유의 빌딩 숲이 사라지고 소나무가 빽빽하게 들어선 산이 나타났다. 울퉁불퉁한 도로는 그 산을 왼편으로 끼고 있었는데, 오른편의 저 멀리에는 오래되어 보이는 건물과 큰 공터가 있었다.

건물은 공사하다가 중단됐는지 삼층 위로는 철골이 기괴한 모양으로 삐죽삐죽 튀어나와 있었고 그 앞의 공터에는 녹이 슨 여러 가지 공사자재가 이리저리 널려 있었다. 대경은 운전하면서도 눈을 가늘게 뜨고 저 앞에 있는 공터를 관찰했다. 정오를 갓 넘긴 시각이라 더욱 뜨겁게 타오르는 태양 빛 아래에서 철골 자재들이 보였다. 거대하고 기다란 저 철골 자재들 앞에 얼룩처럼 번져 있는 건 분명 핏자국이었다.

"승열 형이랑 내가 전담 팀을 구성하고 있는 사건 중에 승리 사건을 제외하면 고한파와 연관된 사건은 두 개야."

승원은 설명을 시작했다.

"첫 번째 사건은 김복구라는 조직원이 살해당한 사건이고, 두 번째는 보스 박해우를 지지하는 세력과 반대파 이구혁 세력이 패싸움을 벌인 사건이야. 저기가 바로 두 번째 사건이 일어난 곳이지."

고한파의 다른 인간들이 기다리고 있을지도 몰랐다. 대경은 눈을 가늘게 뜨고 유심히 살펴보았다. 먼지로 가득한 건물 근처에는 사람의 발자국이나 차 타이어 자국도 없었다. 그러나 대경은 공기 중에 스멀스멀 일어나는 어떤 불길한 것이 발목을 휘감기 시작했음을 알아챘다. 승원 또한 뭔가 이상하다는 것을 느끼며 차고 있는 권총의 홀스터에 손을 댔다.

"안 나타나는 건가……."

대경은 오 분 동안 걸어가는 것 같은 속도로 천천히 도로를 운전했다. 도로의 끝은 저 멀리에 보이는 작은 마을에 닿아 있었는데, 그 마을을 300m 정도 앞둘 만큼 왔는데도 렉서스는 나타나지 않았다.

"나타났어."

대경은 승원의 말에 눈을 날카롭게 뜨며 사이드미러를 살폈다. 뒤에서 렉서스가 무서운 속도로 달려오고 있었다.

"일단 마을로 가는 게…… 어?"

대경은 승원의 시선을 따라 앞을 바라보았다. 마을에서 또 다른 차 한 대가 아주 빠른 속도로 튀어나오고 있었다. 대경은 뒤를 돌아보았고, 렉서스가 지척까지 쫓아온 것을 확인했다. 그는 차로 피할 수 없음을 알았다.

"젠장! 튀어!"

승원은 안전벨트를 끄르며 소리쳤다. 대경은 문을 열고 나갔

고, 승원 또한 두 렉서스 사이에 납작하게 눌려 샌드위치가 되
기 전에 빠르게 밖으로 튀었다.

　끼긱!

　그대로 받아버릴 듯 달려왔던 두 대의 렉서스는 예상과는 달
리 대경의 차를 사이에 두고 급정거했다. 대경이 오른쪽 발목에
서 가스총을 꺼낼 때 승원도 권총을 꺼내고 있었다. 승원은 동
시에 오른손을 다급하게 움직여 휴대폰을 열었다. 재다이얼을
누른 뒤 민수가 전화를 받자 재빠르게 말했다.

　"빨랑 와요. 차 한 대 더 왔어요."

　[몇 명이고?]

　승원은 두 대의 차에서 내리는 놈들의 숫자를 셌다.

　"하나, 둘……."

　"열둘."

　놈들이 우르르 쏟아져 내리기 직전에 렉서스 뒤편에서 승원
이 서 있는 공터의 끝 쪽으로 빠르게 달려오며 대경이 소리쳤
다.

　"좀 많네. 열둘이에요."

　[이십 분, 아니, 십오 분만 버티라!]

　민수는 짧게 한마디했고, 승원은 몸을 숙여 켜둔 상태 그대로
휴대폰을 바닥에 내렸다. 휴대폰은 움푹 파여서 잘 보이지 않는
구멍 속으로 떨어졌고, 승원은 권총을 단단하게 쥐었다. 대경은
가스총을 쥐며 10m 앞까지 다가온 놈들을 보았다. 열두 명 모

두 덩치가 어마어마하게 컸고, 손에 각목이나 야구방망이 같은 것들을 하나씩 들고 있었다. 덩치들 가운데 한 명의 얼굴을 알아본 승원은 대경에게 작게 속삭였다.

"내가 예전에 체포했던 놈들도 있어. 근데 고한파는 아니야. 음, 다들 자기네 조직에서 쫓겨난 놈들인 것 같은데? 용병이란 말이네."

깍두기 머리는 아니었지만 지나치게 짧은 머리칼을 하고 까만색의 옷을 입은 덩치들은 한눈에 보기에도 조직폭력배였다.

"어이, 무교동 낙지파 우동영, 아니, 낙지파에서 쫓겨났으니 이젠 아닌가? 암튼, 여긴 웬일이야?"

승원은 5m 앞에 딱 걸음을 멈춘 놈들 중 오른쪽에 있는 **빡빡머리**에게 말을 걸었다. 빡빡머리는 그제야 승원이 누구인지 알아챈 듯 얼굴이 일그러졌다.

"썅. 서미개?"

"그래. 서초경찰서 형사과 강력범죄수사팀 형사, '서미개' 박승원이다."

승원은 또박또박 힘을 주어 말했다. 그의 말을 들은 덩치들은 눈에 띄게 당황했다.

"우동영, 내 둘째 형, 박승열 검사가 저번에 그러지 않았어? 한 번만 더 깡패짓 하다가 붙들리면 어떤 판사가 걸리든 간에 형기 두 배로 받게 해주겠다고. 보아하니 출소한 지 얼마 안 된 것 같은데 이게 또 뭔 지랄이야?"

우동영은 얼굴을 일그러뜨리며 이를 꽉 물었다.

"검사 형님을 둔 형사라……. 우린 경찰까지는 건들고 싶진 않아."

우동영의 뒤에 있던 잔인한 눈빛의 남자가 한 걸음 앞으로 나왔다. 두목으로 보이는 남자의 손에는 총이 들려 있었다.

"그러니 꺼져. 우리 볼일은 저 남자뿐이야."

두목은 대경을 총구로 가리켰다. 승원은 권총으로 똑바로 두목을 겨누었다.

"이 멍청한 놈아. 그렇게 말하면 내가 알았습니다요, 라고 말하고 순순히 도망칠 줄 알았어? 착한 사람들 고혈 빨아먹고 사는 깡패 주제에 이게 어디서 경찰한테 총구를 들이대? 그 총은 대체 어디서 났어? 불법무기소지죄 적용시켜 주지."

대경은 기민하게 눈동자를 움직였다. 모두 각목 같은 것을 들고 있을 뿐, 품속에 총을 들고 있는 건 같지 않았다.

총은 저 한 자루뿐인 건가? 그러나 다른 무기는 많았다. 대경은 우동영을 포함한 대부분의 조폭들이 손에 들고 있는 각목 외에 잭나이프 같은 무기를 감추고 있을 거라는 걸 확신했다.

"형사 나리의 첫 발은 공포탄일 테고, 나머지 다섯 발이 실탄이겠지? 다섯 발 다 맞춘다고 하더라도 우리 숫자가 더 많아. 다시 말하는데, 우린 경찰까지 건드리고 싶지 않아. 같이 죽는 것보다는 경찰 나리 혼자서라도 사는 게 낫……."

탕!

승원은 두목의 말이 끝나기도 전에 하늘을 향해 공포탄을 쏘았다. 조폭들은 움찔거렸고, 승원은 콧방귀를 뀌며 말했다.

"자, 공포탄은 쐈다. 나머지 다섯 발은 저놈이 말한 대로 실탄이야. 제일 먼저 죽고 싶은 놈이 누구야?"

대경은 승원의 기세등등한 모습을 보며 시간을 계산했다. 민수는 늦어도 십오 분 후면 올 것이다. 다치지 않으려면, 그때까지만 이렇게 총을 서로에게 겨눈 채 노려보며 시간을 끌면 될 것이다. 하지만 그러고 싶지 않았다.

박태운은 또다시 그의 여자를 노리고 있었다. 그래서 승리가 다칠 뻔한 것이다. 그가 제대로 보호하지 못한다면 승리는 이안만큼, 아니, 이안보다 더 많이 다칠지도 모른다. 그렇게 되면 완전히 잃어버리게 될지도……

모든 것을 다 부숴 버리고 싶을 만큼의 분노가 치밀어 올랐고, 그 거친 감정은 혈관 곳곳을 빠르게 강타하며 거칠고 강렬한 탈출구를 찾기 시작했다.

"총으로는 결론이 나지 않겠군."

대경은 경호원으로서 항상 발목에 차고 다니는 가스총, 블랙가드SS의 총구를 아래로 향하며 느릿하게 입을 열었다.

"서로 총은 내려놓고, 고전적인 방법으로 해결하는 게 어떨까?"

"뭐?"

조폭들은 수군거렸고, 승원은 경악했다.

"대충 시간 끌면 되는데 뭐 하는 거야?"

대경은 승원의 속삭임을 무시했다.

"너희는 열둘, 우리는 둘이지. 그 정도 숫자라면 너희들한테 나쁜 조건이 아니겠지. 설마……."

대경은 고개를 치켜들고 눈을 내리깔았다.

"열두 명이서 두 명이 겁나는 건 아니겠지?"

"이 새끼!"

맨왼쪽에 서 있던 가장 무식하게 생긴 조폭이 한 걸음 앞으로 내딛으며 욕설을 내뱉었다.

"오랜만에 가볍게 운동 좀 해야겠군."

대경은 '가볍게'를 강조하며 느긋하게 말했다. 대경은 망설이는 두목을 뜯어보았고, 곧 추측을 확신했다.

박태운은 대경을 죽이라고 지시내린 게 아니었다. '조금만 손을 보라'고 명령 내린 게 분명했다. 그렇다면, 어떤 사태가 벌어지든 치명적인 위험은 없을 거라는 말.

대경은 몸을 천천히 숙여 오른쪽 발치에 가스총을 내려놓았다. 승원이 눈을 동그랗게 떴지만, 그는 상관하지 않았다.

저들은 하수인에 불과했지만, 박태운의 수하인 건 확실했다.

승리를 위험에 빠뜨린 대가를 치르게 하리라.

대경은 천천히 재킷을 벗어 옆의 철근에 걸듯이 내려놓은 뒤, 움직이기 편하게 셔츠의 윗단추도 두 개 풀었다.

"아깐 잘못 말했군."

대경은 다시 턱을 치켜들어 조폭들을 아래로 깔아보며 말했다.

"겨우 쓰레기 열두 개 상대하는 데 형사까지 나설 필요는 없지. 나 하나면 충분해."

조폭들의 눈에 살기가 감돌기 시작했다. 대경은 고갯짓으로 승원의 총을 가리켰다.

"약속하지. 너희가 먼저 쓰지 않는 한, 총을 쓰지 않겠다. 쓰레기 청소에 총까지 사용할 순 없으니까."

"이 미친놈!"

한 걸음 앞에 나와 있던 조폭 하나가 결국 참지 못하고 덤벼들었다. 대경은 기다렸다. 조폭은 무식하게 앞으로 돌진하며 오른 주먹을 내뻗었다. 대경은 오른쪽으로 반쯤 몸을 돌려 피하는 동시에 조폭의 주먹을 단단하게 붙잡아 왼쪽 겨드랑이에 밀착시킨 뒤 왼쪽 다리에 체중을 실어 앞으로 내딛는 조폭의 발을 걸었다.

쿵!

조폭은 앞으로 보기 좋게 고꾸라졌고, 대경은 겨드랑이 밑에 붙들고 있던 조폭의 어깨를 그대로 앞으로 꺾었다.

"으아악!"

우두둑하고 어깨가 완전히 꺾이는 소리가 넓은 공터 밖으로 퍼져 나갔다. 대경은 멈추지 않았다. 그는 발뒤꿈치로 뒷목을 강하게 내리쳐 조폭을 그대로 기절시켰다. 조폭의 몸이 완전히 바닥으로 엎어졌고, 입에서 하얀 거품이 보글보글 올라왔다.

박태운의 수하들. 승리를 다치게 할지도 모르는 인간들.

대경은 오른손을 앞으로 내밀었다. 조폭들과 승원의 시선이 모여들었다. 대경은 손바닥이 위로 가게 손을 펼친 뒤, 다시 턱을 위로 들어 조폭들을 내리깔아 보았다. 그는 손을 위아래로 까닥이며 말했다.

"다음."

"야아, 역시 우리 막내가 해주는 김치볶음밥이 최고야."

승열은 씩 웃으며 열심히 수저를 놀렸다. 남의 집에 와서 밥을 내놓으라고 하는 건 사실 좀 그랬지만, 그는 승리가 요리할 때는 집중하느라 조용하다는 것을 알고 있었다. 때문에 대경과 승원의 행방에 대한 질문을 막는 데는 가장 좋은 방법이었다.

"나중에 이대경이랑 싸우거나 잘못한 거 있으면 이 김치볶음밥 해줘. 깜빡 넘어갈 거야."

"오빠."

승리는 승열의 건너편에 앉은 뒤, 입을 열었다.

"나 이 집에 오기 전에 대경 씨랑 결혼 이야기했다면서."

"응? 응."

어쩐 분위기가 이상한데. 화났나?

"대경 씨는 나한테 프러포즈도 안 했는데, 오빠랑 둘이서 내 결혼 이야기했더라."

"응? 난 너희들끼리 결혼 이야기는 다 한 줄 알았는데."

승열도 처음 듣는 이야기였다. 분명 대경은 결혼하겠다고 맹세하듯 이야기했었으니까.

"뭐야? 넌 결혼할 마음 없는 거였어?"

"아니, 그건 아니야."

승리는 승열의 버럭하는 말에 서둘러 고개를 저었다.

"대경 씨가 이번 주말에 상견례하고, 다음 주말에 결혼한다고 한 것에 놀라서."

"그걸 미리 너랑 얘기 안 했다 그거야?"

승리는 고개를 끄덕였다.

"그 자식 그렇게 안 봤는데 독불장군이었던 거야?"

승열은 다시 버럭 소리를 질렀다.

"아니, 그건 아니고…… 그냥, 빨리 결혼하고 싶은 마음에 그렇게 정했다더라."

"너도 같은 생각이야?"

승리는 대답할 수 없었다.

"왜 대답 못해?"

"난……."

승리가 막 대답하려는 찰나였다. 승열의 휴대폰이 날카롭게 울리기 시작했다.

[검사님, 나 오민순데 문자 못 받으셨수?]

"죄송합니다. 확인을 못 했네요. 무슨 일 있습니까?"

[열두 명이서 이대경이랑 승원일 습격했답니데이! 아 글쎄 그 승원이 휴대폰이랑 내 휴대폰이랑 연결되어 있다니깐! 지난번 고한파 놈들이 패싸움한 곳에서 지금 싸움 시작했다카이!]

휴대폰에서 넘치듯 흘러나온 민수의 큰 목소리는 승리의 귀에도 분명하게 들렸다.

"큭……!"

대경에게 정통으로 맞은 일곱 번째 조폭이 외마디 신음을 흘린 채 기절하는 것을 보며 승원은 휘파람을 불었다. '서초경찰서의 미친 싸움개' 일명 '서미개'로 통하는 그는 싸움을 굉장히 많이 해왔고, 많이 보기도 했다. 하지만 이렇게 대경처럼 간결한 동작으로 상대를 완전하게 제압하는 사람은 거의 없었다.

"다음."

호흡이 약간 빨라졌을 뿐인 대경은 느긋한 태도로 세 번째 조폭이 바닥에 떨어뜨린 죽도를 주워 나머지 다섯 명의 조폭들을 가리키며 다시 말했다. 그러나 질린 얼굴로 주춤거리기만 할 뿐 조폭들은 나서지 않았다.

"표정이 왜 그렇지? 겨우 나 하나에게 겁을 먹은 건가?"

대경은 다섯 번째로 쓰러뜨린 놈이 꿈틀거리자 뒷목을 짓밟아 다시 기절시켰다.

"너희들이 하수인이라는 건 알지만……."

대경은 낮게 깔린 목소리로 말했다.

"박태운이 어디에 있는지 알고 있나?"

총을 들고 있는 두목은 처음과는 달리 여유가 사라진 얼굴로 다소 어눌하게 되물었다.

"박태운?"

대경은 죽도 끝으로 두목을 가리켰다.

"알고 있나?"

대경의 살기가 잘 벼려진 칼날처럼 변해 몸을 관통하자 두목은 움찔하며 저도 모르게 한 발짝 뒤로 물러났다. 그러다 다른 조폭들의 어이없어하는 표정을 보고, 용기를 낸 듯 얼굴을 일그러뜨리며 다시 앞으로 나왔다.

"이 새끼, 나 지금 총 들고 있는 거 안 보여? 달랑 죽도 한 자루 들고서 날 위협해?"

"총이라면 우리도 있지. 이게 안 보이냐?"

승원이 비아냥거릴 때, 바람을 타고 경찰차의 사이렌 소리가 희미하게 들려왔다. 조폭들은 웅성거리기 시작했고, 대경은 그 틈을 이용했다. 그는 번개같이 빠르게 왼쪽 발목에 차고 있던 비수를 꺼내 그대로 날렸다.

"악!"

손등에 비수가 박히자 두목은 비명을 지르며 총을 놓쳤다. 달려간 대경은 죽도로 총을 후려쳤고, 총은 대경이 의도한 대로 저 오른쪽 뒤편으로 튕겨져 나갔다.

승원이 총을 줍기 위해 몸을 날릴 때, 대경은 두목의 목 옆을 마저 죽도로 쳤다. 두목이 쓰러지는 것을 확인한 대경이 몸을 돌릴 때, 왼쪽에서 야구방망이가 날아들었다. 피할 수 없었다. 대경은 왼손을 들어 머리를 보호했다.

퍽!

야구방망이가 대경의 팔뚝 위로 무겁게 내려앉았다. 우동영은 대경을 가격했다는 사실에 놀랐는지 잠시 잠깐 동작을 멈췄지만 그건 실수였다. 대경은 왼손으로 야구방망이를 밀어내고 오른손으로 우동영의 어깨를 잡아 끌어당기는 동시에 오른 무릎으로 우동영의 복부를 후려쳐 기절시켰다. 그 직후, 대경은 뭔가를 느끼고 반사적으로 옆으로 피했다. 따끔한 통증이 스쳐 지나갔다.

"이봐! 멈춰!"

두목의 총을 확보한 채 혹시 다른 조폭들이 총을 꺼내지 않는지 기민하게 살펴보던 승원은 대경의 흉근을 살짝 그은 조폭에게 외쳤다.

"잭나이프는 반칙이라고."

"그럴 필요 없어."

대경은 달려들어 잭나이프를 쥐고 있는 조폭의 손목을 날린 뒤, 복부를 후려쳤다.

쿵!

조폭은 무거운 소리를 내며 스러졌고, 대경은 거칠어진 호흡을 고르며 고개를 들었다. 그리고 몇 발자국 떨어진 곳에 서 있는 나머지 두 명에게 말했다.

"다음."

조폭들이 승원의 총 때문에 멈칫할 때, 경찰차 세 대가 울퉁불퉁한 도로로 마구 달려왔다.

"어서 옵쇼."

승원은 빠르게 차 밖으로 튀어나오는 민수에게 아주 즐거운 어투로 말했다. 민수는 안도의 한숨을 내쉬며 기민하게 현장을 관찰했다. 조폭으로 보이는 열두 명의 남자들 중 그나마 멀쩡한 건 두 명뿐으로, 나머지 열 명은 쓰러져 있었고, 대경은 그런 그들에게 둘러싸여 서 있었다.

"설마."

"맞아요. 혼자 다 해치우셨죠."

다시 감탄하며 승원은 대경을 자세히 뜯어보았다. 열 명과 맞선 뒤였는데도 새하얀 셔츠와 짙은 적갈색의 넥타이는 단정했다. 셔츠가 옆으로 길게 잘렸고 붉은 피가 묻어 있었지만 심한 건 아닌 듯했다. 싸움의 다른 흔적은 다소 거친 숨결과 맺혀 있는 땀, 그리고 흐트러진 머리칼이었다.

"구급차에 타."

"괜찮아."

승원은 대경이 더 말하기 전에 대경의 왼쪽 팔뚝 부분을 붙잡아 셔츠를 위로 올렸다. 야구방망이에 맞은 부분인 듯 반경 5cm 정도의 원 모양으로 살결이 푸른색으로 변해가고 있었다. 아마 내일쯤엔 검푸른 빛의 멍으로 변하리라.

"부러진 건 아닌 것 같은데. 그래도 병원에 가서 정밀검진 받아야 할 걸?"

"괜찮다니까. 국정원부터 가야 돼."

승원은 거부하는 대경의 눈빛을 못 본 척하며 말했다.

"자꾸 그러면……."

승원은 씩 웃으며 이어 말했다.

"병원에 안 가겠다고 우겼다고 승리한테 말한다."

대경은 눈을 부라리는 것밖에 할 수 있는 게 없었다. 그는 병원으로 가는 내내 승원에게 살기를 내쏘았지만, 약점을 잡았다는 사실을 기뻐하며 승원은 휘파람만 불어댔다.

열둘

진찰 결과, 대경의 상처는 보기보다 심각했다. 잭나이프가 베고 지나간 흉근의 상처는 출혈은 거의 없었지만 무려 스무 바늘이나 꿰매야 할 정도로 길었고, 야구방망이에 가격당한 왼팔의 뼈에는 금이 가 있었다.

"입원할 이유가 없습니다."

대경은 의사의 권유를 단칼에 거절했지만, 의사는 차분히 설득하려 애썼다.

"입원은 안 한다고 해도 깁스는 해야 합니다. 부러지진 않았지만 상처가 꽤 심합니다. 최소 팔 주 동안은 깁스를 해야 해요."

"안 됩니다."

대경은 다시 딱 잘라 거절한 뒤 의자에서 일어섰다. 그러나 승원이 문 앞을 가로막았기에 진료실 밖으로 나갈 수 없었다. 승원은 딱 한마디 했다.

"승리한테 말한다."

대경은 다시 눈을 부라리며 말했다.

"위급한 상황이 생길지도 모르는데 약점을 노출할 수는 없어."

"그렇다고 깁스도 안 한다는 게 말이 돼? 위급해지면 깁스한 채로 팔 휘두르든지. 다른 걸로 한 게 아니라 석고 깁스니까 나름 무기도 되고 좋네."

"그래도……."

"승리한테 말한다. 진짜야."

대경은 승원을 때려눕히고픈 충동을 억눌렀다. 승원은 빙글빙글 웃으며 민수가 경호원으로 붙여준 다른 경찰관 두 명과 함께 대경이 깁스하는 것을 지켜보았다. 막 깁스가 끝난 뒤 병원 출구 쪽으로 갈 때였다.

"어이."

출구가 열리더니 주명우가 들어왔다. 그의 등 뒤에는 까만 슈트를 입은 남자 네 명이 있었는데, 그들 모두 대경보다 더 무심한 표정이었고 눈매도 날카로웠다.

국정원 요원들은 다 저런 분위기인 건가? 그러고 보니, 연락

도 안 했는데 왔네. 하여간 정보력 하나는 끝내주는 인간들이
네.

승원이 속으로 혀를 내두를 때, 명우는 대경의 상처를 보고
얼굴을 미미하게 찌푸렸다.

"자네 어머니가 난리 피우시겠군."

"어머니도 그렇지만……."

대경은 말을 흐렸다. 가족들도 걱정이 됐지만, 승리가 더 걱
정이 됐다. 뭐라고 설명해야 덜 걱정할까.

"이리로 와."

다른 요원들이 사람이 없는 진료실을 찾아내자 명우는 대경
과 함께 둘이서만 진료실로 들어갔다.

"병원까지 오시게 해서 죄송합니다."

"아니야, 사과는 내가 해야 해. 내가 제2차장하고 사이가 좀
그래서 문제가 커진 거였어."

명우는 한숨을 내쉬며 손에 들고 있던 파일을 건네주었다. 대
경은 깁스를 한 왼손으로 파일의 밑을 받치고 오른손으로 파일
을 열었다.

"가석방 생각을 못했어. 제2차장이랑 나랑 예전부터 사이 안
좋았던 것 알지?"

이번 국정원장은 곧 퇴임하게 되어 있었다. 다음 국정원장
후보는 국외 분야 담당인 제1차장 주명우와 국내 분야 담당인
제2차장이었는데, 사실상 배경이 단단한 데다가 커리어가 화려

한 주명우로 확정되어 있었다. 그러나 제2차장도 그냥 지켜보고 있지는 않았다. 어차피 다음 국정원장이 될 수 없다는 것을 알고 있어서 그런지, 주명우가 하는 일에 사사건건 딴죽을 걸었고, 때로는 방해공작을 취하기도 했으며 일부러 정보를 폐기하기도 했다. 박태운의 가석방도 바로 그런 경우였다.

"아무리 모범수로 얌전하게 있었다고 해도, 박태운의 가석방은 상당히 빨라. 법무부장관이 허가해 준 것도 그렇고."

"얼마 전에 새로 취임한 법무부장관이 제2차장의 사람입니까?"

가석방 심사위원회가 가석방 적격 결정을 한 뒤에 법무부장관이 최종적으로 허가를 내려야 가석방이 가능하게 되어 있었다. 대경은 집안 배경을 이용해 가석방 이야기가 나오더라도 허가하지 말아달라고 지난번 법무부장관에게 요청했었다.

"그래. 제2차장의 사촌이더라. 내가 후계자로 점찍어뒀던 자네와 연관된 사건이라는 걸 알고 일부러 허가해 준 모양이야. 그것도 빠르게. 고한파 인간들한테 뇌물을 받아먹은 것 같기도 해. 가석방 이야기가 오갈 때 내가 해외에 있던 걸 악용해서 나한테 오는 정보도 막아놨더군."

대경의 주먹이 부르르 떨리기 시작했다. 그의 눈동자에 살기가 번뜩이는 것을 보며 명우는 천천히 말을 이었다.

"약속하지. 내가 원장이 되면 그놈을 제일 먼저 버리겠어. 법무부장관도 신경 쓰지 마. 원래부터 비리로 얼룩진 놈이라 곧

잘릴 거야."

국정원 제1차장인 주명우는 한 번 약속을 한 것은 반드시 지키는 인물이었다. 대경은 눈을 꽉 감고 숨을 훅 내쉬는 것으로 분노를 내리눌렀다.

"파일에도 나와 있지만, 박태운한테 여자가 있어. 박태운이 체포되기 전에 갑자기 나타난 여자인데, 박태운의 정부라고 하더군. 박태운이 없는 동안 조직을 관리한 걸 보면 보통 여자는 아닌 듯한데, 그 여자에 대한 조사는 아직이야. 뭔가가 나오면 연락하지. 참, 잠깐 있어봐."

명우가 그렇게 말했을 때, 노크 소리가 들렸다. 요원 하나가 적당한 크기의 종이봉투를 명우에게 건네주고 다시 나갔다. 명우는 봉투에 손을 넣어 상자를 꺼낸 뒤 열어서 대경에게 보여주었다.

"이건 보너스 선물이야. 나와 제2차장 간의 싸움에 자네가 휘말린 거니까."

상자에 들어 있는 것은 총과 서류였다. 대경은 오 년 전에 자신이 사용했던 그 총인 것을 알아보았다. 외양은 그가 사용하는 가스총 블랙가드ss와 같지만 실탄을 사용할 수 있는 진짜였다.

"이 총으로 박태운을 어떻게 처리할 건지는 자네에게 맡기겠어. 뒤처리도 걱정 말고. 총기 휴대서도 챙겼어."

"감사합니다."

대경은 명우가 건네준 파일과 선물을 손에 들고 밖으로 나갔다. 그는 승원에게 파일 내용에 대해 이야기를 한 뒤, 걸음을 재촉했다. 승리가 기다리고 있을 테니까.

"많이 다친 건 아니래."

승열의 대답에 승리는 그제야 참았던 숨을 길게 내쉬고 소파에 쓰러지듯 주저앉았다. 두 시간여 동안 계속 마음을 졸여서 그런지, 온몸에서 기운이 쫙 빠져나가면서 순간적으로 어지러웠다.

"걱정 마."

승열은 막내의 창백해진 얼굴을 보며 위로하듯 말했다. 승리는 주먹을 꼭 쥐었다.

"오빠, 나 병원에 가면 안 돼? 승원 오빠도, 대경 씨도 너무 걱정돼."

"승원이는 멀쩡하대. 이대경만 약간 다쳤고. 여기로 올 거야."

"그래도 나 가고 싶어. 왜 아까부터 안 된다는 거야?"

"넌 절대 이 집 밖으로 나가면 안 돼. 다칠지도 몰라."

승열은 딱 잘라서 동생의 말을 막았다.

"오빠랑 경호원들이랑 같이 가면 되잖아."

"아니, 혹시 몰라. 네가 조금이라도 다치게 되면 우린 지는 거야."

승열의 목소리는 비장했고, 그만큼 심각했다. 승리는 뭔가 이상하다는 것을 알아차렸다.

"나한테 말 안 한 거 있지?"

"응? 뭐 말이야?"

"오빠, 내가 오빠가 거짓말하는지 안 하는지도 구분 못할 것 같아?"

승열은 뜨끔 놀랐다. 승리는 눈을 가늘게 뜨고 둘째 오빠를 노려보았다.

"말해줘. 무슨 일이야?"

승열이 우물쭈물 아무 대답도 못할 때였다. 문이 열리는 소리가 났고 승리는 소파에서 벌떡 일어났다.

거실에 나타난 대경은 나갈 때와 다른 점이 없어 보였다. 단정한 머리칼, 반듯한 슈트 차림. 하지만 승리는 뭔가를 느꼈다.

"다쳤다면서?"

"별거 아니야."

대경은 대답하면서 흘긋 승열을 보았다. 승리의 뒤에서 승열은 휴대폰을 든 채 입 모양으로 '내가 알려준 게 아니라 승리가 통화를 들은 거야'라고 말했다. 승리는 휙 뒤돌아보았다가 그런 승열을 발견했다.

"오빠, 무슨 말 한 거야?"

"아니, 말은 뭐, 아무 말도 안 했어."

승열은 황급히 고개를 저었지만 승리는 거짓말이라는 것을 알 수 있었다. 그녀는 승열과 대경을 쏘아본 뒤 몸을 휙 돌려 안

방으로 들어가 버렸다.

"자식, 성질하고는."

승열은 쾅 하고 문이 닫히는 소리를 듣고 말했다. 대경은 그런 승열에게 물었다.

"승리, 다 알고 있는 겁니까?"

"열두 명이랑 붙었다가 자네가 조금 다쳤다는 것 정도밖에 몰라. 그나저나 승원이는 어디에 있어?"

"취조 때문에 경찰서에 남았습니다. 박태운에 대한 정보는 없을 듯싶지만, 혹시 알아내면 연락을 준다고 했습니다."

"자네 깁스했다면서?"

대경은 삼각대를 하지 않았다. 약간 빡빡했지만 슈트 재킷을 걸치고 있었기에 겉보기에는 깁스를 한 게 드러나지 않았다.

"약점을 노출할 필요가 없어서 삼각대는 하지 않았습니다."

"흠. 다른 데는 괜찮아?"

"네."

승열은 대경이 들고 있는 종이봉투를 보았다.

"그건 뭐야?"

"숙부님의 선물입니다. 제가 예전에 쓰던 총입니다."

승열은 무슨 뜻인지 알아들었다.

"그리고 이건 정보입니다."

대경과 승열은 소파에 앉아 파일을 살펴본 뒤 간단하게 이야기를 나누었다.

"박해우가 아니라 박태운이 김복구를 살해했을 가능성도 있군. 자네한테 조세포탈 사실을 흘려서 감옥에 가게 했으니."

"전 박태운이 살해했을 거라고 봅니다."

승열은 대경의 확신에 고개를 끄덕이며 물었다.

"박태운이 진짜 보스라는 소문은 왜 요즘에서야 본격적으로 흘러나온 거야?"

"박태운이 감옥에 간 뒤, 실질적인 보스가 사라졌기에 조직 관리가 허술해졌죠. 그 과정에서 박태운이 진짜 보스라는 사실이 조금씩 드러났고, 요즘에 고한파의 세력을 차지하려는 이구혁 패거리가 박태운을 반대한다는 핑계를 대기 위해 일부러 공공연하게 이야기하고 있는 거라고 합니다."

"박태운이 진짜 대마왕이라는 건데…… 증거가 없군."

남아 있는 건 증언 정도로, 박태운의 가장 최측근에게 얻어내는 방법밖에 없었다. 꼭두각시 보스인 동생 박해우, 그리고 정부인 민연아라는 여자. 그 둘만이 박태운을 만나볼 수 있다는 소문도 있었다. 박해우는 머리가 돌이긴 해도 의리 하나로 버티는 조폭이라 형에 대해 실토할 것 같지 않았다.

"민연아가 열쇠로군."

"이 여자에 대한 정보는 알아내는 대로 연락해 주기로 했습니다."

"오늘은 이만 하지."

승열은 자리에서 일어났다.

"승리가 뭔가 눈치챈 것 같은데, 박태운에 대해 이야기하는 게 나을 거야. 결정은 자네에게 맡기겠지만."

대경이 대답하지 않는 가운데, 승열은 그만 집에서 나갔다. 현관문이 닫힌 뒤 대경은 천천히 안방 쪽으로 갔다. 생각과는 달리, 문은 완전히 닫혀 있는 게 아니었다.

"박태운은 그 남자 아니야?"

조금 열려 있던 문이 휙 열리면서 승리가 한 걸음 앞으로 나왔다.

"대경 씨의 전 약혼녀를 스토킹한 사람이 맞지? 지금 감옥에 있다고 했잖아. 근데 갑자기 그 사람 이야기가 왜 나오는 거야?"

"승리야."

"솔직하게 말해줘."

승리는 그의 가슴에 두 손을 얹었다. 뭔가 다른 감촉이 손끝을 찔렀다. 대경은 제지했지만, 승리는 그의 슈트 재킷을 벗겨냈다.

하얀색 셔츠의 가슴 쪽이 칼로 베인 듯 피가 배어 있었다. 승리는 조심스럽게 셔츠 단추를 풀어보았고, 붕대가 흉근을 감싼 모양으로 옆으로 길게 감겨 있는 것을 발견했다.

"살짝 긁힌 거야."

승리는 그의 말을 무시하고 대경의 왼팔 쪽으로 눈을 내렸다. 셔츠는 팔꿈치까지 접혀서 올라가 있었는데, 팔꿈치 바로 밑에서 손목 위까지 그의 팔은 하얀 깁스로 둘러싸여 있었다.

"부러진 거야?"

승리의 질문은 비명에 가까웠다.

"아주 조금 금이 간 것뿐이야. 걱정하지 마. 행동하는 데도 지장없어."

대경은 다시 별거 아니라는 투로 이야기했다. 승리는 그에게서 등을 돌리고 눈을 꾹 감았다. 그녀는 잠시 심호흡을 한 뒤, 그를 바라보았다.

"처음부터 다 이야기해 줘. 전부."

승리는 요청이 아니라 요구를 하고 있었다. 그러나 대경은 고개를 저었다.

"아니, 이야기 못해."

"그래? 그럼 오빠들한테 물어보면 되겠네."

"소용없어. 너한테 이야기할 건지 말 건지는 내가 결정하기로 했으니까."

"대경 씨!"

승리는 소리쳤지만, 그는 굳건했다.

"이야기 못해."

"왜 그러는 건데?"

두려우니까. 박태운이 이번에는 널 노린다는 소식을 듣고 네가 떠날까 봐, 그게 무서우니까.

폭주하는 마음과는 달리, 대경은 냉정하게 잘라 말했다.

"네가 알 필요가 없는 일이니까."

승리는 두 주먹을 꼭 쥐었다. 그녀는 한껏 대경을 노려보았지만, 어떻게 하든 간에 대답을 듣지 못하리라는 것을 깨달았다. 결국 승리는 휙 뒤돌아 방 안으로 들어가 버리는 것밖에 할 수 없었다.

철썩!

사내는 그대로 여자의 뺨을 갈겼다. 억센 힘에 의해 여자는 옆으로 날아가듯 넘어졌다.

"멍청한 년!"

사내는 발을 들었다. 그러나 이제까지의 공로를 생각해, 걷어차지 않고 그대로 발을 내렸다. 피거품이 터져 나올 때까지 짓밟고픈 충동에 휩싸여 있었지만.

"다 알아서 한다고 한 건 너였지! 그런데 이게 대체 뭐야!"

사내는 방금 보고 받은 서류를 집어 여자에게 던졌다. 여자의 작은 몸 위로 내리꽂히듯 떨어진 서류는 이대경의 여자에 대한 뒷조사 결과였다.

며칠 전, 사내는 이대경의 여자의 사진을 다시 보면서 계획을 짜고 있었다. 그 많은 사진 가운데 여자의 가족으로 보이는 남자들이 찍힌 것도 있었다. 그중에 사내는 낯익은 얼굴을 발견했다. 뭔지 모를 불길한 마음을 안고 직접 지시를 내려서 여자에 대해 철저하게 뒷조사를 하게 했더니, 불길한 예감은 그대로 들어맞았다.

박승리. 서울지검의 박승열 검사를 둘째 오빠로, 서초경찰서의 박승원 형사를 여섯째 오빠로 두고 있는 여자. 거기다가 박승열 검사는 전 검찰총장의 사위였고, 아내 우찬희 또한 같은 검사였다. 가장 친한 친구이자 동물병원의 동업자인 이지원은 화성그룹 소유자인 은현건의 아내였다. 애초에 박승리는 건드려서는 안 되는 배경의 여자였던 것.

오 년 전, 이대경은 스토킹에 대한 증거를 찾아낼 수 없자 조세포탈을 꼬투리 삼아 사내를 감옥에 집어넣었다. 그 일로 사내는 교훈을 얻었다. 더 철저하게 증거를 숨길 것. 그리고 배경이 빵빵한 사람들은 건드리지 말 것.

이전과 같지만 더 큰 고통을 주기 위해 이대경의 여자를 밟을 생각이었지만, 어마어마한 배경이라면 되도록이면 건드리지 않을 생각이었다. 그런데 검사와 형사의 여동생을 건드리게 되다니! 더군다나 그냥 검사와 형사도 아니었다.

박승열 검사와 박승원 형사가 김복구 살해사건과 고한파 내부의 세력 다툼 사건을 수사하고 있는 건 이전부터 알고 있던 사실이었다. 명확한 증거를 못 찾아내긴 했지만 수사가 워낙 날카로워 사내는 꼬투리를 잡히지 않기 위해 심복들에게 행동을 조심하라고 신신당부해 왔었다.

그런데 이대경의 여자가 그 전담팀 담당자들의 동생이었다니!

"내가 특별사항이 없냐고 물었을 때에도 평범한 여자애 같다고, 건드려도 상관없다고 대답한 건 너였어!"

"……죄송합니다."

여자는 바닥에 흘러내린 핏방울을 보았다. 터진 입술에서 흘러나온 자신의 핏방울.

이렇게 또 사내에 의해 피를 흘리게 될 줄 몰랐다. 그 자그만 여자가 그런 배경을 가지고 있는 줄도 몰랐다.

"더군다나 그 열두 명의 쓰레기들도 다 잡혔다고 하더군. 총도 쥐어줬는데, 이게 대체 뭐지? 왜 그런 일 하나 제대로 못하는 거야!"

"습격할 당시 박승원이 옆에 있었다고 해요."

사내 또한 조폭들 사이에 아주 유명한 형사인 '서미개'를 잘 알고 있었다. 물론 열두 명으로 이대경의 모든 사지를 부러뜨릴 수 있을 거라고 생각하지 않았다. 하지만 총을 보낸 만큼 팔다리 하나쯤은 부러뜨릴 수 있을 줄 알았는데, 총을 들고 있는 '서미개'가 옆에 있었다니. 악재 중의 악재였다.

"빌어먹을. 이젠 몽땅 다 덤비겠군."

이대경만이 아니라 형사에 검사까지 덤벼든다고 생각하니 사내는 머리가 지끈거렸다.

가석방이 소리 없이 이루어진 만큼, 이대경은 아마 사내가 그 여자를 노렸다는 것을 몰랐을 것이다. 하지만 이젠 알고도 남았다.

"어쩔 수 없군."

사내는 몸을 숙여 바닥에 손을 대고 있는 여자의 목을 한 손
으로 쥐었다.

"전면전으로 가야겠어. 그러니……."

사내는 손에 힘을 주었다. 여자의 얼굴이 고통으로 일그러졌
다.

"이번엔 완벽하게 준비해. 또 실패하면……."

사내는 한참 뒤에나 손을 놓았다. 여자는 꺽꺽대며 숨을 쉬기
위해 노력했다.

"다치는 건 네가 아닐 거야. 알겠지?"

사내의 말에 여자는 고개를 번쩍 들었다. 헝클어진 머리칼 사
이로 드러난 여자의 두 눈동자는 어떤 감정으로 일렁이고 있었
고, 활활 타오르고 있기도 했다.

"그 눈빛은 뭐지?"

실수. 여자는 눈을 질끈 감았다. 다시 눈을 떴을 때는 방금까
지 여자의 온몸을 메웠던 감정은 모두 저 깊은 곳으로 빨려들어
가 완전히 사라져 있었다.

"……아무것도 아니에요."

"이봐."

사내는 다시 손을 뻗었다. 여자는 흠칫 놀랐지만, 손을 피하
지는 못했다. 사내는 여자의 목 대신 뺨을 쓸었다. 아주 부드럽
게.

"네가 말을 잘 들으면, 일만 제대로 처리한다면 누구도 다치지 않을 거야. 이제까지 잘해왔잖아. 나 없는 동안에도 정말 잘해줬어. 그런데 이대경 일은 왜 이렇게 제대로 처리 못해?"

나도 그게 궁금해.

여자는 왜 이대경과 관련된 일을 자신이 제대로 처리하지 못하는 건지 궁금했다. 이제까지 정말 잘해왔다. 잃어버린 것을 되찾기 위해, 복수하기 위해 열심히 일했다. 그런데 이렇게 이대경이 걸리다니.

하나의 계기가 될지도 몰랐다. 예전에는 몰랐지만, 여자는 이제 알고 있었다. 이대경을 제대로 처리한다고 해도 원하는 것을 돌려받을 수 없을지도 모른다는 걸. 그렇다면…… 다른 통로를 찾아보는 게 더 좋을지도.

여자는 생각을 감추며 천천히 말했다.

"위험해요, 보스. 이제까지는 증거가 없으니 여기에서 멈추면 그쪽에서도 보스를 건드리진 못할 거예요."

"그래서? 그만두라고?"

사내의 눈이 다시 잔인하게 번뜩이기 시작하자, 여자는 현명하게 입을 닫았다. 사내는 격분을 참지 못하고 다시 여자의 뺨을 후려갈겼다.

"절대 그만 못 둬. 그놈에게 복수해야 해. 그 빌어먹을 감옥에 오 년이나 처박히게 만든 그놈에게 더 큰 고통을 안겨주고 말겠어. 반드시!"

당신은 그래서 안 되는 거야. 그래서 다른 것은 못 보고 있지.

여자는 속으로 웃음을 흘렸고, 복수심을 되씹으며 사내는 쓰러진 여자에게 질문했다.

"미끼는 생각해 뒀지?"

"네."

이대경은 절대 자기 여자를 노출시킬 남자가 아니었다. 그러니, 미끼를 이용해 그 요새에서 나오게 만들어야 했다.

"어차피 다 알 테니, 전면전으로 간다. 이대경의 여자, 내 앞에 데려다 놔."

[그런 일이 있었구나.]

다음날 밤, 한참을 멍하니 있던 승리는 답답한 마음을 안고 지원에게 전화를 걸어 어제 있었던 일을 털어놓았다. 직접 만나서 한잔하면서 수다를 떨고 싶었지만 그럴 수 없는 게 너무 아쉬웠다.

"왜 말 안 해주는 걸까?"

[나름대로 이유가 있지 않을까? 이대경 씨가 이유없이 행동할 사람은 아니잖아.]

"나도 그렇게 생각은 하지만…… 너무 답답해."

오빠들에게 전화해 봤지만 대경이 어제 한 말과 같은 말을 했다. 너한테 알려주는 건 대경이 알아서 할 일이라고.

대체 무슨 이유 때문에 그런 걸까? 어제 승열과 대경이 나누는 대화를 엿듣긴 했지만, 제대로 듣지 못했기에 정확히 어떤 상황인지 알 수가 없었다.

"그리고 걸리는 게 하나 더 있어."

승리는 한참을 망설였지만, 천천히 대경의 전 약혼녀에 대해서 이야기했다. 대용품에 대한 생각도.

[그 약혼녀가 너랑 얼마나 닮았는지 모르겠지만…… 네가 지금 상황이 평소와 다른 것도 있잖아. 생각도 제대로 안 될 거고.]

승리가 모든 것을 다 털어놓은 건 아니었지만, 지원은 친구가 무엇을 이야기하는지 감지했다.

사랑하는 남자가 그녀를 사랑하지 않는 고통.

[그 악당을 잡은 뒤에 다시 생각해 보는 게 어때? 너희 커플은 사귄 시간도 짧았고.]

"네 말이 맞아. 지금은 생각 안 하고 나중에, 좀 더 명확하게 상황을 볼 수 있을 때 생각하는 게 맞는 말이겠지. 그런데 잘 안돼. 가슴에 뭔가가 맺힌 것 같고……."

어제 오후부터 지금까지 그가 부르면 나가서 식사만 했을 뿐, 한 마디도 하지 않았다. 물론 대경이 그 박태운이라는 사람에 대해 말을 하지 않고 있기 때문이기도 하지만, 가슴이 답답한 건 그 전부터였다.

물론 대경은 그녀를 보고 있다고 말했다. 하지만…….

[승리야.]

잠시 침묵을 지키던 지원은 조심스럽게 말했다.

[우혁이랑 이대경 씨는 다른 남자야. 너도 알지?]

승리는 망설임 이 대답했다.

"응. 알아."

[딱 한 가지만 생각해 봐. 과거에 어떤 일이 있었든 간에, 이 대경 씨가 우혁이처럼 누굴 이용할 사람 같아?]

순간 승리는 전기에 감전된 듯한 느낌을 받았다.

[난 아니라고 생각해. 내가 이대경 씨와 많이 대화해 본 건 아니지만, 이대경 씨는 그럴 남자가 아니야. 너랑 비슷하게 생겼으니 그런 생각이 들 수도 있을 거야. 하지만 우혁이한테 이용당한 것 때문에 그런 생각이 더 많이 드는 건 아닐까? 지금 네 말을 들어보면 필요 이상으로 신경 쓰는 것 같아. 그건 너도 느끼고 있지?]

승리는 멍하니 친구의 말을 들었다.

[하여간 우혁이 걔는 완전히 끝났는데도 말썽이야. 그지?]

지원은 가볍게 농담하듯 말했다. 승리는 그제야 긴장이 풀렸고, 살풋 웃었다.

[참, 그리고 말인데, 어제 도마뱀이 왔었어. 도마뱀 진찰한 건 처음이었는데 조금 당황스럽더라.]

지원은 승리가 없는 동안 동물병원에서 있었던 일에 대해 이야기를 해주었다. 이런저런 가벼운 수다를 한참 떨고 난 뒤 승리는 휴대폰을 내려놓았다. 확실히 친구와의 수다는 마음속에

쌓인 것을 푸는 데 아주 좋았다. 마음속이 완전하게 씻긴 건 아니지만.

승리는 흘긋 시간을 확인했다. 밤 11시 30분. 그녀는 슬쩍 밖으로 나가보았다. 대경은 거실에 보이지 않았다. 그녀는 대경이 침실로 쓰는 방으로 걸어가 문을 살짝 열고 안을 들여다보았다. 불이 꺼져 있었기에 제대로 보이지 않았지만 대경은 그녀에게 등을 보여주는 자세로 옆으로 누워 있었다.

자나?

그녀는 발끝을 세워 살금살금 안으로 들어가 침대 가장자리에 앉았다. 구름이 달을 가리고 있어서 그런지 대경은 형체로밖에 보이지 않았다.

승리는 잠시 보이지 않는 그를 바라보았다. 사랑하는 남자가 지금은 제대로 보이지 않았다. 그건 구름 때문으로, 다른 이유 때문이 아니었다. 그게 맞겠지?

승리는 길게 한숨을 내쉰 뒤, 침대 왼쪽에 조심스럽게 누웠다. 보이지 않았지만, 오른편에 잠들어 있는 그에게로 고개를 둔 채 눈을 감았다.

열셋

뭔가 다르네.

승리는 반짝 눈을 떴다. 어젯밤, 두 뼘은 되는 먼 거리에 누워 있던 대경은 어느새 바로 옆까지 다가와 있었다. 그는 한 손을 그녀의 허리에 둔 채 잠들어 있었는데, 그의 손은 컸고 단단한 만큼 아주 약간 무거웠지만 승리는 그 무게감이 마음에 들었다.

승리는 조심스럽게 대경의 손을 들어 침대에 내려놓은 뒤 침대가에 앉았다. 여름이라 그런지 새벽인데도 햇살이 강했다. 오늘따라 더욱 환한 햇빛이 투명한 창을 통해서 곤히 잠들어 있는 대경에게 쏟아지고 있었다. 장인이 혼을 담아 만든 듯한 유려한 이목구비를 가진 남자.

정말이지, 눈이 멀 정도로 잘생긴 남자였다. 아주 섹시하기도 했고.

확 덮칠까?

대경은 면으로 된 검은색 파자마 바지만 입은 채로 자곤 했다. 상의는 입지 않는 터라 옆으로 누워 있는 지금 자세도 붕대를 감고 있는 부분을 제외하고 근육이 그대로 드러나 있었기에 굉장한 눈요기가 됐지만 승리는 대경을 홀딱 벗겨서 확 덮치고 픈 격렬한 충동을 느꼈다.

좋아. 정말 그래 봐야지. 안 그래도 분위기 좀 어색한데, 이렇게 덮치면 자연스럽게 좋아지겠지? 그렇다고 문제가 해결되는 건 아니었지만…… 이 순간, 승리는 그를 원했다. 비록 그의 속마음이 어떤 것인지 정확하게 모른다고 해도 그녀는 지금 그의 체온을, 그의 열정을 느끼고 싶었다.

육체뿐이라고 해도, 그와 '사랑'을 나누고 싶었다.

왠지 비참한 듯한 느낌도 들었지만, 저번에 목욕실에서 사랑을 나누었던 것처럼 그에 대한 욕망이 훨씬 더 컸다. 승리는 한숨을 내쉬면서도 대경의 허리 쪽으로 바짝 앉았다. 왼손 검지로 파자마의 허리 부분을 아주 살짝 건드려 보았다.

안 깨우고 슥삭 벗겨야지.

파자마의 허리 부분에 손가락을 넣어 슬슬 밑으로 내리자 대경의 삼각팬티가 수줍게 모습을 드러냈다.

승리는 침을 넘기며 손가락을 더 움직여 파자마 오른쪽을 허벅지 밑으로 더 내렸다. 팬티 아래선과 굵은 허벅지가 아슬아슬하게 드러났다. 승리는 팬티 중앙을 솟구치게 만든 것에 시선을 빼앗겼다. 남자들의 아침 발기를 모르지는 않았지만, 확실히 신기했다.

만져 보고 싶었다.

승리는 다시 침을 꼴깍 삼키고는 충동을 애써 억제했다. 일단은 옷을 벗기는 게 먼저였다. 하지만 대경이 몸의 왼쪽 부분을 침대를 누른 채로 누워 있었기 때문에 쉽지 않았다. 정확하게 말하자면, 그를 깨우지 않은 상태로는 더 벗길 수는 없었다.

승리는 승부를 걸기로 했다. 어차피 깨우게 될 테니, 확 벗기면서 깨워보기로.

준비 운동 삼아 손을 한 번 조몰락거린 뒤, 승리는 대경의 파자마 허리 부분을 쥐고 확 밑으로 끌어 내렸다. 대경이 깨어난 건 바로 그때였다.

어떻게 된 건지 보지 못했다. 하지만 눈을 한 번 깜빡거린 시간 뒤, 승리는 자신이 방금 대경이 누워 있던 자리에 짓눌리고 있다는 것을 깨달았다. 대경은 왼손으로는 그녀의 두 손목을 잡아 거칠게 침대 베개 쪽으로 내리박고 있었고, 오른손으로는 어느새 오른쪽 발목에서 꺼낸 얇고 날카로운 한 자루의 비수로 그녀의 목 중앙을 겨누고 있었다.

승리가 공포감을 느낀 건 포박당했다는 사실 때문이 아니었다. 소름이 끼칠 만큼 차갑고 잔인한 대경의 눈동자 때문이었다.

승리는 숨을 한 번 들이쉬었다가 내뱉었다. 그러고는 번뜩이는 눈동자의 대경을 똑바로 바라보며 부드럽게 말했다.

"나야, 대경 씨."

이번에 심호흡을 한 건 대경이었다. 그는 입술을 짓누르듯 깨문 뒤, 비수를 내려 재빠르게 발목에 다시 찼다. 다른 손도 움직여 승리의 두 손목을 풀어주고 등을 돌렸다.

"미안."

대경은 두 손으로 자신의 얼굴을 가린 뒤, 거칠어진 숨을 가라앉히며 다시 내뱉었다. 왼손에 한 깁스는 차가웠지만, 스스로에 대한 분노의 열은 식히지 못했다.

"정말 미안해."

목에 날카로운 것이 닿는 순간은, 벼랑 끝에 서 있는 기분이었다. 하지만 지금 이 순간 승리의 두 눈에 보이는 건 대경의 축처진 어깨였다.

승리는 그 모습을 그냥 지켜볼 수 없었다. 그녀는 두 손을 뻗어 그의 허리에 감았다. 뺨을 대경의 벗은 등에 대자, 짧은 긴장 속에 치솟은 열기가 전해져 왔다.

"괜찮아."

승리는 가벼운 어조로 이어 말했다.

"내가 잘못했지. 잠들어 있는 이대경 씨가 너무 섹시해서 홀딱 벗기려고 한 거거든."

대경은 그제야 슬쩍 돌아보았다.

"홀딱 벗겨?"

"응."

승리는 씨익 웃으며 대경의 얼굴을 바라보았다. 다소 당황한 듯, 그의 얼굴엔 홍조가 솟았다. 아까 보았던 그 차디찬 살기는 흔적도 없이 사라져 있었다.

문득, 승리는 사실을 깨달았다.

이전의 강도사건 때처럼, 대경은 얼마든지 거칠어질 수 있는 남자였다. 그건…… 다 날 지키기 위해서였다.

이 남자가 지금 이렇게 가슴에 붕대를 감은 것도 깁스를 한 것도, 모두 날 지키기 위해서였다.

단지 그 이유 하나 때문.

"대경 씨."

무섭지 않았다. 내가 대체 왜 이 남자를 무섭게 생각했을까? 내 안전을 위해서라면 뭐든 다 할 존재인데.

"홀딱 벗겨서 뭐 하려고 했는지 궁금하지 않아?"

대경이 대답하지 않자, 승리는 스스로 답했다.

"덮치려고 그랬어."

"덮치려고 그랬다고?"

승리는 그의 귓속에 훅 숨을 불어넣었다. 대경은 눈에 띄게 움찔거렸고, 동시에 그의 얼굴이 살짝 달아올랐다.

오호라. 에로 이대경 씨, 이게 약점이었군.

"어제는 눈도 마주치기 싫어하더니."

"삐친 거야?"

대경은 그녀를 바라보며 지극히 진지하게 답했다.

"남자는 삐치지 않아."

승리는 웃음을 터뜨리고야 말았다.

이 남자, '쪼꼼' 삐쳤던 거네.

대경의 말투는 평소와 다를 바 없었지만, 승리는 그 밑에서 흘러나오는 약간의 감정을 읽을 수 있었다. 그러고 보니, 함께 있는 시간이 길어질수록 그의 감정을 더 잘 알 수 있게 된 것 같았다.

그렇다면…… 이 순간의 감정을 믿어도 되지 않을까?

"어제 내가 그런 건, 그럴만한 거잖아."

승리는 새침하게 말했다.

"근데 말이야, 내가 마음이 좀 넓어서, 그냥 넘어가 주기로 했어. 대경 씨가 그렇게 생각한다면…… 그런 이유가 있겠구나 싶어. 난 대경 씨를 믿어."

승리는 믿기로 했다. 대경은 우혁과는 다른 남자니까.

사랑하고, 믿는다. 내가 이 남자를 보는 이 순간의 진실. 대경은 날 어떻게 볼까?

"대경 씨."

승리는 그의 뺨에 손을 올려 자신을 바라보게 했다. 미소가 떠오른 그의 검은 눈동자에 자신이 비치도록.

"내 이름이 뭐야?"

"박승리."

대경은 즉각 대답했고, 승리는 미소를 지었다.

"누구를 보고 있어?"

"박승리를 보고 있어. 이전에도 그랬고, 현재에도 박승리를 보고 있어. 미래에도 그럴 거야."

연이은 대답에 승리의 미소는 더욱 깊어졌다.

"너는?"

대경은 몸을 승리에게 돌렸다.

"박승리, 너는 누굴 보고 있지?"

"글쎄."

승리는 그의 입술 바로 앞에서 멈추었다.

"내가 누굴 보고 있을까?"

대경은 스스로도 놀랄 만큼 격렬한 충동을 느꼈다. 말하게 하고픈 충동. 그만을 바라보고 있다는, 앞으로도 영원히 그럴 거라는 맹세를 듣고픈 충동.

"말해줘."

"싫어."

승리는 단번에 거절했다. 그러고는 천천히 잠옷으로 걸치고 있던 대경의 커다란 티셔츠를 벗어 바닥으로 떨어뜨렸다. 대경의 눈동자는 빠르게 달아올랐고, 그는 자석에 이끌리듯 손을 뻗을 수밖에 없었다. 그러나 승리는 그의 손을 가볍게 뿌리쳤다.

"안 돼."

"안 된다고?"

승리는 고개를 끄덕인 뒤, 침대에서 내려가 바닥에 섰다. 등 뒤로 손을 가져가 브래지어의 후크를 풀었다.

툭.

브래지어가 바닥으로 떨어졌고, 팬티만 입은 채로 승리는 두 손을 그의 어깨 위에 올렸다. 그의 단단한 살결은 뜨겁게 달아오르고 있었다. 승리는 의도적으로 자신의 가슴을 그의 어깨에 문지른 뒤, 고개를 숙여 어깨뼈를 이로 살짝 긁고 혀로 맛을 보았다. 대경의 입가에서 신음이 흘러나왔다.

"승리야……."

"안 돼."

승리는 다시 한 번 말한 뒤, 가슴을 그의 흉근에 대며 그를 밀었다. 대경은 천천히 침대에 누웠다. 승리는 그의 허리에 걸터앉았다. 엉덩이에 닿은 불쑥 솟아난 것의 감촉이 잠시 그녀를 아찔하게 만들었다. 그렇기에 그녀는 의도적으로 오른손을 뒤로 가져가 그것을 살짝 쓰다듬었다. 대경은 숨을 훅 내쉬며 몸을 들썩거렸다. 승리는 미소 지으며 몸을 숙였고, 그녀는 그의 귓가에 다시 뜨거운 숨을 훅 불어넣었다.

"박승리!"

"왜?"

승리는 평온하게 되물었고, 그것은 끓어오르기 시작한 대경의 도화선에 불을 붙였다.

"키스해 줘."

대경은 낮게 쉰 목소리로 부탁했다.

"승리야, 키스해 줘."

승리는 그 요청만은 거절할 수 없었다. 그러나 그녀는 그의 입술 앞에서 딱 멈춘 뒤, 미소를 지었다. 오른손 엄지손가락으로 그의 아랫입술을 쓰다듬어 입술을 벌리게 했다. 대경은 그녀의 손가락을 살짝 깨문 뒤, 입 안으로 끌어당겨 강하게 빨았다.

손가락을 뜨겁게 죄는 그의 움직임에, 승리는 잠시 입술만 벌린 채 그의 눈을 보았다. 이글이글 타오르고 있는 두 눈동자가 요구하는 것은 하나뿐이었다.

승리는 손가락을 빼낸 뒤, 고개를 다시 숙였다. 그러나 기다리고 있던 그의 입술에 머무르지 않고, 짧게 대기만 한 뒤 다시 물러났다.

"한 번만 더."

부탁이 아니라 간청이었다. 승리는 한쪽 입술 끝을 들어 올린 뒤, 고개를 숙여 다시 한 번 그의 입술에 자신의 입술을 포갰다. 대경이 노린 건 그 순간이었다. 그녀의 작고 촉촉한 혀가 입 안으로 밀고들어 오는 순간, 대경은 입을 더 크게 벌렸다. 동시에 한 손을 그녀의 머리 뒷부분으로 가져가 강하게 내리눌렀다.

분명 키스를 먼저 한 건 그녀였다. 하지만 승리는 숨이 막힐 만큼 그에게 빨려들어 갔고, 어느 순간엔가 위치가 뒤바뀌어 그녀가 침대에 누워 있게 되었다.

"안 돼."

승리는 숨을 헐떡이며 입술을 비비는 그에게 속삭이듯 말했다. 대경은 승리를 무릎 사이에 두어 그녀를 품 안에 가두었다. 그의 자유로운 손이 예쁘게 튀어나온 승리의 쇄골을 따라 움직였다. 승리는 그가 일으킨 불길이 점점 더 커지는 것을 느꼈다.

"안 돼?"

대경은 그녀의 뽀얀 가슴으로 손을 내렸다. 한 손 가득 쥐고 주무르자, 승리의 입술이 벌어지며 신음이 흘러나왔다.

"정말 안 돼?"

그의 손가락은 하얀 면 팬티 위를 살짝 긁더니, 젖어 있는 중심부분을 긁었다.

"저번에 말했었지."

승리가 신음 속에서도 안 된다고 말할 찰나, 대경은 혀로 귀엽게 옴폭 들어간 배꼽을 맛보며 굶주린 목소리로 말했다. 승리는 그의 평소 목소리가 지독하게 섹시하다고 생각했었다. 그건 착각이었다. 그녀를 안을 때가 더 섹시했다.

"아픈 곳에 다 키스해 주겠다고."

"뭘 하려는……!"

승리는 이번에도 말을 끝맺지 못했다. 대경의 입술이 더 내려가 그녀의 다리 사이에 자리 잡았다. 그의 혀가 이미 축축하게 젖어 있는 하얀 면 팬티 위를 더욱 적시기 시작했다.

승리의 신음이 진동하듯 대경의 귀로 흘러들어 왔다. 눌러놓

앉던 강렬한 욕망이 다시 분수처럼 솟구치자 대경은 잠시 몸을 떨며 멈추었다. 잠시 잠깐 동안의 그 순간, 승리는 넘어갈 듯한 숨을 몰아쉬었고 대경은 타액으로 물들은 팬티를 꽉 붙들었다. 이 팬티는 사랑스럽고 귀여웠지만, 이젠 작별을 고할 시간이었다.

"새로 사줄게."

대경은 약속하며 한 번에 찢어버렸다. 하얀 면이 찢겨 나가며 승리의 작은 몸도 흔들렸다. 하지만 대경의 뜨거운 입이 다시 내리누르자 쉽게 고정되었다. 대경은 입을 크게 벌려 그곳을 살짝 물었다가 혀로 끊임없이 핥았다. 승리의 세상이 하얗게 변하기 시작했다.

"아흑……!"

대경은 승리의 소리가 정말 마음에 들었다. 격한 키스를 한 뒤에 가쁘게 내쉬는 숨소리, 풍만한 가슴을 애무받을 때 끊어질 듯 짧게 내뱉는 신음, 예민하고 민감한 부분을 강렬하게 강탈당할 때마다 흘리는 긴 비명.

그 모든 것이 마음에 들었다. 그를 지나치게 자극하는 점이 문제라면 문제였지만.

대경은 자신이 오래 버티지 못할 것이라는 사실을 알았다. 그만큼 원했다. 품 안의 이 여자를 원했다. 그러나 승리가 우선이었다.

대경은 더 파고들었다. 예민하게 부풀어 오른 꽃잎을 게걸스럽게 핥았고, 소리 내어 쭉쭉 삼켰다.

승리가 비명을 지르며 감당하기 어려울 정도로 거대한 환희의 파도 속으로 떨어지기 직전, 대경은 그 아슬아슬한 경계를 알아차리고 딱 행동을 멈추었다.

"아직도 안 되는 거야?"

승리는 숨을 가쁘게 내쉬느라, 아무 말도 할 수 없었다. 그가 무슨 말을 하는 건지도 잘 알 수 없었다. 그저 바로 코앞에서 밀어닥친 환희의 순간을 거머쥐지 못했다는 것만 알았다.

"대답해 봐."

승리는 자신을 내려다보는 그를 보았다.

"너는 누굴 보고 있지?"

대경은 기다렸다. 그러나 승리는 기다리지 않았다. 그녀는 후들거리는 두 손을 뻗어 그의 목을 감고 끌어당겼다. 그리고 속삭였다.

"내가 사랑하는 남자."

그녀는 그의 두 눈을 보지는 않았다. 아직은 그럴 수 없었다. 그러나 사랑했다.

"내가 사랑하는 남자를 보고 있…… 하악……."

대경의 행동은 본능적이었다. 그녀의 대답을 듣는 순간, 그는 그녀 안으로 빨려가듯 들어갔다. 그럴 수밖에 없었으니까.

깊게.

이것이다.

다시.

이것이야말로 그가 찾던 것. 알고 있었지만, 두 귀로 직접 듣고 싶었던 말. 이 유일무이한 여자에게서 가장 원하던 것.

"사랑해…… 대경 씨……."

승리는 다시 속삭였다. 말할 수밖에 없었으니까. 얼마 전부터의, 이 순간의, 앞으로의 진심이었으니까.

"사랑해……."

대경은 더 깊게, 다시 들어갔다. 승리의 몸이 휘어졌고, 대경을 보지 않고 있는 그녀의 눈이 다시금 치달아오는 쾌락을 담기 시작했다. 대경은 그녀의 목을 살짝 깨물며 깊이, 더 깊이 들어갔다. 승리의 신음이 그의 귓속으로 빨려들어 왔다. 그리고 그를 폭발로 몰았다.

내 것. 내 여자. 나를 사랑하는…… 내가 사랑하는 유일한 존재.

"우, 짜증나."

승원은 팔을 위로 쭉 뻗어 기지개를 켰다. 엊그저께 오후부터 지금까지 그와 대경을 습격한 열두 명의 조폭들을 내내 취조했지만 건질 만한 건 없었다. 의뢰도 대포폰으로 받았고, 착수금도 대포통장으로 받아서 의뢰를 한 사람의 신원을 알 수 없었다는 것 정도만 알아냈을 뿐이다.

총을 들고 설친 두목은 박태운에 대해서 알고 있는 듯싶었는데, 그렇게 윽박질렀건만 기억을 하질 못했다. 머리를 몇 대 쳐주면 될 것 같은데.

"박태운 말고 민연아에 대해 묻는 건 어떻노?"

몇 차례의 철저한 취조를 끝낸 뒤, 승원의 파트너 민수는 승원만큼이나 지친 표정으로 다시 의견을 냈다.

"더 아는 게 없을 것 같은데요. 그래도 해봐야겠지만. 저 두목 자식 기억하게끔 머리 좀 갈겨줄까요?"

민수는 승원의 말에 혀를 끌끌 찼지만, 반대를 표하지는 않았다. 승원은 씩 웃은 뒤 이어 말했다.

"근데 선배, 우리 뭣 좀 먹고 잠깐 자고 하는 게 어때요?"

"으이구, 니 뱃속에 걸신들렸냐. 세 시간 전에 야식 처먹고 또 처먹으려고?"

민수는 승원의 어깨를 툭툭 치며 타박했지만 의자에서 일어나 기지개를 폈다. 아무리 밤을 새는 게 습관이 됐긴 하지만, 이틀 연속으로 거의 눈도 못 붙이고 새벽인 지금까지 이러고 있는 건 확실히 힘들었다.

"국밥 좀 먹고 바람도 좀 쐬고, 그 담에 눈 좀 붙이자."

승원은 헤벌쭉 웃으며 발딱 일어났다. 계속 취조실에 붙어 있다가 바깥에 나오니 답답한 마음이 좀 뚫리는 것 같았다. 범인에 대한 정보를 제대로 알아낸 게 없으니 완전히 뚫리는 건 아니었지만.

승원은 가슴을 쿵쿵 두드리며 민수와 함께 횡단보도 앞을 터덕터덕 걸어갔다. 국밥집은 경찰서에서 걸어서 십 분인 곳으로, 양도 많고 아주 맛있는 곳이었다. 국밥을 떠올린 승원은 실실 웃으며 파란불이 되자 횡단보도를 건너기 시작했다. 중간쯤 왔을 때, 휴대폰이 울렸다.

"박승원입니다."

승원은 액정을 확인하지 않고 귀에 댄 뒤 말했다. 그러나 답이 없자, 그는 귀에서 휴대폰을 떼서 내려다보았다. 모르는 번호였다.

뭐야, 장난전화인가?

승원은 살짝 인상을 쓰며 다시 휴대폰을 귀에 댔다. 그는 문득, 뭔가를 느꼈다. 피해야 된다는 건 알았다. 그러나 무의식중에 고개를 돌린 그는 보았다. 오른편에서 거대한 트럭이 무서운 속도로 달려오고 있었다.

"근디 국밥집 말인데…… 어?"

승원이 전화 때문에 걸음이 느려져 횡단보도의 3분의 2 지점에 있을 때, 민수는 도로 끝에 다다라 있었다. 그는 그제야 옆에 승원이 없다는 것을 깨닫고 뒤돌아보았다.

"승원아!"

민수의 비명은 거친 파열음에 산산조각 났다.

승리는 후회할 줄 알았다.

고백하고 싶지 않았으니까. 그가 자신을 사랑하지 않는다는 걸 알고 있었기에, 그래서 자신의 솔직한 마음은 말하고 싶지 않았다. 더군다나 대용품으로 보지 않는지 100% 확신할 수 없었으니까.

하지만…… 막상 고백을 하고 나니 마음을 무겁게 내리누르는 돌을 덜어낸 듯 시원했다. 후회가 들지도 않았다. 오히려, 더 말해주고 싶었다. 다시 그리고 계속 속삭여 주고 싶었다.

왜 이럴까? 대경이 달라져서 그런 걸까?

착각일지도 모른다. 그러나 그녀가 느끼기에, 그는 달라졌다. 고백을 듣고 잠시 호칭에 대한 이야기를 한 뒤 그는 다시 그녀를 안았는데, 그의 손짓은 좀 더 강렬하고, 좀 더 섬세해졌다. 그리고 눈빛이…… 끝을 알 수 없을 만큼 깊어졌다고 할까.

"승리야."

대경의 목소리 또한 좀 더 섹시해졌다. 방금 두 번째로 사랑을 나눈 뒤였지만, 그의 농염한 목소리는 그녀의 몸을 다시 떨리게 했다.

"응?"

침대 왼쪽 끝에 엎드린 채로 쉬고 있던 승리는 나른하게 미소를 지으며 그를 바라보았다.

"왜?"

대경은 대답하는 대신 손가락으로 그의 가슴을 툭 쳤다. 조금 떨어져 있던 승리는 몸을 빙글 돌려 그의 품 안으로 굴러갔다. 대경은 만족스러운 미소를 지은 뒤, 그녀의 입술에 살짝 입을 맞추었다. 승리 또한 미소를 띠고 그의 목 오목한 곳에 머리를 두었다.

이게 바로 '완벽'한 느낌일 것이다.

대경은 그녀를 포근하게 감싸 안았다. 승리는 그에게 완벽하게 들어맞았다. 태초에 그와 하나로 태어난 듯, 딱 일치한다는 느낌. 그 전율.

이런 느낌은 처음이다.

물론 여자를 많이 안아본 건 아니었다. 이안과 승리, 딱 둘뿐이었다. 하지만…… 이안과는 결코 이런 느낌을 가져본 적이 없었다.

이안. 전 약혼녀. 사랑했던 여자.

이안을 사랑했었다. 이안이 안타깝게 떠난 만큼, 아직도 미련이 남은 건 사실이었다. 하지만 미련이 남는다고 아직도 사랑한다는 건 아니다. 안타깝게 끝났기에 미련이 남는다는 게 더 정확한 말이었다. 그렇게 끝나지 않았다면 미련은 남지 않았을 것이다.

사실, 때때로 대경은 궁금했다. 이안을 사랑했지만…… 그 감정이 평생을 함께 걸어갈 만한 사랑이었을까? 그렇게 깊고, 큰 사랑이었을까?

지난 일이라고, 과거의 일이라고 사랑이 아니라고 부정하는 건 옳지 않은 행동이었다. 전 애인이니까, 지금 애인보다 '덜' 사랑했다고 생각하는 것 또한 마찬가지이다.

하지만 대경은 승리에 대한 감정을 생각하면, 이안에 대한 사랑이 어느 정도였는지 다시 생각할 수밖에 없었다. 감정을 비교하는 건 옳지 않고, 사랑의 깊이와 크기를 재는 것 또한 해서는 안 되는 일이었지만 그런 것을 생각하면…… 대경은 승리에 비하면 이안에 대해 확신이 없었다.

박승리와는 달리, 차이안의 모든 것을 다 갖고 싶었던 건 아니었다. 그의 모든 것을 다 내주고 싶었던 것도 아니었다. 이토록 소유욕을 느껴본 적도 없었고, 이토록 사랑스럽다고 생각한 적도 없었다.

"승리야."

"응……?"

승리는 대답한 뒤 작게 하품을 했다. 대경은 다시 미소 지었다.

귀여운 여자. 사랑스러운 여자.

이안을, 눈앞의 이 존재만큼 사랑하지는 않았다. 박승리만큼 사랑하지는 않았다.

확신. 승리를 생각하면, 이 세상이 무너져도 절대 흔들리지 않을 확신이 있었다. 승리만을 바라보게 될 거라는 확신.

이 여자뿐이다. 이 여자가 아니면 안 된다.

상처받기 두려워 무의식 속에서만 알고 있었던 사실. 인정하지 않고 있었던 진실. 하지만 결국 그는 깨달았다. 이 여자뿐이라는 걸. 그의 앞으로의 인생에서, 여자는 박승리뿐이라는 걸.

"승리야."

그는 떨리는 목소리로 다시 그녀의 이름을 불렀다.

"왜 자꾸 부르세요, 이대경 씨."

"……해."

"응?"

"사랑해."

승리는 흠칫 몸을 떨더니 천천히 얼굴을 들어 그를 바라보았다. 그녀의 큰 눈동자가 촉촉하게 젖어들기 시작했다.

"정……말?"

"너를 사랑해. 다른 여자가 아니라 너를 사랑해."

한 번 내뱉자, 두 번째로 말하는 건 더 쉬웠다. 대경은 미소 지으며 다시 말했다.

"대용품이 아니야. 난 너를, 박승리를 사랑해. 너만을…… 사랑해."

"정말이지?"

대경은 혀끝으로 그녀의 커다란 눈동자에 맺힌 눈물을 쓸었다.

"정말이야. 믿어줘."

그는 속삭이고, 속삭였다.

"사랑해. 나는 너를 사랑해. 너를……."

승리는 떨리는 두 팔을 들어 그를 끌어안았다. 무슨 말을 해야 할까. 무슨 행동을 해야 할까. 바라던, 원하던 말을 들은 이 순간 가슴이 너무 벅차 그녀는 아무것도 할 수 없었다. 그저, 그를 꼭 안아주는 것밖에.

"믿는 거지?"

대경은 속삭였다.

"나, 믿어주는 거지?"

"응."

한마디. 사랑한다는 그 한마디를 듣는 순간 승리의 심장에 똬리를 틀고 있던 무언가가 태양 빛에 노출된 아이스크림처럼 녹아내렸다. 남은 건 반짝반짝거리는 심장뿐.

그는 승리에게 꼭 안겼다. 이 순간, 그녀는 그와 함께 있었다. 아주 안전하게.

하지만…… 언제까지 안전할 수 있을까. 박태운의 위협은 칼날 같았다. 아주 날카로운 칼날.

다칠지도 모른다. 승리가 피를 흘리게 될지도 모른다. 완전히 잃을지도 모른다.

미칠 듯이 무서웠다. 사랑을 인정한 이 순간, 대경은 그 어느 때보다 더 격심한 공포를 느꼈다.

이 여자를 잃는다면?

승리가 이렇게 위험하게 된 연결 고리는 바로 자신이었다. 물론 승리의 표현대로 박태운이 '악당'이고, 그가 범인이었으며, 이안에 대한 그의 잘못된 욕망이 이제까지의 위험을 불러일으켰다.

박태운을 처리하면 위험은 사라질 것이다. 하지만 제2의 박태운이 생기지 말라는 보장은 없었다. 혹은, 박태운의 잔당들이 복수의 도구로 승리를 사용할지도 몰랐다.

외면하고 싶은 사실이었기에 대경은 더 잘 알고 있었다.

승리가 또 위험해질 가능성이 있다. 이번만이 아니라, 앞으로도 계속 위험해질 수 있다.

나는…… 어떻게 해야 하는 걸까.

"대경 씨."

마치 그의 마음을 읽은 듯, 그녀는 천천히 속삭였다.

"난 대경 씨만 있으면 돼. 나 사랑하는 대경 씨만 있으면 돼. 그러니까 앞으로도…… 무슨 일이 있더라도 이렇게 옆에 있어 줘. 난 그거 하나면 돼. 알았지?"

대경은 고개를 들어 그녀를 바라보았다. 승리가 원하는 건 한 가지뿐이었다. 그가 곁에 있어주는 것.

"약속해 줘. 약속을…… 아?"

순간, 승리는 눈앞이 아득해지는 것을 느꼈다. 눈을 깜빡이자, 블랙홀같이 시커먼 세상이 그녀의 시야에 불쑥 침범했다.

"승리야? 왜 그래?"

대경은 벌떡 일어나 갑자기 품 안에 늘어진 그녀를 안고 흔들었다.

"승리야!"

공포에 질린 그가 비명을 지르자, 승리는 그제야 숨을 다시 쉬면서 한순간의 어둠 속에서 깨어날 수 있었다. 그녀는 몸을 파르르 떨면서 눈을 감았다 떴다.

"어디 아픈 거야? 왜 그래?"

"이상해. 갑자기…… 좀 이상해. 느낌이 좋지 않아."

갑자기 토할 것같이 속이 미식거렸다. 그리고 온몸이 떨렸다.

승리는 미세하게 진동하는 손으로 얼굴을 감쌌다. 그리고 기억하려고 애썼다.

이 느낌…… 이전에 느껴본 적이 있는데…….

승리가 막 기억해 내기 직전, 대경의 휴대폰이 귀를 때리듯 커다랗게 울렸다.

"승리야, 괜찮아?"

대경은 아직도 몸을 떠는 그녀만을 바라본 채 말했다.

언제였지? 언제였더라?

승리는 하얗게 질린 머릿속을 간신히 움직였지만, 기억나지 않았다.

"대경 씨, 전화 받아봐. 뭔가 이상해."

승리가 희미한 목소리로 내뱉자, 잠시 망설이던 대경은 걱정스러운 표정으로 움직였다. 몸을 돌려 머리맡에 있는 테이블에 올려둔 휴대폰을 손에 들었다. 액정이 표시하는 이름은 박승열이었다.

"접니다, 형님. 네. 네……?"

승리는 멍하니 대경을 보았다. 눈을 한 번 깜박이자, 나른한

미소가 어려 있던 그의 얼굴이 순식간에 차디찬 얼음으로 변해
버렸다.

"곧 가겠습니다. 승리는…… 알겠습니다. 데려가겠습니다."

대경은 휴대폰을 내려놓고 눈을 꾹 감았다.

"대경 씨, 무슨 일이야?"

좋지 않은 일이다. 아주 좋지 않은 일.

승리는 본능적으로 알았다.

"무슨 일이야?"

그녀는 비명 지르듯 물었다.

"침착하게 들어."

대경은 그녀의 어깨에 두 손을 올렸다. 불안한 듯 일렁이는
두 눈동자를 똑바로 바라보며, 사실대로 말했다.

"승원이가 위독해."

승리는 그제야 기억해 냈다. 몇 년 전 쌍둥이 오빠 승원이 죽
을 뻔한 위기를 맞았을 때, 그때도 이 느낌에 사로잡혔었
다…….

대경은 답답하고도 무거운 마음을 이길 수 없었다. 그는 흘긋
뒤돌아 뒷좌석에 앉아 있는 승리를 보았다. 승원이 뺑소니 사고
때문에 매우 위독한 상태라는 소식을 들은 뒤, 승리는 입을 꾹
다물고 아무 말도 하지 않고 있었다.

그는 그녀의 얼굴을 다시 한 번 살폈다. 경호 차량의 창문은

까맣게 코팅되어 있었기에 밖은 제대로 보이지 않을 것이다. 그러나 창백한 얼굴의 승리는 창문 밖에 뭐가 있기라도 한 듯 그쪽으로 계속 시선을 두고 있었다. 대경은 손이라도 잡아주고 싶었지만, 그는 그녀의 앞자리인 조수석에 타고 있었기에 그럴 수 없었다.

경호를 받는 대상까지 총 네 명이 경호 차량에 탑승할 시, 정해진 착석 방법이 있었다. 운전자는 운전석에 앉아 운전을 하고, 팀장은 조수석에 타야 했으며 다른 경호원은 운전석 뒷자리에, 경호를 받는 대상은 조수석 뒷자리에 타게 되어 있었다. 현재 승원이 수술 중인 병원으로 가는 차에 탄 대경과 승리도 그런 식으로 앉은 상황이었다.

가장 최선으로 경호하는 방법이었기에 대경은 책임자인 팀장으로서 조수석에 앉은 상태였지만, 그는 그녀의 손조차 잡아주지 못하고 있기에 함께 뒷자리에 앉지 않은 것을 후회했다.

"부장님, 병원까지 십 분 남았습니다."

승리의 왼쪽에 앉아 있는 다른 경호원이 간단하게 브리핑했다. 십 분이라. 어떤 일이 일어나기에 충분한 시간. 대경은 함정일지도 모른다는 것은 잘 알고 있었다. 승리를 집 밖으로 끌어내기 위한 함정.

하지만 병원에 가지 않을 수는 없었다. 기계음같이 무미건조한 목소리로 승열은 말했었다.

승원이 수술을 견디지 못할 가능성이 높다고.

대경은 차마 승리에게 그 사실까지 말해줄 수 없었다. 수술실에 들어가 있는 승원을 보는 게 살아 있는 그를 보는 마지막일지도 모른다. 아니, 저번에 만난 게 마지막일지도.

대경은 승원이 안타까웠다. 그러나 그는 최악의 경우 승리가 얼마나 상처받을지, 그게 더 두려웠다.

"아, 젠장."

대경은 운전사가 작게 투덜거리는 소리에 상황을 날카롭게 살폈다. 그들이 타고 있는 차는 앞뒤로 호위를 받고 있었는데, 신호가 갑자기 바뀌자 앞의 차를 따라가는 데에 실패한 상황이었다.

[경찰한테 걸렸습니다.]

무전기를 통해 앞차에 타고 있는 경호원들이 소식을 전해왔다. 대경은 상황을 살폈다. 승리와 대경이 타고 있는 중간의 차가 따라오지 못한 것을 보고 30m 정도 앞의 도로가에 차를 세운 모양인데, 뒤에 경찰차가 있는 걸 보니 도로가에 정차했다고 검문에 걸린 모양이었다.

"좀 이상한데……."

승리 옆에 앉아 있던 경호원이 중얼거렸다. 대경 또한 소름 끼치는 감각이 척추를 관통하는 것을 느꼈다.

위험하다!

"앞을 봐!"

대경은 소리쳤다. 트럭이 달려들어 오고 있었다. 대경은 손을 뻗어 운전사를 도와 최선을 다해 핸들을 오른쪽으로 비틀었다. 갑작스러운 움직임에 타이어가 귀를 거스르는 소리를 냈지만 차는 오른쪽으로 조금이나마 움직였다. 덕분에 트럭과 정면추돌은 피했지만 완전히 피한 건 아니었다. 트럭은 그대로 운전석을 덮쳤다.

콰직!

운전석 앞부분이 순식간에 우그러졌고 유리창도 산산조각 났다. 그리고 거의 동시에 펑 하는 소리와 함께 에어백이 터졌다. 핏방울도.

후두둑.

대경은 조수석 앞의 에어백이 터지는 소리보다 자신의 얼굴을 적시는 운전사의 핏방울 소리를 먼저 들었다. 에어백 작동 시 터지는 화약 때문에 연기와 냄새가 확 퍼지는 그 몇 초 동안, 트럭의 속도에 밀린 차는 거칠게 뒤로 밀려났다.

조수석에서 터진 커다란 에어백에 파묻힌 대경은 왼손을 더듬어 운전사의 오른 손목을 잡아 맥박을 확인했다. 그가 속으로 짧게 안도의 한숨을 내쉴 때였다.

쿵!

이번에 차를 들이받은 것 또한 트럭이었다. 운전석을 받은 트럭과는 또 다른 트럭. 그것은 차의 왼쪽 부분을 쳤고, 뒷좌석 쪽이 순식간에 우그러졌다. 동시에 승리의 왼쪽에 앉아 있던 경호원은 짧은 비명을 남긴 채 잠잠해졌다.

"승리야!"

에어백 때문에 움직일 수가 없는 대경은 격렬한 공포를 느끼며 소리쳤다. 그는 오른손을 아래로 가져갔다. 그러나 손은 발목까지 닿지 않았다.

"젠장! 승리야! 괜찮아?"

"괘, 괜찮아."

자동차의 움직임에 따라 앞뒤로 퉁겨 정신이 없긴 했지만, 대경이 부르는 소리에 승리는 간신히 대답했다. 앞으로의 상황에 대해 알려주려고 할 때, 대경은 운전석을 박은 트럭에서 얼굴에 까만 스타킹을 뒤집어쓴 사람들이 내리는 것을 보았다. 트럭에서 내린 세 남자는 대경은 무시하고 뒷좌석으로 갔다. 그들 중 한 남자는 들고 있던 야구방망이로 오른쪽 뒷좌석 창문을 내리찍었다.

퍽퍽!

승리가 흠칫 몸을 떨며 왼쪽으로 피할 때, 남자는 다시 창문을 내리쳤다. 창문 유리는 둥그렇게 갈라지면서 깨졌고, 파편은 차 안으로 후드득 떨어졌다. 남자는 깨진 창문 사이로 손을 쑥 넣어 잠금장치를 만져 문을 열었다.

"뭐, 뭐야!"

승리는 흔들리는 목소리로 소리쳤다. 남자는 승리에게로 손을 뻗었다. 그녀는 반사적으로 남자의 손을 피해 왼쪽으로 피했지만, 소용없었다. 남자의 거친 손은 승리의 손목을 낚아챘다.

"대경 씨!"

승리의 비명. 공포에 질린 승리의 비명.

대경은 어깨가 고통스러울 정도로 몸을 접어 오른손을 한껏 내렸다. 간신히 발목에 닿았고, 그는 발목에 차고 있던 비수를 뽑아 들어 에어백을 아래에서 위로 올려 찍었다.

"이거 놔!"

두 손목을 붙들린 승리는 차 밖으로 끌려 나갈 수밖에 없었다. 그녀는 밖으로 나오자마자 남자의 정강이를 있는 힘껏 걷어찼다. 정통으로 얻어맞은 남자는 허리를 꺾으며 고통스러워했다. 다른 남자는 그것을 보고 승리의 복부를 향해 망설임없이 강하게 주먹을 휘둘렀다.

퍽!

아팠다. 숨을 쉴 수 없을 만큼 너무 아팠다.

승리가 비틀거리자, 남자는 그 틈에 승리를 어깨에 들쳐 멨다. 그녀는 저항하려 했지만 너무 아파서 몸에 힘을 줄 수가 없었다.

대경의 비수에 찔린 에어백은 푸슈슉하는 소리를 내며 공기를 내뿜고 작아졌고, 그제야 몸을 움직일 수 있게 된 대경은 깁스를 한 왼손으로 안전벨트를 끄르는 동시에 문을 거칠게 열어젖혔다.

"승리야!"

대경은 오른손에 들고 있던 비수를 왼손으로 옮긴 뒤, 오른손으로 왼쪽 발목에 찬 홀스터에서 총을 꺼냈다. 그는 승리를 메고 있는 채로 건너편 도로가에 주차해 놓은 커다란 SUV로 달려가는 사내를 겨냥했다. 하지만 승리가 다칠지도 모른다는 생각이 떠오르자, 머뭇거릴 수밖에 없었다.

순간, 왼쪽에서 야구방망이가 날아왔다. 정통으로 가격당한 대경은 옆으로 쓰러졌다. 두 남자가 그의 손에 들려 있던 총을 먼 곳으로 차버리며 다가왔다. 대경은 바닥을 박차고 일어나며 왼손에 들고 있던 비수를 그대로 한 남자의 어깨에 꽂아 넣었다.

"으아악!"

남자는 비명을 지르며 뒤로 밀려났고, 대경은 깁스를 한 왼손을 다른 남자에게 그대로 휘둘렀다. 남자는 턱을 얻어맞고 비틀거렸고, 대경은 몸을 돌려 SUV로 뛰어갔다. 승리를 메고 갔던 남자는 승리가 차 안에 들어가지 않으려고 버둥거리며 발로 차자 승리의 얼굴을 후려치고 있었다.

죽여 버리겠어!

대경은 살기를 내뿜으며 발을 더욱 빠르게 놀렸다. 몇 발자국 남겨놓고 있지 않을 때였다.

"대경 씨!"

남자에 의해 SUV 뒷좌석으로 구겨져서 들어가던 승리는 대경의 등 뒤를 보고 비명을 질렀다. 그와 동시에 대경은 등을 강타하는 격한 통증을 느꼈다.

대경이 넘어지지 않으려 애쓸 때, 대경에게 턱을 얻어맞은 남자가 쫓아와 방금 야구방망이가 치고 간 그 자리를 다시 후려쳤다.

신음이 터져 나왔다. 그러나 대경은 고통을 내리누르며 반격하기 위해 몸을 돌렸다. 남자는 대경의 주먹에 얻어맞았지만, 다른 남자가 나타나 품속에서 꺼낸 얇은 칼을 그대로 대경의 왼쪽 어깨에 꽂아 넣었다.

"대경 씨! 대경 씨!"

"시끄러워!"

승리를 SUV에 태운 남자는 다시 승리의 뺨을 후려쳤다. 승리는 반대편 창문으로 쿵 하고 밀려났다. 남자는 승리의 복부를 다시 강하게 쳤다.

숨이 막힐 만큼 아팠다. 그리고 갑자기 시야가 흐려졌다. 승리는 자신이 정신을 잃고 있다는 것을 알았다. 노력했지만, 감기는 눈을 어쩔 수가 없었다. 승리는 눈이 완전히 감기기 전, 열린 문을 통해 마지막으로 대경을 바라보았다. 피를 흘리며 쓰러지는 그녀의 남자를.

"죽이지 말라는 명령이 한스럽군."

남자는 쓰러진 대경에게 침을 뱉었다. 대경의 비수에 찔렸던 남자는 기다시피 걸어오더니 대경의 머리를 퍽 하고 소리가 날 정도로 강하게 걷어찼다.

"이봐, 그만 해."

남자는 동료를 말린 뒤, 부축해서 재빨리 SUV에 탔다. 저 앞에서 경찰로 위장해서 앞 경호차를 습격했던 동료들과 뒤에서 경호원들을 공격한 동료들이 따라오는 것을 확인한 뒤, 차를 출발시켰다.

SUV는 떠났고, 남겨진 사람들 중 의식이 있는 사람들은 순식간에 벌어진 사건에 놀라 아무 행동도 취하지 못하고 있던 몇 명의 목격자들뿐이었다.

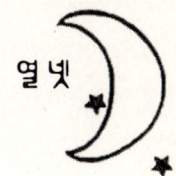

열 넷

오랜 시간 함께 일한 만큼, 마 계장은 승열이 '정말로' 분노하면 어떤 모습이 되는지 아주 잘 알고 있었다. 바로 지금처럼 되었다.

일할 때의 승열은 무표정하다는 말을 자주 들을 만큼 표정이 많지 않은 편이었다. 그러나 정말로 분노한 지금은 얼굴에 아무것도 떠올라 있지 않았다. 문자 그대로 무표정이 되었고, 목소리 또한 지나칠 만큼 아주 낮게 변해 어떤 감정도 새어나오지 않았다.

"번호판을 발견했다더군요."

승열은 병원으로 달려온 마 계장에게 간단하게 방금 들어온 소식을 이야기해 주었다. 마 계장은 승열의 목소리를 듣고, 표정을 보고 가슴 한 켠이 서늘해지는 것을 느꼈다.

"중간에 번호판을 다른 것으로 바꾸고 달아난 모양입니다. 발견한 장소는 사고 장소에서 멀지 않은 곳이라, 추적하기도 그렇더군요."

"검사님."

마 계장은 승열의 어깨를 한 손으로 잡고 꼭 붙들었다.

"괜찮으세요?"

승열은 대답하지 않았다. 한순간 그의 눈동자에 끝없는 슬픔과 격렬한 걱정이 스쳐 지나갔지만, 그 감정의 파편들은 마 계장이 더 자세히 보기 전에 사라졌다. 그리고 다시 승열은 무표정으로 돌아갔다.

"검사님 지시대로 고한파들을 다 잡아들이고 있대요."

마 계장은 조심스럽게 병원에 오기 전에 보고 받은 내용을 입에 올렸다.

"지금 체포하고 있는 쪽은 박해우의 반대파들이지만, 곧 박해우 패거리까지 전부 다 체포할 수 있을 거예요."

승열은 무겁게 입을 열었다.

"……이상해요. 아무리 박태운이 이대경에 대한 복수심 때문에 이성을 잃은 상황이라고 해도, 그 패거리들이 돌이라고 해도 이건 정도를 지나쳐요."

저번 사건이야 그렇다고 해도 박태운은 형사를 건드렸고, 검사와 형사의 동생을 납치했다. 이런 미친 일을 저지르고도 빠져나갈 구멍이 있다고 생각한 건가? 어떻게?

승렬이 그런 생각을 하고 있을 때, 마 계장은 조심스럽게 질문했다.

"이대경 씨는…… 어떤가요?"

"안 좋대요. 승원이만큼은 아니지만."

바로 옆 병실에 입원했지만, 승렬은 대경에게 가보지 않았다. 그리고 싶지 않았으니까. 그는 고개를 돌려 수술실 문 위를 바라보았다. 수술 중이라는 글씨에 빨간 불이 들어와 있었다. 저 불이 켜지기 전, 의사는 각오하는 게 좋을 거라고 했었다. 꺼진 뒤에는 무슨 소식을 전해줄까?

"끝났네요."

마 계장은 빨간 불이 꺼지자 긴장한 목소리로 말했다. 승렬은 기다렸다. 곧 문이 열렸고, 땀으로 흠뻑 젖은 수술복을 입고 있는 의사가 복도로 나왔다. 마 계장은 서둘러 의사 앞으로 다가갔다.

"어떻습니까?"

"다행히 수술은 성공적입니다."

승렬은 밀려드는 안도감에 정신이 아찔했다.

"생명에 지장은 없는 겁니까?"

"네. 하지만……."

대답하는 의사의 얼굴은 밝지 않았다.

"정면으로 충돌했기 때문에 몸 오른쪽 부분에 손상이 큽니다. 재활에 상당한 시간이 걸릴 겁니다. 특히 뇌에 충격을 많이 받았습니다. 지켜봐야 할 것 같습니다. 그리고……."

의사는 잠시 머뭇거렸다가 말했다.

"척추 쪽에 손상이 있을지도 모릅니다."

"전신마비가 될 가능성이 있다는 말입니까?"

승열은 더욱더 낮게 깔린 목소리로 물었다. 그의 질문에 의사는 불안하게 고개를 끄덕였다.

"의식을 회복할 때까지 기다려야 확인할 수 있습니다."

승열은 아무 말도 할 수가 없었다. 마 계장이 어떤 말을 해야할지 고민하며 안타까워할 때, 승열의 휴대폰이 울렸다. 승열은 손을 떨지 않으려고 노력하며 휴대폰을 열었다.

[박승열 씨? 은현건입니다.]

대경의 고등학교 동창이자 화성그룹의 소유주였다. 그리고 승리의 가장 친한 친구이자 동업자인 지원의 남편이기도 했다.

[방금 사건 소식을 들었습니다. 도와드리고 싶습니다.]

화성그룹의 외주 경호팀원들은 세 시간 전쯤에 승리의 경호를 실패했다. 그러나 그건 고한파 조직원들이 경찰차로 위장해서 현혹한 데다가 양옆에서 두 대의 트럭으로 경호원들이 타고 있는 차를 샌드위치 만들듯이 박아버려 손을 쓸 시간 자체를 주지 않았기 때문이다. 그 덕에 경호원들은 모두 크게 다쳤다.

한 번 실패했다지만, 화성그룹의 경호팀은 청와대를 제외하고 국내 최고였다. 공권력이 없는 단체였기에 사건이 해결되더라도 뒷수습이 골치 아플 게 뻔했다. 하지만 승열은 더 이상 망설이지 않았다.

모든 수단을 다 동원할 것이다. 모든 수단을!

"현재 고한파 조직원들을 색출하고 있습니다. 그들을 수색하고 체포하는데 도움 부탁드립니다."

[서초경찰서로 김종운 경호실장과 화성그룹 경호 1팀을 보내겠습니다.]

"감사합니다."

[아닙니다. 대경이 그 친구는 어떻습니까?]

"아직 의식불명입니다."

[……박승리 씨의 소재지는 파악이 됐는지요.]

"국정원에서 연락이 오길 기다리는 중입니다."

국내 최고의 정보 단체. 승열은 사고 소식을 접하자마자 바로 국정원으로 전화를 넣었다. 주명우 제1차장과 연결되지 못했지만, 직원에게 말을 해놓았으니 사건에 대해 바로 파악에 들어갔을 것이다.

수색에 참여하고 있는 인원은 많았다. 동원된 경찰들은 고한파 조직원들을 체포하면서 박태운의 은신처를 뒤지고 있었다. 그러나 승리가 어디로 끌려갔는지는 알 수가 없었다.

승열이 기대하고 있는 것은 국정원의 정보였다. 박태운과 접촉할 수 있는 것은 고한파의 꼭두각시 보스인 박해우와 민연아라는 그 여자뿐.

그 둘 중 한 명의 소재를 파악할 수 있다면, 박태운이 어디에 있는지, 그리고 승리가 어디로 끌려갔는지 알 수 있을 것이다. 어쩌면.

[다른 도움이 필요하면 바로 전화해 주십시오.]

현건의 말에 승열은 다시 한 번 감사를 표한 뒤 통화를 끝냈다. 그리고 기다렸다.

"대경 씨."

사랑을 나눈 뒤, 그의 품에 꼭 안겨 있던 승리는 귀여운 두 볼을 살짝 붉히며 말했다.

"대경 씨라고 그러는 거 좀 그렇지?"

"응?"

"사실 난 무슨 씨라고 하는 거 거리감 느껴지거든."

"그래?"

"응. 그러니까 다른 호칭 쓸게."

대경은 승리의 이마에 부드럽게 입을 맞추었다. 사랑스러운 여자.

"다른 호칭 어떤 것 말이야?"

"음, 대경 오빠? 읔. 이상하다."

말하고 나서 승리는 혀를 낼름 내밀었다.

"오빠들이 너무 많아서 대경 씨까지 오빠라서 부르는 건 좀 그래."

"그럼?"

대경의 생각으로는 오빠도 괜찮았다. 하지만 승리가 워낙 오빠들이 많은지라 오빠라고 불리는 건 확실히 그랬다. 솔직하게 말해서, 대경은 승리의 오빠들과 같은 대접을 받고 싶지 않았다.

"자기는 어때?"

"응?"

"자기 말이야."

승리는 대경의 가슴 위로 올라가 그를 내려다보았다. 그러고는 입술을 모아 다시 말했다.

"자기야."

대경은 얼굴에 열이 확 오르는 것을 느꼈다. 승리는 홍조가 오른 얼굴로 이어 말했다.

"아직 익숙하지는 않지만…… 많이 부르다 보면 익숙해지겠지?"

대경은 그녀를 끌어당겼다. 부드러운 입술에 키스했고, 나긋나긋한 몸을 껴안았다.

사랑스러운 여자. 이 세상에서 가장 사랑스러운 존재.

모든 것을 다해 지키리라. 내 생명을 바쳐서라도 안전하게 지키리라.

"거짓말."

대경은 고개를 들었다. 승리가 말하고 있었다. 이 세상의 모든 사랑을 담아 바라보던 방금과는 달리, 차갑디차가운 눈동자로 그를 쏘아보며 원망하고 있었다.

"나 안전하게 지켜주겠다고? 거짓말쟁이."

"승리야……?"

승리는 눈을 감았다 떴다. 대경은 보았다. 그녀의 두 눈에서 시뻘건 피가 흘러내리기 시작했다.

"거짓말쟁이. 거짓말쟁이!"

승리의 입에서도 붉은 핏방울이 터져 나왔다. 대경의 얼굴을 적신 그 핏물은 후두둑 바닥으로 흘러내렸고, 대경은 곧 깨달았다. 온 세상이 시뻘겠다. 승리의 피로.

"승리야!"

대경은 눈을 떴다.

삐―

처음으로 들은 것은 그의 상태를 탐색하던 모니터가 무겁게 병실을 메우고 있는 소리였다. 그 다음으로 그를 거세게 후려친 것은 격한 두통이었고, 곧 어깨를 불로 지진 듯한 통증이 뒤따랐다.

대경은 기억했다. 그녀가 그에게 사랑을 고백한 뒤 호칭에 대해서 잠시 이야기를 했던 기억. 그러나 마지막 부분은 기억이 아니라 꿈이었다. 승리가 그를 거짓말쟁이라고 한 것, 승리가 그렇게나 많은 피를 흘린 건 꿈…… 이었다. 그러나 기억이 아니라 악몽이라고 해도 안심이 되는 건 결코 아니었다. 승리가 납치당한 건 사실이니까.

"간호사! 간호사!"

몸을 일으킬 수가 없었다. 승리를 찾으러 뛰쳐나갈 수가 없었다. 자신이 병원에 있다는 것을 깨달은 대경은 간호사를 찾아 비명을 질렀다. 그의 외침이 끝나기도 전에 병실 문이 거칠게 열리며 누군가 서둘러 들어왔다. 승열이었다.

"승리는……!"

깁스를 한 왼손에는 힘이 들어가질 않았다. 대경은 오른 손바닥으로 침대를 밀었다. 부들부들 떨렸지만, 온 힘을 집중하자 그는 간신히, 아주 간신히 일어나 앉을 수 있었다.

"승리는 어떻게 됐습니까!"

대경은 자신이 소리를 쳤다고 생각했지만, 겨우 승열에게 닿을 정도였다.

"찾는 중이야."

승열은 천천히 침대 앞으로 걸어갔다.

"승원이는? 다른 경호원들은?"

"승원인 아직 안 깨어났어. 생명에는 지장없고. 다른 경호원들도 좀 많이 다쳤는데, 위중하지는 않아."

승열은 차마 자세하게 말하지 못했다. 대경은 두 배로 심해진 격통 때문에 머리를 들 수가 없었다. 사물이 두 개로 보였고, 갈비뼈가 부러지기라도 했는지 숨을 쉴 때마다 고통스러웠다. 그러나 그는 발을 바닥으로 내리는 데 성공했다.

"누워."

승열은 낮은 목소리로 명령을 내렸다. 그러나 대경은 무시했고, 일어섰다.

"누워!"

승열은 고함을 지를 수밖에 없었다. 대경이 이번에도 그 말을 듣지 않고 비틀거리며 걸음을 내딛자, 승열은 대경의 오른쪽 어깨를 잡고 뒤로 밀었다.

쿵. 걷는데 모든 것을 집중하고 있던 대경은 그대로 벽으로 떠밀렸다. 다시금 엄청난 통증이 그의 몸 구석구석을 후려쳤다. 그러나 대경은 치밀어 오르는 신음을 흘리지 않았다. 자신은 고통을 느낄 자격조차 없었으니까.

"어딜 가는 거지?"

승열의 목소리가 다시 아주 낮게 변했다. 그는 대경이 움직이지 못하게 어깨를 거칠게 쥐고 뒤로 더욱 세게 밀었다.

"납치당한 승리를 찾으러 가는 건가?"

"형님."

대경은 힘들게 입을 열었다.

"죄송합니다. 승리를…… 지키지 못했습니다."

사실 승열은 죽기 직전까지 대경을 두들겨 패줄 생각이었다. 그러나 대경의 이마에 두텁게 감겨 있는 붕대에 말라붙어 있는 핏방울이 눈에 들어오자, 승열은 주먹을 쥘 수조차 없었다.

대경은 상태가 심각했다. 승리가 납치당했다는 것에 격분한 나머지 대경을 보지 않았지만, 승열은 의사로부터 대충 이야기는 들었다. 병원에 처음 실려왔을 때 대경은 심각한 뇌진탕 증세를 보였다고 들었다. 거기다가 어깨에 박힌 비수는 상처는 작았지만 상당한 출혈을 야기했고, 야구방망이에 강타당한 등 왼쪽 전체가 시퍼렇게 변해 있었다. 그것만이 아니었다. 승열은 의사에게 대경의 갈비뼈에 금이 갔다는 것을 들었다. 기절하고 싶을 만큼 괴로울 것이다.

"자네 탓이 아니야."

승열은 대경을 보았다. 눈앞의 남자는 죽음보다 더한 고통을 겪고 있었다. 그런데 어떻게 그의 탓이라고 말할 수 있겠는가?

"깨어났군."

승열의 등 뒤에서 낯익은 목소리가 들려왔다. 대경은 간신히 고개를 들어 바라보았다.

"숙부님."

대경은 최선을 다해 노력했다. 눈을 몇 번 더 깜빡이자, 그제야 두 명으로 보이던 주명우가 한 명으로 보였다.

"그 꼴로 나가려는 거냐?"

명우는 대경의 발끝부터 머리끝까지 훑어보았다.

"아직 자네 여자가 어디에 있는지 몰라. 알아낼 때까지 누워 있기나 해."

"박해운과 민연아에 대해서 아직 파악 안 된 겁니까?"

국정원 제1차장과 처음 만나는 것이었지만, 인사를 할 정신이 없었다. 승열은 대경이 쓰러지지 않도록 팔을 잡아 부축하며 물었다.

"찾는 중입니다."

명우는 짤막하게 답했다. 그는 고갯짓으로 침대를 가리켰다.

"알게 되면 바로 깨울 테니 누워 있어. 최소한 걸어 다닐 힘이 생길 때까지는 쉬어야 해."

"아니오. 괜찮습니다."

대경은 벽을 짚은 손에 힘을 주었다.

"승리가 납치당했는데…… 이대로 있을 수 없습니다."

명우는 짧게 한숨을 내쉰 뒤 손을 뻗어 대경의 목 한 부분을 강하게 타격했다. 대경은 저항했지만, 소용없었다. 그는 곧 암흑 속으로 빨려들어 갔다.

"뭐 하는 겁니까?"

명우는 쓰러지는 대경을 붙들어 침대에 눕혔다. 당황한 승열은 다그치듯 질문했다.

"이렇게 강제로라도 재우지 않으면 이 녀석은 달려나갈 겁니다. 그리곤 만신창이가 되겠지요."

승열은 명우의 말에 담긴 의미를 알아들었다. 명우는 옆으로 손을 내밀었다. 등 뒤에 있던 국정원 요원 한 명이 파일을 내밀었다.

"아직까지는 이 녀석이 나설 필요가 없지요. 좀 쉬어야 본격적으로 행동할 수 있을 테고. 멍청한 박해우는 우리끼리도 충분합니다."

승열은 알아들었다.

"박해우의 소재지를 찾은 겁니까?"

명우는 고개를 끄덕였다.

"이곳으로 오기 직전에 체포했습니다. 제대로 취조한 건 아니지만, 박해우는 자기 형이 어디에 사는지도 모르더군요. 결국 남은 건 민연아입니다. 민연아의 소재지는 파악을 못했지만, 과거에 대해서는 대충 정보를 입수했습니다."

명우는 승열에게 파일을 건네주었다. 승열은 천천히 읽기 시작했다.

승리는 눈을 떴다.

"아윽……!"

아팠다. 비명 서린 신음이 저절로 터져 나올 만큼 몸 여기저기가 너무 아팠다. 승리는 움직일 수조차 없었다. 숨도 쉬지 못한 채, 괴로워할 수밖에 없었다.

그나마 통증이 가라앉아 다시 제대로 호흡할 수 있게 된 건 한참 뒤의 일이었다. 승리는 떨리는 손을 들어 줄줄 흘러내린 눈물을 닦았다.

왜 이렇게 아프지? 여긴 어디지? 내가 왜 여기에 있는 거지?

몸을 움직였다가는 더 큰 고통이 찾아올 것 같았다. 승리는 누워 있는 상태 그대로에서 눈만 움직였다. 왼쪽 팔에서 1m도 안 되는 거리에 벽이 있었는데, 그 벽의 오른쪽 끝부분에 창문이 있는 듯했다. 커튼으로 가려진 듯싶었지만, 조그마한 틈 사이로 엷은 석양빛이 새어들어 왔다. 덕분에 승리는 어렴풋하게나마 자신이 있는 장소를 알 수 있었다. 직사각형 모양의 크지도 작지도 않은 공간이었다. 창고인 듯, 싸늘한 콘크리트 바닥에 나무 상자 몇 개가 어지럽게 널려 있었다.

그녀는 천천히, 아주 천천히 몸을 일으켰다. 목 뒷부분이 울렸고, 뭔가로 세게 얻어맞은 듯 배가 너무 아팠다. 그리고 왼쪽 발목에 무언가 이상한 게 느껴졌다.

승리는 천천히 손을 뻗었다. 섬뜩하리만큼 차갑고 단단한 것이 발목을 감고 있었다. 손가락 끝으로 조심스럽게 만져 본 뒤, 깨달았다. 족쇄였다.

통증을 잊어버릴 만큼 큰 충격 속에서, 승리는 그제야 기억했다.

승원의 사고 소식. 대경. 그리고 납치.

"대경 씨?"

승리는 멍하니 대경을 불러보았다.

살아…… 있을까? 그 나쁜 놈들이 휘두른 야구방망이에 아주 세게 강타당하고 비수에 찔린 뒤 쓰러졌었다. 바닥으로 흘러내린 그 흥건한 건 분명 그의 피였다.

"으흑…… 흑……."

차 오르는 눈물은 끝이 없었다. 한참을 멍하니 울던 승리는 누르고 또 눌렀다. 이렇게 울기만 해서는 안 된다는 걸 잘 알았으니까.

납치당하기 전, 언제나 확신이 있었다. 위험에 처하거나 도움이 필요하게 될 때, 오빠들과 대경이 구하러 와줄 거라는 확신.

하지만 더 이상은 아니었다. 물론 승열이나 다른 오빠들은 괜찮을 것이다. 그러나 승원과 대경이 어떻게 됐는지는 몰랐다.

사랑하는 두 남자가 잘못됐을지도 모른다는 악몽 같은 생각이 떠오르자, 승리는 차라리 다시 기절하고 싶었다. 무의식의 세계 속에서는 현실을 부정할 수 있으니까. 하지만 그렇다고 그 두 남자가 다쳤고, 자신이 납치당했다는 현실이 변하는 건 아니다.

승원 오빠와 대경이 죽었다고…… 생각하지 말자. 승원도 대경도, 그냥 조금 다친 걸로 생각하자. 그렇지 않으면, 견딜 수 없으니까. 오빠가 그리고 대경이 다친 것에 불과한 게 아니라 죽었다고 생각하면…… 거대한 절망감에 짓눌릴 수밖에 없었다. 그렇게 되면 끝이다.

다쳐선 안 된다. 나쁜 일을 당해선 안 된다. 지금 이 순간, 속이 타 들어갈 정도로 걱정하고 있을 오빠들을 위해서, 그리고 대경을 위해서 더 그랬다.

대경은 전 약혼녀가 그의 잘못으로 다친 것도 아닌데도 오 년 동안 괴로워했었다. 그런데 자신까지 다치고, 안 좋은 일을 당한다면…… 대경은 산산조각 날 것이다.

지금 이 순간, '많이 다치지 않은' 대경은 괴로워하고 있을 것이다. 미치기 직전까지 고통스러워하고 있을 것이다. 그런 그에게 상처를 덜 주는 방법은, 자신이 안전해지는 것뿐이었다. 오빠들을 위해서, 그리고 대경을 위해서, 그렇게 해야 했다.

도망쳐야 해.

승리는 깊게 숨을 쉬고 내뱉었다. 눈을 꾹 감았다가 뜨며, 한결 맑아진 정신으로 생각했다.

도망쳐야 된다. 하지만, 어떻게?

승리는 왼쪽 발목을 감고 있는 족쇄를 보았다. 보는 것만으로도 소름 끼치는 차디찬 족쇄는 쇠사슬로 연결되어 있었다. 쇠사슬은 2m 정도의 길이였는데, 창고의 모서리에 박혀 있는 쇠기둥을 감싸고 있는 다른 족쇄까지 이어져 있었다.

승리는 천천히 일어나 보았다. 몸은 여전히 욱신거렸지만, 그래도 기운을 내야 했다. 다시 심호흡을 한 뒤 걸어보았다. 움직일 때마다 왼발의 족쇄가 맨살에 닿았다. 소름 끼쳤다.

쇠기둥은 창고의 모서리에 박혀 있었다. 모서리의 앞과 옆이 벽인만큼, 결국 승리가 움직일 수 있는 공간은 모서리 주변의 2m뿐이었다. 반경 2m짜리 원의 4분의 1밖에 안 되는 공간.

승리는 새까맣게 물들어가는 석양빛을 따라 고개를 들어보았다. 창문은 모서리 쪽에 있었기에 현재 서 있는 곳 바로 위에 있었다. 문제는, 창문은 높은 곳에 있었다.

승리는 발끝을 들며 최대한 손을 높게 뻗어보았다. 7㎝짜리 샌들을 신고 있었지만 소용이 없었다. 힘을 주어 껑충 뛰어보니, 겨우 창문 밑에만 손끝이 닿을 뿐이었다.

승리는 몸을 돌려 벽에 등을 기댔다. 그러고는 창고 안을 유심히 살피기 시작했다. 콘크리트로 만들어진 직사각형의 공간에는 지독한 먼지 이외에는 별다른 것이 없었다. 몇 개의 나무 상자 이외에는.

5m 정도 거리에 있는 반대편 벽에 쌓여 있는 그 상자들을 디딤대로 쓰면 1m 높이를 만들 수 있을 것 같았다. 승리는 순간 족쇄를 잊고 앞으로 걸어갔다. 그러다 딱 2m가 됐을 때, 팽팽하게 된 쇠사슬에 붙잡혀 앞으로 나뒹굴고 말았다.

"아얏!"

저절로 비명이 나오자 승리는 재빨리 입을 꼭 다물었다.

정말이지 한심했다. 누군가 오기 전에 도망쳐야 하는데 비명이나 지르고 있다니. 하지만 도망칠 수 있을까?

승리는 까져 쓰라린 무릎을 조심하며 앉았다. 다리를 앞으로 뻗어 왼쪽 발목을 단단히 감고 있는 족쇄를 석양빛에 비춰 보았다. 시커먼 그것은 낡아 보였다. 그러나 쇠로 만들어져 있었고, 이 조그만 열쇠 구멍에 들어갈 수 있는 열쇠가 없다면 풀 수 없을 것 같았다.

이걸 끊을 수만 있다면, 도망칠 수 있을 텐데. 오빠들에게, 대경에게 돌아갈 수 있을 텐데.

승리가 끅끅거리며 눈물을 내리누를 때였다. 지나칠 만큼 정적이 감돌았던 창고 밖에서 발자국 소리가 들려왔다. 가까워질수록 점점 더 커지는 소리.

승리는 심장이 멎는 것 같았다. 얼어붙은 그녀가 아무 생각도 하지 못하고 있을 때, 소름 끼치는 비명을 지르며 창고의 문이 열렸다.

열다섯

"**깨**어났군."

병실 침대 앞의 의자에 앉아 있던 명우는 대경이 눈을 뜨는 것을 보았다.

얼마나 누워 있었던 걸까? 이전에 깨어났을 때보다 통증도 덜했고, 몸이 편해졌다는 것을 분명히 느낄 수 있었다. 그래서 대경은 스스로를 더 용서할 수가 없었다.

승리가 어떤 일을 당하고 있는지도 모르는데 난 이렇게 편하게 누워 있었다니!

"무슨 생각을 하고 있는지 알겠군."

명우는 대경의 표정을 보고 말했다. 대경은 말이 제대로 나오지 않자, 목을 가다듬었다.

"승리, 찾았습니까?"

작고 말라붙은 목소리였다. 명우는 왼편의 테이블에 놓아둔 물컵을 대경에게 내밀었다. 그러나 대경은 받는 대신 침대에 일어나 앉았다. 명우는 솟구치는 짜증을 내리누르며 대경의 오른쪽 어깨를 꽉 붙들었다.

"아직이야, 그러니 어서 도로 누워."

대경은 오른손을 들어 명우의 손목을 잡았다. 명우는 한쪽 눈썹을 치켜올렸다.

"아까보다 힘이 돌아왔군. 하지만 아직 멀었어."

"승리가 납치된 지 몇 시간이 지난 겁니까?"

"열 시간 정도."

대경의 파리한 얼굴에 살기가 번뜩이기 시작했다. 그는 명우의 손을 거칠게 뿌리치고 자리에서 일어났다. 순간 현기증이 일어났지만, 대경은 눈을 똑바로 뜨고 내뱉었다.

"막지 마십시오."

"어디로 가려고? 정보도 없는데 여기저기 마구 뒤지고 다니는 건 오히려 시간 낭비라는 거 알잖아? 더군다나 그 상태로는 절대 안 돼. 그 꼴로는 방해만 된다고."

"알고 있습니다."

대경은 알고 있었다. 아무리 잠시 쉬었다지만, 부러졌는지 아니면 금이 갔는지 알 수 없는 갈비뼈와 비수에 찔린 왼쪽 어깨의 통증은 너무 거셌다.

"하지만 그렇다고 해서 이대로 손 놓고 있을 수는 없습니다. 승리는…… 승리는……."

대경은 이어 말을 할 수가 없었다. 무슨 말을 해야 할지도 알 수 없었다.

"멍청한 놈."

명우는 쏘아붙이듯 말했지만, 짧게 한숨을 내쉬었다.

"박해우는 체포됐어. 자기 형에 대해 아는 게 거의 없지만 민연아에 대해서는 좀 알더군. 자네와 박승원 형사를 습격한 열두 명의 조폭들 기억나지? 오민수 형사가 그중 두목인 녀석에게 민연아에 대해 물어봤는데, 그제야 박태운을 약간 기억해 내더군."

대경은 그 두목을 쉽게 떠올릴 수 있었다. 박태운에 대해 알고 있던 것처럼 보이던데, 역시 그런 모양이었다.

"말씀해 주세요."

"말하지. 식사하고 나면."

명우는 병실 문을 열어 앞을 지키고 있는 요원에게 식사를 부탁했다.

"숙부님, 그럴 시간이 없습니다."

"시간이 없기는 뭐가 없어? 식사부터 해. 식사하고, 진통제 맞은 뒤에 알려주지."

"……진통제는 맞지 않겠습니다."

대경은 힘들게 말했다. 지금 이 순간, 승리는 고통받고 있을 것이다. 그런데 어떻게 내가 편하게 있을 수 있을까?

명우는 이번에는 짜증을 숨기지 않았다. 그는 성큼 다가와 대경의 앞에서 고함지르듯 말했다.

"멍청한 자식! 편하라고 진통제 맞으라는 거 아니야. 그 상태로는 제대로 판단을 못하니까 그런 거다! 한순간의 잘못된 판단이 모든 걸 다 날려 버릴 수 있다는 걸 알면서 대체 왜 이렇게 미련하게 굴어!"

대경은 바닥에 고개를 떨어뜨렸고, 아무 말도 하지 못했다.

침묵 속에서, 곧 노크 소리가 들렸다. 요원이 식사를 가지고 오자 대경은 명우의 감시 속에서 식사를 끝낸 뒤 진통제를 맞았다.

"서초경찰서로 가지. 거기가 본부야. 그곳에 박해우가 있어. 박 검사도 지금 그쪽에 가 있고."

대경은 간단하게 세수를 한 뒤, 명우가 준비해 놓은 슈트를 입고 천천히 병원을 나섰다. 진통제 덕분에 통증은 많이 사라졌지만, 여전히 고통스러웠다. 그러나 대경이 미칠 것 같이 아픈 부분은 육체가 아니었다.

"민연아라는 그 여자 말이야, 팔자가 기구하더군. 친척 하나 없는 천애고아더라구. 어렸을 때 부모를 잃고 고아원에서 자란 모양이야."

경찰서로 가는 차 안에서, 대경은 명우의 설명을 들으며 파일을 열었다. 파일에는 고등학교 때의 평가가 간단하게 적혀 있었다.

〈착하고 성실함. 나이에 비해 생각이 깊으며, 소박함. 고아 출신이라 그런지 형제나 가족이 있기를 바랐음.〉

명우는 안타깝다는 어조로 말했다.

"공부는 잘한 모양인데, 돈이 없었던 모양이야. 이것저것 다 해보다가 대학교 등록금이 안 벌려서 술집에서 일하게 됐었나 봐. 돈을 조금 벌었는지 등록금도 내고 대학교에 입학했더군. 그런데 결국 대학 생활은 못했어."

대경은 파일에 나타난 기록을 보고서야 민연아가 왜 그랬는지 알게 되었다.

〈8년 전, 출산 몇 달 뒤 호주로 입양 보냄.〉

"돈이 없어서 키울 상황이 안 된 모양이야. 입양을 보낸 뒤 아이에게 보낼 돈을 벌기 위해 이 직업 저 직업을 전전하다가 다시 술집으로 돌아갔다고 해. 계좌 내역을 보니 그 뒤부터 번 돈을 거의 대부분 아이에게 보내고 있더군. 아이를 다시 데려오고 싶어하는 것 같아."

"아이 아버지가 누구인지 알아내셨나요?"

"아직."

"박태운일까요?"

"박해우가 그건 아니라고 하더군. 거짓말이 아닌 것 같아. 박태운의 아들이라면 박해우한테는 조카일 텐데, 그런 눈치가 전혀 아니거든."

"민연아와 박태운은 정확히 언제부터 연관된 겁니까? 박태운이 뒤에서 일하기 시작했을 때?"

오 년 전, 박태운이 이안을 스토킹했다는 것을 알게 됐을 때 대경은 고한파와 관련된 모든 정보를 캐냈었다. 원래 고한파의 최고보스는 박해우가 아니라 다른 사람이었는데 그러다 팔 년 전, 여러 세력으로 나뉘어 싸움이 벌어졌었다. 그 과정에서 고한파는 상당히 궁지에 몰렸었는데 그때 중간보스 박해우가 최고보스를 비롯해서 다른 패거리를 척결하고 고한파를 수습하면서 자연스럽게 최고보스가 되었다. 원래 박해우는 몸으로만 밀어붙이던 무식한 깡패에 불과했기에 대경은 이때부터 박태운이 동생 뒤에서 일하기 시작한 것으로 추측하고 있었다.

"한 육 년 전인 것 같아. 술집에서 만났다고 하더군."

박태운은 고한파의 진짜 보스가 된 뒤, 술집을 섭렵하고 다녔다. 고한파로부터 받는 돈도 있고 조직의 비호도 받았을 테니 무서울 게 없었을 터.

"자네와 박승원 형사를 습격한 조폭 두목 있지? 그자가 이전에 민연아가 일했던 술집에서 일했었대. 그 두목, 중간에 이름을 바꿨나 봐. 그래서 민연아가 조폭 두목이 자기 과거를 아는 사람인지 모르고 고용한 것 같고. 근데 말이지, 그 두목 말로는 민연아가 박태운을 아주 싫어했대."

"싫어했다고요?"

명우는 고개를 끄덕였다.

"결국에 정부가 된 모양이지만, 처음에는 싫어했나 봐. 뭐, 지금도 그냥 정부가 아니지. 박해우한테 이야기를 들어보니, 민연아는 박태운이 감옥에 가기 전쯤에 조직의 일을 시작했대. 그때는 작은 일만 했는데, 박태운이 감옥에 간 뒤로는 점점 비중이 커져서 일을 크게 맡기 시작했다고 하더군. 박해우 말로는 일을 아주 잘했대."

"아주 잘한 것 같지는 않군요. 박태운이 수감된 뒤로는 고한파는 세력이 아주 많이 약해지지 않았던가요?"

"멍청한 박해우 기준으로는 잘하는 거겠지. 박해우 말마따나, 지난 오 년 동안 고한파는 파벌 싸움이 일어나고 세력이 상당히 약해지긴 했지만, 그래도 박태운이 없었는데도 그 정도면 대단한 거지. 뭐, 이번 일 때문에 다 잡혀 들어가고 있긴 하지만."

대경은 파일에 있는 민연아의 사진을 다시 보았다. 두 장이 실려 있었는데, 고등학생이었을 때의 민연아는 세상의 때를 타지 않은 듯 청순했고 입가에 걸린 미소에는 희망이 깃들어 있었다. 그러나 이 년 전쯤에 어디선가에서 찍힌 사진에서 민연아는 다른 사람 같았다. 농염한 미소를 짓고 있는 새빨간 입술의 여자는 세상 풍파에 지친 듯, 다소 피곤해 보였다. 그러나 짙은 마스카라를 하고 있는 눈은 교활한 빛으로 번뜩이고 있었다.

박태운처럼 이 여자도 승리의 안전을 손에 쥐고 있을 것이다.

대경은 호흡하기 위해 노력했고, 명우는 그런 대경을 바라보았다. 급격하게 흔들리는 대경의 눈 위로는 핏방울이 말라붙은 붕대가 옆으로 두껍게 감겨 있었고, 얼굴빛은 붕대만큼이나 지나치게 창백했으며 입술은 보랏빛이었다.

아무리 진통제를 맞았다고 해도 한계가 있는 법이었다. 몸이 제대로 움직일 리 없었고, 통증은 시간이 지날수록 숨이 차오를 만큼 격해질 것이다. 명우는 무엇보다 보이지 않는 상처가 걱정됐다. 일 분, 아니, 일 초가 흐르는 지금 이 순간에도 대경의 심장은 썩어 들어가고 있을 것이다.

대경을 위해서, 명우는 마음속으로 승리의 안전을 다시 한 번 기원했다.

"깨어났군."

남자였다. 어디선가 들어본 듯한 평범한 목소리를 가진 남자. 승리는 멍하니 남자를 올려다보았다. 빛이라고는 바깥의 석양빛밖에 볼 수 없는 창고 안과는 달리 창고 밖은 아주 환했다. 눈이 부실 만큼 환했기에, 승리는 남자의 얼굴을 보지 못했다. 시커먼 실루엣만이 눈에 들어왔다.

빛을 등지고 있는 남자는 부분 부분이 상당히 날카로워 보였지만 전체적으로 보통 체격이었다. 크지도 작지도 않은 보통 키, 적당히 마른 듯한 보통 몸.

승리는 눈앞의 남자가 딱 평균적인 남자라고 생각했지만 남자가 다가오자 진실을 알게 되었다. 남자는 발소리가 지나치게 기괴했다. 쿵쿵거리는 게 아니라 창고의 밑바닥이 쩍쩍 갈라지는 듯한 느낌의 소리를 내고 있었다.

승리는 남자의 발걸음에 의해 쪼개진 바닥의 날카로운 조각이 자신의 심장에 그대로 박히는 것을 깨달았다. 그 조각은 두려움으로 변했고, 혈관을 타고 흐르는 핏방울을 따라 온몸으로 순식간에 퍼졌다.

무서웠다. 승리는 너무 무서웠다.

"흐음."

한 발자국 앞에서 멈춰 선 남자는 눈만 아래로 끌어내려 멍하니 있는 승리의 얼굴로 시선을 떨어뜨렸다.

"차이안과 비슷하게 생겼군."

차이안. 대경의 전 약혼녀. 박태운이라는 악당에 의해 다친 여자.

비슷하게 생겼다는 말에 심장이 덜컥거릴 때, 승리는 저도 모르게 중얼거렸다.

"박…… 태운?"

"호오."

태운은 짧게 휘파람을 불었다.

"내 이름을 알고 있군. 이대경이 말해줬나 보지?"

승리는 대답 대신 박태운을 보았다. 환한 빛에 눈이 익숙해졌고, 흔들리는 눈동자 속으로 박태운의 모습이 강타하듯 들어왔다.

드러난 박태운의 얼굴은 체격만큼이나 평범했다. 적당히 짧은 머리칼, 모자라지도 넘치지도 않는 이목구비. 길거리를 걷다가 실수로 부딪친다고 해도 오 분이 채 지나기 전에 기억해 낼 수 없을 만큼 평범한 얼굴의 주인.

그러나 남자는 날카롭고 사악한 무언가가 있었다.

이 남자가 지난 오 년 전 대경을 고통스럽게 만든 장본인인가?

"건방진 년."

태운이 무슨 말을 했는지 알아듣기 전에, 승리는 왼쪽 뺨에 화끈거리는 통증을 느꼈다.

"내가 물었지. 그런데 왜 대답을 안 해?"

다시 손이 날아왔다.

짝!

아까보다 더 큰 소리가 울렸고, 아까보다 더 큰 고통이 일었다. 완전히 떠밀린 승리는 바닥으로 쓰러졌다. 그녀는 부들부들 떨리는 손으로 왼뺨을 감쌌다. 아팠지만, 통증을 느낄 정신이 없었다.

"건방진 건 딱 이대경 그 새끼를 닮았군."

태운은 몸을 숙였다. 그의 눈이 일어날 생각도 못하고 눈만 크게 뜬 채 몸을 떠는 승리를 머리끝부터 발끝까지 훑기 시작했다.

"흐음. 차이안과 다른 점이 있긴 하군."

태운은 갈퀴 같은 손을 뻗었다. 다섯 개의 그것은 승리의 가는 목을 틀어쥐었다. 숨을 틀어막을 정도로 거칠게 짓누른 뒤, 손에서 힘을 뺐다. 그러나 승리가 뿌리칠 수 있을 만큼 힘을 뺀 건 아니었다.

"감촉이 더 좋아."

승리에게 뺨의 통증보다, 한순간 짓눌린 목의 괴로움보다 더 고통스러운 것이 시작되었다. 태운은 손을 미끄러뜨렸다. 뱀의 혓바닥 같은 그 축축한 손길은 승리의 쇄골을 훑었고, 더 밑으로 내려갔다.

투둑.

태운은 한 손으로 승리가 입고 있는 셔츠의 윗부분을 쥐어뜯었다. 우악스러운 힘을 이기지 못하고 단추 네 개가 바닥으로 힘없이 떠밀렸다. 벌어진 얇은 천 사이로 승리의 가슴 윗부분의 하얀 살결이 그대로 드러났다.

"차이안은 말라서 몸매가 꽝이었지. 특히 가슴이."

태운은 승리의 가슴 계곡을 쳐다보며 새빨간 혀로 아랫입술을 축였다. 타액이 그의 눈동자에 떠오른 추잡한 욕망만큼이나 번들거렸다.

"먹어볼 만한 가치가 있겠어."

태운은 한 손으로 승리의 두 손목을 붙들어 바닥에 찍어 눌렀다. 그리고 그녀의 위에 올라탄 뒤, 다른 한 손으로 나머지 단추를 뜯어냈다.

승리는 비명을 질렀다. 하지만 소용없었다.

토악증이 치밀어 올랐다. 대경은 잠시 실례한다고 말한 뒤 막 들어간 회의실에서 나왔다. 조금 멀리 있는 화장실로 간신히 걸어가 변기 뚜껑을 열었다. 속이 메슥거렸지만, 입 밖으로는 아무것도 나오지 않았다.

왜 이러는 걸까. 자신의 상처는 외상으로 내상은 없었다. 현재 몸 상태가 비정상적이긴 했지만, 이렇게 속이 안 좋을 이유는 없었다.

……승리에게 무슨 일이 생긴 걸까?

생각해선 안 된다. 더 생각해선 안 된다. 금방이라도 미쳐 버릴 것 같았지만, 대경은 견디고 견뎠다. 아직은 아니다. 승리를 구할 때까지 버텨야 했다. 이 고통에 완전히 찢겨 나가는 건 승리를 구한 뒤에 해도 충분했다.

대경은 세면대 앞으로 천천히 걸어가 물을 틀었다. 두 손 안에 차가운 물을 가득 담았다. 최대한 노력했지만, 물은 손가락 사이로 빠져나갔다.

노력해도 안 되는 일이 있다. 어쩔 수 없는 일이 있다. 대경은 그 사실을 잘 알고 있었다. 그러나 승리의 일에서는 아니었다.

아니어야만 했다. 반드시!

대경은 세면대로 절반쯤 흘러내린 물의 나머지로 얼굴을 축였다. 냉기 서린 물은 그의 얼굴을 차갑게 때렸다. 대경은 눈을 감으며 다시 한 번 손에 물을 담았다. 이번에는 물이 흘러내리기 전에 얼굴을 축였다. 눈을 뜨면서 고개를 들었고, 눈앞의 거울을 통해 건너편 벽에 서 있는 승열을 발견했다.

승열은 입을 뗐다. 괜찮은지 묻고 싶었지만, 대답을 알고 있었기에 아무 말도 하지 않고 닫았다. 자신 또한 같은 질문을 받는다면 같은 대답을 하리라.

"식사, 하셨습니까."

대경은 건조한 목소리로 물었다. 승열은 고개를 끄덕였다. 주변 경찰들이 하도 뭐라고 해서 몇 숟가락 넘겼다. 승리는 어떨까.

막냇동생을 떠올린 승열은 표정 없는 얼굴로 화장실 밖으로 나갔고, 대경은 뒤를 따랐다. 그들이 있던 화장실은 입구 쪽에 있었는데, 회의실로 돌아가려면 경찰서 절반 정도를 가로질러야 했다. 대경은 조용히 보고서를 쓰거나 시끄럽게 용의자를 심문하던 많은 경찰들이 자신과 승열을 안타까운 표정으로 흘끔거리는 것을 알았다.

"검사님."

회의실로 돌아가자, 고한파 조직원들을 체포하러 나갔던 승원의 파트너 민수가 바로 뒤에서 따라 들어와 승열에게 말을 걸었다. 그의 얼굴 왼쪽 반쪽은 맞아서 시퍼렇게 물들어 있었고,

입가에는 피가 말라붙어 있었다. 민수의 등 뒤를 보고 누가 민수를 저렇게 만들었는지 알 수 있었다.

"씨발, 경찰이라는 작자들은 왜 이렇게 비겁해? 개새끼들, 나 하나한테 네 명이 덤비냐?"

사십대 초반으로 보이는 남자는 짧은 스포츠 머리, 험상궂은 얼굴, 거대한 몸집을 가진 전형적인 조폭 인상이었다. 눈가가 부은 걸 보니 몇 대 얻어맞은 듯했지만, 등 뒤로 손목에 수갑을 차고 있는데도 기세가 등등했다.

"검사님, 죄도 없는 우리 애들이나 내가 이렇게 끌려온 이유가 뭡니까?"

"이구혁."

대경은 승열이 내뱉은 이름을 듣고 기억을 떠올렸다. 오 년 전에 고한파를 조사하면서 만난 적이 있었는데, 그때는 박해우에게 충성도가 높았던 중간보스였다. 오 년이 지난 지금은 박해우 반대파의 선봉장이었지만.

"우리를 이렇게 처넣어서 뭐에 쓰려고…… 헉, 국정원 나리?"

구혁은 그제야 대경을 발견하고 쫄아들었다.

"오랜만이군."

오 년 전, 구혁은 몇 명을 데리고 고한파를 조사하던 대경을 습격했다. 대경은 그들 모두를 병원으로 실어보냈는데, 그중에서 구혁은 가장 오래 병원에 입원했었다.

"구, 국정원 나리가 여기 웬일이지?"

아직도 국정원 요원인 줄 아는 건가?

대경에 대한 정보가 없다는 건 박태운이 현재 어떤 일을 하고 있는지 모른다는 의미였다. 승리가 어디에 있는지 알지 못한다는 뜻이기도 했다.

더 이상 상대할 가치가 없었기에, 대경은 고개를 옆으로 돌려 승열을 바라보았다. 승열도 대경과 같은 생각을 했는지 민수에게 심문할 필요가 없다는 뜻으로 고갯짓을 해 보였다.

"이 새끼! 지금 나 무시하는 거야?"

대경이 몸을 돌렸을 때, 무시당한 것을 깨달은 구혁은 버럭 소리쳤다. 그러더니 문득 뭔가를 생각해 낸 듯 비꼬듯이 질문했다.

"국정원 나으리가 여기 있는 걸 보니 박태운 그 새끼가 또 사고 친 거지? 대체 무슨 사고 친 거야? 또 국정원 나으리 여자 건드렸어?"

대경은 천천히 고개를 돌려 구혁을 바라보았다. 구혁은 얼음 같은 대경의 시선에 움찔 놀랐지만, 비웃기 시작했다.

"하, 내 추측이 맞았나 봐? 그러고 보니 이마에 붕대도 감으셨네. 잘난 국정원 나으리가 대체 무슨 일을 당한 건가? 응? 여자도 또 당했고…… 킥!"

대경은 오른손을 구혁의 목에 꽂았다. 손가락으로 목 아랫부분을 거칠게 압박했고, 깁스를 한 왼손으로는 목 바로 아래를 짓누르다시피 뒤로 밀었다. 구혁은 쾅 하고 벽으로 밀려났다.

민수는 입을 떡 벌렸고, 옆에 있던 다른 경찰은 당황한 기색으로 승열을 보았다. 승열은 무표정한 얼굴 그대로 지켜보는 것으로 대경의 행동을 묵인했다.

"이번 사건에 대해서 아무것도 모르는 건 확실한 것 같군."

대경은 섬뜩할 정도로 조용하게 입을 열었다.

"몇 가지 묻지. 박태운이 지금 어디에 있는지 알고 있나?"

파랗게 질린 얼굴의 구혁은 끙끙거릴 뿐 대답하지 않았다. 대경은 목을 짓누르던 오른손을 내려 구혁의 등 뒤로 가져갔다.

"대답해."

구혁이 이번에도 대답하지 않자, 대경은 더 이상 참지 않았다. 그는 구혁의 새끼손가락을 잡아 뒤로 꺾었다.

으득.

넓은 회의실 안에 뼈가 부러지는 소리가 터지는 동시에 구혁의 비명도 울렸다.

"다시 묻지. 박태운이 지금 어디에 있는지 알고 있나?"

구혁의 얼굴은 시뻘겠고 고통을 참느라 힘줄까지 돋아나 있었다. 이를 악물고 있었지만, 대경은 천천히 약손가락을 붙들자 허겁지겁 말했다.

"빌어먹을! 이 새끼야! 난 박태운 그 새끼 싫단 말이야! 여자만 밝히는 그 새끼를 우리 조직에서 없애 버리려고 애쓰고 있는데, 내가 그놈 집을 어떻게 알아? 엄청 철저한 놈이라고! 민연아말고는 그 새끼에 대해서는 아무도 잘 몰라!"

예상한 대답이었지만, 허탈했다. 대경은 재가 되어버릴 것 같은 정신을 바로잡으며 다른 질문을 꺼냈다.

"민연아의 집주소나 연락처를 알고 있나?"

"내가 그년 집이 어딘지 전화번호가 뭔지 어떻게 알아?"

구혁은 악을 썼다. 대경은 구혁이 필요 이상으로 감정을 내보인 것을 감지했다.

"민연아와 무슨 일이 있었나?"

"내가 그년하고 무슨 일이 있겠…… 흑!"

대경이 약손가락을 뒤로 꺾자, 다시 으득하는 뼈가 부러지는 소리가 일었다. 구혁은 땀을 흘리며 신음했다. 대경은 그런 구혁과 눈을 똑바로 마주 보았다. 구혁이 자신의 눈동자에 담긴 격렬한 진심을 읽기를 바라며.

"말할 때까지 손가락 하나씩 부러뜨릴 거다."

구혁은 대경의 눈을 보았고, 호흡을 잊었다.

"그러니 거짓말 따위 저리 치우고 제대로 대답해. 민연아를 왜 그렇게 싫어하는 거지? 박태운의 여자니까?"

"그년이……."

구혁은 한참을 씨근거렸다.

"그년이 박태운 옆에서 조직을 망치고 있으니까."

가만히 지켜보던 승열의 얼굴에 표정이 떠오른 건 이때였다. 그건 대경 또한 마찬가지였다. 대경은 눈을 가늘게 뜨고 구혁을 다그쳤다.

"민연아가 조직을 망치고 있다고? 박태운이 감옥에 가 있는 동안 도망친 다른 조직원들과는 달리 조직에 남아서 조직을 유지하는데 힘쓴 게 아니었나?"

"겉으로는 그렇게 보였나 보네. 근데, 내가 보기엔 그게 사실이 아니걸랑?"

구혁은 코웃음을 쳤다.

"그년, 교묘하게 파고 들어와서 지랄했어. 그래, 겉보기엔 조직을 위해, 박태운을 위해 모든 걸 바치고 있지. 근데 말이야, 그년이 빼돌린 조직 자금이 얼만지 알아? 김복구 죽인 거 말인데, 겉보기에는 그놈이 오 년 전에 국정원 나리한테 조세포탈 흘린 것 때문에 그리고 박해우 버리고 나한테 온 것 때문에 죽은 것처럼 보여도 사실 그게 아니야. 김복구가 장부 담당이잖아. 김복구가 계속 살아 있으면 재산 빼돌린 걸 들킬지도 모르니까 민연아가 박태운더러 김복구 죽이라고 했을걸?"

대경은 정보를 머릿속에 입력했다.

"나도 다른 사람들처럼 처음엔 그년이 박태운을 좋아하는 줄 알았는데, 아니더라고. 다른 파들이랑 싸울 때 장소를 이상한 데로 정해서 우리 애들 다치게 하질 않나, 다른 파들이랑 협상할 때 끼어들어서 이권을 놓치질 않나. 내 참, 진짜 교묘하게 우리 파 세력 줄였다니까. 의심 품고 내가 주변에 어슬렁거리니까 오히려 그걸 이용하더라고. 박해우를 반대하는 거라고 몰아붙이더니 조직에서 축출하려고 하더라. 그래서 빠져나와서 내 밑의 동생들이랑 같이 있었지."

"박해우 반대파가 아니라 민연아 반대파로 시작한 거로군."

대경은 구혁이 다 말하지 않은 것을 간파했다. 이구혁은 일개 중간보스로 만족할 인물이 아니었다. 능력은 별로 없었지만 야심이 큰 멍청한 족속 중에 하나로, 민연아를 트집 삼아 박태운을 몰아내고 멍청한 박해우까지 없애서 고한파의 새 보스가 되는 게 목표인 것이 틀림없었다.

대경은 그쪽 부분은 신경 쓰지 않았다. 승리와 관계된 일이 아니었으니까. 그가 집중하는 부분은 민연아였다.

"민연아가 일부러 조직을 망치고 있다……라. 어째서 그런 거지?"

"민연아 아들의 생부 때문이겠지. 듣기에 민연아가 그 남자를 꽤 좋아했었대. 그러니까 애까지 낳았겠지."

"생부가 누군지 알고 있나?"

"그래. 나도 얼마 전에야 알았어. 그래서 민연아의 진짜 목적이 박태운한테 복수하는 거라는 걸 알았지. 젠장, 이 정보는 나중에 결정적일 때 써먹으려고 했는데."

대경은 싸늘한 눈빛으로 대답을 재촉했다. 구혁은 짜증내며 답했다.

"민연아 아들의 생부는 팔 년 전에 박해우를 통해 박태운이 없앤, 우리 고한파의 이전 최고보스야."

열 여 섯

비명은 소용없었다. 그래서 승리는 행동했다.

셔츠 단추를 다 뜯어낸 태운은 막 브래지어로 손을 뻗고 있었다. 승리는 젖 먹던 힘까지 다 짜냈다. 자신의 가슴을 보느라 태운이 정신이 팔려서 힘을 뺐을 때, 두 손목을 붙들고 있는 태운의 오른손을 뿌리쳤다. 그러고는 눈앞으로 내려온 손을 그대로 깨물었다.

"악!"

태운은 비명을 지르며 손을 빼려고 애썼다. 그러나 승리는 깨물고 있는 태운의 두 번째 손가락과 세 번째 손가락을 더 꽉 물었다.

"이거 안 놔!"

놓으면 끝장이다! 그 잔인한 일을 당할 거다!

승리는 본능적으로 알았다. 태운의 손가락이 입에 들어 있다는 사실 때문에 욕지기가 치밀었지만, 온 힘을 다해 깨물기만 했다. 입 안에 피비린내가 나기 시작했다.

태운은 미칠 것만 같았다. 그는 자유로운 왼손을 들어 승리의 머리칼을 힘껏 잡아당겼다. 하지만 소용없었다. 머리칼이 뽑혀 나가는 것도 모른 채 승리는 더 세게, 더 세게 물었다. 태운은 눈물날 만큼 아프기도 아팠지만, 이러다가 손가락이 잘릴지도 모른다는 생각이 들자, 오싹했다.

"이년이! 이봐, 들어와!"

태운은 비명 지르듯 소리쳤다. 어느새 닫혀 있던 문이 열렸고, 문 앞을 지키고 있었던 한 남자가 들어왔다. 남자는 눈앞에 펼쳐져 있는 상황에 당황한 듯 멀거니 서 있기만 했다. 승리는 언뜻 남자의 등 뒤에 누군가가 서 있는 것을 보았지만, 자세하게 볼 정신은 없었다.

"이 멍청한 놈아! 뭘 보고 있는 거야!"

태운은 악을 썼다. 남자는 그제야 허둥지둥 달려와 승리의 허리를 붙들었다. 승리는 뒤로 홱 젖히는 힘에 의해 결국 떨어졌지만, 마지막까지 태운의 손가락을 있는 대로 물어뜯는 것을 잊지 않았다.

"형님, 피가······."

홍건한 피를 보고 남자가 걱정했다. 너무 아파서 눈물이 나올 것 같자, 태운은 얼굴을 있는 대로 일그러뜨렸다. 승리에게 지독하게 물린 두 번째와 세 번째 손가락에는 잇자국 모양으로 살이 패여 있었고, 상처를 따라 피가 뚝뚝 바닥으로 떨어져 번지고 있었다.

"이 썅년!"

태운은 벌게진 얼굴로 다치지 않은 왼손을 들었다. 다가올 통증에 대비해 승리가 눈을 꼭 감을 때였다.

"보스."

나긋한 목소리였다. 승리는 저도 모르게 눈을 뜨고 목소리가 들려온 곳을 바라보았다. 문 앞에 한 여자가 서 있었다. 아까 태운과 같은 자리에 빛을 등지고 서 있었지만, 여자는 태운처럼 몸 전체가 시커먼 실루엣으로 보이는 건 아니었다. 절반쯤은 그녀의 모습이 보였다.

긴 속눈썹의 매혹적인 눈동자와 농염한 입술. 여자가 빼어난 부분은 얼굴만이 아니었다. 사슴처럼 긴 목과 탐스러운 가슴, 둥근 엉덩이와 길고 늘씬한 다리. 여자는 가슴까지 내려온 흑단 같은 머리칼을 새빨간 매니큐어가 번뜩거리는 손으로 뒤로 넘기며 한 걸음 창고로 들어왔다.

"이거 좀 섭섭한데요."

여자는 도톰한 두 입술을 모으며 나긋하게 말했다.

"이대경에게 복수하고 싶은 그 마음을 이해 못하는 건 아니지만, 절 놔두고 이 여자에게 손대시다니요."

태운의 표정이 조금 다르게 변했고, 승리의 가슴에는 희망이 싹텄다. 그러나 여자는 여전히 나긋한 목소리로 승리의 희망을 단번에 깨부수었다.

"동생들한테 지시하시는 게 보스에게 안전하다고 이야기했잖아요. 그리고 새 카메라 장비는 내일 오게 되어 있잖아요?"

카메라?

승리의 두 눈이 커지자, 여자는 그것을 보고 피식 웃었다.

"네가 윤간당하는 걸 찍을 카메라 말이야. 이대경에게 보낼 예정이지. 그걸 보면 이대경은 어떤 표정을 지을까?"

또각 또각. 여자는 승리의 가슴을 짓밟는 소리를 내며 승리에게 다가가 오른손을 뻗었다. 등 뒤로 두 팔을 남자에게 붙들려 있는 상황이기도 했고, 방금 들은 말이 너무 충격적이었기에 승리는 피할 생각조차 하지 못했다.

여자는 엄지와 검지로 승리의 두 뺨을 짓누르다시피 붙든 뒤 고개를 들게 해서 시선을 맞추었다.

"감히 네가 보스한테 상처를 내?"

여자는 왼손을 힘껏 내뻗었다.

짝!

구둣발 소리보다 더 큰 소리가 터졌고, 승리의 고개가 옆으로 돌아갔다. 여자는 승리의 다른 쪽 뺨도 갈겼다.

"주제도 모르는 년."

여자는 한껏 비웃었다. 승리는 고통 때문이 아니라 다른 것 때문에 부들부들 몸을 떨기 시작했다. 여자는 그 모습을 보며 더욱 크게 웃더니, 승리는 안중에도 없다는 듯 태운에게로 고개를 휙 돌렸다

"보스, 어서 치료하러 가요. 저런 년에게 이렇게 당하다니, 기분 더럽죠? 치료하고 내가…… 기분 풀어줄게요."

여자는 품에서 손수건을 꺼내 아직까지도 핏방울을 뚝뚝 흘리고 있는 태운의 손가락을 감싸며 호들갑을 떨었다. 그러면서 크고 봉긋한 가슴을 태운에게 들이밀어 비볐다. 태운은 승리를 잡아 죽일 듯이 노려보았지만, 여자가 팔을 잡아끌자 승리에게서 시선을 거두고 문 쪽으로 걸음을 옮겼다.

"너."

여자는 밖으로 나오며 승리의 팔을 붙들고 있는 남자에게 명령했다.

"이리 나와서 지키고 있어."

찢긴 셔츠 사이로 드러난 승리의 살결을 쳐다보고 있던 남자는 아쉽다는 듯 침만 삼켰다.

"내일 첫 번째로 하게 해줄 테니 오늘은 저 여자 건들지 마. 처음에 당할 때가 가장 충격이 큰 법이니, 내일 그 장면 고스란히 찍어야 돼."

남자는 고개를 끄덕이고는 승리의 팔을 놓고 밖으로 나왔다. 문이 닫혔고, 남자와 여자 그리고 태운이 빛과 함께 사라졌다.

어둠 속에서, 온몸에 힘이 풀린 승리는 바닥에 쓰러지듯 앉았다. 몸이 떨렸고 눈물도 나왔다.

"대경 씨……."

승리는 대경을 불렀다. 그러나 답은 없었다.

"가요, 보스."

민연아는 어디까지나 부드럽게 말하며 태운을 이층으로 잡아끌었다. 그들의 방으로 들어간 뒤, 연아는 구급상자를 꺼냈다. 상자에서 붕대 같은 이런저런 응급도구들을 꺼내 태운의 손가락을 정성껏 치료해 주었다. 출혈이 조금 있었지만 상처가 생각보다는 깊지 않았다. 하지만 연아는 분노했다.

"그년이 보스에게 손을 대다니……!"

연아는 저도 모르게 치를 떨며 내뱉었다. 눈앞이 흐릿해질 정도로 아팠지만, 태운은 연아의 표정과 감정을 보고 진심이라는 것을 온몸으로 느꼈다.

확실히 여자 하나는 잘 됐다. 물론 이 여자보다 더 끝내주는 몸매의 여자들도 많았다. 그러나 이렇게 조직 일에 몸을 불사르고, 그를 걱정하는 여자는 없었다.

육 년 전에 술집에서 처음 만났을 때, 민연아는 그를 지독히도 싫어했었다. 그러나 몇 번 강제로 안은 뒤, 돈을 뿌려주자 다른 여자들처럼 들러붙었고 정부로 그의 집에 들어왔다. 그러면서 조직의 일도 하기 시작했는데, 태운은 처음에 그게 아주 마음에 들지 않았었다.

그러다 그는 민연아가 몇 년 전에 아이를 낳은 적이 있고, 그 아이가 호주로 입양 갔다는 사실을 우연히 알게 되었다. 그래서 그는 아이를 자연스럽게 입에 한두 번 올렸고, 민연아는 그 의미를 바로 알아들었다.

그 뒤, 민연아는 절대적으로 충성을 바치기 시작했다. 만약 무슨 일이 생길 경우, 그 대신 민연아가 잡혀 들어갈 것이다. 아이의 안전을 위해.

뭐, 사실 그도 아이에게 손을 댈 생각은 없었다. 하지만 안전장치가 필요했는데 다행이었다. 더군다나 사실, 민연아는 위험할 정도로 똑똑했으니까. 그래도 일은 상당히 잘했지만.

감옥에 있을 때, 면회를 온 심복에게 민연아가 그의 지시를 아주 잘 수행하고 있다는 이야기를 들을 수 있었다. 걱정이 되어서 출감한 뒤 살펴보니 장부는 꼼꼼하게 잘 정리되어 있었다. 그의 숨겨진 재산은 주로 부동산인지라 아직 두 눈으로 확인해 본 건 아니었지만.

물론 다른 부분에서 문제가 없는 건 아니었다. 그 빌어먹을 이구혁은 태운이 없는 틈을 타 세력을 키워서 자신이 보스가 되려고 했다. 그 과정에서 사상자가 상당히 생겼으며 조직 내에 균열이 갔다. 즉, 조직이 기초부터 무너지고 있는 것이다.

뭐, 그래도 그가 없었는데도 이 정도로 조직을 유지한 건 굉장한 일이었다. 하여간 대단한 여자라니까. 중간에 문제가 없진 않았지만 어쨌든 이대경의 여자를 납치해 오는데 성공한 것만으로도 복수는 어느 정도 성공했다고 봐도 무방했다.

태운은 정성껏 붕대를 감아주는 연아의 몸매를 다시 눈으로 훑었다. 잠자리 기술도 뛰어난 여자. 당장 옷을 찢어버리고 거칠게 가지고 싶었지만, 손이 너무 욱신거렸다.

빌어먹을 년 같으니라고. 이대경의 이번 여자는 깡다구가 있었다.

"드세요. 진통제예요."

연아는 후다닥 밖으로 달려가 물을 떠왔다. 태운은 침대에 몸을 편하게 뉘인 채 약을 삼키고 물을 마셨다. 술 생각이 났을 때, 연아는 다시 사라지더니 루이 13세와 크리스털 잔을 가지고 왔다.

정말 눈치 빠른 여자였다.

"좀 드시고 일단 주무세요. 기분은 내일 아침에 풀어드릴게요."

연아는 농염하게 웃으며 잔에 술을 따랐다. 손이 너무 아팠기에 태운은 연아가 따라주는 대로 술을 마셨다. 다쳐서 그런지 오늘따라 취기가 순식간에 올랐다.

"그 말……."

어느 정도는 믿을 수 있다. 그리고 이 여자는 진정으로 그를 생각하고 있었다. 그래서 태운은 인심을 써주기로 했다.

"내가 걸려들었을 때 네가 자수하지 않으면 너만 다치지 않을 거라는 그 말……."

알코올이 몸을 기분 좋게 정복하자, 태운은 눈을 감았다. 그래서 연아가 다시 드러낸 감정을 보지 못했다.

"보류해 두지."

태운은 그 말만 한 채 대답을 기다리지 않고 바로 잠 속으로 빠져들었다. 연아는 심장을 찢듯이 솟구치는 감정을 내리누르곤 태운을 바라보았다. 말 그대로 평범한 얼굴과 평범한 체격의 사람이었다. 그런데 어쩜 이렇게 악할까?

죄 없는 내 아이를 미끼로 삼아 협박해 왔으면서 이제 와 보류해 주겠다고?

연아는 자신도 모르게 손이 태운의 목으로 향하는 것을 보았다. 반항이야 하겠지만 잠결에 당하는 것이니 이대로 목을 죄면 끝날 터. 그러나 연아는 손을 거두었다.

이렇게 간단하게 끝낼 수는 없었으니까. 그동안 어떻게 참아 왔는데, 이렇게 허망하게 끝낼 수는 없다. 더군다나 그녀의 손에 피를 묻혀 감옥에 갈 수는 없었다. 이 빌어먹을 개새끼의 목을 따는 건 이대경의 몫이었다. 그렇게 하기 위해서는 박승리가 먼저 망쳐져야 했다. 그것도 아주 처절하게.

마음이 편하지 않았다. 하지만 그것보다 분노가 더 컸다. 나도 손 한번 못 댔는데 제까짓 게 감히 태운에게 상처를 입히다니!

사실, 연아는 자신이 직접 처리하는 게 아니라 이대경의 손을 빌려 태운을 처리하는 것이 너무나 싫었다. 내 아들의 아버지를 죽이고, 내 아들의 안전을 위협하는 저 개새끼의 사지를 이 두 손으로 찢어 죽이는 꿈을 몇 번이나 꾸었던가.

그렇지만 감옥에 가지 않으려면 어쩔 수 없었다. 그래서 당장 태운을 찢어 죽이고 싶은 마음을 누르고 이대경에게 맡길 생각을 하고 있었는데, 감히 먼저 손을 대?

분노가 치밀어 오르자, 연아는 더 참지 못했다. 조금 불쌍했지만 어차피 내일 아침이 되면 너절하게 망가질 여자였다. 얼굴에 손톱자국을 좀 내준다고 해서 달라질 건 없었다.

연아는 다시 일층으로 내려갔다. 식사할 때라 그런지 도중에 다른 조직원들을 아무도 만나지 않았다. 창고 앞을 지키고 있는 조직원도 식사하러 갔는지 자리에 없었다. 조직원을 불러 문을 열려고 할 찰나, 연아는 문 앞에 떨어져 있는 족쇄 열쇠를 발견했다.

가지고 다니는 것 하나 못하다니. 칠칠치 못한 놈 같으니라고.

연아는 비웃으며 족쇄 열쇠를 주운 뒤, 문고리로 손을 뻗었다. 무거운 소리가 나며 문이 열렸다. 예상대로였다. 이대경의 여자는 창고 바닥에 주저앉아 눈물만 흘리고 있었다.

"병신 같은 년. 내일 아침에 윤간당할 게 무섭지?"

연아의 말은 승리를 다시 후려쳤다. 승리는 덜덜 떨리는 주먹을 꼭 쥐었다.

이 여자는 뭘까? 대체 왜 나한테 이런 짓을 하는 걸까?

"누구…… 죠? 누군데 이러는 거죠?"

쏟아지는 눈물 때문에 말을 잘 할 수가 없었다. 승리는 주먹을 쥔 손을 올려 눈물을 닦았다.

"내가 누군지는 네가 알 필요 없어. 뭐, 알아도 상관없긴 해. 넌 어차피 살아나가지 못할 테니까."

사실 승리의 목숨을 어쩔 건지는 계획하지 않았다. 그러나 연아는 결국에는 태운이 승리를 처리하리라는 것을 알 수 있었다. 얼굴을 봤으니, 그대로 살려 보낼 수 없는 법. 아마 최대한 잔인하게 살해하리라. 태운이라면 그것도 찍어서 이대경에게 보낼 것이다.

자기 여자가 윤간당하고, 내장이 끄집어내지며 살해당하는 걸 보면 그 잘난 남자는 어떤 표정을 지을까?

연아는 손을 아래로 내려 아까처럼 승리의 두 뺨을 짓누르듯 쥐었다.

"감히, 박태운에게 상처를 내다니!"

나도 못해본 짓을 해?

"그래도 이대경의 이전 여자랑 다르긴 하네. 그 정도로 반항한 걸 보면."

대경.

여자의 입에서 나온 이름은 늪 속에 빠져 있던 승리를 뒤흔들었다.

대경. 대경. 대경.

전 약혼녀를 박태운 때문에 잃어버린 남자. 그래서 오 년 동안 괴로워한 남자. 나마저 안 좋은 일을 당하면, 대경은 어떻게 될까?

승리는 정신이 번쩍 들었다. 여전히 몸이 무겁고 떨렸으며, 내일 일어날 일 때문에 심장은 미칠 듯이 뛰었다. 하지만……
이대로 울고만 있을 수는 없었다.

"왜지?"

승리는 저도 모르게 고개를 흔들어 연아의 손아귀에서 빠져나오며, 물었다.

"왜 당신은 박태운같이 나쁜 악당 편인 거지?"

"호오."

연아는 고개를 까닥거렸다. 승리는 아직도 울먹거리고 있었지만, 더 이상 멍청한 표정으로 질질 짜지 않았다.

"날 포섭하려는 건가? 담도 크셔라."

승리는 여자의 말을 듣고 눈을 깜빡거렸다. 눈 주변을 슥 닦자, 시야가 조금 맑아지는 것 같았다. 그리고 정신도. 그래서 필사적으로 생각할 수 있었다.

"원하는 게 뭐죠? 우리 오빠들과 대경 씨는……."

"네 오빠들이 얼마나 대단한지, 네 남자가 얼마나 잘난 놈인지 나도 알아. 그래서 어쨌다는 거지? 그 사람들한테 내가 뭘 얻을 수 있는 거야?"

연아는 흥미있어하며 물었다. 승리는 용기를 짜냈다.

"무슨 죄를 저질렀는지 잘 모르겠지만······ 감옥에 안 가게 할 수 있을지도 몰라요. 날 여기에서 무사히 빼내준다면."

승리는 천천히 바닥에서 일어났다. 순간적으로 눈앞이 하얗게 변했기에, 흐느적거리는 몸을 뒤로 뉘여 벽에 기댔다.

"난 어차피 안 걸려들어. 내가 하는 모든 일은 박태운이 강압적으로 시킨 일이거든. 내 의사가 아니니까, 난 걸리더라도 죄가 없지."

승리는 입술을 깨물었다. 입술은 터질 대로 터져 피가 새어나왔고 멍이 든 상태였지만, 생각에 빠진 승리는 아픔을 느끼지 못했다.

박태운의 협박 때문에 이 여자가 이러는 것 같지는 않았다. 하지만 지금은 그게 아니라 다른 방도를 생각해 내야 했다.

"돈도······ 줄 수 있어요. 그러니······ 그러니 제발······."

승리는 애걸했다. 그럴 수밖에 없었다. 무표정한 얼굴로, 연아는 빠르게 머리를 굴렸다. 사실, 돈이 문제였다. 박태운의 부동산을 몰래 처리한 돈을 숨겨두었긴 하지만, 그렇다고 평생 그 돈으로 살 수는 없었다. 더군다나 아이도 있었으니까.

내 아들. 사랑했던 그 남자가 준 선물.

안타깝게도, 사실 그 남자는 그녀를 깊게 생각하지 않았다. 술집에서 일하는 그녀를 몇 번 안은 게 끝이었다. 그 뒤로 다른 여자에게 옮겨가 버렸지만, 연아는 자신이 아이를 낳았다는 것을 알았다면 그가 달라지지 않았을까 싶었다. 그러나 답은 알수 없었다. 아이를 낳은 뒤, 생부에게 연락하려고 했을 때 그가 박태운에 의해 살해당했다는 비극을 알게 되었으니까.

그때, 연아는 충격을 이기지 못했다. 그녀는 아이를 입양 보냈고, 자살하려고 했었다. 그러나 죽지 못했고…… 그리고 그녀는 한때 사랑했던 남자를 위해 복수해야 된다는 것을 깨달았다.

사랑했던 그 남자가 워낙 여러 여자들을 만나고 다닌 데다가 연아를 만난 기간은 정말 짧았기에, 그녀가 그의 여자였다는 사실은 거의 알려져 있지 않았다. 그래서 태운은 술집에서 그녀에게 의심없이 접근했다. 그리고 현재, 그녀는 태운에게 거의 완벽하게 신임받고 있었다.

복수할 것이다. 그러기 위해 이제껏 참아왔다. 복수한 뒤, 아이와 함께 살 것이다. 하지만 입양간 아이를 다시 데려올 수는 없었다. 그래서 그녀는 아이를 납치할 생각이었다.

착복한 돈도 숨겨뒀고, 시골 구석에 집도 이미 구해놨다. 박태운에게 완벽하게 복수한 뒤 호주에서 아이를 데려와 단둘이서 오손도손하게 살 생각이었다. 물론 연아는 그 계획이 생각만큼 쉽지 않으리라는 것을 알고 있었다. 어찌 됐든 도피 생활이었으니까.

혹시, 좀 더 쉽고 안전한 방법이 있을까?

이대경의 여자를 구해주면, 돈을 받을 수 있을 것이다. 그리고 혹시 법적으로 걸리더라도 감옥으로 가지 않을 수 있을 것이다.

그리고 어쩌면…… 아이를 납치하지 않고도 데려올 수 있을지도 몰랐다. 이대경의 집안의 영향력이나 이 여자의 집안의 돈으로 공식적으로 아이를 데려와 평화롭게 살 수 있을지도 모른다.

연아는 기쁨이 샘솟는 것을 느꼈다. 보통 엄마들처럼 아이와 함께 평범하게 살 수 있을지도 모른다. 아이와 함께.

연아는 휴대폰을 꺼냈다.

"불러."

그녀는 이대경의 휴대폰 번호를 기억하지 못했다. 그래서 연아는 애써 냉정하게 보이기 위해 노력하며 승리에게 요구했다.

"이대경의 휴대폰 번호, 불러."

승리는 빠르게, 아주 빠르게 말했다. 온몸에 다시 덜덜 떨렸다. 정말 이 여잔 날 도와주려는 걸까?

상대방이 받자 연아는 한 걸음 걸어가 승리의 얼굴 앞으로 휴대폰을 내밀었다.

[……대경입니다.]

대경의 목소리. 승리는 그 어떤 소리보다 더 생생하게 들었다. 살아 있었다! 대경은 살아 있었다!

다시 차 오른 눈물 때문에 시야가 뿌옇게 변했다. 승리는 그의 이름을 소리치고 싶었다. 하지만 울먹이는 소리로밖에 나오지 않았다.

"대경 씨…… 대경 씨……."

[……승리야? 승리 맞는 거야?]

대경의 목소리가 단박에 커졌다. 승리는 그의 외침 다음에 승리가 맞냐고 묻는 희미한 목소리의 주인이 누군지 알아차렸다. 승열 오빠였다. 그러면, 승원 오빠는 어디에 있지? 승원 오빠도 대경처럼 괜찮은 걸까?

[승리야! 괜찮은 거야? 거기 어디야?]

승리가 답하기 위해 입을 열 때, 눈앞에 있던 휴대폰은 민연아의 귀 옆으로 올라갔다.

"이대경, 지금 위치 추적하고 있는 거 알아. 하지만 추적하기 전에 네 여자가 윤간당할 거야. 아주 철저하게."

승리가 헉하고 숨을 내쉬었을 때, 수화기 건너편의 대경은 얼어붙었다.

"박태운은 그걸 비디오로 찍어서 네게 보낼 생각이야. 살해하는 장면도 그렇게 찍어서 보내겠지."

기절할 것만 같은 질식의 고통 속에서, 대경은 내뱉었다.

"뭘 원하는 거지?"

[돈. 안전 보장. 그리고 내 아들.]

휴대폰을 통해 들려오는 민연아의 목소리는 지독하게 냉정했다.

[뒷조사를 했을 테니, 내 아들이 어디에 있는지 다 알지? 난

내 아들 되찾고 싶어. 잘난 이대경의 배경을 이용하면 가능하겠지? 주변에 박태운이나 다른 조직원들이 있어서 안전하게 빼내주는 건 무리야. 위치밖에 못 말해줘. 여기가 어딘지 말해줄 테니 다 해주겠다고 맹세해.]

"그래. 아들을 되찾게 해주지. 돈도, 안전 보장도 다 해주겠어. 맹세해. 그러니 말해. 거기 어디지?"

연아는 웃음이 섞인 한숨을 짧게 쉬더니, 어떤 주소를 말했다. 대경은 즉시 외웠다. 그리고 승리에게 외쳤다.

"조금만 기다려."

대경은 곧바로 끊긴 휴대폰을 생명줄이라도 되는 듯 꼭 쥐었다. 그러고는 동시에 뚫어져라 자신을 바라보고 있는 승열과 명우에게 주소를 말했다.

"거기까지 차로 가려면 두 시간은 넘게 걸릴 거야."

"헬기가 필요합니다."

대경은 떠오른 것을 말했다. 그가 말하기도 전에 승열은 휴대폰을 꺼내 빠른 말투로 상대방과 대화했다.

"본청에 B—412가 있다는 군. 그걸 타고 가지. 경찰 특공대도 준비하게 했어."

대경은 승열과 함께 곧바로 밖으로 향했다. 민연아가 말한 장소는 차가 아니라 헬기를 타고 가면 최소 삼십 분 정도는 더 빨리 갈 수 있을 것이다.

본청으로 가는 차 안에서, 대경은 호흡을 골랐다. 무사하다.

승리는 무사하다. 무사하다! 대경은 기쁨으로 심장이 터져 버릴 것만 같았다.

민연아의 연락처를 알아내서 아이를 미끼로 승리를 빼내올 생각으로 구혁의 취조가 끝난 뒤 다른 조직원들을 취조했다. 하지만 아무것도 알아낼 수 없다는 절망적인 사실만 확인했을 뿐이었다. 심장은 이미 찢어진 지 오래였고, 재로 변해가고 있었다.

차라리 죽고 싶다는 충동이 들 정도로 숨 막히는 상황이었는데, 민연아 측에서 먼저 협상을 제시하다니.

이 순간 중요한 건 승리가 살아 있다는 사실이었다. 그리고 구하러 갈 수 있다는 점.

대경은 알았다. 아직, 그는 죽어 있는 상태였다. 그러나 한 시간 삼십 분 뒤, 승리를 안전하게 품에 안으면 그는 살아날 것이다.

헬기가 준비됐다는 말을 듣자마자 승열과 함께 뛰쳐나가며, 대경은 그의 생명인 여자에게 마음속으로 필사적으로 애원했다.

무사해 줘, 제발. 제발!

"이대경은 서울에 있는 것 같으니, 여기까지 오려면 두 시간이나 두 시간 삼십 분쯤 걸릴 거야."

그 정도면 충분했다. 태운이 박승리를 망칠 시간은.

연아는 미소를 지은 뒤, 손가락 끝으로 승리의 발치로 족쇄 열쇠를 휙 던졌다. 열쇠는 아무 소리 없이 가볍게 바닥으로 내려앉았다.

"저 창문으로 도망쳐. 밖에는 아무도 안 지키고 있으니 나가기 쉬울 거야. 나무와 숲이 많으니 이대경이 올 때까지 잘 숨어 있으면 돼. 다른 사람들이 있는 안전한 곳으로 가라고 충고하고 싶지만, 이 근처에는 이 집밖에 없거든. 세 시간은 걸어가야 마을에 도착할 거야."

연아의 설명을 들으며 승리는 멍하니 바닥에 놓여 있는 족쇄 열쇠를 들었다. 겉보기에는 그냥 보통 열쇠였지만, 자신을 구해 주는 희망의 도구였다. 승리는 열쇠를 족쇄에 끼워 넣기 전, 순간적으로 떠오른 것을 물었다.

"내가 나가면 당신은 어떻게 되나요?"

연아는 기가 막혔다.

"멍청한 아가씨, 지금 날 걱정해 주는 건가? 그럴 필요 전혀 없어. 박태운은 체포당한 뒤에야 아가씨가 도망갔다는 걸 알게 될 테니까."

연아는 능숙하게 거짓말을 했다. 그러나 이상하게도, 박태운에게 거짓말하던 때와는 달리 마음이 불편했다. 단추가 다 날아간 구겨진 셔츠를 걸친 데다가 얼굴을 맞아서 입가에 피를 흘리고 있고, 팔과 다리에 멍도 들었으면서도 박승리는 자신을 진심으로 걱정해 주고 있었다.

웃긴 년.

연아는 뒤돌아 문 쪽으로 걸어갔다.

"내가 나가면 도망쳐. 열쇠는 내가 도와줬다는 증거가 남으면 안 되니 가져가고."

"고마워요."

연아의 등 뒤에서, 승리는 진심으로 속삭였다.

"정말 고마워요."

"창문 방향으로 죽 가면 마을에 닿을 수 있을 거야. 이대경이 올 때까지 숨어 있는 게 무섭다면 마을로 가든지."

연아는 미처 생각하기 전에 내뱉는 자신을 발견했다. 혀를 깨물고 싶었다. 사실을 말해주다니.

저 여자는 박태운에게 당해야 했다. 그것도 아주 처절하게.

자신은 '위치'를 알려주는 것으로 거래했고, 이대경은 돈과 안전 보장, 그리고 아이를 찾아주기로 맹세했다. 엄밀하게 말해서 박승리의 안전은 거래 품목이 아니었다. 어떻게 되어도 상관없었다.

아무리 생각해도, 연아는 박태운에게 복수를 포기할 수 없었다. 이대경은 어떤 일이 있어도 맹세를 깰 남자가 아니었다. 그러니, 박승리가 어떤 꼴을 당하든 맹세를 지킬 것이다.

이 여자를 고이 보내준다면 박태운은 고작 감옥에 처박히는 것으로 끝날 것이다. 이대경은 두 시간 뒤에 온다. 그전에 박태운이 박승리를 찢어발긴다면, 두 시간 뒤 도착해서 그 장면을 목격한 이대경은 박태운을 살해할 것이다. 아주 잔인하게.

이 두 눈으로 박태운이 고통받고, 비명을 지르고, 숨이 넘어가는 그 장면을 직접 볼 수 있기를 얼마나 바랐던가.

아이도 되찾고, 복수도 할 수 있는 기회.

순진하고도 착한 저 여자를 속인다는 점이 갑자기 마음 쓰였지만, 연아는 이내 감정을 잊고 밖으로 나왔다. 운 좋게도, 밖에는 아무도 없었다. 그녀가 드나들었다는 걸 아무도 모르리라.

연아는 식당 쪽으로 걸어가며 한쪽 입술 끝을 들어 올렸다.

이제, 쇼타임이다.

열일곱

"이 개새끼!"

눈이 벌게진 태운은 왼손으로 남자를 힘껏 내리쳤다.

"그 쪼맨한 계집년 하나 제대로 못 지켜?"

오른손도 휘두르고 싶었다. 그러나 태운은 붕대로 감긴 손이 너무 아파 제대로 움직일 수가 없었다.

빌어먹을. 내일 아침까지 쉴 수 있을 줄 알고 술도 마시고 진통제도 독한 걸로 먹었는데.

연아가 창백한 얼굴로 그를 깨울 때, 태운은 한참 즐거운 꿈을 꾸고 있었다. 거대한 톱으로 이대경의 손가락을 자르는 꿈. 그런데 마지막 손가락을 자를 때 연아는 여자가 도망갔다면서

361

깨웠다.

　연아의 말에 따르면, 내일 아침에 그 여자가 제대로 반항하다가 고통스러워하는 걸 찍기 위해서 다른 동생을 시켜 음식을 주라고 했다고 한다. 어느 정도는 힘이 있어야 반항하니까. 그 동생이 빵 몇 쪼가리를 들고 창고로 들어가니 여자는 보이지 않았다고 한다. 족쇄를 풀고 상자를 계단 삼아 창문 밖으로 달아난 흔적만이 남아 있을 뿐.

　태운은 이글거리는 눈으로 텅 빈 창고를 훑어보며 외쳤다.

　"대체 어떻게 족쇄를 푼 거지? 열쇠는? 열쇠는 어디에 있어?"

　연아는 낭패감으로 가득한 얼굴로 대답했다.

　"열쇠 관리는 제가 안 해요."

　"그럼 누가 해?"

　태운은 연아의 시선을 따라갔다. 그에게 얻어맞아 바닥에 주저앉아 있는 놈. 이름이 뭐더라? 서영성이었던가?

　"이 씨발 새끼, 열쇠 어딨어?"

　영성은 새하얗게 질린 얼굴로 허겁지겁 주머니를 뒤졌다. 그러나 아무것도 잡히지 않았다.

　연아는 영성의 안색을 보고 기가 차다는 듯 물었다.

　"너 설마……?"

　"도망치게 도와준 게 아니에요, 형님! 진짜 아니에요!"

　영성은 필사적으로 소리쳤고, 연아는 얼굴을 찌푸렸다. 그러고는 무언가를 생각하면서 물었다.

"아까 너도 창고 안으로 들어왔었지? 혹시 그때 떨어뜨린 거 아니야?"

영성의 얼굴이 다시 새파랗게 변했을 때, 태운은 벌건 얼굴로 왼손을 뻗었다. 박승리의 발목을 죄었던 쇠사슬이 손에 잡혔다.

"형님! 한 번만, 한 번만 용서를…… 으헉!"

태운은 쇠사슬을 높이 들어 그대로 영성의 얼굴을 후려갈겼다. 무언가 금이 가는 소리가 창고 안을 때렸고, 터진 살에서 핏방울이 뚝뚝 흘렀다.

"내 오른손이 이 모양인 걸 다행으로 여겨라. 아니면 이 쇠사슬로 네 목을 직접 졸랐을 거다. 병신 같은 놈."

쓰러진 영성은 부들부들 몸을 떨었다. 쇠사슬끼리 부딪치는 소리에 힘들게 몸을 일으켜 무릎을 꿇었다.

"죄송합니다, 죄송합니다, 형님."

"지금 애들이 몇 명 있지?"

연아가 대답했다.

"일곱 명이에요."

"씨팔, 어디로 갔는지도 모르는데 대체 어디서 찾으라는 거야? 민연아 너도, 그리고 나도 나간다."

"보스, 너무 걱정 말아요. 개가 있을 거예요. 그렇지?"

연아는 좋은 생각이 났다는 듯 말했다.

"네. 도베르만 한 마리가 있습니다. 냄새를 아주 잘 맡는 놈이에요."

옆에서 겁에 질린 얼굴로 서 있던 다른 부하가 허겁지겁 말했
다. 안도감을 느낀 태운은 시뻘겋게 일어난 얼굴색을 조금 누그
러뜨렸다. 하지만 살기는 그대로였다.

"좋아. 그 개 풀어. 어차피 가장 가까운 마을로 가려면 세 시
간은 넘게 걸어가야 되니, 개 풀면 그 전에는 찾을 수 있을 거
야. 씨팔. 서영성 이 새끼, 너 그 여자 못 찾으면 내 손에 진짜
죽을 거다. 너희들도 잘 들어. 그년 반드시 찾아!"

태운의 격렬한 살기에 압도당한 건 열쇠를 잃어버린 영성만
이 아니었다. 다른 조직원들 모두 태운에게 짓눌렸다. 연아만이
마음속으로 즐거워하고 있었다. 태운이 당혹스러워하고 있었으
니까.

연아는 개가 있다는 걸 계산에 넣고 있었다. 한밤중이었고,
주변은 온통 나무로 가득했지만 개가 있으니 태운의 말대로 쉽
게 다시 잡아들일 수 있을 터.

눈이 벌게졌으니, 태운은 여자를 발견하는 즉시 그 자리에서
가만두지 않으리라. 뭐, 태운에게 당하기 전에 개가 여자를 찢
어발길지도.

자신이 도와줬다는 걸 발설할지도 모르니, 그 부분은 조심하
는 게 좋겠다고 생각하며 연아는 속으로 웃었다.

이대경의 여자를 놓아준 건 의외의 재미가 있었다. 박승리라
는 그 멍청한 여자, 지금쯤은 어디까지 도망쳤을까?

연아는 갑자기 마음이 복잡해지는 것을 느끼며, 태운과 함께

밖으로 나갔다.

타타타타—

국정원 요원 시절, 대경은 헬기의 프로펠러가 돌아가는 소리가 싫었다. 지나치게 컸고, 지나치게 둔탁했으니까. 지금도 싫은 건 마찬가지였다. 아니, 이전보다 더 싫었다.

이 소리가 멈춰야만 승리 곁에 도착할 테니까.

"거의 다 왔대."

쓰고 있는 헤드 세트를 통해 헬기 조종사와 잠시 이야기를 주고받은 승열은 크게 말했다. 헬기의 문은 닫혀 있었지만, 내부도 상당히 시끄러워 크게 말하지 않는 이상 제대로 대화를 나눌 수가 없었다.

대경은 손목시계로 다시 한 번 시간을 확인했다. 서초경찰서에서 출발한 지 한 시간이 흘렀다. 예상보다 이른 시간이었지만, 대경은 초조했다. 그는 두 손을 깍지를 낀 채 헬기 안을 바라보았다.

경찰헬기 B—412는 15인승이었다. 명우와 다른 국정원 요원들은 본청에 남아 뒷일을 봐주기로 했기에 대경과 승열을 제외한 다른 사람들은 모두 민수처럼 서초경찰서의 형사들이었다. 아직도 깨어나고 있지 못한 승원의 동료들.

그들은 모두 얼굴에 한가득 걱정을 담고 있었다. 그리고 팽팽한 긴장감이 섞인 격렬한 분노를 느끼고 있었다. 승열처럼.

대경은 맞은편에 앉아 있는 승열을 바라보았다. 승리의 오빠이자 승원의 형인 그는 여전히 아무 표정이 없었다. 저 가면 속의 심정은 어떨까.

대경은 다시 한 번 뼈저리게 깨달았다. 승원이 그렇게 큰 사고를 당하고, 승리가 납치당한 건 모두 자신 때문이었다. 자신이 승리 곁에 있지 않았다면, 승원이나 승리나 이런 잔인한 일을 당하지 않았으리라.

모든 것은 나 때문.

대경은 승열이 큰 소리로 이제 착륙한다는 말을 할 때까지, 잠시 수렁 같은 생각 속으로 떨어졌다.

"민연아가 제보한 주택에서 북쪽으로 14㎞ 떨어진 곳에 마을이 있습니다. 헬기가 착륙할 공터에서 2㎞만 가면 되는 곳입니다."

프로펠러 소리가 너무 시끄러운 데다가 마땅한 착륙 장소가 없기 때문에 헬기로는 더 가까이 갈 수가 없었다.

승열은 힘있는 어조로 설명했다.

"경찰 특공대의 헬기는 오 분 전에 도착했습니다. 근처 경찰서의 지원을 받아 주택 근처로 타고 갈 차를 수배해 놨습니다. 그 차를 타고 3㎞ 전방까지 간 뒤, 도보로 움직입니다. 경찰 특공대가 먼저 주택으로 진입할 겁니다."

그리고 승리를 구해낸다.

승열은 생각 같아서는 자신이나 형사들도 같이 덤비고 싶었지만, 인질 구출 작전에 익숙한 건 경찰 특공대였다.

최대한 빠르고 효율적으로 움직이기. 이게 바로 이번 작전이었다. 하지만 예상외의 변수도 있었다. 그건 바로 이대경이었다.

"가지."

승열은 대경에게 말했다. 대경의 안색은 갈수록 더 나빠지고 있었다. 아무리 진통제를 맞았다고 해도, 고통은 느껴질 것이다. 갈비뼈에 금이 갔으니 숨을 쉬는 것조차 기절할 정도로 괴로울 터. 하지만 대경은 경찰서에서 뛰쳐나와 본청에서 헬기를 탈 때까지, 그리고 헬기에서 내려 차에 타는 지금 이 순간까지 신음 한 마디 흘리지 않고 있었다.

"……미련한 자식."

"네?"

"아니야. 여기가 몇 킬로미터 지점이지?"

한참 운전 중이던 민수가 대답했다.

"주택까진 9㎞로라네요. 가로등도 없고 사방도 시커머이 양쪽 다 쌤쌤이제예. 이쪽이 안 보이면 저쪽도 안 보일 거 아입니까."

몇 분도 채 남지 않았다. 승리를 다시 안을 수 있기까지 몇 분도 남지 않았다.

대경은 무릎 위에 올려둔 두 주먹을 공기 한 점 들어가지 못할 정도로 꽉 쥐었다. 그러고는 기민한 눈동자로 왼쪽 창문을 통해 차 밖을 관찰하기 시작했다.

마침 달을 가리던 구름이 하늘 밖으로 스러졌다. 회색빛의 방해자가 사라지자 보름달은 그동안 내뿜지 못했던 금색의 빛을 찬연히 선보이기 시작했다. 그 빛은 시커먼 공기를 가르고 밑으로 내려왔다.

짙푸른 녹색의 숲은 **빽빽**하게 들어선 나무로 가득했다. 금색의 달빛은 바로 옆에 뭐가 있는지 알 수 없을 만큼 무수히 자란 나뭇가지를 가까스로 통과해 숲 사이의 흙으로 만든 꼬불꼬불한 좁은 길로 희미하게 내려앉았다.

뭘 밟고 지나갔는지, 차가 잠시 덜컹거렸다. 대경은 무의식중에 뭘 밟았는지 보기 위해 고개를 뒤로 돌렸다. 차가 지나온 길 바로 옆의 덤불 속에서 무언가가 불쑥 튀어나온 건 바로 그때였다.

금색의 희미한 달빛을 새롭게 내려받은 형체는 사람이었다. 160㎝도 되지 않는 작은 키의 사람. 옷을 어떻게 입은 건지 실루엣은 기괴했고, 달빛을 등에 지고 있었기에 얼굴이나 옷의 생김새 같은 것도 볼 수 없었다. 그러나 대경은 알 수 있었다.

"……리야."

대경은 오른손으로 창문을 내리치며 목청껏 소리쳤다.

"승리야!"

잡혀선 안 된다. 절대 안 된다!

스쳐 가는 작은 나뭇가지가 살결에 생채기를 내는 것도 모른 채, 승리는 좁디좁은 오솔길을 따라 계속 달렸다. 급박한 상황이 되면 초인적인 힘이 난다는 말을 들었지만 이렇게 겪어보기 전까지는 정말 그럴 수 있는 줄은 몰랐다. 하지만 그래도 힘들었다.

얼마나 더 가야 마을이 보일까? 그 여자의 말대로 창문이 향한 방향으로 계속 뛰어왔다. 그런데 아직 마을의 불빛조차 보이지 않았다.

그 여자가 거짓말을 한 게 아닐까?

그런 의심까지 할 만큼, 승리는 모든 것을 다해 움직였다. 아무리 세 시간은 걸어야 되는 거리라고 해도 족히 한 시간은 뛰었다. 진짜 마을이 있다면 불빛 정도는 보여야 하지 않을까?

구름이 여전히 달빛을 가리고 있었기에 제대로 보이는 건 아무것도 없었다. 무수히 많은 나무와 덤불만 가득할 뿐.

대경이 올 때까지 어딘가에 숨어서 기다리고 싶은 마음이 들지 않은 건 아니지만 잠시 쉬고 있을 때 그녀는 개가 짖는 소리를 들었다. 목뒤의 털이 쭈뼛 서는 가운데 다시 뛰기 시작했다.

절대 잡혀선 안 되니까. 뛰자. 더 뛰어야 했다.

도로로 나가볼까?

창고를 빠져나올 때 차가 다니는 도로를 봤다. 머릿속이 새하얀 상황이었지만, 기억이 맞다면 지금 뛰어가고 있는 오솔길에서 왼쪽으로 30m 정도 떨어진 곳에 도로가 길게 나 있었다.

혹시 다른 사람들이 지나가다가 날 구조해 주지 않을까? 박태운의 부하들을 만날지도 몰랐지만, 마을 사람과 만날지도 몰랐다.

승리가 쉼없이 무거운 다리를 놀릴 때, 등 뒤에서 다시 개 짖는 소리가 불길하게 들려왔다. 그렇게 열심히 움직였건만 드문드문 들려오는 저 소리는 점차 가까워지고 있었다.

더 생각할 수 없었다. 승리는 입술을 파르르 떨며 앞을 가로막고 있는 무수히 많은 나뭇가지를 제치고 도로가 있는 곳으로 짐작되는 왼쪽으로 갔다.

자동차 소리. 다시 개가 컹컹대는 소리가 들리는 동시에 자동차 엔진소리가 들렸다. 승리는 금방이라도 바닥으로 무너질 것같이 흐느적거리는 다리에 다시 힘을 불어 넣어 달려갔다. 나뭇가지가 많았지만, 5m 앞까지 다가가자 틈 사이로 도로가 보였다.

까만색의 자동차가 지나가고 있다. 주택이 있는 방향으로.

박태운 일행일까?

무서웠고 그만큼 실망스러웠지만 승리는 확인을 위해 움직였다. 어두워서 자신을 보지는 못할 거라고 생각하며 도로 바로 앞까지 나갔다.

지나가는 자동차는 총 여섯 대였다. 첫 번째 차는 큰 나무를 돌고 사라졌기에 어떤 기종인지 잘 보이지 않았다. 두 번째와 세 번째로 가는 차는 커다란 봉고차였다. 그리고 네 번째와 다섯 번째 차는…… 경찰차였다!

지척에서 개 짖는 소리가 들려오는 것도 모른 채, 승리는 도로로 뛰쳐나갔다. 마지막 여섯 번째 차가 10m 정도 앞을 달리고 있었다.

새롭게 힘을 얻은 승리가 차를 따라 뛰어가며 손을 뻗을 때였다.

"이 쌍년!"

끼익 하고 차가 급하게 멈추는 소리보다 격렬한 살기가 담긴 태운의 외침이 승리를 먼저 지배했다. 승리는 오른쪽을 돌아보았다. 시커먼 지옥 같은 숲 속에서 악마 같은 형체가 뛰쳐나오고 있었다.

"감히 도망을 쳐?"

무쇠 같은 주먹이 날아들었다. 승리는 몸을 움츠렸지만 피할 수가 없었다. 태운의 왼 주먹은 승리의 복부를 정통으로 후려쳤다.

승리는 그대로 흙길 바닥으로 무너졌다. 너무 아파서 신음조차 나오지 않았다. 기절하고 싶을 정도의 고통. 시야가 흐려지는 것을 느낄 때였다.

"승리야!"

승리는 고개를 번쩍 들었다. 10m 앞에 정차한 차의 뒷좌석 오른쪽에서 급하게 내리는 건 승열이었다. 그리고 왼쪽에서 내리는 건 대경이었다.

"씨팔! 막아!"

태운은 뒤따라온 부하들에게 외쳤다. 조직원들 중 다섯 명이 태운의 앞으로 밀려들어 와 방패처럼 막아섰고, 태운은 그 틈에 다른 조직원에게 승리를 메고 오라고 명령한 뒤 숲 안으로 도망치기 시작했다.

"이 개새끼들, 비켜!"

이제껏 냉정을 지키며 무표정했던 승열의 눈에 불꽃이 튀었다. 그는 챙겨온 권총을 들어 맨 앞에 서 있는 조폭을 겨냥했다. 조폭들은 주춤거렸지만, 물러서지 않았다. 그래서 대경이 움직였다.

몸 상태가 정상이 아니었다. 대경은 오랫동안 연습하지 않은 총이 아니라 비수가 더 유용할 것이라고 판단한 뒤, 몸을 숙이며 오른손을 오른 발목으로 가져갔다. 권총 대신 비수를 뽑아드는 동시에 바닥을 차며 앞으로 나아갔다.

빠르게, 빠르게! 그래야 승리에게 갈 수 있다!

대경은 본능대로 행동했다. 그는 비수로 맨 앞에 서 있는 조폭의 어깨를 주저없이 내리찍었다. 비명이 터졌고, 피도 터졌다. 대경은 비수를 뽑아낼 때 사정없이 비틀어 또 한 번의 고통을 부여했다.

"아악!"

조폭이 다시 한 번 비명을 지르며 무너질 때, 대경은 달려드는 두 번째 조폭을 보았다. 몸을 오른 방향으로 빙글 돌리며 손을 틀어 들고 있는 비수의 뒷부분으로 두 번째 조폭의 목을 강타했다.

"먼저 가세요!"

신음 하나 내지 못한 조폭이 쓰러질 때, 대경은 승열이 다른 조폭에게 다가가는 것을 보며 소리쳤다. 승열은 무언의 대답을 한 뒤 조수석에 앉아 있던 다른 형사와 함께 방향을 틀어 태운과 승리가 사라진 곳으로 뛰기 시작했다.

대경은 세 번째 조폭이 승열이 간 곳으로 몸을 돌리자, 오른 무릎을 굽혔다가 펴면서 앞으로 뛰었다. 세 번째 조폭은 앞으로 달려나가는 힘이 실린 대경의 왼쪽 팔꿈치에 정통으로 복부를 맞았다.

순간적으로 깁스를 한 왼쪽 팔이 고통스럽게 흔들렸고, 내내 그를 괴롭힌 금이 간 갈비뼈의 아픔이 다시 폐부를 격렬하게 찔렀지만 대경은 아랑곳 않고 이어 네 번째와 다섯 번째 조폭, 그리고 달려드는 도베르만도 처리했다. 대경은 곧바로 뛰기 시작했다. 박태운이 승리를 데리고 사라진 방향으로.

"저쪽이라카이!"

민수는 무전기를 통해 상황을 보고 받은 경찰 특공대와 서초경찰서의 경찰들이 차에서 내리자 손을 들었다. 민수의 손끝이 향하는 숲 속에서 대경은 온몸을 뒤흔드는 고통 속에서도 빠르게 달리고 있었다.

어디인가. 어디에 승리가 있는 건가!

승열과 형사가 어디로 갔는지는 보이지 않았다. 대경은 모든 힘을 귀와 눈에 집중한 채 한참을 뛰며 숲 안을 관찰했다. 지척에서 기적처럼 들려오는 소리가 있었다.

"……씨. 대경 씨!"

"승리야!"

희미했지만, 들려오는 이 목소리는 분명 승열의 것이었다. 승열 오빠의 목소리.

여전히 너무 아파 몸을 움직일 수 없었지만, 승리는 희미하게 들려오는 목소리에 기운을 냈다. 없는 힘을 짜내서 후들거리는 손발을 간신히 움직였다.

"가만히 있어!"

태운의 말에 따라 승리를 어깨에 메고 가던 조직원이 으르렁거렸다.

"조용히 해."

바로 옆에서 뛰던 태운은 작은 목소리로 조직원에게 경고했다. 그는 부글부글 일어난 분노 때문에 눈이 먼 상태였다.

어떻게 이럴 수가 있지? 어떻게 이곳까지 이대경이 쫓아온 거지?

한참 직선으로 달리다가 방향을 튼 뒤로는 지척까지 쫓아오던 외침과 발자국 소리는 더 이상 들리지 않았다. 그러나 태운은 콸콸 쏟아지는 격분을 숨길 수가 없었다.

"형님, 피하셔야 합니다."

조용히 따라오던 영성이 입을 열었다.

"이 여자까지 데리고 가긴 무리입니다. 일단 이 여자는 여기서 처리하고 다음 기회를…… 컥!"

태운은 왼 주먹으로 그대로 영성의 턱을 후려쳤다.

"개새끼! 네가 이 여잘 도망치게 하지 않았다면 이런 일은 없었어!"

그렇게 내씹었지만, 태운은 알고 있었다. 여기까지 찾아온 걸 보면 이대경과 경찰들은 분명 주택 위치에 대해서도 알고 있는 게 분명했다. 포위당한 채 주택에서 힘없이 체포당하는 것보다 밖에서 미리 알게 된 지금이 더 상황이 나았다. 도망칠 기회가 있으니까.

하지만 태운은 인정하고 싶지 않았다. 그리고 모든 계획이 와르르 무너졌다는 점에서 화풀이할 대상이 필요했다. 그래서 그는 영성을 다시, 그리고 다시 후려쳤다. 영성은 쓰러졌고, 쇠사슬로 때렸던 머리 쪽을 발로 차자 영성은 그대로 눈을 까뒤집고 움직이지 않았다.

"이 새끼가 분 걸까?"

아무리 생각해 봐도 태운은 주택의 주소가 유출된 것을 이해할 수 없었다.

"모르죠. 보스, 지금은 가야 해요. 시간이 없어요."

조용히 뒤따라오던 연아는 영성에겐 시선도 주지 않은 채 말했다.

"저 여잔 어쩌지?"

오 년이나 감옥에 갇혀 있어서 그런지, 머리가 정말 돌아가질 않았다. 출감한 뒤 중요한 사건이 생길 때처럼, 태운은 연아에게 의견을 물었다.

"……죽여요."

잠시 망설였지만, 연아는 결국 그렇게 대답했다.

"보스가 생각한 복수는 아니겠지만, 어쨌든 이 여자가 죽으면 이대경은 괴로워할 거예요. 나중에 또 다른 여자가 생기면 그때는 원래 계획한 대로 고문해서 죽이면 돼요. 일단 이 여잔 여기서 처리해요."

이 여자가 살아 있으면 자신이 도망치게 해줬다는 사실이 새어나갈지도 몰랐다. 생각보다 더 빨리 도착했지만, 어쨌든 이 여자가 죽으면 이대경은 복수심에 불탈 것이다. 태운에게 복수할 수 있는 기회.

승리가 말뜻을 알아듣기 전, 승리를 떠메고 있던 남자는 태운이 고개를 끄덕이자마자 승리를 잡초가 무성히 난 바닥으로 거칠게 내팽개쳤다.

또 한 번 충격이 승리의 몸을 휩쓸고 지나갔다. 그러나 아까처럼 기절하기 직전의 멍한 상태가 되는 게 아니라 반대로 멍한 정신이 한 번에 확 깨어났다.

찰칵.

소름 끼치는 소리였다. 바닥에 쓰러져 있던 승리는 고개를 위로 치켜들었다. 방금까지 자신을 메고 있던 남자가 품에서 꺼낸 잭나이프에서 칼날을 펴내는 소리였다.

"아쉽긴 하지만, 어쩔 수 없군."

태운은 입맛을 다셨다. 꽤 괜찮은 몸매를 가지고 있었는데, 아쉬웠다. 이대경의 여자를 직접 맛보고 싶었는데. 뭐, 다음번에도 기회가 있으니까.

이대경. 평생 괴롭혀 주겠어. 날 감옥에 보낸 죄를 평생 치르게 하겠어.

그전에 일단 이 여자를 처리해 주지.

"끝내."

태운은 식사 주문을 하듯, 가볍게 말했다. 남자는 승리에게 한 걸음 다가갔다. 남자의 눈에서 번뜩이고 있는 저것은 분명 살기였다. 승리는 몸을 꼼짝할 수가 없었다. 하지만 최선을 다해 소리쳤다.

"대경 씨! 대경 씨! 대경…… 읍!"

번개같이 달려든 남자는 왼손으로 승리의 입을 틀어막아 머리를 바닥으로 내리꽂듯 밀었다. 그러고는 오른손을 위로 들었다. 갑자기 환하게 빛을 발하기 시작한 달빛에 남자가 들고 있는 잭나이프의 칼날이 공포스러운 황금색으로 번들거렸다.

찰나의 순간, 승리는 칼날이 곧장 자신에게 달려오는 것을 보았다. 승리는 눈을 감았다.

쉭!

무언가 공기를 가르고 날아왔다.

"악!"

잔인한 칼날 대신 남자의 끔찍한 비명이 귀에 꽂혔다. 승리는

377

눈을 떴다. 남자의 옆 허리에는 비수가 깊숙하게 꽂혀 있었다. 대경의 비수!

분수처럼 솟구치는 기쁨 속에서 승리는 고개를 오른쪽으로 돌렸다.

"대경 씨!"

대경이었다. 무수한 나뭇가지를 뚫고 몇 미터 앞에서 그가 강철처럼 달려오고 있었다. 승리는 몸을 일으키려 했다. 그러나 머리칼을 잡아끄는 거친 손길 때문에 그럴 수가 없었다.

"젠장! 이대경, 거기서 멈춰!"

승리를 살해하려 했던 남자가 옆으로 나가떨어지자, 태운은 승리를 자신 쪽으로 강하게 당기며 외쳤다. 그러나 대경은 멈추지 않았고, 네 번째이자 마지막 비수를 태운에게 던졌다. 비수는 정확히 태운의 왼손 중앙에 박혔다.

"으악!"

태운은 비명을 토해냈다. 승리는 그 틈에 몸을 일으켜 그 자리를 빠져나왔다.

이렇게 허무하게 이대경에게 붙들려야 되는 건가? 복수도 제대로 못하고?

참을 수가 없었다. 태운은 참을 수가 없었다. 한순간 그는 고통 따윈 잊었다. 붕대로 둘둘 감싼 오른손을 뻗어 승리를 살해하려 했던 남자가 떨어뜨린 잭나이프를 낚아챘다.

대경은 승리를 보지 않았다. 보게 되면, 무너질 테니까. 그래서 그는 승리가 살아 있다는 진실만을 심장 속에 품은 채 움직였다. 오른손을 뻗어 승리의 팔을 잡아 자신의 등 뒤로 잡아끌었다. 태운이 잭나이프를 쥐고 일어선 건 바로 그때였다.

"대경 씨!"

승리는 그를 불렀고, 대경은 승리를 보는 실수를 저지르고야 말았다. 그의 시선은 그녀에게 고정되어 훑기 시작했다. 헝클어지고 뜯긴 머리칼, 얼굴 여기저기에 흔적처럼 남은 핏방울, 단추가 다 뜯긴 셔츠, 여기저기에 시퍼렇게 든 멍.

대경이 무너졌다. 완전히는 아니지만, 거의 무너졌다. 그의 손은 떨리기 시작했고, 그의 세상은 고통받은 승리로 가득 찼다. 그래서 한순간 태운이 다가오는 소리를 듣지 못했다.

"이대경!"

태운은 독기를 내뿜으며 달려들었다.

"죽어버려!"

승리를 훑어보느라 대경은 태운에게 등을 돌리고 있었다. 대경은 보지 못했지만, 승리는 대경의 옆에서 보았다. 태운의 손에 들린 것이 잭나이프라는 것을. 대경의 목숨을 앗을 수도 있는 치명적인 무기.

승리는 생각하지 않았다. 그냥 움직였다. 그녀는 대경을 있는 힘껏 옆으로 밀었다. 그리고 태운의 잭나이프는 그대로 승리에게 꽂혔다.

열여덟

승열의 심장은 미칠 듯이 뛰고 있었다. 승리가 납치된 뒤, 내내 괴롭고 불안하긴 했지만 이 정도까지는 아니었다. 뭔가 나쁜 일이 생긴 걸까?

"검사님, 저쪽입니다!"

승열의 뒤를 따라와 함께 승리를 찾아 헤매던 형사가 뭔가를 발견했는지 외쳤다. 승열은 재빨리 방향을 틀어 형사가 가리킨 곳으로 달려갔다. 수풀 사이로 무언가가 보였다. 가까이 다가간 승열의 심장이 한순간 멈추었다.

잭나이프가 꽂힌 승리의 몸에서 붉은 피가 터져 나와 주변으로 흩뿌려졌다. 그 핏방울은 옆으로 떠밀린 대경의 뺨에도 후두둑 뛰었다.

"승리야!"

승열은 말 그대로 찢어질 듯한 비명을 질렀다. 그 비명은 찰나의 시간 동안 석상이 되어버린 대경을 움직이게 했다. 대경은 있는 힘껏 주먹으로 태운의 턱을 후려갈겼다.

퍽!

둔탁한 소리가 났고, 태운은 그보다 몇십 배는 더 둔탁한 통증을 받았다. 그는 눈을 까뒤집고 뒤로 나가떨어졌다.

죽여 버리고 싶었다. 아주 고통스럽게 죽여 버리고 싶었다. 그러나 대경은 무엇이 우선인지 알고 있었다.

"승리…… 야?"

태운의 손을 떨어지자, 승리는 쓰러지기 시작했다. 대경은 자신의 것이 아닌 듯, 아무것도 느껴지지 않는 두 손으로 그녀를 부축해 조심스럽게 바닥에 눕혔다.

대경은 입고 있던 슈트 재킷을 아주 빠르게 벗었다. 당장이라도 태운이 더러운 손으로 승리의 가슴에 꽂은 잭나이프를 빼내고 싶었지만, 그랬다간 출혈만 더 커진다는 걸 본능적으로 알고 있었다. 그는 덜덜 떨리는 손으로 재킷을 뭉쳐 조심스럽게 상처 주변을 덮어 꽉 내리눌렀다. 하지만 피는 계속 새어나왔고, 그의 검은 재킷은 새빨간 피에 빠르게 점령당하기 시작했다.

"왜……."

연아는 이해할 수 없었다.

"이대경, 왜 박태운 저 새끼를 죽이지 않은 거야?"

박태운은 겨우 주먹 한 대만 맞았다. 잔인하게 고통받으며 살해당하는 게 아니라, 겨우 한 대를 맞고 편안하게 기절했다.

내 복수는? 내 복수는 어쩌고?

"왜 죽이지 않은 거야!"

연아는 찢어질 듯 비명을 내질렀지만 대경은 아무것도 듣지 못했다. 승리의 말밖에 듣지 못했다.

"대경 씨……."

승리는 파리한 입술을 열었다. 이상하게도 아프지 않았다. 잭나이프의 차디찬 칼날이 가슴속을 쑤시고 들어오는 그 소름 끼치는 감촉을 생생하게 느꼈는데도, 아프지 않았다. 하지만 이젠 숨 쉬는 것조차 힘이 들었다.

"아니야……."

승리는 간신히, 힘들게 숨을 쉬며 간신히 말할 수 있었다.

"대경 씨 잘못이…… 아니야. 그러니까……"

승리는 미소를 지었다. 아니, 자신이 미소를 지었다고 생각했다.

"그러니까 아프지 마. 응……?"

대경의 얼굴에서 승리의 얼굴로 무언가가 떨어졌다. 이 차가운 물방울은 뭘까. 승리는 확인하고 싶었지만, 더 이상 제대로 보이는 건 없었다.

"이대경!"

연아는 대경의 등 뒤에서 다시 소리쳤다.

"죽이란 말이야! 어서 죽여! 어서 박태운을 죽이란 말이야!"

온 숲을 울리는 연아의 비명은 한순간 정신을 잃었던 태운을 깨우기에 충분했다. 태운은 꿈틀거리며 눈을 번쩍 떴다. 그의 귀로 연아의 이어진 비명이 꽂혔다.

"어서 박태운 저 새끼를 고문해서 죽이란 말이야!"

"너…… 였어?"

태운은 깨달았다. 이년이 주소를 알려준 건가? 이년이 함정을 파서 날 이대경에게 넘긴 건가?

"못된 년!"

대경이 날린 주먹의 후유증 때문에 사물이 두 개로 보일 만큼 머리가 흔들리고 있었지만, 태운은 불같이 일어난 배신감에 활활 타오르며 자리에서 일어났다.

"못된 년? 하, 누가 누구더러 그딴 지랄하는 거야? 악마 같은 자식. 너 때문에 난 내 인생을 망쳤어!"

연아는 악에 받쳐 소리 질렀다.

대체 이년이 왜 이러는 거지? 돈도 줬고, 원하는 대로 조직 일도 배우게 해준 데다가 거의 부인처럼 대우해 줬던 태운은 이해할 수가 없었다.

설마, 애새끼 때문인가? 그가 애새끼를 볼모로 잡았기에, 그래서 그를 제거하려 한 건가?

"애새끼 때문에 미친 건가? 빌어먹을 년! 그딴 애새끼 때문에 날 팔아넘겨? 씨팔, 그딴 애새끼 그냥 죽여 버릴 거야! 살려둬서 너 같은 빌어먹을 년이 이딴 짓을 하게 되니까!"

내 아들. 내 아들!

그나마 실낱같이 남아 있던 연아의 이성은 그 말을 듣자마자 완전히 날아갔다. 시야가 태운의 악마 같은 얼굴로 가득했지만, 연아는 다른 것을 발견했다.

바로 앞에서 나뒹굴고 있는 조직원의 팔에 꽂혀 있는 이대경의 비수.

연아는 태운을 처음 만난 순간부터 꼭꼭 감추고 내리누르기만 했던 자신 안에 있는 감정의 명령에 처음으로 따랐다. 비수를 뽑아, 두 손에 꼭 쥐었다.

태운의 시커먼 눈동자가 연아가 내뻗는 비수의 시퍼런 빛을 발견한 그 순간, 연아는 비수를 태운의 오른쪽 눈에 내리꽂았다.

"으아악!"

태운은 고통으로 가득한 비명을 질렀다.

모자라! 이 정도로는 모자라!

시뻘게진 눈으로 연아는 다시 휘둘렀다. 그녀는 태운의 더러운 피가 묻은 비수를 빼냈고, 다시 휘둘렀다. 비수는 태운의 왼쪽 눈을, 목 중앙을, 심장 속을 파고들었다.

푹! 푹!

소름 끼치는 소리가 민수와 함께 달려온 경찰 특공대와 다른 형사들에게 전달되었다. 경찰 특공대 두 명은 연아를 등 뒤로 잡아끌어 간신히 태운에게서 떼어놓았다.

"이거 놔! 놓으란 말이야!"

죽여야 했다. 더 고통스럽게 죗값을 치르게 해야 했고, 완전히 숨을 끊어놓아야 했다. 그래야 내 아들이 안전하다. 저 악마가 죽어야 내 아들이 안전해진다!

연아는 몸을 뒤틀며 악을 썼다. 짧게 한숨을 내쉬며 민수는 바닥으로 쓰러져 경련하는 태운의 목으로 손을 뻗었다. 맥박은 느껴졌지만 아주 희박했다.

"이……렇게…… 죽을 순 없……."

이대경에게 복수도 하지 못하고 이렇게 끝낼 순 없었다. 이렇게 허무하게…….

시커먼 세상 속에서 태운은 조금이라도 더 공기를 빨아들이기 위해 입을 벌렸다. 그러나 비릿한 무언가가 입을 메우기 시작했고, 숨은 더 막혔다.

"살……려……."

꾸르룩 하는 소리가 입 밖으로 새어나왔다. 그리고 동시에 태운의 흉한 몸은 경련을 멈추었다.

생명을 잃은 사체였지만 더러운 피는 계속 흘러나와 웅덩이를 이루었다. 그 시커먼 피는 밑으로 죽 흘러왔지만 반대편에 모여 있는 붉은 핏방울과 이어지지는 않았다.

"옮겨야 합니다."

혹시 모를 사태를 대비해 경찰 특공대와 함께 온 두 명의 구급요원들은 대경의 팔을 붙잡았다. 대경은 구급요원들의 말을 알아들었다. 수긍하기도 했다. 하지만 스스로 손을 놓을 수가 없었다. 승리에게서 손을 놓을 수가 없었다.

승열은 그것을 알았다. 그래서 그는 눈에 보일 정도로 부들부들 떨면서도 지혈에 온 힘을 집중하고 있는 대경의 손을 잡아서 뗐다. 구급요원들은 재빠르게 승리를 들것에 실었다.

"살아줘······."

대경은 차에 실려가는 승리의 곁에서 애걸했다.

"제발 살아줘······."

승리는 듣지 못했다. 아무것도 보이지도 않았다. 그래서 눈을 감았다. 대경은 그것을 보았다.

백지장만큼 창백한 얼굴, 푸르게 변한 입술. 승리는 마치······ 시체 같았다.

무너졌다. 대경은 완전히 무너졌다. 완전히.

"괜찮을 거야. 괜찮을 거야."

거친 소음으로 가득한 헬기 안에서 승열은 구급요원들이 승리에게 이런저런 응급조치를 취하는 것을 보며 중얼거렸다. 그의 소망을.

대경은 멍하니 승리를 바라보았다. 여전히 시체 같았다.

잃은 건가? 또다시 잃은 건가?

아니, 또다시가 아니다. 이안과는 다르다. 승리는 유일했다.

유일한 여자.

나는 그런 존재를 잃은 건가? 나 때문에 내 유일한 여자가 죽어버린 건가? 나 때문에?

가장 가까운 병원에 도착한 뒤, 승리가 수술실에 들어가는 것을 보면서 대경은 끝없는 늪 속으로 빠져들었다. 지옥 같은 그 나락 속에서 다시금 알게 되었다.

내가 승리를 죽음 속으로 몰아넣은 거다. 나만 아니었다면, 나만 없었다면 승리가 다칠 일은 없었다.

모든 것은 나 때문.

수술실 문이 열린 건 다섯 시간 뒤였다. 땀으로 흠뻑 젖은 의사가 밖으로 나오자 승열은 자리에서 벌떡 일어났다.

"어떻습니까?"

"잘됐습니다."

온몸을 지배했던 거친 긴장이 풀리자, 승열은 현기증을 느꼈다. 그는 손을 복도의 벽에 뻗어 중심을 잡았다.

"환자 분이 의지가 강하더군요. 상처는 깊지 않았지만 출혈이 심해서 위험했는데 잘 버텨줬습니다."

의사는 잠시 말을 멈춘 뒤 고개를 돌리다가 멍하니 의사를 바라보고 있는 대경을 발견했다. 이마에 피가 묻은 붕대를 두르고 있는 대경의 얼굴에는 핏방울이 묻어 있었으며 두 손은 손목까지 핏자국으로 물들어 있었다.

"지혈하신 분인가요? 덕분에 환자 분이 살았습니다."

의사는 대경에게 따뜻한 미소를 보여주었다.

"위기를 넘겼으니, 괜찮을 겁니다. 하지만 흉터는 좀 남을 겁니다. 오른 발목에 골절상이 있고 온몸에 타박상과 찰과상을 입었던데 그 상처는 며칠 쉬면 나을 테니 걱정하지 마세요."

"감사합니다. 정말 감사합니다."

승열은 허리를 굽혀 거듭 인사했다. 의사는 대경에게 말했다.

"그쪽 분도 다치신 것 같은데 검사 한번 받아보세요."

대경은 아무 대답도 하지 않았다. 승열은 수술 내내 괜찮을 거라고 중얼거렸던 자신과는 달리 대경이 벙어리가 된 듯 아무말도 하지 않고 있다는 것을 그제야 알았다.

"괜찮을 거야."

승열은 다시 말했다. 이번엔 바람이 아니었다. 사실이고, 진실이었다. 그의 막냇동생은 괜찮을 것이다.

"네. 그렇겠지요."

대경은 그제야 바싹 마른 입을 열어 대답했다. 승리는 괜찮을 것이다. 하지만 완전히 괜찮은 건 아니었다. 자신이 곁에 있었으니까.

"자네도 가서 치료 받아. 어서."

대경이 어떤 생각을 하고 있는지 모른 채, 승열은 재촉했다. 대경은 대답 없이 일어나 간호사를 따라갔다. 승리가 괜찮다는 것을 안 순간부터 그는 살아났다. 동시에 폐부를 찌르는 갈비뼈의 통증과 어깨의 고통이 살아났고, 격하게 사용한 왼손이 덜컥거렸다.

차라리 기절하고 싶을 만큼의 고통이 그를 단숨에 덮쳤지만, 대경은 누르고 또 눌렀다. 이 정도는 아무것도 아니다. 승리가 느낀 고통에 비하면, 이 정도는 아무것도 아닐 것이다.

대경은 승리가 더 이상 고통받지 않기를, 안전하기를 그 무엇보다 원했다.

승리는 몽롱했다. 뭐랄까, 부드러운 구름에 둘러싸여 하늘에 동동 떠 있는 것 같다고 할까. 기분이 좋았다.

"승리야?"

무거운 눈을 살포시 뜨자, 하얗고 흐릿한 세상 속에서 승열을 발견했다. 언제나 자상한 둘째 오빠를 발견하자 승리는 더욱 기분이 좋아졌다.

"오빠……."

"그래, 그래."

승열은 살짝 떨리는 손으로 막내의 이마에 내려앉은 머리칼을 뒤로 넘겨주었다.

"나…… 졸려."

"그래, 더 자. 더 자고 푹 쉬어."

승리는 눈을 감기 전 승열 뒤에 있는 사람을 발견했다. 대경이었다. 이마에 하얀 붕대를 감고 있는 대경의 얼굴은 무표정했다.

왜 나에게 미소 지어주지 않는 걸까.

승리는 묻고 싶었지만, 더 이상 기운이 없었다. 그대로 까무룩 잠에 빠져들었다.

승리가 다시 깨어난 건 구름 위에 동동 떠 있는 그 기분을 한참 즐긴 뒤였다. 그녀는 이마에 와 닿는 따스한 것을 느꼈다.

"대경 씨……?"

나른한 기운이 온몸을 부드럽게 안마하고 있었다. 다시 잠 속으로 빠져들고 싶었지만, 승리는 눈을 반쯤 뜨고 눈앞에 있는 사람을 확인했다. 역시 대경이었다.

"대경 씨……."

다시 이름을 부르자, 대경은 그제야 미소를 지었다. 그러나 승리가 기대한 환한 미소는 아니었다. 왜 더 크게 웃어주지 않는 걸까.

"대경 씨…… 나 기분이 좋아."

"그래?"

"응. 근데 대경 씨 보니까 더 기분 좋아."

승리는 방긋 웃으며 대경을 바라보았다. 대경의 얼굴에 한순간 어떤 감정이 하나 스쳐 갔지만, 승리는 그것을 보지 못했다.

"나 아직 졸려. 다시 일어났을 때…… 옆에 있어줄 거지? 난 대경 씨랑 있는 게 제일 좋아."

대경은 고개를 숙였다. 그는 부드럽게, 아주 부드럽게 승리의 터지고 바싹 마른 입술에 입을 맞추었다.

"어서 자."

"응……"

승리는 대답을 듣지 못했다는 것을 알지 못했다. 그녀는 몸이 허락해 준 몇 초간 대경을 눈에 담은 뒤, 다시 잠 속으로 빠져들었다.

대경은 바라보았다. 오 일 전에 수술이 끝난 뒤 회복세로 전환했다고 하지만 승리는 여전히 창백했다.

이게 마지막이었다. 그래서 그는 잊지 않기 위해, 보고 또 보았다.

모자랐고, 모자랐다. 이 사랑스러운 여자는 평생을 지켜봐도 모자랄 것이다. 대경은 그 사실을 알았기에 돌같이 굳어 있는 다리를 펴서 곧바로 일어섰다. 더 머물다간 영원히 떠나지 못할 테니까.

끼익―

병실 문은 기괴한 소리를 내며 열렸다. 심장의 외침을 이기지 못하고, 그는 돌아보았다. 그리고 마지막으로 승리를 보았다. 병실 침대 위에 평화롭게 잠들어 있는 승리의 얼굴은 엉망이었다. 완벽한 모양의 입술은 다 터져 있었고, 부드러웠던 뺨은 나뭇가지가 만든 생채기로 가득했으며 작은 몸 여기저기에는 시퍼런 멍이 흔적처럼 남아 있었다.

그가 곁에 있었기 때문에 입은 상처.

그 사실을 누구보다도 잘 알고 있었기에 대경은 후들거리는 몸을 움직여 병실 밖으로 나와 등 뒤로 문을 닫았다. 승리의 향이 사라졌다. 동시에 그의 심장도 멈추었다.

난 살아갈 수 있을까? 승리를 떠나서, 살아갈 수 있을까?

"승리 아직 자?"

복도 저편에서 온몸에 붕대를 둘둘 감은 승원이 휠체어를 타고 오며 물었다. 대경은 목에 무언가가 걸린 듯 말을 할 수가 없자, 가다듬은 뒤 다시 입을 열었다.

"방금 잠깐 일어났다가 다시 잠들었어."

"완전 잠탱이가 다 됐네."

"동생더러 잠탱이가 뭐냐?"

승원의 휠체어를 밀던 승열이 잔소리했다. 못 들은 척 승원은 깁스한 다리를 앞으로 뻗어 발가락을 까닥거리며 다른 말을 했다.

"아, 휠체어 짜증나 미치겠네. 왜 이렇게 작아? 몸이 막 껴."

"휠체어가 작은 게 아니라 니가 큰 거야. 짜증나면 빨리 낫기나 해."

동생이 상상 이상으로 빠르게 회복하고 있다는 것을 잘 알고 있었지만, 승열은 타박하듯 그의 바람을 내뱉었다. 오 일 전, 승리의 수술이 성공적으로 끝난 뒤 승원은 깨어났다. 정말 다행스럽게도 전신마비도 아니었고 어디 한 군데 심각하게 문제가 있는 것도 아니었다.

승원은 깨어나자마자 배고프다고 아우성을 치더니, 그 다음 부터는 누워 있는 게 짜증난다고 끊임없이 툴툴거렸다. 깨어난 지 사 일째 되는 날인 어제부터는 휠체어를 타고 다니면서 병원 여기저기를 기웃거렸다. 정면 충돌의 후유증으로 의식불명에 빠졌던 사람이라고는 도저히 믿을 수 없을 정도였다.

"이제 집에 가는 거야?"

승원은 대경에게 물었다. 올려다보는 게 짜증났지만, 어쩔 수 없었다.

"그래."

"잘 생각했어. 가서 좀 쉬다 와. 내가 있을 테니까."

대경은 승원의 말에 아무 답도 하지 않았다. 그저, 미소라고 할 수 없을 만큼 엷고 희미한 것을 얼굴에 띄울 뿐이었다. 승원은 그제야 뭔가 이상하다는 것을 깨달았다.

"미안하다. 어서 나아라."

대경은 승원을 바라보며 낮은 목소리로 말했다. 그러고는 고개를 들어 승열을 바라보았다.

"승리…… 잘 부탁드립니다."

"내가 말이야."

대경이 말을 한 뒤, 몇 초 동안 가만히 대경을 바라보던 승열은 차가운 눈으로 천천히 입을 열었다.

"승리가 납치됐을 때 자네에게 하고 싶었던 게 있었어."

퍽!

"형!"

승열이 대경의 얼굴을 향해 주먹을 날리자, 승원은 저도 모르게 소리쳤다.

"바로 이거야. 하지만 네 녀석이 어떤 상태인지 알고 그만뒀었지. 내가……."

승열은 대경이 바닥을 짚는 것을 보았다. 대경의 팔은 가늘게 떨리고 있었다. 저 진동은 멈춘 심장에서 시작된 것이리라. 승열은 이해했다. 대경을 이해했다. 그러나 용납하지는 못했다.

"내가 후회해야 되는 건가? 아니면 한 대 더 쳐도 되는 건가?"

"몇 대를 더 치셔도……."

대경은 비틀거리며 일어났다. 입가에서 턱으로 피가 흘러내리고 있었지만 그는 닦지 않았다.

"다른 말을 드릴 수 없습니다. 저는…… 저는 자격이 없습니다."

기운이 빠졌다. 승열은 꾹 눌러 쥔 주먹을 서서히 내렸다.

"멍청한 자식. 꺼져."

승열은 고함을 질렀다.

"꺼져!"

대경은 승열의 말대로 행동했다. 무거운 걸음으로, 그는 느릿하게 걸어갔다. 한 번도 뒤돌아보지 않는 데 성공한 뒤, 병원을 빠져나와 그의 집으로 갔다. 승리가 없는 공간. 다시는 승리를 담지 못할 공간.

대경은 안방으로 비틀거리며 걸어가 침대 중앙에 조심스럽게 누웠다. 승리가 한때 잠들었던 장소.

대경은 알고 있었다. 다시는 이 침대에서 승리와 사랑을 나눌 수 없으리라. 아니, 만나지도 못하리라.

자신 때문에 생명을 잃을 뻔한 그녀가 안전하다는 것을, 다시는 자신 때문에 다치지 않으리라는 사실 하나만을 감사히 여기며 살아가게 되리라.

그리고 승리 없이, 결국 홀로 죽어가리라.

열아홉

휴대폰이 울리고 있었다.

두통이 사정없이 머리를 후려치고 있었기에, 대경은 고개도 들지 못했다. 엎드려서 잠을 자던 자세 그대로 그는 손만 움직였다. 어젯밤 침대에 눕기 전 팽개쳐 둔 슈트 재킷 안주머니에서 간신히 휴대폰을 찾아냈다.

"……이대경입니다."

지난밤의 과한 음주 때문인지, 그도 알아듣기 힘들 만큼 목소리가 갈라져서 나왔다.

[이대경 씨 휴대폰인가요?]

낯익은 여자의 목소리. 승리의 것은 아니다. 대경은 그 사실을 알았지만, 심장이 쿵하고 바닥으로 떨어지고야 말았다.

지난 백일 동안, 대경은 승리와 비슷하게 생긴 여자만 지나가도, 비슷한 목소리만 들어도 같은 경험을 했다. 아니, 더 심한 고통을 겪었다.

승리를 보지 못한 지, 목소리조차 듣지 못한 지 무려 백일이나 흘렀다. 그가 승원과 승열에게 작별을 고하고 나온 뒤 승리는 전화 한 통 하지 않았고, 찾아오지도 않았다.

난 뭘 바랐던 건가. 그렇게 상처 입혀놓고 찾아오길 원한 건가?

아무것도 바라지 않았다면 거짓말일 것이다. 그녀를 지키지 못한 자신은 곁에 있을 자격이 없다고 생각했고, 그래서 힘들게 떠나왔다. 그러면서도 지난 백일 동안 그는 끊임없이 소망했다. 한 번이라도 더 볼 수 있게 찾아와 주기를, 한 번이라도 더 들을 수 있게 전화해 주기를.

하지만 승리는 단 한 번도 전화하지 않았고 단 한 번도 찾아오지 않았다.

승열이 제지한 걸까?

아니다. 승열이 반대한다 하더라도, 승리는 원한다면 그에게 전화 한 통쯤은 했을 것이다. 그러나 아무것도 하지 않고 있었고 그건 그녀가 원하지 않는다는 뜻이었다.

어떻게 그럴 수가 있지? 내가 미운 걸까?

물론 미워할 만했다. 승리가 자책하지 말라고, 무슨 일이 있어도 곁에 있어달라고 한 것을 외면했고, 차마 직접 이별을 고할 수가 없어서 대신 오빠들에게 한마디 던지고 도망치듯 달아났다. 당연히 그를 원망할 만했다.

하지만 그렇다고 어떻게 연락 한 번 안 하는 거지? 설마……
단순히 미운 게 아니라, 그에 대한 사랑이 완전히 식은 건가?

사람은 감정이 있어야 행동하는 법. 무관심한 일에 감정을 낭비하는 사람은 아무도 없다. 원망했다가 그 미움마저 스러지고, 그렇게 그에 대한 마음이 완전히 소멸한 게 아닐까?

더 이상 날 사랑하지 않는 걸까?

대경은 승리가 행복하기를 바랐다. 안전하기를, 더 다치지 않기를 소망했다. 하지만 다른 남자를 사랑하기를 원한 건 결코 아니었다.

지금까지는 생각하지 못했는데…… 떠나온 이상, 승리가 다른 누군가에게 그 찬연한 미소를 지어주는 건 필연적인 결과였다. 그러나 그 장면을 상상하니, 독한 알코올에 정복당한 온몸에 힘이 들어갔고 살기가 끝없이 치솟았다.

[여보세요. 이대경 씨 휴대폰 아닌가요?]

분노 때문에 부들부들 떨리는 손으로 쥐고 있던 휴대폰을 통해 다시 낯익은 목소리가 들려왔다. 대경은 이를 악물며 대답했다.

"맞습니다. 누구십니까?"

[대경 씨, 나예요. 차이안.]

천천히 몸을 일으켜 앉던 대경은 행동을 우뚝 멈추었다.

차이안?

"이안이…… 라고?"

[네. 오랜만이죠? 잘 있었어요?]

"정말 오랜만이네."

삼 년 전에 아이를 낳고 잘살고 있다고 이안이 엽서를 보낸 적이 있었는데, 그때 이후로 연락한 적은 한 번도 없었다.

[이 년 전쯤에 남편과 미국으로 갔었어요. 반년쯤 전에 한국으로 돌아왔고요. 그동안 어른들께도 인사드리고, 친구들과도 만나다가…… 대경 씨 생각이 나더라고요. 잘 있는지 궁금해서 전화를 걸었어요.]

대경은 방 안을 둘러보았다. 백일 전, 승리를 떠나온 뒤 그의 집은 이전처럼 마냥 깨끗하지만은 않았다. 승리가 보고 싶어서 미칠 것 같은 밤마다 마신 빈 술병이 여기저기에 널려 있었고, 승리가 남기고 간 옷 같은 물건을 눈에 띄는 곳에 뒀기에 여기저기 어지러웠다.

이 혼잡한 곳에서, 그는 전혀 괜찮지 않았다. 그렇기에 거짓말을 했다.

"잘…… 있어."

[다행이에요. 난…… 대경 씨를 생각하면 항상 마음이 불편했어요. 내가 다친 것 때문에 대경 씨가 항상 마음속에 짐을 가지고 있는 것 같았거든요.]

대경은 눈을 꽉 감았다.

[대경 씨 잘못이 아니에요. 항상…… 항상 이 말을 하고 싶었어요. 너무 늦게 말하는 건가요?]

"아니야."

대경은 떨리는 목소리로 말했다.

"아니야. 괜찮아."

[난 아주 행복해요. 대경 씨도 그랬으면 좋겠어요.]

대경은 대답하지 못했다. 그저, 눈을 감은 채로 승리를 떠올릴 뿐.

[그럼, 잘 있어요.]

뚜—

휴대폰은 그대로 통화의 끝을 알렸다. 대경은 천천히 휴대폰을 내려놓았다.

내 잘못이 아니라고?

그래, 정확하게 말해서 이안을 다치게 한 건 박태운이었다. 죄없는 아이를 미끼로 삼다가 결국 아이의 어머니에게 살해당한 '악당'. 그 남자가 이안을 그렇게 만들었고, 승리를 납치했으며 가슴에 칼을 꽂았다.

나쁜 것은 박태운이다.

그러나 승리는 내 곁에 있지 않았다면 다치지 않았을 것이다. 만약에 또 박태운 같은 놈이 등장하면? 고한파의 잔당이 승리를 노린다면? 혹시 훗날, 민연아가 승리를 노린다면? 물론 가능성이 희박한 일이긴 했다.

고한파는 완전히 궤멸되었고 그쪽 조폭들 사이에 승리의 배경이 어떤지, 승리를 건드리면 어떻게 되는지 소문이 쫙 퍼졌으니 다시 그녀에게 손을 뻗칠 리 없었다. 더군다나, 민연아는 박태운 살해죄로 1심 재판을 받다가 정신착란 증세를 보여 정신병원에 들어가 있었다. 그건 전적으로 그녀의 아들 때문이었다.

연아가 승리를 죽일 속셈이었다는 걸 알게 되었지만, 애초에 약속한 대로 대경은 주변의 힘을 빌려 이전에 약속한 대로 호주로 입양된 민연아의 아들을 데리고 왔다. 민연아가 구치소에 갇혀 있었기에 완전히 데려오는 게 아니라 잠시 방문하는 형태로. 민연아는 그 기회 자체도 기뻐했지만, 아들과의 만남은 그녀의 예상외였다.

그녀의 아들은 생모를 싫어했다. 아니, 혐오하고 경멸했다. 어린 나이임에도 오히려 알 건 다 알고 있는지, 자신을 버린 데다가 누군가를 살해해서 구치소에 갇혀 있다는 것 때문에 민연아를 지독히도 싫어했다. 민연아는 아들이 내뱉는 경멸 어린 말 속에 담긴 비수에 직격으로 찔렸다. 그리고 아들은 호주의 양부모만을 진짜 부모로 생각한다면서, 호주에서 계속 살고 싶고, 자신을 버린 생모를 다시는 만나고 싶지 않다는 말 또한 거침없이 했다.

박태운을 그렇게 처참하게 살해한 뒤, 다소 정신이 불안했던 민연아는 그것으로 완전히 무너져 버렸다. 평소에는 멀쩡했지

401

만 아들을 떠올릴 때면 경멸당한다는 사실 자체도 기억해 내고 발작을 일으켰다. 그렇게 민연아는 감옥 대신 정신병원으로 옮겨지게 되었다.

민연아를 포함해 고한파 잔당들은 다시 승리를 위협하지 않으리라. 99%의 확신.

하지만 혹시 몰랐다. 1%는 굉장히 높은 확률이었고, 자신에게 앙심을 품은 미친 누군가가 갑자기 나타나 그녀를 해칠지도 모르는 것 아닌가?

그러니, 만나선 안 된다. 이렇게 헤어져 있어야 했다.

하지만…… 보고 싶었다. 너무 보고 싶었다. 지난 백일 동안 대경은 그리움에 미친다는 말의 의미를 절절하게 깨닫고 있었다.

"돌아버릴 것 같아……."

대경은 조용히 읊조리고 읊조렸다. 그 처절한 진실이 커다란 집을 뒤흔들 때, 다시 휴대폰이 열렸다.

[야, 너 오늘 약속 잊은 거 아니지?]

인사도 없이 다짜고짜 말하는 사람은 그의 누나이자 PB인 내경이었다.

['붉은 밤' 팔기로 했잖아. 오늘 계약하기로 했지?]

"누나, 내가 안 판다고 했잖아."

언제나처럼 누나가 따박따박 쏘아붙이는 말을 듣고 대경은 화를 냈다. 승리를 떠나온 뒤, 그는 모든 사람에게 짜증을 느끼고 있었다. 덕분에 대강이나마 부상을 치유한 뒤 출근을 시작한 회사에서도 김종운 팀장을 비롯한 주변 사람들에게 몇 마디 안 좋은 말을 듣고 있었다.

승리가 납치됐을 당시 도움도 주었고, 승리의 친구를 아내로 둔 현건은 대경에게 아무 말도 하지 않았다. 대경이 내심 기대했던, 승리의 소식조차 말하지 않았다. 그저, 회사에서 가끔 지나치면 대경을 측은한 눈빛으로 바라볼 뿐.

현건에게 물어보면 답해줄 것이다. 그 사실을 알고 있었지만 대경은 물어보지 못했다. 차마 입을 열 수가 없었다.

[으휴, 진짜. 구매 희망자 만나보기라도 해.]

"안 팔 거야."

'붉은 밤'은 절대 팔지 않을 것이다. 이안에 대한 미안함이 스러져 갔기에, 그것을 되새기기 위해 구매했다. 승리에게 이젠 자책감을 느끼지 않아도 된다는 말을 듣는 순간, 그때 그는 팔 생각을 했다. 그러나 승리를 떠나온 뒤 생각은 다시 바뀌었다.

팔지 않을 것이다. 자책감을 되새기는 공간이 아니라, 승리와 처음으로 사랑을 나눈 곳이니까. 승리와의 소중한 추억이 담긴 장소. 절대 팔지 않을 것이다.

[만나보기라도 해. 응?]

"누나."

휴대폰 저편에서 내경이 버럭 소리를 질렀다.

[야, 엄마랑 아빠가 너 얼마나 걱정하는지 알지? 내가 그거

다 막아주고 있는데 네가 나한테 이럴 수 있어?]

대경은 마음이 약해졌다. 원래도 무심한 아들이었지만, 백일 전부터는 정말로 불효자가 되고 말았다.

[오늘 밤 아홉 시야. '붉은 밤' 오른쪽 바에서 보기로 했어. 나도 갈 거야. 진짜 좋은 조건 제시했으니 같이 만나보기라도 하자. 알았지?]

내경은 동생이 대답하기 전에 딱 전화를 끊었다. 대경은 길게 한숨을 내쉬었다. 결국 그는 시간에 맞춰 '붉은 밤'으로 갈 수밖에 없었다.

"오랜만입니다, 사장님."

정문 앞에서 기도들이 허리를 굽혀 인사하며 이전과 똑같은 말을 했다. 그들의 말에 대경에게 따라붙는 여자들의 시선이 급격하게 증가했다. 대경은 기도들에게 당장 때려치우라고 외치고픈 충동을 간신히 내리눌렀다.

"어머, 혼자 왔어요?"

"한 잔 할래요?"

내경과 약속한 오른쪽의 바에 도달하기까지, 대경은 많은 여자들에게 지분거림을 받았다. 그는 그들의 말을 듣지도 않았고, 시선 하나 주지 않았다. 하지만 여자들의 눈길은 점점 더 집요해졌다.

하필 토요일 밤에 만나자고 하다니. 더군다나 바 주변은 사람들에게 가장 많이 노출되는 곳이었다.

대경은 누나를 원망하며 눈으로 바텐더를 찾았다. 저 끝에 서 있는 바텐더는 일을 하고 있던 게 아니라 휴대폰으로 전화를 하고 있었다. 대경이 무섭게 노려보자, 그제야 바텐더는 휴대폰을 서둘러 주머니에 넣고 빠른 걸음으로 다가왔다.

"사장님, 오셨나요?"

대경은 인사는 무시하고 술을 병째로 주문했다. 바텐더는 즉시 술을 대령했고, 대경은 잔에 가득 따라 한 번에 마셨다. 그동안 거의 매일 밤 들이부은 덕분인지, 식도가 타는 듯한 느낌은 더 이상 없었다.

승리에 대한 그리움은 왜 줄지 않는 걸까. 왜 날이 갈수록 더 괴로운 걸까.

대경은 한 잔 더 마신 뒤 휴대폰으로 시간을 확인했다. 아홉시 십 분. 내경이 오면 사무실로 오라는 전갈을 남기고 일어설 때였다. 휴대폰이 진동했다.

[야, 구매 희망자한테 일이 생겼나 봐. 오늘 못 온대.]

귀청이 터질 만큼 주변이 시끄러웠지만, 대경은 누나의 말을 똑똑히 들을 수 있었다.

[다음에 다시 연락할게.]

내경은 대경이 고함지르기 전에 뚝하고 전화를 끊었다. 대경은 눈을 질끈 감고 간신히 불길을 내리눌렀다.

"젠장……."

"사장님?"

바텐더가 대경의 일그러진 얼굴을 보며 걱정할 때였다.

"뭐 마실까?"

마침 조용한 음악이 흘러나오기 시작했다. 덕분에 대경은 똑똑히 알아들었다. 승리의 목소리.

대경은 천천히 고개를 오른쪽으로 돌려보았다. 승리가 있었다.

"나 테킬라 좋아하는데, 그거 마실까?"

백일 만에 보는 승리는…… 아름다웠다. 아주, 아주 아름다웠다.

쭉 뻗은 긴 다리, 말캉해 보이는 예쁜 엉덩이와 잘록한 허리, 봉긋한 가슴과 사슴같이 긴 목. 체중이 많이 빠졌는지 위태로워 보일 만큼 몸 전체가 이전에 비해 가늘어졌지만, 작은 키임에도 늘씬하면서도 풍만한 곡선은 그대로였다.

머리칼의 길이는 달랐는데, 백일이라는 시간이 길었는지 어깨까지 오던 곱슬머리는 어느새 가슴 위까지 자라 있었다. 짙은 갈색의 그 부드러운 머리칼이 감싸고 있는 얼굴은 역시 살이 빠져 광대뼈가 드러나 있었다. 그 변화는 가냘프고 연약한 이미지를 강조해, 보는 이의 보호본능을 사정없이 자극했다.

대경의 심장이 아프도록 뭉클거렸다. 보드랍디보드라운 살결 속에 자리한 승리의 앙증맞은 이목구비도 변함없었다. 대경은 홀린 듯이 승리의 커다란 눈을 바라보았다. 그를 바라볼 때면 반짝거리는 저 눈동자를 얼마나 사랑했던가.

아직도 사랑했다. 너무…… 사랑했다.

"테킬라 슬래머 어때?"

찬연히 빛나는 승리만을 필사적으로 바라보던 대경의 멍한 세상 속으로 가시 같은 목소리 하나가 뚫고 들어왔다. 목소리의 주인은 남자였다. 그것도 아주 잘생긴 남자로, 승리에게 딱 달라붙어 있었다.

"응. 그걸로 할래."

승리는 고개를 끄덕이며 남자를 올려다보았다. 환한 미소를 지으며.

그에게만 보여주던 저 미소를 다른 남자에게 저렇게 쉽게 보여주다니!

대경은 당장 뻗어나갈 것 같은 주먹을 꾹 쥐며 활활 타오르는 눈으로 남자를 쏘아보았다. 문득, 떠오르는 생각이 있었다.

만나보지 못한 승리의 오빠들 중 하나인가?

대경은 남자를 더 자세히 관찰했고, 자신과 비슷한 키에 늘씬한 몸집의 저 남자가 웬만한 미인보다 더 예쁜 얼굴의 소유자라는 것을 알아차렸다. 딱 꼬집어 말할 수 없는 어떤 부분을 붕어빵으로 찍어낸 듯한 승리의 오빠들과는 느낌이 완전히 달랐다.

오빠들 중에 한 명이 아니라면…… 설마…… 설마?

"이봐, 뭘 보는 거야?"

웬만한 사람이라면 대경의 살기에 주춤거렸겠지만, 남자는 짜증을 냈다.

"난 남자 취미없으니 그 열렬한 눈길 거두고 저리 꺼지시지?"

"왜 그래? 아."

남자에게 시선을 고정했던 승리는 그제야 돌아보았다.

두근, 두근. 백일 만에 승리의 큰 눈동자를 마주 보는 순간, 대경의 심장은 터질 듯 박동했다.

"대경 씨……?"

"승리야……."

백일 만에 내뱉는 승리의 이름은 강력한 효과를 발휘했다. 대경은 피가 머리끝부터 발끝까지 휘몰아치는 것을 똑똑히 느꼈다. 그리고 미칠 것 같았다. 이 작은 여자를 안고 싶어서, 그러나 그럴 수 없어서 미칠 것 같았다.

"오랜만이야, 대경 씨."

지난 백일 동안, 대경은 항상 궁금했었다. 혹시 다시 만나게 된다면, 승리는 그를 어떻게 대할까? 증오심을 발휘하며 뺨을 때릴까? 아니면 보고 싶었다고 뛰어와서 안길까?

현실은 생각과 달랐다. 둘 다 아니었다.

대경을 눈동자에 담은 찰나의 시간, 승리의 눈동자는 격하게 흔들렸다. 그러나 그것뿐이었다. 대경이 눈을 한 번 깜빡인 시간 뒤 그 동요의 감정은 모래알처럼 스러졌고, 대신 감정의 편린만이 남았다. 대경은 그 감정의 이름을 읽을 수가 없었다.

"우리 토끼, 아는 사람이야?"

대경은 남자가 내뱉은 말에 숨을 혁하고 쉬었다. 우리 토끼?

우리 토끼?

"응. 조금⋯⋯. 자기는 가서 춤추고 있을래? 잠깐 이야기 좀
나누고 갈게."

승리는 남자에게 방긋 웃으며 이야기했다. 남자는 못마땅한
기색이 역력했지만 승리가 애타게 쳐다보자 대경을 한번 쏘아
보고는 무대 위로 올라갔다.

대경은 또 한 번의 충격을 이기지 못했다. 자기라고? 승리가
저 남자에게 방금 자기라고 한 건가? 내가 잘못 들은 거겠지?
그런 거겠지?

"상처⋯⋯ 다 나았나 봐?"

승리는 대경의 이마를 보고 말했다. 밝고 경쾌했던 이전과는
달리 다소 건조한 그녀의 목소리가 그의 영혼을 뒤흔들기 시작
했다.

"승리, 네 상처는⋯⋯."

"다 나았어."

저 남자는 누구야? 설마 진짜 애인? 흉터 자국은 아직 남아
있는 거야? 날 아직도 사랑해?

여러 질문이 목까지 치솟았지만 대경은 입을 열 수가 없었다.
이상하게도 더 이상 말을 할 수가 없었다. 보고 싶었고, 그리웠
으며, 사랑했지만 그 모든 감정은 심장 안의 언어였다. 밖으로
꺼낼 수 없었다. 그는 자격이 없었으므로.

하지만 사과는 하고 싶었다. 웃기는 짓이었지만, 그는 자신이

왜 떠났는지 승리가 이해해 주길 바랐다. 이해해서, 미워하지 않기를 원했다. 곁에 있지 못하는 것 자체도 대경에겐 거대한 고통이었다. 그런데 승리가 그를 미워하기까지 한다면…….

"미안해. 내가…… 내가 떠난 건…….''

"대경 씨.''

잠시 고개를 숙였던 승리는 빙긋 웃으며 대경을 다시 올려다 보았다.

"나 말이야, 솔직하게 말하자면 처음에는 대경 씨를 원망했었 어. 아주 많이.''

대경은 격해진 호흡을 멈추었다. 그런 그를 바라보는 승리의 얼굴에는 미소가 걸려 있었다. 다소 차가운 듯한 작은 미소가.

"근데 생각해 보니까, 대경 씨가 옳았어. 떠난 이유가 옳다는 게 아니라 떠난 것 자체가 옳은 행동이었다는 말이야. 알겠지 만, 우리 사귄 기간이 너무 짧았잖아. 알고 지낸 건 일 년이 넘 지만 어쨌든 사귄 기간이 너무 짧았어. 한순간에 확 타오른 거 지 뭐.''

승리는 그런 거 아니겠냐는 의미로 어깻짓을 해 보였다.

"연애 초반에는 원래 그런 거잖아. 대경 씨랑 사귈 때는 그게 특히 더 강렬하긴 했지. 대경 씨가 떠난 뒤에 병원에 누워서 곰 곰이 생각해 보니까 확실히 그런 거였더라. 그 다음에는 대경 씨를 생각해도 별로 안 미웠어. 아, 물론 사귀었던 그때를 부정 하는 건 아니야. 그때, 정말 좋았지. 음, 그러고 보니 석 달? 넉

달? 얼마 안 됐는데 되게 오래된 것 같네."

뭐가 그렇게 웃긴지, 승리는 까르르 웃었다. 대경은 이해할
수 없었다. 지금, 승리가 무슨 말을 하는 거지? 백일 전까지의
그들의 만남이 그냥 한때의 호르몬 작용에 불과하다는 뜻인가?
더 이상은 아무것도 아니라는 뜻인가?

이제 날 사랑하지 않는다는 건가?

"저 남자 보이지?"

승리는 손끝으로 15m 정도 떨어진 곳의 무대 위에 올라가 있
는 남자를 가리켰다. 남자는 비교적 조용하게 흘러나오는 경쾌
한 음악에 몸을 싣고 있었지만, 예쁘장한 두 눈을 가늘게 뜬 채
대경을 쏘아보고 있었다. 승리에게 손대지 말라는 경고를 온몸
으로 풍풍 풍기며.

"요즘 나랑 만나는 사람이야. 대경 씨랑 사귀었던 게 그냥 한
때의 감정이라는 걸 깨달았지만…… 대경 씨가 그렇게 떠나고
많이 힘들었거든. 근데 저 사람이 날 잘 돌봐주고, 위로해 주니
까 많이 괜찮아졌어. 대경 씨랑 그랬던 것처럼 한순간의 불타오
른 감정 때문에 실수하기 싫어서 천천히 만나는 중이야. 그러니
까 더 좋은 감정 가질 수 있는 것 같아. 평생에 한 번뿐인 결혼
인데 신중하게 생각해야겠지. 사실 아직도 대경 씨가 좀 밉지
만…… 대경 씨랑 있었던 일 덕분에 천천히 걸어가는 관계가 좋
다는 걸 알게 됐으니 나름대로 교훈 얻은 거지 뭐."

대경은 어지러웠다. 지독히 어지러웠다. 그가 비틀거리자, 조

용히 이어 말하던 승리는 깜짝 놀라 반 발자국 가까이 왔다. 그러나 그에게 손을 뻗지는 않았다.

"대경 씨? 괜찮은 거야?"

대경은 아무 말도 할 수 없었다. 아무 말도. 그는 부들거리는 손으로 바를 짚으며 승리에게서 등을 돌렸다.

승리를 보고 싶었다. 눈에 담고 싶었다. 그러나 감당할 수가 없었다. 실수라고? 나와의 추억은 모두 새로운 남자와의 사랑에 자양분일 뿐이라고?

정말로, 날 더 이상 사랑하지 않는 건가?

"토끼야, 이리 와."

어느샌가 남자가 다가와 있었다.

"그만 하고 이리 와. 우린 여기에 춤추러 온 거라고."

"알았어. 대경 씨, 오랜만에 반가웠어. 잘살아."

대경은 천천히 돌아보았다. 승리의 시선은 이미 그에게 없었고, 새로운 애인이라는 남자에게 가 있었다.

"토끼야, 우리 다른 데로 갈까?"

"그냥 여기 있자. 괜히 온 것 같긴 하지만 자기도 여기가 강남에서 가장 좋은 곳이라는 거 알잖아."

대경은 그에게서 멀어지며 앞으로 걸어가는 두 남녀를 멍하니 바라보았다. 남자의 손은 승리의 허리에 찰싹 감겨 있었다.

소리 지르지 않고 대화할 수 있을 만큼 나름 조용했던 음악이 클럽 내부를 가득 끓어오르게 하는 강렬한 일렉트로니카로 바뀌었다. 승리는 남자와 무대로 올라갔다. 대경은 그제야 그녀의 옷차림을 제대로 볼 수 있었다.

이전처럼, 승리는 뷔스티에를 입고 있었다. 브래지어와 코르셋을 합쳐 놓은 듯한 그 옷은 가슴 부분의 흉터를 가리기 위해서인지, 가슴의 컵 부분이 높은 편이었다. 그러나 아슬아슬하게 엿보이는 가슴 윗부분의 뽀얀 살결은 보는 이의 상상력을 더욱 자극시켰다.

승리가 입고 있는 딱 달라붙은 스커트도 뷔스티에처럼 고혹적인 까만 빛깔이었다. 벨벳으로 만들어진 스커트는 발목까지 내려올 만큼 길었지만, 팬티 선 바로 아래 부분에 허벅지 트임 선이 있어 허벅지의 하얀 살결이 고스란히 빛을 뿜었으며 승리가 움직일 때마다 동그란 엉덩이의 실루엣을 노출했다.

대경은 덜덜 떨리는 오른손으로 잔을 쥐었다. 역시 후들거리는 왼손으로 병을 잡아 넘치도록 잔에 따른 뒤, 한 번에 목으로 넘겼다. 이번에도 식도를 타고 흐르는 액체가 주는 후끈함을 느낄 수 없었다. 아니, 술맛뿐만이 아니라 다른 것도 느낄 수가 없었다. 그는 오로지 볼 수밖에 없었다.

토요일 밤답게 주변에는 다른 사람들이 넘치도록 많았지만, 대경은 그 사람들을 흑백 영화 속의 배경 화면으로밖에 보지 못했다. 그의 세상 속에서 컬러는 승리와 남자뿐이었다.

남자는 승리의 등 뒤에 딱 붙어 있었다. 대경에겐 징그럽게만 느껴지는 손을 승리의 허리 뒤에 올린 뒤 애무하듯 쓰다듬었다.

그러면서 승리의 귓가에 무언가를 속삭였고, 승리는 환하게 웃음을 터뜨렸다.

자신과 그녀의 만남이 그저 한순간의 것일 뿐이었다는 말을 듣는 순간부터 생겨난 어떤 것이, 대경의 온몸에서 부글부글 끓어오르기 시작했다.

터질 것 같았다. 그렇게 되면 어떻게 될지 대경조차 몰랐기에, 그는 자제하기 위해 술을 한 잔 더 마셨다. 그리고 한 잔 더.

그러자, 거짓말처럼 머리끝까지 치솟은 것이 조금은 가라앉았다. 대경은 그렇게 생각했지만 다음에 펼쳐진 광경을 보고 그는 자신이 착각했다는 것을 똑똑히 알게 되었다.

승리는 남자에게로 몸을 돌렸다. 남자는 두 팔을 승리의 허리에 둘러 끌어당겼다. 동시에 고개를 숙였다. 남자의 입술이 승리의 귀에 닿았다. 그리고 뺨으로 움직였다. 대경은 그 다음의 장소를 알고 있었다.

입술.

대경은 아무 생각도 하지 않았다. 아니, 못했다. 그는 그냥 움직였다. 부글부글 끓던 것이 펑하고 터지는 소리를 들으며, 앞을 가로막는 사람들을 가르고 날듯이 뛰어갔다. 1m쯤 되는 높이의 무대 위로 성큼 올라가 입술이 닿기 직전의 연인들에게로 쫓아갔다.

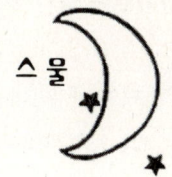

스물

대경은 번개같이 오른손을 뻗어 감히 승리를 만지고 있는 남자의 오른손을 떼어냈다. 그러고는 왼 주먹을 남자의 얼굴로 날렸다.

퍽!

소리는 크게 났지만 예상하고 있기라도 한 듯, 남자는 대경의 주먹을 손바닥으로 막았다. 대경은 연이어 주먹을 날릴 생각으로 한 걸음 앞으로 뻗었으나 승리가 남자에게 다가가자 그러지 못했다.

"박승리! 그 손 떼!"

대경은 승리가 남자에게 손대는 것을 참을 수가 없었다. 그는 고함지르며 승리에게 손을 뻗어 한 번에 그녀를 어깨 위에 맸다.

"이게 대체 뭐 하는 짓이야! 어서 내려줘!"

승리는 두 주먹으로 대경을 팡팡 쳤지만 소용없었다. 대경은 기도들에게 눈짓으로 상황을 알아서 정리하라고 지시 내린 뒤 뚜벅뚜벅 이층으로 올라갔다.

쾅!

있는 힘을 다해 발로 걷어차자, 사무실의 문이 열리면서 벽에 부딪혀 큰 소리를 냈다. 안으로 들어온 뒤 대경은 더 세게 문을 닫고 잠갔다. 그러고는 승리를 내던지듯 소파 위에 내려놓았다.

"이대경! 미쳤어? 이게 무슨 짓이야?"

승리는 발딱 일어나 사무실이 울릴 만큼 소리 질렀다.

"이게 무슨 짓이냐고? 박승리, 너야말로 무슨 짓이야?"

대경은 성큼 걸어가 승리의 코앞에서 그녀보다 더 크게 고함 쳤다.

"우리 관계가 한때의 감정이라고? 저 기생오라비 같은 자식과의 연애질에 도움을 준 교훈일 뿐이라고?"

"그래! 우리 관계는 고작 그 정도뿐이었어!"

승리의 눈에서 타박타박 불이 튀었다. 아니, 대경은 깨달았다. 지금 불타오르는 게 아니라, 승리는 원래부터 활활 타오르고 있었다.

"그게 아니면 뭐야? 이대경, 말해봐! 그게 아니면 뭐였어? 뭐였던 거야?"

"한때의 감정이 아니야! 절대 아니야!"

"하, 웃겨."

승리는 기가 막힌 듯 고개를 삐딱하게 젓더니 피식 웃었다.

"한때의 감정이 아니면 뭐야? 영원한 감정이라는 거야? 웃겨
서 미치겠네. 악당 때문에 나 조금 다쳤다고 꽁무니가 빠져라
도망친 겁쟁이 주제에 참 말도 잘해."

겁쟁이?

대경은 한순간 말이 막혔다.

"난 말이야, 겁쟁이랑 잠깐 눈 맞았던 일 따위 영원한 감정이
라고 생각 안 해. 그건 그냥 잠깐의 유희였을 뿐이야. 재미있었
고, 즐거웠던 유희. 대경 씨가 밤일은 잘하니까. 그냥 그것뿐이
지."

승리는 팔짱을 꼈다.

"뭐, 그래도 우리 자기가 더 잘하더라. 대경 씨 말고, 방금 대
경 씨한테 얻어맞을 뻔한 내 남자 말이야. 정말로 결혼할 남자."

이제까지의 대경의 분노가 거대한 화염이었다면, 지금은 끝
을 알 수 없는 산불이었다. 대경은 이를 악물며 내씹었다.

"저 밖에 있는 새끼랑 잔 거야?"

"무슨 상관인데? 한때의 유희 상대 주제에 웬 참견이야? 알
아서 뭐 하려고?"

승리는 마음껏 빈정거렸다.

"이대경이라는 겁쟁이는 이미 내 인생에서 지워진 인간이야. 내가 누구와 자든 간에 이대경이 상관할 바가 아니야."

"대답해! 잔 거야?"

대경은 두 손으로 승리의 어깨를 붙들었다.

"대답해!"

"이거 놔!"

승리는 그대로 주먹을 내질렀다. 대경은 고개가 돌아갈 정도로 강하게 뺨을 얻어맞았지만, 놓지 않았다.

"대답하란 말이야!"

"그래! 잤어! 한 번도 아니고, 여러 번 섹스했어! 됐어?"

"……죽여 버리겠어."

대경은 눈이 벌게졌다. 잤다고? 정말 잤다고?

"저 새끼 죽여 버리겠어!"

"대체 왜 그래? 무슨 상관인데! 대경 씬 아무 상관 없어! 난 대경 씨 여자가 아니야!"

"아니긴 뭐가 아니야!"

대경은 손가락이 파고들 만큼 승리의 어깨를 더 세게 쥐었다.

"넌 내 여자야! 내 거라고!"

"그런데 왜 떠났어?"

이제껏 활활 타오르던 것과는 반대로, 승리의 이번 질문은 조용했다. 눈이 시뻘게진 대경이 한순간 이성의 한자락을 붙잡을 수 있을 만큼.

"왜 떠난 거야? 내가…… 내가 있어달라고 했잖아. 떠나지 말라고 했잖아. 그런데 왜 떠났어?"

"나는……."

대경은 입을 꽉 닫았다가 열었다.

"나는 자격이 없으니까."

"겁쟁이. 약해 빠진 겁쟁이."

승리의 말은 여전히 조용했지만, 대경의 심장을 정확하게 꿰뚫었다. 아주 고통스럽게.

"내가 괜찮다고 했잖아. 내가 떠나지 말라고 했잖아. 난 괜찮은데, 내가 버틸 수 있는데 대경 씨가 그런 건 대경 씨가 겁쟁이기 때문이야. 대경 씨는 그냥 대경 씨 스스로가 못 견뎌서, 더 버틸 수 없기에 떠난 것뿐이야."

"승리야."

"그래, 이해해. 내가 많이 다친 게 정말 미안하겠지. 또 다칠까 봐 무섭겠지. 근데, 오빠들에게 들었어. 박태운이란 사람도 죽었고, 민연아라는 그 여자도 정신 나갔다면서. 고한파 조직원들은 무서워서라도 나한테 손 못 댈 거라고 하던데? 나 더 다칠 일 없어. 대경 씨도 알잖아?"

승리는 대경이 대답할 틈을 주지 않고 이어 말했다.

"내가 대경 씨한테 가려고 할 때마다, 승열 오빠가 그랬어. 대경 씨는 겁쟁이고, 허약하다고. 대경 씨가 돌아오길 바라면서 병원 침대에 혼자 쓸쓸하게 누워 있으면서 곰곰이 생각해 보니까, 승열 오빠 말이 맞더라. 대경 씨는 약해 빠진 겁쟁이일 뿐이야. 당사자인 내가 괜찮은데 대경 씨가 그러는 건, 대경 씨가 앞으로 생기지도 않을 사태를 가지고 지레 겁먹고 도망친 거니까, 대경 씨는 겁쟁이가 맞아."

"그래. 난…… 겁쟁이가 맞을지도 몰라. 하지만 난 널 위해서……."

"날 위해서? 날 진짜 위한다면 그렇게 멍청한 짓 하지 말았어야지. 내가 무슨 일이 생겨도 곁에 있어달라고 말했잖아? 그거 하나면 된다고 했잖아! 변명하지 마. 짜증나. 대경 씬 대경 씨 자신만을 위해서 그러는 거야. 내가 중요해, 아니면 대경 씨 자신이 더 중요해?"

"물론 네가 더 중요해. 하지만 넌 내 곁에 있었기 때문에 다쳤단 말이야!"

"그래, 그거 사실이야. 대경 씨 곁에 있어서 박태운에게 납치당한 거였지. 하지만 내가, 다른 사람도 아니라 내가 괜찮다고 했잖아. 악당은 이대경이 아니라 박태운이란 말이야! 끝난 일이고, 다시는 그런 일 없을 거잖아. 다친 장본인인 내가 괜찮다고 말하잖아. 대경 씨 바보야? 대체 몇 번을 더 말해야 알아들을 거야?"

대경은 눈을 질끈 감고 내뱉었다.

"난 자격이 없어. 너한테…… 너한테 너무 미안해."

"나한테 진짜 미안하다면."

승리는 대경의 가슴을 퍽 소리가 나게 쳤다. 대경은 눈을 떴다. 승리가 그의 두 눈을 똑바로 바라보며 내뱉고 있었다.

"평생 갚아. 미안한 만큼, 평생 갚으면 되는 거야. 그렇게 생각 안 해?"

대경은 대답을 할 수가 없었다. 무슨 말을 해야 할까?

"이 자리에서, 마지막 기회를 줄게. 멍청한 겁쟁이 따위한테 더 시간 들이고 싶지 않아. 정말 짜증나. 어떻게 할 거야?"

승리는 한 글자 한 글자 또박또박하게 말했다.

"제정신 차리지 않으면, 난 이 사무실 나가자마자 밖에 있는 남자랑 결혼할 거야. 평생 그 남자만을 사랑하고, 섹스하고, 그 남자 아이까지 낳아서 대경 씨 따위 완전히 잊어버리고 살 거야."

다른 남자와 섹스하겠다고? 다른 남자의 아이를 낳겠다고? 다른 남자를 사랑하겠다고?

다시 대경의 눈에 불꽃이 튀기 시작했다.

"난 완벽하게 저 남자의 여자가 될 거야."

"넌 내 여자야!"

"아니, 난 다른 남자의 여자야."

승리는 한 걸음 걸어 대경의 옆에 섰다.

"잘 있어, 멍청이."

"기회 준다고 했잖아!"

"이미 끝났어. 어리바리한 겁쟁이 따위 더 상대하기 싫어. 짜증나."

승리는 12cm짜리 하이힐을 움직여 또각또각 걸었다. 어느새 그녀는 문 앞까지 가 있었다.

"가서 하던 거나 마저 해야지. 짜증나게 방해해서 키스도 못 했잖아."

키스? 정말인가? 정말 날 버리고 그 남자에게 갈 건가?

대경은 승리가 다른 누군가에게 키스하는 장면을 상상하고야 말았다. 그것으로 게임은 끝이었다.

놔줄 수 없다. 어떤 일이 있어도, 다른 남자에게 보낼 수 없었다!

대경은 손을 뻗어 승리의 팔을 낚아챘다. 그는 그녀를 벽에 밀어붙이고 고개를 숙였다. 강한 혀로 한 번에 그녀의 입술을 갈랐고, 입 안으로 들어가 숨이 막힐 만큼 지배하고 또 지배했다.

주먹으로 대경의 어깨를 팡팡 치던 승리는 잠시 기회를 노렸다. 호흡 때문에 대경이 잠시 입술을 놔준 찰나의 시간, 움직였다.

짝!

승리는 대경이 고개가 돌아갈 정도로 강하게 뺨을 쳤다. 대경은 눈을 질끈 감은 뒤 떴다. 그는 승리를 놓지 않은 채, 다시 고개를 돌려 그녀를 바라보았다.

"승리야……"

승리는 대답하지 않았다. 그녀는 두 손으로 그의 뺨을 잡아 자신의 얼굴로 끌어 내렸다.

더 이상의 말은 필요없었다. 대경과 승리는 서로의 입술을 미친 듯이 탐하기 시작했다. 혀와 혀가 강하게 얽혔고, 동시에 그들은 찢어버릴 듯 서로의 옷을 벗겨내며 소파로 갔다. 대경은 뷔스티에를 벗겨 옆으로 던져 버린 뒤 승리를 소파에 눕히고는 바로 고개를 숙였다.

"아흑……."

승리는 대경이 흔적을 남기기 위해 가슴을 강하게 깨물자 신음을 내뱉었다. 대경은 동그란 잇자국을 핥은 뒤, 꼿꼿하게 일어선 가슴의 정점을 한입에 덥석 삼켰다. 쭉쭉 소리가 날 만큼 게걸스럽게 빤 뒤, 흉터가 남아 있는 부분으로 입술을 가져갔다.

대경은 생각보다 작고, 흐릿한 흔적으로만 남아 있는 그 자국에 경건하게 입을 맞추었다. 그의 입술이 흉터에서 떨어졌을 때, 승리는 충족되지 못한 욕망으로 후들거리는 손을 뻗어 그의 팬티를 밑으로 끌어 내렸다.

대경은 한 번에 들어갔다. 승리는 뜨겁게 그를 맞았다.

"나쁜 놈."

승리는 중얼거렸다. 그러고는 그를 조였다. 대경은 숨이 턱 막혔다.

"미워…… 죽겠어."

승리는 다시 조였고, 대경의 이마에 솟아난 땀이 뚝뚝 흘러내리기 시작했다.

"진짜 나쁜…… 이대경이야."

그리고 다시 조이자, 대경은 더 이상 가만히 있지 않았다. 그는 강하게 돌진했다. 그리고 나갔고, 다시 들어갔다. 빠르게, 더 빠르게. 거칠게, 더 거칠게.

이번에는 승리가 땀을 흘릴 차례였다. 그리고 그녀는 온몸으로 부서질 듯 돌진하는 그의 뜨거움을 느꼈다.

이 여자뿐이다.

대경은 깨달았다. 그리고 다시 깨달았다.

오로지 이 여자뿐. 난 왜 멍청하게 굴었던 건가. 이 여자가 아니면 살 수 없다. 나는 이 여자를 위해 살아 있다. 이 여자를 위해 살아가야 한다.

절대적인 진실.

대경은 만족스러운 그 사실을 온몸으로 다시, 그리고 다시 깨달으며 그녀 안으로 아주 깊게 빨려들어 갔다. 승리는 그와 함께 높은 정점 속에서 뜨거운 숨결을 토해냈다.

열기로 가득한 호흡이 잦아들었을 때, 승리는 몸을 굴려 대경의 위로 올라왔다. 그녀는 대경의 왼쪽 어깨를 치려다가, 상처를 입었던 곳이라는 것을 기억하고 대신 오른쪽 어깨를 퍽하고 쳤다. 그리고 요구했다.

"말해."

"……미안해."

"말해."

"잘못했어."

"말해."

"다시는 안 그럴게."

"말해."

"사랑해."

승리는 그 대답을 또 요구했다.

"다시."

"사랑해."

"다시."

"사랑해. 진심으로. 사랑하지 않은 적이 없어."

대경은 몸을 천천히 일으켰다. 승리는 그의 허벅지 위에 앉아 목에 팔을 두르고는 눈을 마주했다.

"잘못한 거, 평생 갚아줄게."

"대경 씨가 아직도 불안해하는 거 알아. 근데 나 이제 정말 괜찮아. 다 나았고, 다시 그런 일 없을 거야. 나 위한답시고 떠난다느니 하지 마. 대경 씨가 내 옆에 있기를 바라. 내가 원해."

다른 무엇보다 품 안의 이 여자가 나를 원한다.

대경은 깨닫고, 깨달았다.

나를 원하는 건 이 절대적인 여자. 그러니 나는 이 여자를 위해 살아야 한다.

"네 곁에 있을게. 맹세해. 근데 말이야."

대경은 주먹에 불끈 힘이 들어가는 것을 막지 못했다.

"아까 그 남자 누구야? 애인…… 아닌 거지?"

"얘기 안 해."

승리는 그의 어깨에 머리를 기댔다. 대경은 버럭 소리치고픈 충동을 참고 최대한 부드럽게 물었다.

"대체 누구야?"

"나랑 잔 건 사실이야."

대경은 딱 호흡을 멈추었다. 승리는 피식 웃더니 천천히 말했다.

"승운 오빠야. 내 다섯 번째 오빠."

대경은 순간 멍했다. 승리는 조잘조잘 말했다.

"전혀 안 닮았지? 승운 오빠는 우리 형제들 사이에서도 별종이야. 생긴 게 정말 다르거든. 그나저나 얼굴 괜찮은지 모르겠네. 아까 보니까 주먹으로 가리던데 괜찮은 거겠지? 지금쯤은 여자 꼬드겨서 다른 데로 갔을 거야."

"승리야?"

"응."

"지금 생각이 들었는데…… 혹시 나 여기로 불러내 달라고 내경 누나한테 부탁했어?"

승리는 고개를 끄덕였다. 사실, 그녀가 한 것은 그것만이 아니었다. 한 달 전, 퇴원하는 승리에게 명우가 면회를 왔다. 승리는 명우에게 이안에 대해 물었고, 그렇게 이안의 전화번호를 받아낼 수 있었다.

한참을 망설이다가 승리는 이안에게 전화를 했다. 처음에는 상당히 어색했지만 그전에 명우에게 간략한 이야기를 들었던 이안은 승리의 부탁대로 대경에게 전화를 걸어주기로 약속했다. 대경의 잘못이 아니라는 말은 항상 하고 싶었던 말이라면서.

이안이 오늘 전화한다는 것을 알고, 승리는 대경의 이름만 들어도 펄펄 뛰는 승열과는 달리 승리를 이해해 주는 승운과 함께 나름대로 작전을 짰다. 백일이 되는 날까지 대경이 돌아오지 않으면, 도발시키자고. 실행했고, 대경이 도착하자마자 연락해 준 바텐더의 신호를 받아 작전을 개시해서 결국은 이렇게 대경을 되찾을 수 있었다.

"고마워."

대경은 속삭였다.

"고마워, 승리야."

"고마우면, 평생 갚아. 그리고…… 다시는 그러지 마."

바보 이대경은 돌아왔다. 앞으로 평생, 그녀의 곁에 있을 것이다. 하지만 승리는 갑자기 눈물이 나왔다. 대경은 고개를 숙여 투명한 액체를 부드럽게 입술로 빨아들였다.

"사랑해. 그러니까 너도 말해줘."

"뭘?"

승리는 알면서 딴청을 부렸다. 대경은 그녀를 소파에 눕혀서, 다시 안으로 들어갔다.

"말해줘."

"뭘…… 말이야? 아……."

대경은 느리게 그리고 부드럽게 움직이기 시작했다.

"말해줘."

대경은 신음하는 승리의 귓가에 속삭였다.

"제발 말해줘……."

"……해."

그를 똑바로 바라보며, 승리는 고백했다.

"사랑해, 이대경. 바보 이대경을…… 사랑해."

대경은 미소를 지었다. 그리고 승리에게서 같은 미소를 보았다. 모든 것이 담긴 미소. 점차 뜨거워지는 열정 속에서, 그는 영원을 맹세했다.

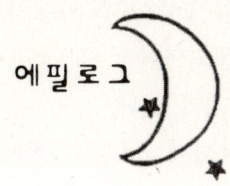

에필로그

⟨8시 붉은 밤 사무실⟩

대경은 퇴근 전에 받은 문자를 확인한 뒤 차에서 내렸다. 금요일 밤의 '붉은 밤' 앞에는 언제나 그렇듯 사람들이 길게 줄을 서 있었다. 여자들의 시선이 느껴졌지만, 그는 평소처럼 깨끗하게 무시한 뒤 기도들과 인사하고 안으로 들어갔다.

현란한 조명에 귀를 찢을 만큼 커다란 음악, 욕망을 발하며 몸을 비비는 사람들까지 '붉은 밤' 안은 평소와 같았다. 그는 몸을 부딪혀 오는 여자들을 피해 오른쪽의 계단을 통해 이층으로 올라갔다.

"사모님은 십 분쯤 전에 오셨어요."

웨이터가 닫혀 있는 사무실 문을 가리키며 말했다. 대경은 고개를 끄덕인 뒤 엷은 미소를 지으며 들어갔다.

"자기, 왔어?"

소파에 비스듬히 앉아 있던 승리는 방긋 웃으며 한 손을 흔들었다. 그녀는 옆에 앉는 남편에게 손을 뻗으며 핑크빛 입술로 종알거렸다.

"오늘도 우리 자기 멋지네."

하루의 피로가 그대로 녹아내렸다. 대경은 깊게 미소를 지으며 안겨오는 아내를 꼭 껴안았다. 언제나 그렇듯이 그의 아내는 정말 사랑스러웠다. 사랑할 수 있어서, 사랑을 받을 수 있어서, 그리고 결혼해서 다행이었다.

삼 년 전 박태운에게 그녀를 잃을 뻔하자 그게 겁이 나 도망쳤다가 백일 만에 겨우 다시 안게 됐을 때, 그는 그 마음 이상으로 사랑할 수 있으리라고 생각하지 않았다. 그러나 그 뒤에 매일 매일이 지날수록 그는 품 안의 여자를 더, 그리고 더 사랑하게 되었다.

몇 년 전을 되새기며 대경은 다시 미소를 지었다. 사실, 지금은 마음 편하게 웃을 수 있었지만 그때는 그럴 수가 없었다. 그녀를 되찾은 뒤에도 여러 고비가 있었으므로. 정확하게 표현하자면 결혼에 이르기까지, 그리고 결혼한 뒤에도 나름대로 사건이 좀 있었다.

재회한 뒤, 대경은 승리의 의견에 따라 육 개월 동안 준비를 완벽하게 해서 그 다음해 봄에 성대하게 결혼하기로 했다. 물론 예상대로 승리의 오빠들은 무척이나 반대했다. 귀한 막내가 그들이 백일 동안 겁쟁이, 멍청이, 바보 등등으로 욕하고 저주를 퍼부은 대경과 결혼하겠다고 나섰으니.

그러나 승리가 눈물을 뚝뚝 흘리며—대경은 그녀가 몰래 허벅지를 꼬집으며 눈물을 쥐어짜는 것을 목격했다—대경이 아니면 안 된다고 애절하게 선언한 데다가 끝까지 허락을 안 해주면 머리칼을 다 밀어버리고 산속에 들어가 스님이 되고 말겠다고 진지하게 선포했기에 결국 허락을 얻긴 했다. 물론 그 과정에서 대경은 오밤중에 집안의 최고 어른인 승리의 첫째 오빠에게 납치 당하듯 끌려가 아주 긴 이야기—승리에게는 '이야기'라고 했지만, 사실 '협박'이었다—를 나눈 적도 있었고, 둘째인 승열에게는 곤죽이 되도록 얻어맞은 데다가 셋째인 유도 선수에겐 십여 번의 엎어치기를 당했으며…… 하여간 여섯 명의 오빠들에게 골고루 엄청나게 괴롭힘을 당했었다.

마침내 허락을 얻은 뒤, 대경은 안도의 한숨을 내쉬려 했으나 그것으로 끝이 아니었다. 상견례를 하기로 했는데, 상견례 며칠 전에 승리가 입덧을 시작했다. 백일 만에 재회했을 때 보호장치 없이 사랑을 나눈 결과였다. 이 사실이 알려지자 대경은 결혼 전에 임신시켰다고 덩치가 산만한 승리의 오빠들에게 무자비하게 짓밟혔다. 찬희를 비롯한 오빠들의 부인들이나 승리가 말리지 않았다면 아마 그대로 밟혀 죽었을지도 몰랐다.

승리의 오빠들이 그렇게 기를 쓰고 반대한 것과는 달리, 평생 결혼하지 않을 것 같은 셋째 아들을 걱정하고 있었던 데다가 손자들을 아주 좋아하는 대경의 부모님은 승리의 이른 임신 소식을 아주 반겼다. 그나마 다행인 부분으로, 승리의 오빠들은 여전히 대경에게 으르렁거리기는 했으나 결국 두 집안사람들은 승리의 배가 불러오기 전에 결혼하는 게 좋겠다고 한 목소리로 의견을 모았다. 그렇게 대경과 승리는 해가 넘어가기 직전에 결혼식을 올렸다.

대경은 이르게 임신을 한 것 때문에 승리가 화를 내지 않을까 걱정했으나 그녀는 변함없는 사랑의 눈길로 그를 바라봐 주었다. 물론 대경이 바보같이 떠났던 것을 떠올릴 때면 그를 살짝 걷어차곤 했다. 그리고 모든 일에 그를 부려먹었는데, 그녀와 백년가약을 맺었다는 사실과 아이에 대해 황홀하기만 했던 대경은 기쁜 마음으로 그녀가 뭘 하든 다 받아들였다.

그렇게 다음해 8월, 그를 쏙 빼닮은 아들 한은이가 태어났다. 아들의 탄생은 형용할 수 없을 만큼 기쁜 일이었지만 당시에 대경은 그런 걸 생각할 정신이 없었다. 승리가 아주 위험했기 때문이다.

간신히 건강을 회복하긴 했지만, 대경은 다시 그녀를 잃을지 모른다는 공포에 사로잡혔다. 그래서 몇 주 뒤 정신이 들자 그는 말도 하지 않고 곧바로 정관수술을 받았다. 많은 형제들 사이에서 자라서 그런지 죽을 뻔했는데도 아이를 한두 명 정도는 더 가질 생각이었던 승리는 그 사실을 알고는 대경에게 불같이 화를 냈고, 대경은 무려 이 주 동안이나 안방 출입을 금지당하는 형벌을 받았다.

물론 대경이 그 뒤에 이러저러한 노력을 다하자 화를 풀긴 했지만, 승리는 자신을 닮은 딸이 생기면 정말 예쁘지 않겠냐고 그를 살살 꼬드겼다. 복원수술에 대해 계속 거부했지만 대경은 그 말이 가슴속에 와 닿는다는 사실을 부인할 수 없었다. 게다가 친구인 현건과 지원이 '사랑으로 낳은' 딸 가애에 대해 이야기하면서 딸의 애교에 대해 매번 자랑하자, 그는 크게 흔들렸다.

그렇게 점점 마음이 약해질 때, 승리는 임신해도 괜찮을 거라는 의사의 확인서까지 받아와 들이밀었고, 결국 대경은 한 달 전에 그녀의 손에 이끌려 병원으로 가서 복원수술을 받고야 말았다. 그리고 바로 오늘, 그는 병원으로 가서 복원이 됐다는 확인을 받았다.

승리를 닮은 딸은 얼마나 귀엽고 예쁠까? 물론 이제 세 살이 되는 한은이도 아주 사랑스러웠지만 아들을 키우는 재미와 딸을 키우는 재미는 다르다고 들었다.

"자기, 무슨 생각 해?"

가만히 남편의 품에서 익숙한 온기를 즐기던 승리가 눈을 반짝 뜨고 대경을 바라보았다.

"널 닮은 딸이 얼마나 예쁠까, 그 생각."

"또 너라고 한다."

승리는 남편을 핀잔주었다.

"어머님도 그러셨잖아. 그렇게 부르지 말라고. 뭐라고 하기로 했더라?"

대경은 목을 가다듬더니, 그녀의 눈을 맞추지 못한 채 작게 말했다.

"자기……."

이 남자 너무 귀엽단 말이야.

결혼 전에는 대경이 이렇게 귀여울 줄 몰랐다. 물론 여전히 멋지고 섹시한 데다가 그녀의 건강이나 안전 부분에 있어서는 조금 꼬장꼬장했지만, 시간이 갈수록 그녀의 남편은 점점 더 귀여운 면모를 보여주고 있었다.

그래서 승리는 매일 감사했다. 이 남자에게 사랑을 받고, 사랑할 수 있어서. 사실 바보같이 떠났던 걸 생각하면 지금도 열받지만, 그녀가 잘못한 일이 있거나 그에게 거한 것을 부탁해야 할 때면 그때의 일을 살짝 흘리면서 눈물 한두 방울 뿌려주면 다 해결이 되므로 나름 좋은 점도 있었다. 너무 자주 써먹으면 약발이 떨어지기에 아주 가끔씩만. 뭐, 사실 그 일을 들먹거리지 않아도 대경이 워낙 그녀에게 잘하긴 했다.

재회한 뒤, 승리는 대경이 과연 오빠들의 압박을 이겨낼 수 있을지 걱정했다. 다행스럽게도, 지금 생각해도 소름이 돋을 만큼 격심하게 괴롭힘을 당했건만 대경은 끝까지 버텼고, 오히려

434　붉은 밤

오빠들을 감탄시키기도 했다. 그렇게 쌓아둔 점수를 결혼 전 임신으로 한 방에 다 날려먹고 또 얻어맞긴 했지만 말이다.

사실, 대경에게 표현은 안 했지만 승리는 결혼 전에 임신한 것 때문에 상당히 떨떠름했었다. 구체적으로 생각하고 있지 않았던 일이었기에 걱정도 됐고. 하지만 대경의 가족들은 모두 따뜻하게 그녀를 맞아주었고 특히 시어머니인 황수지는 대경이 평생 결혼하지 않을 줄 알았다면서, 승리의 손을 꼭 잡고 고맙다는 말을 몇 번이나 하셨다.

물론 대경의 가족들은 처음에 승리가 대경의 이전 약혼녀인 차이안과 닮았다는 점에 조금 놀랐었다. 그러나 그녀가 내숭을 떨면서도 하고 싶은 말은 또랑또랑하게 다 하고, 대경을 손끝으로 부려먹는 것을 보자 이안과 전혀 다른 사람이라는 것을 인정했다. 승리는 자신이 이전 약혼녀의 대용품이 아니라는 걸 이미 확신하고 있었지만, 대경의 가족들의 인정에 더한 기쁨을 느꼈다.

승리가 그렇게 과거와의 연결을 완전히 끊은 데 반해, 대경은 조금 달랐다. 그는 그녀를 밤늦게 외출도 못하게 했으며 과일 깎다 손을 베자 그 다음부터 칼도 못 들게 했고, 기침만 해도 병원에 가자고 난리를 피웠다. 살짝 짜증이 날 정도로 굴었는데, 시간이 갈수록 조금씩 교육을 시키니까 괜찮아지긴 했다. 그렇더라도 정관수술을 한 걸 복원할 정도는 아니었지만, '날 닮은 귀엽고 사랑스러운 딸'을 무기로 흔들어댄 덕분에 드디어 복원수술을 했다.

복원을 하더라도 이전에 비해 임신 확률이 조금 떨어진다지만 그의 열정을 생각해 보면 별로 상관이 없을 듯했다.

승리가 당장이라도 남편을 확 덮치고픈 충동을 참을 때, 대경이 물었다.

"한은이는?"

"어머님이 봐주신대."

황수지는 손자들에 대해 아주 욕심이 많아서 정관수술에 대해 승리만큼이나 화를 냈었다. 승리에게 비밀리에 대경의 복원수술 소식을 전해 듣더니 일요일 밤까지 한은이를 맡아주기로 했다.

시어머니가 이렇게 팍팍 밀어주는데 당연히 성공해야겠지? 그것도 되도록이면 빨리 성공하는 게 시어머니에 대한 예의였다. 그렇지 않은가?

"근데 자기, 안 더워?"

승리는 손끝으로 남편의 굵은 허벅지를 살짝 긁은 뒤 물었다.

"괜찮은데."

대경의 허벅지 근육이 살짝 긴장되는 게 느껴졌다.

"난 더워."

그녀는 속으로 사악하게 웃으며 입고 있던 커다란 카디건을 벗었다. 아내에게 시선을 고정하고 있던 대경의 얼굴이 대번에 험악해졌다.

"그렇게 입고 나온 거야?"

"응."

"박승리……."

"지금 처음으로 카디건 벗은 거야."

승리는 소파 끝으로 물러나 두 손을 허리에 둔 채 남편을 바라보았다.

"잘 어울리지?"

승리는 소파 앞의 테이블 위에 꼰 다리를 올려두었다. 못마땅한 기색으로 가득했던 그의 눈빛은 그녀의 얇은 발목과 매끄럽고 늘씬한 다리를 지나쳐 가는 허리, 출산 덕분에 더욱 탐스럽게 변한 가슴으로 올라오면서 바뀌기 시작했다.

대경은 몸이 뜨거워지는 것을 느꼈다. 안 그래도 복원수술 때문에 사랑하는 아내를 무려 한 달이 넘게 안지 못했다. 그동안 승리는 그를 자극하지 않기 위해 몸매가 거의 드러나지 않는 옷을 입었었지만, 옷이 어떻든 사실 그는 그녀의 존재만으로도 꽤나 괴로웠었다.

그런데 지금 그의 눈앞에 승리가 있었고, 더군다나 그녀는 그 옷을 입고 있었다. 이 사무실 소파에서 처음 사랑을 나누었던 순간에 입었던 바로 그 새빨간 뷔스티에.

"가슴이 좀 조이긴 하지만 아직 입을 수 있더라."

승리는 두 손으로 가슴 옆 부분을 쓰다듬으며 말했다. 남편의 눈동자를 휩쓰는 불길을 감상하며. 그녀는 손가락 끝으로 가슴의 계곡 부분을 위아래로 천천히 쓰다듬으며 속삭였다.

"사랑하는 남편 이대경 씨."

승리는 손을 앞으로 뻗었다.

"이리 와."

언제나 그렇듯이, 대경은 아내의 명령에 즉각 따랐다. 뷔스티에를 벗긴 뒤, 그는 처음에 그랬던 것처럼 아내와 열정적으로 사랑을 나누었다. 나른하게 서로를 끌어안은 뒤 대경은 승리를 닮은 딸이 얼마나 예쁠지 상상의 나래를 펼쳤다.

그리고 딱 십 개월 뒤, 그는 상상만큼이나 예쁜 딸을 얻었다. 그것도 쌍둥이로.

작가후기

언제나, 글을 쓰는 건 어려운 일인 듯합니다.

가끔은 쉬울 때도 있지만 이 『붉은 밤』은 제 글 가운데 가장 어려웠던, 그리고 가장 많이 '생각'을 한 글이 아닐까 해요. 이번이 네 번째 글인데, 어쩌면 갈수록 어려워지는 게 글이라서 그런 건가 싶어 걱정도 되네요.

『붉은 밤』은 연재 중에도 초고가 마음에 안 들어서 버전을 바꾼 적이 있었는데, 완결한 뒤에도 예상외로 길게, 반년이 넘게 고민을 하면서 여러 가지 버전으로 다양하게 써뒀었습니다. 그러면서 '처음에 이 글을 쓰고 싶어했던 이유'를 다시 생각해 본 뒤 다소 직선적이고 심플하면서도 즐거웠던, 제가 처음에 바라던 '느낌'이 담긴 버전으로 수정을 끝냈습니다. 가을로 가기 직전인 무더운 여름날, 독자 분들이 더위를 잊고 에로 대경과 승리의 이야기를 그렇게 즐겁게 읽어주시기를 소망합니다. 캐릭터들이 좀 많지만요. ^^;

한국로맨스소설작가협회 언니들— 경미 언니는 궁중떡볶이 내기, 비연님은 쿠키 내기한 것 잊지 마시고(이겼다!) 월화 언니, 책 꼭 줘요(그전에 마감부터). '생각을 많이 하라'는 정답을 알려주신 이조영님, 감사드려요. 새벽에 서로 채찍질한 효진님, 좋은 결과 얻으시길 바랍니다.

치노님과 채이님, 표독이님(어서 책 내주세요), 멋진 형사님인 아모이님, H씨(쿠키 제대로 만들게 되면 보내 드릴게요. 히히)와 청어람 편집자 분들께도 감사를. 긴 유학의 길을 떠난 언니와 형부, 친구 갱양에게는 목표 잘 이루고 건강하게 돌아오라는 말을 전합니다.

수정하면서 꽤 많은 분들께 신세를 졌기에 후기에 감사 인사를 할 분들이 많다고 생각했는데 막상 후기를 적을 때가 되니 생각이 잘 안 나네요. 혹 빼먹은 분이 있다면 사과드려요. 그리고 마지막으로, 이 글을 즐겁게 읽어주신 독자 분들께도 감사드립니다.

―올해 내로 '정말로' 다시 한 번 뵐 수 있기를 바라며
2007년 여름, 선풍기 바람에 의지해서
겨우 살아 있는 수룡 이수림이.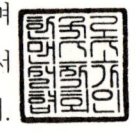